금강

④

청맹과니의 노래

금강

제2부

한만수 대하장편소설

4

글누림

| 일러두기 |

1. **언어** : 충청북도 영동은 남으로는 경상북도 김천, 남서쪽으로는 전라북도 무주와 접해있다. 그래서 이 지역의 언어는 경북 사투리와 전라도 사투리가 혼용되어 있는 특징을 갖고 있다. 세월이 흐르면서 이 지역의 언어도 요즈음은 표준어에 가깝게 변화되어 가고 있지만, 리얼리즘을 살리기 위해 50~60년대는 토속적 사투리를 그대로 살렸다.

2. **시대사** : 한국 근·현대사를 사실 그대로 재현하여 주요 사건과 주요 인물을 그려냈다.

3. **물가** : 당시의 물가를 고증하여 실제적으로 적용했다.

4. **지리** : 지역과 지명은 있는 그대로 드러냈다.

5. **문화 및 풍속** : 시대적 흐름에 따라 변화하는 문화 및 풍속을 사실대로 묘사했다.

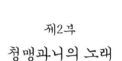

제2부
•
청맹과니의 노래

낙동강 오리알

솔직히
이 나라 법이라는 것이 귀에 걸면 귀걸이,
코에 걸면 코걸이잖유.
그런 피해를 안 당할라믄 위탁해유.
민주당에 자리가 비었응께 그짝으로라도 가지.

농협조합 안에는 석탄 난로가 두 개씩이나 후끈한 열기를 내뿜고 있었다.

김춘섭은 양 볼과 코가 빨갛게 언 얼굴로 농협조합에 들어섰다. 밖에는 칼바람이 불고 있는데 농협조합 안은 별천지처럼 훈훈했다. 최 서기는 대출 창구에서 고개를 숙이고 주판으로 뭔가 계산을 하고 있었다.

"작년에 농자금 받은 거 하고 이자 갚으러 왔구만유."

김춘섭은 근 한 달 동안 나무를 해다가 팔아서 모은 돈을 주머니에서 꺼내 들며 말했다.

"밖이 엄청 춥쥬?"

최 서기는 김춘섭을 흘깃 바라보며 건성으로 물었다. 옆에 있는 직사

각형의 나무상자 안에서 김춘섭의 대출 카드를 꺼냈다.

"겨울에는 원래 쉬야쥬. 그래야 봄에 농사가 잘 된다잖유."

최 서기가 원장에 있는 날짜를 계산하며 주판을 놓기 시작했다. 김춘섭은 주판 위에서 리드미컬하게 움직이는 최 서기의 희고 가느다란 손가락을 바라보다 실내를 쭉 돌아다본다. 누구라고 할 것 없이 불그스름하게 열기를 머금은 얼굴들이 모두 뽀얗다.

"나투리로 남은 원금 삼만 환 제하고 연체이자만 팔천 환이구만."

최 서기가 고개를 들고 말했다.

"도합 삼만오천 환 아닌가유?"

직원들을 부러운 시선으로 바라보고 있던 김춘섭이 놀란 표정으로 물었다.

김춘섭이 가지고 온 돈은 사만 환이다. 삼만오천 환은 농자금과 이자를 갚고 남은 오천 환은 쌀가게에서 빌린 돈을 갚을 예정이었다. 최 서기가 뭔가 계산 착오가 있을 것이라는 생각에 삼만오천 환만 내밀었다.

"짐춘셉 씨하고 시방 농담할 기분 아뉴. 여기 입금표에 삼만팔천 환이라고 써 있잖유. 시방 삼만오천 환 냈응께 삼천 환 더 내슈."

최 서기는 김춘섭의 눈치를 살피며 원래의 이자에 삼천 환을 추가시켰다. 김춘섭이 연체이자가 몇 프로냐, 언제부터 연체가 시작되었느냐, 조목조목 따지면 계산 착오를 핑계로 정상적으로 계산한 입금표를 내밀면 그뿐이다. 별로 바쁘지도 않은데 바쁘게 대출 서류를 넘기며 퉁명스럽게 말했다.

"그람, 참말로 원금은 제해 놓고 연체이자가 오천 환이 아니고 팔천 환이란 말유?"

김춘섭은 원금 삼만 환에 이자가 오천 환도 많다고 생각했다. 팔천 환이나 된다는 생각에 가슴 속에서 쿵 소리가 나는 것을 느끼며 두 눈을 동그랗게 떴다.

"장리쌀이나 연체이자나 개찐 또찐유. 그랑께 앞으로는 절대로 연체를 하지 말고 이자를 지때지때 내는 습관을 기르는 거시 좋을뀨. 그기 가만히 앉아서 돈 버는 지름길잉께."

"연체이자가 무섭다는 말은 들어 봤슈. 하지만 너무 많은 거 가터서……."

"연체이자를 내가 정한 것도 아니고 법으로 정한 이자를 받은 거유. 그라고 내가 담당하고 있는 모산서 오신 분이라 특별히 봐줘서 오늘 하루치는 빼고 계산한 거유. 딴 직원 같았으믄 알짤없이 오늘 날짜까지 쳐서 연체이자를 받았을뀨. 돈 읎으믄 쌀집이라도 가서 빌려 봐유. 차일피일 미루다가는 배보다 배꼽이 더 크다고 난중에는 지둥뿌리 뽑아줘야 하는 일이 생길뀨."

김춘섭이 주눅 드는 모습에 최 서기는 쾌재를 불렀다. 오늘 간단하게 돈 삼천 환을 벌었다고 생각하면서도 위압적인 목소리로 말했다.

"이자가 이릏게 많이 밀렸으믄 미리 연락이라도 해 줘야 하는 거 아뉴? 연체이자가 이릏게 많을 줄 알았다믄 열일을 제쳐두고 이자부텀 껐을낀데……."

김춘섭은 올해 들어서만 최 서기를 세 번쯤 만났다. 한 번은 거리에서 만났고 두 번은 모산 황인술 집에서 만나 술까지 마셨다. 그때 이자가 많이 밀렸으니 어서 내라는 말 한마디만 했더라면 이렇게 사기당한 기분은 들지 않을 것 같다는 생각에 불평을 했다.

"김춘셉 씨도 참말로 답답하네유. 내가 담당하고 있는 동리가 열 군데도 넘어유. 그 동리를 일일이 댕기면서 이자 독촉을 워티게 해유. 입이 열 개라도 모지랄꺼. 여기서 하는 일이 이자 받는 일만 한다믄 또 몰라도, 솔직히 사무실 일이 바빠서 출장 나갈 시간도 읎슈. 그라고 김춘셉 씨 사람이 그라는기 아뉴."

최 서기는 김춘섭의 얼굴에 불만이 넘쳐흐르는 것을 보고 담배를 권했다. 성냥불까지 붙여준 다음에 은근슬쩍 압박을 했다.

"지가 뭘 어쨌는데유? 누군 이자를 안 내고 싶어서 안 냈는 줄 알아유? 돈이 읎어서 차일피일 미루다 봉께 이렇게 된 거이지."

"내 말은 그기 아니고, 나는 그래도 딴 동리 사람들보다 모산 사람들하고 특별하게 정이 있어서, 해만 바뀌믄 농자금을 다믄 돈 만 환이라도 더 배정해 줄라고 하는 사람인데 고맙다는 말은 못할망정 이기 뭐유. 농협 돈을 썼으믄 이자를 내야하는 건 동리 강아지도 다 아는 사실인데, 그걸 갖고 입을 댓 발이나 내놓고 불평이나 해 쌓고 뒤에서 욕이나 해 댕께. 내가 모산 사람들 도와줄 맘이 생기겄슈. 올 삼월부텀은 원리원칙대로 딱딱 해 나가는 수뺵에……"

"에이……지는 또 먼 말이라고 그건 최 서기님이 오해유. 지가 언제 불평을 했슈. 지는 그냥 이왕이믄 다홍치마라고 구장 사랑방 같은 데서 같이 앉아 있을 때 넌지시 귀띔이라도 해 줬다믄 좋았을 거라는 말을 했을 뿐유. 그렇게 지 말 기분 나쁘게 듣지 마시고 언지 만나믄 우동이나 한 그릇씩 해유. 그라고 돈은 마침 준비해 갖고 나왔슈."

김춘섭은 최 서기 눈 밖으로 나갔다가는 농자금을 대출 받지 못할지도 모른다는 생각에 얼른 돈을 내밀었다.

"김춘셉 씨도 응큼한 데가 있구먼. 돈을 진작 내놨으믄 내가 덜 서운했을 거 아녀. 갯주머니에 돈을 늫고 왔으면서도 바쁜 사람을 붙잡고 실없는 농담이나 해 쌌고……"

"최 서기님도 별말씀을 다 하시느만유. 츰 보는 사이도 아니고 이무러워서 및 마디 해 본 걸 갖고"

돈을 받은 최 서기의 얼굴이 금방 밝아졌다.

김춘섭은 안심이 된다는 얼굴로 가슴을 쓸어내리기는 했지만 마음은 허전하기만 했다. 창문 앞으로 가서 유리창을 문질렀다. 습기가 문질러 나가고 싸락눈이 휘날리는 거리가 차갑게 펼쳐진다. 소달구지에 가마니를 가득 실은 오십대 중반의 남자 모습이 보인다. 군용 털모자를 쓴 남자는 맞바람에 고개를 푹 숙이고 휘청거리는 걸음으로 걷고 있다. 집에 가서 가마니나 짜야겠다고 생각하면서도 중요한 그 무엇을 잃어버린 것처럼 기분이 허전했다.

유리 밖으로 찬바람이 나부끼고 있는 거리를 바라보고 있던 김춘섭은 최 서기의 자리를 바라본다. 최 서기의 자리는 비어있다. 최 서기가 자리에 앉아 있었으면 무슨 말인가 물어볼 말이 있을 것 같았다. 그러나 그 무슨 말이 구체적으로는 어떤 말인지 생각이 나지 않았다. 막연히 무슨 말인가를 물어 봐야 속이 시원할 것 같은 기분이 들 뿐이었다. 다른 한편으로는 최 서기가 자리에 없는 것이 안심이 되기도 했다. 최 서기가 막상 자리에 앉아 있었다고 해도 물어볼 말이 생각나지 않을 것 같아서였다.

젠장, 집구석에 가서 예핀네한테 머라고 말을 한댜.

김춘섭은 연체이자를 삼천 환이나 더 냈다는 말을 듣게 되면 철용네

역시 맥이 빠질 거라고 생각하며 주머니에 손을 넣었다. 이자를 내고 남은 돈이 손에 잡힌다. 날씨도 춥고 기분도 울적한데 뜨끈한 술국에 알맞게 데운 막걸리나 한 대포 마셔야겠다며 밖으로 나갔다.

후끈후끈한 농협 사무실과 다르게 밖에는 이가 부닥치는 소리가 딱딱 들릴 정도로 찬바람이 불고 있었다. 군용 야전잠바의 깃을 세우고 삼거리 쪽을 향해 걸었다. 길 건너편으로 이발소가 보인다. 처마 밑의 연통에서 빠져 나온 연기가 찬바람에 빠르게 흩어지고 있다. 문득 기분도 그렇고 한데 이발이나 하고 갈까 하는 생각에 뒷머리를 만져본다. 겨울로 접어들어서 맑은 날은 나무를 하고, 흐린 날은 가마니를 짜고 새끼를 꼬느라 뒷머리가 때까치처럼 뻗었다.

이발소 안에는 국민학교 교실에서 볼 수 있는 똥장군 난로가 타고 있었다. 난로 위에는 물을 데우는 양철통이 얹어 있다. 난로 옆에는 낯이 익은 남자 둘과 황인술이 앉아있었다.

"으따! 날 한번 엄청 춥네. 귀때기가 떨어져 나갈 거 가텨."

"웬일여 춘셉이도 이발을 하는가?"

황인술이 허벅지 안쪽을 손바닥으로 슬슬 문지르며 김춘섭을 바라보았다.

"그냥 왔슈."

"인제 봉께 춘셉이도 발이 넓구먼. 학산 이발소까정 마실을 오는 걸 봉께.

"구장님은 먼 소리를 그렇게 섭하게 한대유. 우리 이발소 김형이 장작 안대주믄 문 닫아야 해유."

이발소에는 의자가 모두 세 개인데 이발사는 직원 팽씨하고 주인인

문 사장 둘 뿐이다. 팽씨가 김춘섭을 보고 가위질 하던 손을 번쩍 들어 보이며 아는 척을 했다. 팽씨 옆에서 중학생의 머리를 바리깡으로 깎고 있던 문 사장이 김춘섭을 보고 가볍게 허리를 숙여 보였다.

"구장님도 이발하러 오셨슈?"

김춘섭이 황인술을 향해 고개를 꾸벅 숙여 보였다. 황인술 옆의 재색 마고자를 입은 사십대 남자는 소재지에 살고 있다는 것만 알고 있을 뿐 이름은 몰랐다. 그 옆의 사십대 대머리는 이발소 옆에서 건어물전을 하고 있는 사람이다. 김춘섭은 그들에게도 어설프게 인사를 하고 나서 멀뚱한 얼굴로 세면대 옆에 서 있는 곽군을 바라본다. 머리를 감겨주는 일을 전문으로 하는 곽군은 장작을 지고 올 때마다 얼굴을 봤는데도 인사할 생각은 안하고 다른 곳만 쳐다보고 있다.

"그냥 나왔구먼, 면사무소에 볼일도 있고 해서 말여……"

"내가 볼 때는 구장님도 이발 하실 때가 된 거 같튜. 안 바쁘믄 이발소에 온 김에 한 부주하고 가시쥬?"

이발소 주인인 문 사장이 거울로 황인술을 바라보며 말했다.

"김형은 한동리 사는 사람이 소식이 깡통이구먼."

팽씨가 허리를 비스듬하게 숙여서 오십대의 뒷머리에 빗을 대고 가위질을 하며 중얼거렸다.

"머, 좋은 소식 있슈?"

"좋은 소식이 있기는 머가 있었어, 나 같은 놈이……"

황인술은 김춘섭이 묻는 말에 잘게 웃으며 담배를 꺼냈다. 담뱃갑에서 담배 한 가치를 빼내고 빈 담뱃갑을 꼬깃꼬깃 접어서 난로 옆의 쓰레기통에 던져 넣었다. 표면이 벌겋게 달아 오른 난로에 불을 붙이면서 일부러 하얗게 성에가 낀 창문을 바라보는 척했다.

"모산 구장님이 삼일절 기념식에 학산면 대표로 군수상을 받게 됐잖여. 구장님은 탁주 값이 아까워서 동네 사람들한테 쉬쉬하고 있는 모냥이구먼."

팽씨는 가위를 내려놓고 면도칼을 들었다. 말가죽으로 만든 벨트에 쓱쓱 문질러 날을 갈았다.

"아따, 그까짓 탁주 댓 말이믄 우리 동리 떡을 칠 건데, 그까짓 탁주 댓 말 을매나 한다고 내가 우리 동리 사람들한테 쉬쉬 하고 있었어. 그래도 내가 명색이 모산 구장인데 군수님 상을 받고 입을 싹 닦으믄 동리 사람들이 난중에 알게 되믄 워티게 생각하겄어. 구장 그 새끼, 동리를 대표해서 군수상까지 탄 놈이 술 한잔 안 산다며 인간성 드런 놈이라고 욕할 거 아녀."

김춘섭은 황인술의 말을 흘려들으며 소파에 앉았다. 다리를 꼬고 거울 안으로 이발을 하고 있는 남자를 바라본다. 거울 속에서 팽씨한테 머리를 맡기고 눈을 지그시 감고 있는 오십대 남자는 학산면 의용소방대장인 최천득이다.

"상을 타고 나서 한턱낼라고 생각하셨구먼."

팽씨가 김춘섭이 들으라는 목소리로 말했다.

"나도 다 생각이 있는 놈이여. 우리 광일이가 선거가 끝난 다음 달인 사월 일일자로 정식 직원이 될 예정이여. 그때 겸사겸사해서 군수상 하고 싸잡아설랑 화끈하게 한턱낼라고 생각하고 있구먼."

"광일이가 그새 정식 직원이 될 때가 됐단 말유?"

김춘섭은 거울 안으로 보이는 자신의 얼굴을 바라본다. 텁수룩한 수

염에 모산에서 학산까지 걸어오느라 북데기처럼 엉켜있는 머리카락을 손가락으로 빗질하다가 깜짝 놀란 얼굴로 물었다.

"그새라니? 춘셉이 자네는 암만 지 아들 아니라고 한동리 사람찌리 너무하는 거 같구먼. 자네하고는 상관 읎는 일이겄지만 말여. 우리 광일이가 임시직으로 들어간 지가 햇수로 삼 년째여. 삼 년째 정식직원이 됐다믄 풍년은 아니고 평년작은 되는 거지 머."

황인술은 다른 사람도 아니고 학산 면장한테 확약을 받았다. 천지개벽으로 학산 면장이 급사하지 않는 이상 4월 1일이 되면 광일이가 정식 공무원이 된다. 동네에 출장을 가면 구장들이 닭 잡아 줘, 토끼 볶아 줘, 술대접 받는 면서기가 된다는 것을 생각하면 가슴이 벅차오르면서도 겉으로는 대단한 일도 아니라는 얼굴로 말을 했다.

"내가 알기루는 어뜬 사람은 사 년 만에도 갱신히 정식직원이 됐다고 하든데……"

김춘섭은 난롯가에 앉아 있어서 얼굴이 벌겋게 달아오른 황인술을 부러운 얼굴로 바라본다. 지난 구정 때 내려온 철용이는 이제 겨우 청소 빗자루를 놓고 기술자의 조수 노릇을 하고 있다고 말했다. 제 말대로는 군대 가기 전에는 선반기의 핸들을 잡을 수 있다고 하지만 장담은 할 수가 없다. 보통 십 년은 조수생활을 해야 자기 밑에 조수를 둘 정도의 기술자가 된다는 말을 많이 들어봤기 때문이었다. 철용이에 비하면 광일이의 미래는 보장된 것이나 다름없으니까 부럽지 않을 수가 없었다.

"능력이 읎으믄 임시직원으로 퇴직 할 수도 있지 머. 물론 임시직은 정식 공무원이 아닝께 퇴직이라고 할 수는 읎지만 말여……"

황인술은 입을 동그랗게 말아 담배 연기를 방앗간의 발동기에서 뿜어 나오는 연기처럼 통통 내뿜었다.

"곽군도 이발소에 취직을 한 지 몇 년 됐지? 곽군이야 팽씨가 퇴직을 하지 않으면 다른 데로 가지 않는 이상 여기서는 평생 머리만 깎다 말껴. 하지만 면사무소 급사들은 웬만하믄 임시직원으로 올려 준다고 하드만. 임시직원으로 몇 년 근무하다 보믄 정식으로 올려주는 거시 관행이라고 하드만."

황인술 옆에 앉아 있는 마고자가 세면대 앞에 서 있는 곽군을 바라보며 말했다. 곽군은 양산면사무소에서 급사로 근무를 하는 박태수의 아들 상규 또래다.

"곽군은 오월달부텀 서울에 있는 이발소에서 근무를 하기로 약조가 됐슈. 거기서는 머리 깎는 일이 아니고, 남학생들 홀딱 깎는 일부텀 시작한다드만."

"그람, 승진한 거나 다름없네?"

황인술이 코웃음을 치며 물었다.

"일종의 승진이쥬. 그라고 말 나온 김에 하겠는데. 곽군, 너 서울 가드라도 여기 서 있는 나나, 팽씨 은공 잊어 뻐리믄 안 되아. 그래도 니가 서울 가서 금방 바리깡부터 들 수 있는 것도 여기서 눈으로 보고 배운 기술땜시 그런 겅께."

"아부지하고 어머도 그랬슈. 절대로 은혜를 잊어뻐려서는 안 된다. 은혜를 모르는 놈은 개보다 못한 놈이라고 말여유."

"서울 같은 디 가서 바리깡을 잡으면 봉급이 얼매씩이나 될라나?"

김춘섭이 의자에서 일어나 난롯가 앞에 서서 물었다.

"머리 깎는 것도 기술잉께 저 먹고살 만큼은 주겄지. 그라다 완전히 기술 배우고 나믄 돈 모아서 워디 변두리에 이발소 하나 차리믄 이른데서 땅 열 마지기 농사짓는 거 보담은 괜찮쥬."

"그람, 요새 곽군 봉급은 한 달에 얼매씩이나 준데유?"

김춘섭이 솔깃한 표정으로 다시 물었다.

"아따, 내가 무슨 자선사업가여? 기술 갈켜 줌서 봉급까지 주게? 그냥 한 달에 용돈하라고 돈 천 환씩 주고, 하루 세 끼 밥 멕여 주고 명절 때 옷 한 벌씩 해 주면 고맙습니다, 하고 열심히 댕겨야지."

"곽군 읎으면 누가 머리는 깜겨 준데유?"

문 사장의 말에 김춘섭이 다시 물었다.

"안직은 안 구했지만 한 명 구해야겄지. 여름에는 그런대로 우리 둘이 해 낼 수 있지만, 가실 농사 끝나고부텀은 둘이서 힘 들어유. 그라고 중학교 학생 수가 자꾸 늘어 강께 누굴 쓰더래도 써야지."

"그람 내가 참한 아 한 명 소개 해 줄까유?"

"춘섭이 멀 그렇게 꼬치꼬치 캐물어?"

문 사장과 김춘섭이 주고받는 말을 엿듣고 있던 황인술이 물었다.

"우리 집 둘째가 시방 집에서 놀고 있잖유. 머리깎는 기술이래도 배워 두면 지 밥벌이는 할 것 같아서 묻는 말유."

"집이 둘째가 몇 살인데?"

문 사장은 김춘섭의 성실한 성격을 잘 알고 있었다. 김춘섭의 아들이라면 괜찮을 것이라는 생각에 물었다.

"올게 열여섯 살유."

"그람 한번 델고 와 봐유. 이발 기술 배워두면 군대 가서도 편해유. 이발병으로 근무를 하믄 그 머셔, 보초 같은 것도 안 스고 먹는 것도 겁나게 잘 먹는다고 하데."

팽씨가 잘됐다는 목소리로 말했다.

"면사무소 급사 보담은 낫겄네."

황인술이 피식 웃으며 거들었다.

"암만하든 공무원이 낫쥬. 급사를 하다 보믄 언젠가 공무원이 될 거잖유. 하지만 이발소 시다는 잘해봐야 이발사잖유."

문 사장이 마음속으로는 염병 지랄하고 자빠졌네, 라고 황인술을 쏘아 붙이면서도 웃는 얼굴로 말했다.

"뭘 모르고 하시는 말씀이구먼. 급사하고 임시직원하고 차원이 틀려. 임시직원에서 정식이 되는 것은 업무가 같응께 가능하지만, 급사는 사무를 보는 거시 아니잖여. 막말로 말해서 한글만 깨우치믄 급사질은 충분히 해 먹을 수 있다는 거지."

"모산 박태수 씨 말은 그기 아니든데. 그 사람 아들은 중핵교를 이학년까지 댕겼응께 군대만 갔다고 오믄 금방 임시직원으로 채용하기로 보장이 됐다고 장담하드만."

문 사장은 솔에 비누를 듬뿍 묻혀서 연통에 문질렀다. 거품이 부옇게 일어난다. 거품을 솔에 척척 묻혀서 의자에 앉아 있는 중학생의 뒷머리에 쓱쓱 발랐다. 신문지 조각을 입에 물고 면도칼로 조심스럽게 거품을 긁어낸다.

"츠, 요새 중핵교 가는 것이 큰 벼슬이라도 하는 줄 생각하는 모냥이지. 그 인간 말은 못 믿어. 츰에는 딱 일 년만 급사질을 시킨다고 하드니 벌써 햇수로 이 년이 넘었잖여."

황인술은 그동안 중학교 중퇴를 한 상규는 급사고 국민학교 출신인

광일이는 임시직원이라는 점에 자긍심을 느끼고 있었다. 그러나 박평래가 이병호한테 부탁을 하면 충분히 가능한 일이다. 그래서, 태수 그 자식이 이동하를 믿고 얼굴이 요새 뻣뻣해졌나? 세상 참 불공평하구먼, 하는 생각이 들면서 입 안이 썼다.

"요새 사람 사는 것이 일정시대 보다는 좋아졌다고는 하지만 안직까지는 아무 집서나 중핵교 보낼 형편은 못 돼지. 구장님네야 살림이 택택해서 그른 말이 나오는지는 몰라도."

팽씨가 의자의 핸들을 눕혀서 면도 할 준비를 하며 끼어들었다.

"문 사장님, 태수가 참말로 그른 말을 했다능규?"

김춘섭은 상규까지 면직원이 된다는 말을 듣고 나니까 머릿속이 텅 비어 버리는 것 같았다. 멍한 시선으로 문 사장을 바라보고 있다가 이건 또 무슨 조화냐는 얼굴로 뒤늦게 물었다.

"김형은 사장님이 내동 야기할 때는 벤소깐 댕겨 옹 겨?"

"내 참! 요새는 워티게 돌아가는 판국이 개나 소나 면직원이 되는구면."

박태수의 아들 상규라면 철용이와 동갑이다. 김춘섭은 상규가 학교에 휴학계를 내고 면사무소 급사로 취직했다는 말을 처음 들었을 때는 동정을 보냈었다. 하지만 상규와 동갑인 철용이는 엄동설한에 기름때에 절어 있는 것을 생각하니 이유 없이 화가 나서 자신도 모르게 빈정거렸다.

"듣고 봉게 은근히 기분 나쁘네. 춘섭이 말은 꼭 우리 광일이를 개나 소 취급하는 말로 들리는구면."

"구장님도 별말씀을 다하시네. 광일이야 우리 동리서 다 아는 인재고,

지 말은……"

"김형 야기는 박태수 아들을 말하는개비구면."

문 사장은 학산면 사랑방이나 마찬가지인 이발소를 운영한 것이 해방 후부터이니까 십오 년째다. 이발소를 운영하려면 머리 깎는 기술도 좋아야하지만 손님들의 귀를 심심하게 해서는 안 된다. 그래서 다방면으로 상식이 있어야 하고 분위기가 험악해지면 재빠르게 중재하는 능력도 뛰어나야한다. 황인술의 목소리에 힘이 들어가는 것을 느낀 문 사장은 김춘섭에게 눈짓을 보내며 화제를 돌렸다.

"내 참 드러워서. 누가 들으면 아들 면서기 됐다고 엄청 유세를 부리는 줄 알겠구면."

"허허! 구……구장님 지 말은 그기 아니래니께. 소……솔직히 광일이가 면서기가 되믄 우리 동리 사람들이 덕을 봤으믄 덕을 봤지 손해 볼 거시 머가 있겠슈."

"암만, 비료 한 포를 더 배급받아도 받지, 하다못해 방위비 한 푼을 들 내도 들 내지. 암만해도 옛날이나 시방이나 아는 사람이 최고여. 빽이 있으믄 감옥 갈 놈도 큰소리 치믄서 살고, 빽이 읎으믄 암만 돈이 많아도 은제 어느 시에 알거지가 될지도 모르지……"

김춘섭이 변명을 하느라 진땀을 빼는 것을 본 팽씨가 슬쩍 한마디 거들었다.

"모산 구장은 자식 성공시킬라믄 돌아오는 삼월 대통령 선거 때 죽었다 깨나도 자유당 찍어야겠구면."

면도를 끝낸 최천득이 머리를 감기 위해 일어서며 거울 안으로 난롯가에 있는 황인술을 바라본다. 모산에서 구장질을 하는 면사무소 임시직원 손광일 애비되는 작자다. 놈이 면직원 아들을 뒀다고 유세깨나 부리고 있구먼이라고 생각하며 점잖게 한마디 했다.

"곽군아, 소방대장님 머리 감겨 드려라."

팽씨는 수건으로 의자에 묻은 머리카락을 탁탁 털어내고 담배를 입에 물었다. 다음 순서는 누구냐며 난롯가에 있는 남자들을 바라봤다.

"누가 그라데. 농민들이 지대로 대우를 받을라믄 이번에는 어떤 일이 있어도 민주당 장면을 찍어야 된다고 말여."

황인술 옆자리에 앉아 있던 마고자가 이발소 의자에 앉으면서 말했다.

"근데, 원래 대통령 선거는 오월 아닌가유?"

곽군이 수대로 세면기에 물을 뿌리며 청소하다 말고 끼어들었다.

"일월에 병을 고치러 미국에 간 조병옥 박사가 일월 십오일에 돌아가셨다잖아. 대통령감이 돌아가셨응께 자유당에서는 하루라도 빨리 선거를 하고 싶어 하겠지. 오월달까지 지달리믄 조병옥 박사님을 대신 할 인물이 나올 확률도 있고, 민심도 자꾸 민주당쪽으로 흘러가고 항께 삼월로 땡긴거지 머."

"김 사장은 노상 이발소에 와서 사느라 우리들보담 뉴스를 많이 들어서 똑똑한 건 알겠는데, 말을 이상하게 하는 거 같구먼. 위째서 조병옥이가 대통령 후보감이여. 조선말이라는 것이 원래 아 다르고 어 다른 뱁이여. 대통령 후보로 나설 사람이라믄 몰라도 대통령감이라고 말하믄 안되지. 누가 들더라도 대통령이 될 사람츠름 보이잖여. 그라고 언지부텀 민심이 민주당으로 흘러 갔다능 겨?"

최천득이 세면대 앞에 앉아서 목을 길게 늘어트린 자세로 말했다.

"학산은 문기출이가 버티고 있응께 워떨지 모르지만 영동만 나가도 맨 민주당 후보 찍는다는 말 벆에 읎슈. 암만해도 면소재지에서 농사나 짓는 이들보다 읍내 사람이 세상 돌아가는 이치는 빠를거잖유."

팽씨가 흰 광목천에 묻어 있는 머리카락을 털어 낸 다음에 마고자의 상체를 목만 내놓고 흰 광목천으로 감쌌다. 흰 광목천에 감싸여 목만 내민 마고자가 거울 안으로 최천득을 바라보며 말했다.

"츠…… 민의원이 민주당 사람잉께 그른 말이 멫 마디 나오기는 하겄지. 하지만 민의원 혼자서 장면을 민다고 되나? 경찰서장이며, 군수, 세무서장 하며 공무원들이 죄다 자유당을 지지하는 표들인데."

황인술은 같잖다는 표정으로 마고자를 바라보며 소리 없이 웃었다.

머여? 언지는 동리를 대표해서 민주당을 찍어야 한다고 큰소리 치드니, 또 언지 자유당으로 바꼉 겨?

김춘섭은 당연하다는 얼굴로 민주당을 폄하하는 황인술을 어이가 없다는 얼굴로 바라봤다.

"누가 그라는데 윤상배 민의원이 자유당으로 당적을 욍긴다고 하든 거 같던데?"

곽군이 수대에 찬물을 담아서 난로 위 양동이에 있는 뜨거운 물을 섞었다. 손가락으로 뜨거운 정도를 가늠하고 있는 사이에 최천득이 거울을 바라보며 말했다.

"그람. 이동하 위원장은 워티게 되는 거유?"

김춘섭이 놀란 얼굴로 최천득에게 물었다.

"츠! 윤상배는 암만해도 현역 민의원잉께 위원장이 되는 거고, 이동하는 부위원장이 되든지 낙동강 오리알이 되든지 하겄지. 윤상배가 자유당으로 욍기믄, 영동도 민주당 바람이 죽을 수 벳에 읁어."

최천득이 차마 부면장 출신 주제에 출세했지, 라는 말은 하지 못하고 콧방귀를 끼며 말했다.

"서울에서도 민주당 바람이 굉장하다고 하든데?"

"거기 뉜지 모르겄지만 입조심해야 되겄구먼. 나야 자유당을 찍든 민주당을 찍든 상관이 읁지만 지서 순경들이 들으믄 정부비방죄가 성립되겄구먼. 정부를 비방하믄 최하가 일 년 징역을 산다고 하든데……"

최천득은 세면대 앞에서 머리를 길게 늘어트리고 머리 감겨주기를 기다리며 가소롭다는 목소리로 말했다. 최천득의 머리에 비누칠을 한 곽군은 수대로 찬물을 떠서 난로 위에 있는 물통 안에 부었다. 뜨거운 물을 퍼서 다시 찬물과 섞어 물 온도가 맞는지 손가락을 넣어 본다.

"츠, 내가 틀린 말 했남. 난 그냥 딴사람한테 들은 말을 한 것뿐인데……"

마고자는 곽군이 수대로 최천득의 머리에 물을 뿌리고 있는 광경을 바라보며 슬그머니 입을 다물었다.

"정보과 형사들이 지 입 갖고 지 생각하는 사람들까지 잡아 처늫을라고 눈에 불을 키고 댕긴다는 것쯤은 난도 알고 있구먼. 하지만 라디오 뉴스에서 나온 말을 했다고 잡아 처늫겠지는 안 젔지. 미칠 전에 라디오에서 들은 말인데 이승만 대통령 나이가 여든여덟 살인가 된다고 하데. 그 말이 먼 말이었어? 나이 육십이 넘으면 황천이 등 뒤에 서 있다고 하는 말이 있잖여. 이승만 대통령이 죽고 나믄 이기붕이 대통령이 되는 건 물에 불을 보듯 뻔한 이치잖여. 이기붕이 나라의 대통령이 될 인물이 못되는 건 삼천만 국민이 다 아는 사실이고 말여……"

최천득을 잘 알고 있는 대머리 남자가 시답지 않다는 표정으로 말했다.

"박 사장은 나라 돌아가는 사정을 워티게 그리 잘 안댜? 이승만 대통령이 나이가 드신 것은 사실이여. 그릏다고 오늘날 할 정도로 중병에 걸린 거는 아니잖여. 설령 이븐에 대통령에 당선이 되시고 나서 초상을 치른다고 했다고 쳐. 그럼 이기붕 부통령이 대통령이 되는 건 헌법에서 정한 일잉께 당연한 일이고……곽군아 담배 좀 한 갑 사오니라."

대머리가 말을 하는 동안 마땅치 않다는 얼굴로 바라보고 있던 황인술이 반박을 하다 말고 주머니를 뒤졌다. 백 환짜리를 가로로 접어서 손바닥을 툭툭 치며 다시 대머리를 바라본다.

"머리 깎고 나서 지난번츠름 포마드를 발라 줄까유?"

이발소를 운영하려면 정치처럼 민감한 사항에 대해서는 엄중하게 중립을 지키는 것이 보이지 않은 규율이다. 문 사장과 팽씨는 약속이나 한 것처럼 열심히 이발을 하는 척 했다. 팽씨가 거울 안으로 마고자에게 물었다.

"여기 앉아유."

문 사장은 중학생의 어깨를 툭툭 치며 일어나라고 했다. 중학생이 일어서는 사이에 난롯가에 있는 황인술에게 눈짓을 보냈다.

"나는 담 장날에나 깎지 머."

황인술은 손을 젓고 나서 대머리에게 시선을 돌렸다.

중학생은 구레나룻이며 뒷머리에 비누거품이 허옇게 묻은 얼굴로 난롯가에 섰다. 눈을 끔벅끔벅거리며 어른들이 하는 이야기를 듣기 시작했다.

"말이 나온 김에 한마디 더 하자믄 자유당이 정권을 잡고 나서 우리 같은 이들은 더 못살게 됐지 머. 우리 식구가 우리 어머까지 일곱 명이여. 내 자랑은 아니지만 내가 붙이고 있는 땅 중에 논이 여섯 마지기 있고 밭이 서너 마지기는 넘구먼. 그른데도 내가 건어물 가게라도 가지고 있응께 제우 자식들 공부 갈치고 먹고살지, 농사만 져 갖고는 택도 읎을 겨. 그란데 서울에서 회사 댕기는 내 동생은 봉급만 가지고도 자식들 공부 갈키고 배 뚜드리며 산단 말여. 그기 말이나 되능 겨? 요새 땅끔이 얼매여, 학산 소재지 논 값이 암만 헐값이라고 해도 여섯 마지기 팔믄 서울 변두리에서 집 한 채 살 돈은 될 껴. 집 한 채 값이나 되는 땅을 가지고 있으면서 온 식구가 농사를 져도 제우 목구녕에 풀칠이나 한다믄 그기 먼 말이여. 농촌 사람이 쌔빠지게 농사를 져서 도시 사람들 멕여 살린다는 말 벢에 더 되겄어."

"아이구, 이눔아 좀 살살 긁어라. 이눔이 아주 살을 파내는구면……김 사장은 이상한 생각을 갖고 있구면. 동생이 서울에서 봉급 많이 받는 다는 기 서운하다는 거여?"

"말을 엉뚱하게 해석하는 취미를 가졌구면."

"내 말은 자유당에서 정치를 잘 항께 회사가 잘되고, 회사가 잘됭께 봉급을 많이 받는 다 이거여……"

빨래비누로 최천득의 머리에 비누칠을 한 곽군이 손가락을 갈고리처럼 펴서 최천득의 머리를 박박 긁었다. 곽군이 박박 긁어대는 통증에 최천득은 얼굴을 찡그렸다. 팔꿈치로 곽군의 배를 툭 치며 대머리가 들으라는 목소리로 말했다.

"너 이름이 머냐?"

황인술이 최천득의 말이 옳다는 얼굴로 고개를 끄덕이며 중학생에게 물었다.

"이명식유."

"밝을 명자를 쓰는 거여?"

"예."

"자식 앞으로 크게 성공하겠구먼. 너 담배 좀 한 갑 사다줘야 겄다. 요 옆이 담배 가게 있지 거기 가서 진달래 한 갑 사와라."

"예."

"소방대장님이 올케 보시는 구먼. 내 말도 바로 그 말이유. 원래 도시 사람들이 잘 살아야 우리도 잘 살게 되는 건 당연한 이치유. 도시 사람들이 돈을 많이 벌어야 곡식을 많이 소비시킬 거고, 곡식이 많이 소비되어야 농산물 가격이 오르는 걸 모르는 사람들이 이상한거지."

중학생이 문을 열자 거리에는 어느 사이에 함박눈이 펑펑 내려앉고 있었다. 중학생이 나가면서 눈바람이 쉬익거리는 소리를 내며 이발소 안으로 휩쓸려 들어왔다. 황인술은 등짝을 후려갈기는 찬바람에 으스스 떨었다.

문 옆에 앉아 있던 김춘섭이 말없이 일어났다. 옘병할! 밎칠 동안은 나무하러 가기 틀렸군, 이라는 생각에 눈이 내리는 하늘을 원망스러운 얼굴로 바라보며 문을 닫는다.

"말이 나온 김에 한마디 더 하자믄 우리나라가 잘 살 수 있는 방법은 물건을 많이 맨들어서 수출을 해설랑 딸라를 많이 벌어 들여야 하능 겨. 그 딸라로 외국의 기계를 사들여서 더 좋은 물건을 맨들어서 또 수출을 하고, 그 딸라로 원자재를 사들여서 수출해서 또 딸라를 벌어들이고 그

것이 계속 회전이 돼야 난중에는 우리나라도 잘 살게 되능 겨. 그걸 전문적인 말로 하자믄 경제우선주의 원측이라고 하능 겨."

머리를 감은 최천득은 의자에 앉았다. 곽군이 마른 수건으로 머리카락의 물기를 털어내기 시작했다. 이발을 하고 나면 항상 기분이 좋다. 머리를 곽군에게 맡겨두고 기분 좋은 얼굴로 말했다.

"소방대장님 말씀츠름 난 똑똑하지 못해서 경제원칙이 먼지는 몰라유. 하지만 이거 하나는 알아유. 문 사장님이 왜 딴 사람들 머리를 깎는 거유? 먹고살라고 하는 거잖유. 서울 사람들도 마찬가지유. 물건을 수출하고 딸라를 벌어들이는 것도 궁극적으로는 죄다 먹고살라고 하는 짓유. 그 먹거리를 맨드는 사람이 누구유. 우리츠름 농사를 짓는 사람이잖유. 헌데 정부에서는 우리 같은 사람이 선거 때 표나 찍어주는 멍충이들로 생각하고 있응께 그기 문제라 이거유. 내 말은……"

"허허! 사람이 왜 이렇게 답답할까. 나나 소방대장님 말씀은 농민들을 무시한다는 거시 아니고 모든 일에는 순서가 있다 이거여. 무슨 말이냐 하믄, 우리나라가 수출을 많이 해서 부자가 되믄 우리 같은 농민들도 은젠가는 잘 살 때가 온다는 거여. 이쯤 말하믄 내 말을 알아들을지 모르겠구면."

김춘섭의 말에 황인술이 꼬리를 물고 늘어졌다.

"김 사장은 맨날 라디오를 듣고 있어도 나라가 워티게 돌아가는지 정치는 관심이 읎고 민요만담이나 노래자랑 같은 거나 듣는 모양이구면. 쌀을 수출하나? 아니믄 콩을 수출햐? 그것도 아니믄 들깨를 수출하는 것도 아니잖여. 이만하믄 내가 무슨 말을 하는지 알아 들겄지…… 머리지름 좀 잔뜩 발라, 오늘 즈녁에 상주옥에서 유지들 모임이 있단 말여."

최천득은 만족한 얼굴로 거울을 본다. 포마드를 잔뜩 바른 머리가 마음에 든다. 점잖게 말을 하고 나서 머리를 요리 쳐다보고 조리 쳐다보며 기름을 덜 바른 곳이 있는지 살폈다.

"상주옥 모서댁도 한물 간 거 가텨. 작년 여름만 해도 얼굴이 탱탱하드니 올게는 영 아닌 거 가텨. 하긴, 화류계 인생 마흔이 넘으믄 한물이 아니라 댓물은 간 거지 머."

황인술이 괜히 고개를 빙빙 돌리며 지나가는 말처럼 중얼거렸다.

"담배 사 왔슈."

중학생이 머리며 어깨에 눈이 잔뜩 내려앉은 얼굴로 들어왔다.

"구장님 요새 형편이 좋은 게뷰. 진달래를 피시는 걸 봉께."

김춘섭은 대머리의 말이 구구절절 옳다고 생각하고 있었다. 그러나 분위기를 보니까 소방대장이나 황인술은 자유당 당원이 분명했다. 그렇지 않아도 말실수를 해서 황인술의 심기를 건드린 뒤였다. 오늘 최 서기를 만난 일부터 시작해서 일진이 안 좋았다. 오늘 같은 날은 입조심 하는 것이 좋다는 생각에 가만히 앉아 있었다. 그러나 황인술이 상주옥을 출입한다는 말이 예사롭게 들려오지 않았다. 그런데다 중학생이 백 환씩이나 하는 진달래를 내미는 것을 보고 자신도 모르게 불쑥 말해버리고 말았다.

"담배를 안 갖고 왔능개비구먼. 한동리 사람들찌리 담배도 못 나눠 피우나. 자, 한 대 피워. 그라고 눈도 오고 항께 탁배기나 한 잔씩 할까?"

황인술은 김춘섭의 말을 듣는 순간 아차! 실수를 했다는 생각이 들었다. 동네가 작아서 서로 사는 형편을 빤히 알고 있다. 광일이가 면사무소 다니면서 돈 만 환씩은 벌어들이지만 상주옥에 출입하고 진달래를 피울 형편이 못 된다는 것도 알고 있을 것이다. 돈 씀씀이가 분수에 넘친다는 점이 소문나서 좋을 것이 없었다. 이럴 때는 김춘섭의 입을 막는 수밖에 없다는 생각에 벌떡 일어나서 성겁게 웃으며 담배를 권했다.

이병호는 명주천으로 머리를 질끈 동여맨 채 이불을 덮고 누워 있었다. 며칠 사이에 광대뼈가 툭 불거져 나왔고 양쪽 볼이 홀쭉해져서 그렇지 않아도 세모형의 턱이 유난히 날카로워 보였다.

"집구석에서 사시사철 한약 대리는 냄새가 풍기면 그 집안 대주는 질어야 삼 년을 못 넘긴다는데……"

바람이 불 때마다 정지에서 약탕기에 한약을 달이는 냄새가 사랑방 안으로 풍겨왔다. 이병호가 기운이 없는 목소리로 중얼거렸다.

"아부지, 저건 약이 아니고 보약이유. 보약."

"사람이 건강하면 보약을 먹을 필요가 있나?"

"건강 할수록 보약을 많이 드셔야 더 오래 살쥬."

이동하가 따끈하게 데운 정종 잔을 기울이다 말고 말했다. 이병호는 더 이상 대꾸하기 싫다는 얼굴로 눈을 감았다.

"애자는 은제 왔어?

보은댁은 이병호의 발치에서 어깨를 축 늘어트리고 앉아 있었다.

"아까 해거름판에 왔구만유."

이동하 옆에서 한쪽 무릎을 세우고 다소곳하게 앉아 있던 옥천댁이 조용하게 대답했다.

"애자가 고군한테 공부를 배우긴 하능 겨?"

"토요일 저녁에 하고 일요일 오전에는 맘먹고 공부를 배우잖유. 고군에게 과외비도 따로 계산해 주기로 했응께 그런 걱정은 안 해도……"

"시방 애자가 문제냐? 그까짓 지지바는 나이차서 시집 보내믄 시댁 식구가 되는 거여. 그랑께 에미 말대로 쓸데 읎는 걱정하지 말고 애비 걱정이나 혀. 참말로 방법이 읎는 거여?"

이동하와 옥천댁이 주고받는 대화를 끊으며 보은댁이 한심하다는 얼굴로 혀를 찼다.

보은댁의 말에 눈을 감고 있던 이병호가 힘없이 눈을 떴다. 입 안의 침이 자꾸 말라서 억지로 마른 침을 삼키느라 목울대가 심하게 꿈틀거렸다. 물을 마시고 싶지만 귀찮아서 참고 이동하의 입만 바라봤다.

"어머는 대관절 및 번이나 말씀을 디려야 지대로 알아 들겄슈."

"하도 답답항게 묻는 말이잖여. 뭣주고 귀때기를 맞아도 유분수지, 워티게 그런 일이 생겼는지 난 암만 생각해 봐도 모르겄다."

이병호는 보은댁의 말을 거들지 않았다. 보은댁의 말이 백번 옳다는 눈빛으로 이동하를 바라봤다.

"술 한잔 따라 봐."

이동하도 생각을 하면 생각할수록 머리가 돌겠다는 얼굴로 술잔을 옥천댁에게 내밀었다.

"시방 이 순간 술이 목구녘에 넘어가는 걸 봉께 장하다."

보은댁은 아무리 생각을 해봐도 이해를 할 수 없다는 얼굴로 이동하를 바라봤다.

"나는 머 술을 마시고 싶어서 마시는 줄 아셔유? 어머도 복창이 터져 죽을 정도라믄 당사자인 나는 워띨 거 가튜?"

"겨…… 결론만 말해 봐."

이병호가 더 이상 참을 수 없다는 표정으로 눈을 부릅뜨고 힘겹게 말했다.

"벌써 몇 번째 똑같은 말을 하는지는 모르겠지만, 아부지와 어머가 하도 애를 태우싱게 마지막으로 다시 한 번 말씀을 드리겄슈. 그랑께 요번에 터진 일의 발단이 워티게 되었느냐 하믄……"

이동하는 잠시 말을 멈추고 옥천댁이 따라 준 정종을 홀짝 비웠다. 개다리소반 위에 있는 안주는 건드려 보지도 않고 다시 입을 열었다.

"지난 이월 십칠일 날 영동경찰서장실에서 대책회의가 열렸슈. 먼 대책회인가 하면 삼월 십오일 날 부통령 선거에 남부 삼군에서 우리 영동군이 최고 취약항게, 요번 부통령 선거에서는 무조건 팔십삼프로 이상 끌어 올려야 한다……"

"나……나 좀 일으켜 봐."

이병호가 이 중요한 부분을 누워서 들을 수 없다는 얼굴로 보은댁을 바라보며 힘겹게 말하며 손을 뻗었다.

"그냥 둔너 계시지 않고……"

보은댁보다 이병호 옆에 가깝게 앉아 있던 옥천댁이 놀란 얼굴로 얼른 이병호를 부축해서 일으켰다.

"내가 시방 이 마당에 너한티 이기붕 찍어야 된다는 연설을 듣고 있어야 하냐?"

"아! 지가 민주당에 입당하게 된 이유를 말씀드릴라믄 거기부텀 야기를 해야 항게 드리는 말씀이잖유."

"난 니가 자유당에서 쫓겨나는 순간 이미 자유당의 지웃 자하고도 인연을 끊은 사람이여. 그랑게 지발 이 애비 살리는 셈치고 앞대가리는 칼로 무수 짜르는 것츠름 싹 짤라 버리고 그담부텀 읊어 봐."

"좌우지간 그때는 지가 영동군 자유당 총책이었잖유. 그래서 지가 책음을 지고 윤상배를 자유당에 입당을 시켜야 할 처지가 됐슈."

"넌 그래, 니 돈 들여서 청주까지 올라가서 최형근인가 하는 주리를 틀고도 남을 놈을 만나서, 니 돈으로 술 사주고, 니 돈으로 봉투를 맨들어 줌서, 니 입으로 윤상배 그 잡놈을 자유당에 입당시켜 달라는 말이 술술 나오데?"

"아부지, 아까도 몇 번이나 말씀을 드렸잖유. 그 당시 상황에는 지가 총대를 메고 앞장서서 윤상배를 자유당에 입당시켜야 할 상황이라구 말여유."

"말 잘했다. 그람, 니 입으로 입당을 시켰으믄 니 입으로 탈당을 시키는 거시 도리 아녀?"

"원래 군수 새끼하고 경찰서장 새끼하고 계획을 짤 때는 부통령 선거가 끝난 담에 그 새끼를 탈당시킬 작정이었다고 했잖유."

"장하다. 니가 쫓아낼 놈한테, 니가 쫓겨났다는 거시 말이나 되는 거여. 어디 한번 내 귓구녕이 알아듣도록 말해 봐. 난 죽을 때가 됐는지 도시 암만 생각해 봐도 모르겠다."

"아! 윤상배 그 새끼가 민의원잉께 당연히 영동지구당 위원장이 되는 거잖유. 그라고 지는 당분간 부위원장을 하기로 했잖유. 근데 그 자식이 먼저 선수를 쳐서 전 위원장이 부담이 돼서 같이 일을 못하겠다고 지랄을 떨잖유……"

이동하는 지금도 그때를 생각하면 화가 나서 견딜 수 없다는 얼굴로 이를 악물고 부르르 떨었다.

"애비야, 괜찮냐?"

보은댁이 놀란 얼굴로 물었다.

"하여튼 그 자식이 대통령 선거가 끝날 때까지 쉬었다가 선거 끝난 담부터 나오라고 하는데 워틱해유. 지가 한 번 속지 두 번 속아유? 당최 그 자식 말을 믿을 수가 있어야쥬. 그라고 이동하가 옛날 학산 부면장 이동하가 아니잖유, 난도 자존심이 있지……"

"그래서 기자회견을 하고 탈당을 했다는 거냐?"

"혹시나 하고 가만히 있다가는 영락읎이 쫓겨날 판인데 가만히 있을 수가 있슈. 기자들을 불러다가, 이 땅의 민주화를 위해 자유당에서 탈당을 하겠다고 큰소리치고 나왔슈. 그랑께 민주당 위원장이래도 될 수 있었던 거잖유."

"충북 도당의 최형근인가 하는 놈한테 돈 갖다 준기 대관절 얼매여? 돈 갖다 줄 때는 닐리리 맘보고, 첩년처럼 억울하게 쫓겨날 때는 왜 그 잘난 입으로 말 한마디 못항 겨?"

이병호는 숨이 차서 똑바로 앉아 있을 수가 없었다. 양손으로 바닥을 지탱하고 반쯤은 엎드려서 가쁜 숨을 내쉬며 이동하를 노려봤다.

"아부지도 참 답답하시네. 윤상배 그놈이 감히 지한테 집에 가서 쉬라고 할 때는 누굴 믿고 그런 말을 했겠슈? 이미 최형근 그 자식하고 모의를 했다는 뜻 아니겠슈. 그 사실을 뻔히 알고 있으면서 최형근을 찾아가서 뭐라고 하시라는 거유. 윤상배 그 자식 원래 선거 끝난 담에 내쫓기로 한 거 아니냐? 그렇게 물어유? 그도 아니믄 나한테 돈 먹은 거 다 게워내라 그렇게 해유?"

"그람 클나지. 자유당 영동위원장만 해도 끗발이 대단하다고 하든데,

도당 위원장 앞서서 깨춤을 췄다가는 쥐도 새도 모르게 감옥 갈지도 모르지……"

이병호는 이동하가 묻는 말에 대답을 하지 않고 눈을 감았다. 보은댁이 아무리 돈이 아까워도 그건 안 된다는 얼굴로 말했다.

"그려, 니가 하는 일마다 백번 잘했다고 치자. 그람 민주당에는 왜 입당을 한 거냐. 그것도 다 핑계가 있겠지."

이병호가 양손으로 방바닥을 짚은 채 가쁜 숨을 내쉬며 말했다.

"아부지가 정치판의 생리를 모르시고 하시는 말씀유. 지가 만약 당적도 읎이 있어 봐유. 자유당 놈들이 지를 아주 매장시켜 버릴라고 달려들 거잖유. 솔직히 이 나라 법이라는 것이 귀에 걸면 귀걸이, 코에 걸면 코걸이잖유. 그런 피해를 안 당할라믄 워틱해유. 꿩 대신 닭이라고 요행이 민주당 위원장 자리가 비었응께 체면이고 자존심이고 나발이고 따질 겨를 읎이 딴 놈이 꿰차기 전에 그짝으로라도 가야지."

"그래, 니 말대로 꿩 대신 닭이라고 치자. 그람 민주당에서 널 고맙습니다, 하고 받아 주데?"

"지가 누구유. 아부지 아들 이동하잖유. 윤상배 같은 배신자를 처단하기 위해서 내 한 몸 불사를 생각으로 민주당에 입당을 하겠다. 윤상배 그 자식을 누가 민의원으로 맨들어 줬냐? 바로, 영동 읍내 사람들이 맨들어 주지 않았냐? 윤상배가 민의원에 당선이 된 담에 자유당에 입당하라고 찍어 줬냐? 자유당이 하는 짓거리가 나라 말아 먹을 짓만 하고 있응께 바로 잡으라고 찍어 준 거시 아니냐? 나는 윤상배와 다르다. 요새 세상에는 빽이 최고다. 암만 돈이 많아도 빽이 읎으면 종이 호랭이나 마찬가지다. 그러나 나는 빽 같은 거 필요 읎다. 내가 빽을 생각하면 그 좋은 자유당을 탈당하고 민주당으로 왔겄냐. 순전히 우국충정의 맘으로 잘못된 자유당 정권을 바로 잡아 우리 영동, 옥천, 보은 남부 삼군에 민주화를 뿌리 내리기 위하여 민주당에 입당한거다. 그렇게 연설을 항께 죄다 박수를 치대유."

이동하는 민주당 핵심 조직원들을 요즘 한참 번창하고 있는 태평관으로 모이게 해서 코가 비뚤어지게 한턱냈다는 말은 하지 않았다. 마치 영동국민학교에서 선거 연설을 하는 목소리로 주먹을 흔들어 가며 말했다.

"내가 들어 볼 때는 틀린 말이 한마디도 읎구먼."

보은댁이 이동하의 말을 한마디도 빠트리지 않으려고 유심히 듣고 있다가 말했다.

"니 말이 맞다고 쳐. 그람 민의원은 물 건너갔다고 봐도 무리는 없겄구먼."

"아부지, 이런 경우를 전화위복이라고 해야 할지 모르겄지만 영동 바닥이 원래 민주당 바닥유. 만약 자유당 바닥이믄 지가 오십팔년 선거에서 왜 멱국을 먹었겄슈."

"한심할 한자가 따로 읎구먼. 니가 선거에서 떨어진 원인이 영동읍내 놈들 땜시라고 누가 말했냐? 느 어머가 말했냐? 아니믄 며느리가 말항겨? 바로 니 잘난 입으로 한 말이잖여!"

"아부지도 참. 아! 인제 지도 읍내 사람유. 자! 지 도민증 좀 보셔유 주소가 어디로 되어 있는지, 분명히 영동읍 계산리로 되어 있잖유."

"아이구, 머리야. 내 오늘 당장 북망산천으로 가는 한이 있드래도 한잔 해야겄다. 한잔 따라라."

이병호는 머리가 지끈지끈거려서 방바닥을 짚고 있을 수가 없었다.

아랫목 벽에 기대어 앉아서 아무리 생각해도 대책이 없다는 얼굴로 이동하를 바라봤다.

"아부지, 너무 걱정하지 마셔유. 아부지 아들 이동하는 자다가 벌떡 일어나 생각해 봐도, 민주당위원장으로 간 것이 참말로 잘했다는 생각이 들어유."

이동하가 술 주전자를 드는 걸 보고 옥천댁이 술을 드리면 안 된다는 표정으로 주전자를 잡았다. 그러나 이동하는 옥천댁의 손을 밀어 버리고 잔에 정종을 따라서 이병호에게 바쳤다.

"건 또 뭔 소리여?"

보은댁이 이병호 못지않게 한심하다는 얼굴로 이동하를 바라보고 있다가 기운 없는 목소리로 물었다.

"그저께 밤에 민주당 열성분자들이 윤상배 대문에 똥물을 껴얹은 사건이 일어났슈. 그기 뭘 뜻하겠슈? 지난 선거 때 윤상배를 찍어줬던 민주당 패거리들이 배신감에 아주 치를 떨고 있다는 증거잖유. 그란데 지한테는 겁나게 기대를 많이 하는 눈치유. 어느 정도 기대를 하고 있는고 하믄, 젊은이들이 내 사무실에 와서 하는 말이 위원장님 존경합니다. 위원장님이야 말로 썩어 빠진 자유당 정권을 무너트릴 수 있는 영동의 위대한 정치인입니다, 하고 큰절을 하는 건 여사라니께유. 어떤 여자는 객지에서 고생한다면서 비싼 꿀단지를 들고 오기도 하고, 중앙동에서 라디오수리점을 하는 사람은 앞으로 민주당 사무실에 있는 라디오는 평생 무료로 고쳐주겠다는 각서도 써 주고 갔슈. 하지만 자유당 사무실에 있을 때는 꿀단지는 고사하고 찬물 한 그릇 떠다주는 연놈 못봤슈."

"그기 참말여?"

"어머는 자식한테 속아만 살아왔슈?"

"그 머셔. 민심은 천심이라는 말이 생각나서 물었다. 영감, 애비 말을 가만히 들어 봉께 머리를 싸맬 정도로 걱정하지 않아도 되겠네유. 자유당 때처럼 고무신짝을 돌린 것도 아니고, 식권을 돌린 것도 아닌데 꿀단지를 들고 왔다면 그기 민심 아니겠슈? 에미야 내 생각이 틀렸냐?"

"어머님 말씀이 틀리지는 않았슈. 하지만 지는 이 기회에 정치를 그만두었으믄 좋겠네유. 당신 말대로 자유당 법은 코에 걸믄 코걸이, 귀에 걸믄 귀걸이라고 했잖유. 그 사람들한테 밉게 보여서 큰 봉변이라도 당하는 것 보담은 자식들이나 훌륭하게 키우면서 방앗간이나 관리하는 기 좋을 거 가튜."

이병호는 인상을 쓰면서도 정종 잔을 비웠다. 옥천댁이 이병호가 내미는 술잔을 받아서 상 위에 올려놓으며 조용히 말했다.

"여자가 뭘 안다고 나서는 거여. 내가 그동안 투자한 돈이 얼맨데 인제 와서 발을 빼라는 거여? 그만둘 때는 그만두더라도 그동안 쓴 돈은 벌어들이고 나서 그만 둬야 남자 체면이 스는 거 몰라?"

"그건 애비 말이 맞다. 만약 시방 그만둔다면 돈 떼이고 귀통백이 은어 터진 놈이 되어불어서, 영동에서 얼굴 들고 댕길 수가 읎지. 만약 시방 포기를 한다믄 사람들이 머라고 하겄어. 저기 모산 쪼다 지나간다고 속으로 웃을 거잖여."

정종 한 잔에 이병호의 얼굴에 핏기가 돌았다. 지끈거리는 머리도 좀 덜 한 것 같았다. 머리를 질끈 동여맸던 무명 띠를 풀어 버리고 단호한 목소리로 말했다.

세상을 지혜롭게 살아가는 방법

젠장, 난 한 명씩 포장 안에 들어가서
아무도 모르게 투표용지에 똥그래미를 치길래,
비밀투표인 줄 알았드니 형님 말을 들어 봉께 그기 아니구먼.
그람 미쳤다고 투표를 한댜.
기냥 구장이 알아서 대표로 투표를 해 버리지.

경첩은 겨울잠을 자고 있는 개구리가 깨어나는 날이다. 이때쯤은 골짜기에는 녹았던 얼음이 풀려서 졸졸졸 흐르고 버들강아지는 하얀 솜털을 뒤집어쓰고 하루가 다르게 자란다.

텃밭에는 쪽파가 손가락마디 만큼 자라있고, 상치며 유채에 부추도 제법 푸릇하게 땅을 뒤덮고 있다. 논둑을 손질한 논에는 물이 가두어져 있고, 앞산이며 뒷산 기슭에 있는 밭은 비가 오지 않았는데도 얼었던 흙이 풀린다. 겨울 내내 얼었던 땅이 녹으면서 땅 위로 습기가 축축하게 배어난다.

남정네들이 한가하게 논이며 밭에 쟁기질을 하는 동안, 아낙네들은 들로 산으로 다니면서 냉이며 쑥이나 달래를 뜯고, 취나물에 찔레나무

새순을 따러 다녔다. 그걸로 보리쌀 몇 알을 넣어서 죽을 끓여 먹거나, 밀가루를 풀어서 멀건 나물죽이라도 먹어야 하루해를 보낼 수 있다.

제 4대 대통령 선거와 5대 부통령 선거가 닷새 앞으로 다가왔다.

학산 면소재지는 장날이 아닌데도 식당이며 선술집, 태화루 같은 중국집은 연신 손님이 들락거렸다. 식당이며 술집만 파장거리처럼 흥청거리는 것이 아니다. 점조직을 통하여 풀려나간 선거자금 중에 몇 백 환씩 받아 쥔 사람들이 이발소며, 어물전, 잡화점이나 고무신 가게를 들락거리느라 사상 최대의 선거특수가 좁은 학산 바닥을 흥청망청 뒤덮고 있었다.

명절 대목처럼 흥청거리는 학산과 다르게 모산은 한여름의 하오처럼 정적이 흐르고 있었다. 다른 선거 때 같았으면 문지방이 닳도록 남정네들이 들락거리던 해룡네의 술청도 파리만 날리고 있었다.

둥구나무 밑 너럭바위도 비어 있었다. 목요일이라서 아이들은 모두 학교에 갔고, 어른들이 놀러 나오기에는 이른 계절이라서 흙냄새를 머금은 3월의 바람만 허허롭게 불고 있었다. 그 대신 날망에 있는 장기팔의 안방에서 퍼져 나오는 남정네들의 웃음소리가 뒷문으로 빠져 나가서 비봉산으로 흩어져 갔다.

날망집의 정지 안에는 봉산댁과 날망집이 잡채를 만들고, 전을 부치고 돼지고기를 볶고 반찬을 만드느라 정신이 없었다.

"아여! 여기 술 주전자 비었구먼."

안방에서 부엌으로 통하는 조그만 미닫이문이 열리며 주전자가 밖으로 나왔다.

"딴 거는 필요한 거 읎슈?"

날망집은 장기팔이 내주는 주전자를 들고 정지 구석으로 갔다. 해룡네에게 부탁을 해서 학산 술도가에서 직접 배달을 한 막걸리가 두 말이나 들어 있는 항아리 뚜껑을 열었다. 주전자에 술을 담아서 장기팔의 손에 쥐어주며 물었다.

"이따가 즘심 먹을 건데 머."

"즘심을 먹을 때는 먹드라도 술안주가 모지라믄 안 되잖유……"

날망집은 배추부침을 대충 썰어서 접시 가득 담아서 미닫이문 안으로 밀어 넣어 줬다.

"참말로, 사람 앞날은 하느님벾에 모른다고 하드니 그 말이 꼭 맞는 말인 줄 안 건 내 평생 첨이여."

봉산댁은 아궁이 앞에 쪼그려 앉았다. 부삽으로 숯을 아궁이 앞으로 끌어냈다. 부지깽이로 숯을 편편하게 깔았다. 그 위에 무쇠로 되어 있는 삼발이를 꽂았다. 삼발이에 된장찌개를 앉힌 뚝배기를 얹었다.

"그랑께 사람은 착하게 살라는 말이 있잖어. 우리 시훈이하고 경훈이가 어릴 때부터 여간 착했어? 동리 사람들 보믄 인사 잘하지, 심부름 잘하지, 부지런하지. 워낙 가진 돈이 읆어서 공부를 못 갈킨 것이 한이지. 있는 집안 자식들 같았으믄 장차 뭘 해 먹어도 한자리 해 먹을 자식들이여. 암만, 돈이 읆는 거시 한이지. 돈만 있었으믄……"

"어이구, 욕심도 엔간히 부려. 서울에서 번듯한 쌀가게 차려서 돈 잘 벌어, 양반집 시째 딸하고 맞선을 봐, 그것도 순전히 지가 돈을 벌어서 장가를 간다는데 머가 또 부족한 겨."

"사람은 서 있으믄 앉고 싶고, 앉아 있으믄 방바닥에 둔느고 싶고, 둔너 있으믄 자고 싶다고 하드니……난도 내가 왜 이러는지 몰라. 시훈이

하고 경훈이가 올바른 직업이 읎어서 빌빌 거릴 때는 말도 못햐. 하다못해 서울역 지게꾼이라도 날마다 일 할 수 있는 자리래도 있었으면 더 이상 원이 읎을 거 같드라고 그르다 갸들이 한 일 년 소식이 읎응께 직업은 고사하고 워디서 워티게 살고 있다는 편지 한 장만 받게 해달라고 시간만 있으믄 삼신할미한테 빌었잖여. 이 년째 소식이 없응께 편지는 고사하고 기냥 워디서 살아만 있어 달라고 새벽마다 장독에 찬물 한 그릇을 떠 놓고 빌었잖여. 그라던 시훈이가 번듯하게 쌀가게를 차린 것도 부족해서 장가를 간다는 편지를 받고 봉께, 이븐에는 그놈의 웬수 같은 돈 때문에 국민핵교도 지대로 졸업을 못 시킨 것이 이릏게 한이 되는구면……."

날망집은 말을 하다 말고 치맛단을 뒤집어 눈물을 찍어낸 후에 코를 팽! 하고 풀었다.

"나 같은 년도 죽지 못해 살아가고 있는데 형님은 별걸 갖고 다 눈물콧물을 짜고 앉아 있구먼. 어이구! 동지섣달 긴긴밤에 잠이 안 와서 엎치락뒤치락 거릴 때 발꿈치에 와 닿는 남정네의 살이 있나, 아들은 고사하고 하루 종일 땡볕 밑에서 콩밭 매고 집구석에 들어오믄 찬밥에 물이라도 말아 줄 딸년이라도 있나. 이럴 줄 알았으믄 그 인간 폐병으로 죽고 진작 팔자를 고치는 건데. 그놈의 정이라는 것을 떼 내지 못해서 올해 한 해만 지사를 지내고, 내년에는 틀림읎이 팔자를 고쳐 겄다. 올해 한 해만 더 지사를 지내고 후년에는 반드시 팔자를 고쳐야겠다. 한 해 두 해 눈물만 짜다 봉께 벌써 서른 살도 내리막길여. 인제 흔신짝이 되어 버려서 누가 오라는 데도 읎고…… 어이그, 이 주책 좀 보라지. 며느리 선 보는 집에 와서 눈물이나 짜고 앉아 있고, 이릏게 주책이 읎응게 평생을 박복하게 사는 거여. 형님, 이 콩나물 간 좀 봐. 내 입에는 맞는 거 가튼디, 워티게 보믄 싱거운 거 같기도 하고"

봉산댁은 날망집의 넋두리를 탓하다가 자신도 모르게 신세한탄을 했다. 그러나 오늘 날망집에 며느리 될 여자가 인사를 오는 날이라는 걸 뒤늦게 깨닫고 얼른 말을 돌렸다.

"내 입에도 맞는 거 같구먼. 시방 및 시나 된 겨? 전보에는 영동역에 두 시에 도착을 해서 택시를 타고 온다고 했는데?"

"즘심 먹을라믄 안직 한 삼십 분 더 지달여야 혀께 열한 시는 넘었고, 열두 시는 안 됐을 껴. 영동에서 여기까지 택시를 맞춰서 온다는 소릴 들어 봉께 시훈이가 참말로 돈을 벌기는 많이 벌었는개비구먼. 아까 두부 좀 꾸라고 안 했나? 두부 워딨슈?"

"거기, 설강 밑에 있는 단지 열어 봐. 어지 장을 봐다 단지에 물을 담아서 넣어 뒀는데 쉬지는 않았겄지? 암만, 지가 택시를 타고 올 행편이 된께 택시를 타고 오는 거지. 우리 같았으믄 누가 꽁짜로 돈 만 환 줌서 택시 타고 가라고 등짝을 떠밀어도 택시를 못 타지."

아궁이 반대편 벽 앞에는 통나무 두 개를 가로 질러놓고 송판을 얹어 놓은 살강이 있다. 살강에는 그릇이며 반찬통 등을 얹어 놓고, 설강 밑에는 소금단지며, 이런저런 양념들이 담긴 그릇이 널려있다. 봉산댁은 살강 밑에 있는 항아리 안을 들여다본다. 두부 대여섯 모가 물에 담겨 있다.

"안직까지는 날씨가 서늘해서 두부가 쉴 때는 아녀. 형님 말이 틀린 말은 아녀. 돈이 있다고 아무나 택시를 타는 것도 아니고, 돈이 있다고 해서 개나 소나 맥주를 마시는 것도 아녀. 맥주를 마셔 본 사람이 맥주를 마시고, 우리 같은 이들은 평생 탁배기나 마시고 살 팔자여.”

봉산댁은 두부 한 모를 꺼내 도마 앞으로 갔다. 언젠가 황인술하고 태화루에서 맥주를 마셔 본 적이 있었다. 부자들만 마시는 술이라고 해서 잔뜩 긴장을 하고 맛을 봤다. 그랬더니 술이라는 것이 막걸리처럼 텁텁한 맛이 있거나, 소주처럼 쓴맛이 있어야 하는데 이건 막걸리 맛도 아니고 소주 맛도 아니다. 그렇다고 정종 맛도 아니다. 그냥 노란 오줌처럼 생긴 술맛이 생도라지를 씹을 때처럼 쓰기만 해서 마시고 싶지가 않았다. 하지만 황인술이 비싼 술이니까 남기면 안 된다고 하도 권하길래 억지로 한 잔 마시기는 했지만, 다시는 맥주 같은 술은 마시지 않겠다고 생각을 했었다.

“난도 시방까지는 보리죽 먹을 팔자하고 쌀밥 먹을 팔자는 어머 배 속에서 나오는 순간부텀 정해져 있는 줄 알았구먼. 근데 그기 아녀. 당장 우리 시훈이 좀 봐. 시훈이가 쌀가게를 할 줄 누가 알았어. 그랑께 봉산댁도 안직 안 늦었응께 팔자를 고쳐 봐.”

“형님 말이 틀린 말은 아뉴. 하지만 나처름 다 늙은 여자를 누가 데리고 간댜. 생기기를 잘 생겼나, 가진 재산이 있나, 것도 아니믄 몸뚱이라도 잘 빠졌나. 나이나 즉나. 그냥 이대로 살다가 죽는 수뻭에 읎지 머.”

봉산댁은 날망집 모르게 한숨을 쉬었다. 벽 건너편에 황인술이 앉아 있다. 어쩌다 황인술에게 몸을 줬는지는 생각이 나지 않는다. 학산 장날 우연히 만난 황인술이 짜장면 한 그릇 사 준다는 말에, 딴 남자도 아니고 구장이라서 아무 생각 없이 태화루에 따라 갔다가 와락 달라 드는 통에 엉겁결에 치마를 걷어 올렸던 것 같기도 하고, 학산국민학교 운동회 날 구경 갔다가 술에 취해 돌아오는 길에 그릿고개에게 오줌을 누다

들켜서 억새풀숲에서 당한 것 같기도 하다. 중요한 것은 처음이야 어떻든 황인술이 싫지만은 않다는 점이다. 그러나 언제까지 동네 사람들 모르게 숨어서 그 짓을 할 수는 없을 것이라고 생각하면 한숨만 나왔다.

"우리 동리서 봉산댁츠름 몸뚱이가 잘 빠진 여자가 워딨어. 얼굴도 그만하믄 밉상은 아니고 팔자 고치는 여자가 재산은 머 할라고 따져. 그라고 인제 나이 서른 중반이믄 한참 밤일 할 나이 아녀?"

"흐흐, 형님은 안직도 밤일을 하능개벼?"

봉산댁은 두부를 가지런하게 썰었다. 날계란을 그릇에 풀고 굵은 소금을 칼등으로 잘게 쪄서 계란의 간을 맞췄다. 아궁이 앞에 있는 뚝배기가 지글지글 끓고 있다. 전을 부쳤던 솥뚜껑을 찾으며 은근한 목소리로 물었다.

"그 지랄로 그기 그렇게 그리우믄 하루라도 빨리 팔자를 고쳐. 그람 환갑 할머니가 될 때까지 마르고 닳도록 밤일을 하게 될 팅게. 나 물 한 동이 떠 와야겠구먼."

날망집은 밉지 않은 눈초리로 봉산댁을 흘려보며 살강 밑에서 물을 떠 나르는 물동이를 들었다. 물동이를 머리에 일 때 사용하는 따바리를 찾아 들고 마당으로 나갔다. 검정 고무신이며 흰 고무신들이 어지럽게 널려 있는 마루 앞을 바라보니까 저절로 웃음이 나온다.

안방에는 남정네들이 방이 미어터지도록 앉아 있었다.

"그랑께, 그 머여. 부면장님이 꿍수를 쓰다가 결국 제 발등을 찍었다는 야기구먼……."

아랫목에 앉아 있는 순배 영감의 얼굴 양쪽 볼이 고욤 하나 크기로 붉게 물들어 있었다. 양반다리를 하고 앉아서 벽에 등을 기댄 채 눈을 지그시 감고 중얼거렸다.

"꽁수를 썼는지, 아니면 끗발에 밀려 났는지는 지가 지켜보지 않아서 자세히 모르겠슈. 하지만 민주당 민의원인 윤상밴가 하는 사람이 민주당을 탈당하고, 자유당으로 당적을 옮긴 것은 사실이유."

황인술은 막걸리를 마시고 나서 손등으로 입술을 쓱 닦았다. 담배를 피우려고 담뱃갑을 꺼냈다. 순배 영감이며 변쌍출의 얼굴을 쳐다보았다. 담배를 피울 자리가 아니라는 생각에 슬그머니 주머니에 집어넣었다.

"언진가 이발소에서 들은 야긴데, 학산 사람들이 윤상배가 자유당으로 윙긴다고 하드니, 윙겼구먼."

김춘섭이 알만하다는 얼굴로 말했다.

"난도 우리 향숙이 약 사러 영동 갔다가 현수막을 본 거 가튜. 거기가 어디여, 사거리에서 용산가는 쪽 질가 이층집에 길다랗게 현수막이 걸려 있드만. 경축 윤상배 민의원님의 자유당 입당을 열렬하게 환영합니다, 라고 말여유."

"그라믄 확실한 거 같구먼. 그란데 왜 부면장은 자유당에서 탈당을 했을까?"

순배 영감이 눈을 뜨고 황인술에게 물었다.

"누가유?"

변쌍출이 젓가락으로 손바닥을 탁탁 쳐서 끝을 가지런히 하다 말고 뒤늦게 물었다.

"뉘긴, 뉘여. 자유당에서 탈당을 한 부면장이지."

"에이, 시방은 부면장도 아니고 위원장님도 아녀유. 기냥 승철이 아부지일 뿐이지. 춘셉이 내 말이 틀렸는감?"

"구장은 먼 말을 그릏게 야속하게 한댜. 그 머셔. 설령 자유당에서 탈당을 하셨다 하드래도 학산면 통틀어서 승철이 아부지라고 부르는 사람은 구장 하나 삑에 읎을 껴."

둥구나무 밑에서 하는 동네 회의가 아니고 사사로운 모임에서는 박태수가 참석을 하면 박평래가 빠진다. 그리고 박평래는 가능하면 아들의 체면을 봐서 사사로운 모임에는 참석을 자제하는 편이다. 하지만 박태수는 영동에 있는 합동정미소에서 숙식을 해결하고 있다. 날씨도 쌀쌀한데다 오랜만에 포식이나 해야겠다고 참석을 한 박평래가 황인술을 노골적으로 핀잔했다.

"태수 아부지는 지 말을 이상하게 알아듣는 거 같구면유. 지가 틀린 야기를 한 거는 아니잖유. 승철이 아부지가 나이나 많다믄 시방 면장님츠름 죽을 때까지 면장님이라고 부른다지만 아직 새파랗게 젊잖유. 지보다도 나이가 및 살이나 어린 사람한테……"

"허허! 난 구장이 우리 동리서 젤 똑똑한 사람인줄 알았는데 그기 아닌개비구면. 조선 시대나 왜정 때도 원래 벼슬을 한 사람을 부를 때는 마지막 벼슬할 때 감투를 붙이는 뱁여. 학산의 김진사며, 양산의 정판사가 왜 죽을 때까지 진사 소리를 들었고, 판사 소리를 들은 겨. 다 그런 이유 때문에 그릏게 불렀던 거여. 형님 지 말이 틀렸슈?"

"그건 태수 애비 말이 맞아. 다들 그릏게 불렀어."

순배 영감이 뭐라고 대답을 하기 전이었다. 변쌍출이 은근슬쩍 박평래 편을 들었다.

"하지만 그릏게 안 부른 사람들도 많아유. 양산의 홍태식인가 하는 사람은 영동세무서 주사로 퇴직을 했는데도 시방은 홍씨라고 부르잖유.

그라고, 학산 장터서 보신탕집을 하는 곽머시기도 무주경찰서에서 수사 과장으로 퇴직을 했다잖유, 하지만 시방은 기냥 곽 사장이라고 부르고 ……."

"츠, 한 가지만 알고 둘은 모르는구면. 홍씨는 퇴직을 한 거시 아니고 쫓겨난 거여."

"홍씨가 어떤 면소재지에 있는 술도가 사장 세금을 봐주고 돈 먹은 것이 발각 나서 쫓겨났다잖여. 그리고 곽 사장은 왜정 때 형사질을 하믄서 얼마나 많은 사람들을 못 살게 굴었는지 아닌 밤중에 칼 맞을께비 경찰출신이라고 부르는 것을 본인 스스로가 결사반대를 하는 사람여. 그렁께 감투를 붙일 수가 읎는 거지."

"영감님두 참 이상하시네유. 영감님은 면장님한테 질리지도 않았슈?"

황인술이 다시 주머니에서 담뱃갑을 꺼내서 만지작거리다가 도저히 이해할 수 없다는 얼굴로 물었다.

"먼 소리여?"

"그러니께……아……암것도 아뉴."

황인술은 이병호한테 죽임을 당한 자식들 생각도 나지 않느냐는 말이 목구멍까지 기어 올라왔으나 애써 눌러 참았다. 그랬다가는 순배 영감이 파르르 떨면서 역정을 낼 지도 모른다. 장기팔의 경사에 구정물을 뿌리는 결과가 될 거라는 생각에 담배를 주머니에 집어넣으며 고개를 돌렸다.

"아……암것도 아닌 것이 아닝 거 같은데? 구장 얼굴을 봉께 나한테 단단히 유감이 있는 얼굴이구먼."

"지가 왜 영감님한테 유감이 있겠슈. 지 말을 먼가 오해를 하시고 계시는데 찬찬히 들어 보서유. 다……다른 기 아니고 말여유. 인제 우리 동리 사람들도 이병호 그늘에서 벗어날 때가 됐다 이거유. 솔직히 이병호나 이동하가 우리 상전은 절대로 아녀유. 우리가 그 사람들 땅을 부쳐 먹고 있다고 해서 일 년 삼백육십오일 머슴처럼 빌빌 싸며 살아가서는 안 된다 이거유."

황인술도 순배 영감의 목소리가 갑자기 떨리는 것을 느끼는 순간 큰 실수를 할 뻔 했다는 생각이 들었다. 갑자기 말을 바꾸려고 하니까 말이 더듬거리는 것을 느끼면서도 목소리에 힘을 주어 말했다.

저 인간이, 멀 잘못 처먹었나?

황인술의 갑작스러운 말에 방 안에는 일순간 침묵이 내려앉았다. 서로 옆 사람의 얼굴을 바라보면서 이해를 할 수 없다는 표정을 지었다. 막걸리를 막 마시고 난 박평래도 술잔을 내려놓지 못하고 멍한 표정으로 황인술을 바라봤다.

내가 헛소리를 지껄였나?

황인술도 예외는 아니었다. 흥분하여 혀가 돌아가는 대로 내뱉다가 분위기가 갑자기 무거워지고 있는 것을 느끼고 입을 다물었다.

장기팔의 집은 다른 집과 다르게 뒷담이 없었다. 바위 몇 개가 여기저기 널려 있는 비봉산 기슭이 뒤안이다. 그 탓에 여름에는 안방의 앞뒷문만 열어 놓으면 산바람이 방 안에서 넘실거렸다. 하지만 날씨가 차면 찬바람이 문종이를 후려갈기는 소리가 무시로 들려왔다. 방 안이 갑자기 조용해지자 비봉산에서 들려오는 바람소리가 더 크게 들려왔다.

"구장님, 면장 댁 땅을 안 부치면 딴 방법이 있는 거유?"

김춘섭이 이 사람 저 사람의 표정을 살피다가 침을 꿀꺽 삼키고 나서 조심스럽게 물었다.

"이승만 대통령이 뭐라고 했어? 뭉치믄 살고 흩어지믄 죽는다고 했잖여. 그기 나라의 국민들한테만 필요한 거시 아니고, 우리 모산 사람들한테도 필요한 말이라 이거여. 먼 말이냐 하믄, 우리 동리 사람들 모두가 하나로 뭉쳐서 이병호의 논을 부치지 않겠다고 하믄 상황이 워티게 되겄어. 땅이 한두 마지기가 아니고 백 마지기가 넘는 땅여. 그걸 이병호하고 이동하 둘이서 부칠 수는 읎잖여."

"구장 말이 틀린 말은 아니구먼. 양산에서 우리 동리까지 거리가 한 백 리나 된다믄 말여."

"형님 말씀이 맞구먼유. 여기서 양산까지 제우 오 리 질유. 춘셉이는 먹고 살겄다고 시오리에 있는 범골에서 나무를 해다 십 리 밖인 학산에 내다 팔고 있잖유. 아마 양산 사람들한티 땅을 내놓겠다고 하믄 벌떼처름 달려들규."

긴장한 얼굴로 황인술을 바라보고 있던 박평래는 어이없다는 얼굴로 웃으며 순배 영감을 바라본다.

"내 참, 이렇게 단결이 안 됭께 십 년 전이나 요새나 사는 것이 매냥 똑같지. 태수아부지, 지가 태수아부지 심정을 모르는 것은 아뉴. 하지만 나 혼자 잘 살자고 이른 말 하는 거 아뉴. 우리 동리 사람들이 똘똘 뭉쳐 봐유. 양산 사람들이 모산까지 땅을 부치러 오는지. 만약 양산 놈들이 모산으로 땅을 부치러 오기만 해 봐유……"

"내가 볼 때 구장은 부면장님 하고 사이에 그동안 먼 일이 있었는지는 모르겄지만 말여. 가만히 봉께 부면장님한테 굉장히 서운한 감정을 갖고 있는 거 가텨. 자네 그라믄 안 되는 거여. 딴 사람이 그런 말을 하면 앞장서서 말려야 할 사람이 그런 말을 하믄 되겠어?"

박평래는 저 인간 혹시 미치지 않았느냐는 얼굴로 김춘섭이며 윤길동, 변쌍출 등을 차례로 바라보았다. 하나 같이 황인술의 말을 이해하지 못한다는 표정을 짓고 있었다. 이참에 확실하게 충고를 해줘야겠다는 생각으로 술상 앞으로 당겨 앉아서 황인술을 바라봤다.

"지가 읎는 말을 한 거는 아니잖유. 그라고 저 솔직히 이동하한테 신세 좀 졌수. 그건 사실유 하지만 지도 이동하한티 할 만큼 했슈. 그라고 지가 읎는 야기를 하는 것도 아니지만, 솔직히 이동하 그 인간이 순전히 이 동리 사람이라는 거 하나만으로 우리 광일이를 면사무소에 취직시킬 사람처럼 보여유? 그건 지나가는 개가 웃을 일유."

황인술이 뒤틀린 웃음을 지으며 하는 말에 김춘섭이 고개를 살래살래 흔들며 윤길동을 바라본다. 윤길동도 어디까지 가나 지켜보겠다는 얼굴로 잠자코 막걸리 잔을 비웠다. 순배 영감이며 다른 사람들도 황인술의 모난 행동을 이해할 수 없다는 얼굴로 잠자코 지켜보았다. 하지만 박평래는 그렇지가 않았다.

"대체, 구장이 하고 싶은 말이 머여?"

박평래가 볼 때 황인술은 배은망덕한 놈이었다. 요즘 같은 춘궁기에 그나마 보리죽이라도 먹을 수 있는 것도 이병호가 땅을 내준 덕이고, 자식을 면사무소에 취직시켜 준 이동하의 덕이다. 그런데도 뻔뻔스럽게 동네 사람들이 모두 지켜보고 있는 가운데 노골적으로 면장 댁을 욕하는 모습을 마냥 지켜 볼 수가 없었다. 요즘 자식이 면사무소 임시직으로 근무를 하니까 눈에 보이는 것이 없는 모양이라는 생각에 날이 선 목소리로 물었다.

"사람이라는 기 지조가 있어야지 저 편한 대로 간에 붙었다, 쓸개에 붙었다 하믄 부면장이 아니라 군수질을 했다고 하드래도 욕을 먹게 되어 있다. 이거유. 솔직히, 이동하가 워티게 부면장이 됐슈. 이승만 박사가 대통령이 되고 나신 후에 그 은공을 입어서 부면장이 된 거잖유. 그 은혜를 평생 갚아도 시원찮을 텐데 배신을 하믄 그기 인간이 할 짓유?"

황인술은 내친김에 배신은 개만도 못한 짓이라고 말하고 싶었지만 그 말은 할 수가 없어서 참았다.

"허! 그건 또 먼 소리여? 내가 알기루는 요번 선거에 이승만 박사 혼자 단독출마를 하는 걸로 알고 있는데."

"그건 맞는 말여. 조병옥인가 하는 사람은 미국에 있는 육군병원에서 급사를 했다느만, 그래서 요번 선거에 대통령은 선거를 해보나마나 이승만 박사가 선출된 거나 마찬가지여."

변쌍출이 박평래의 말이 맞다는 얼굴로 맞장구를 쳤다.

"아! 태수 아부지는 둥구나무 밑에 놀러 나오시는 시간보다 면장 댁에 가 계신 시간이 많은 분이 이동하가 민주당에 입당했다는 걸 안직 모르고 계슈? 시방 학산에 가 봐유. 선거철이라서 흔해빠진 것이 식당 식권이고 공짜 술유. 하다못해 동네 강아지도 식당 식권을 물고 다닐 정도로 먹자판인데 왜 우리 동리는 이렇게 조용한 거유? 이 방에 있는 분들 중에 요새 공짜 술 한 잔이라도 드셔 보신 분 계슈?"

황인술의 말에 박평래는 멀쑥한 얼굴로 내가 뭘 잘못했느냐는 얼굴로 좌우를 두리번거렸다.

"그거야, 항시 구장이 술을 냈는데 우리가 워티게 아나?"

장기팔은 황인술의 말을 듣고 보니까 면장 댁에게 화를 낼만한 이유가 있는 것 같았다. 어디 끝까지 들어 보자는 얼굴로 반문했다.

"학산 자유당 당책인 문기출이라는 사람이 뭐라고 떠들고 다니냐믄, 모산 사람들은 죄다 이병호의 수족과 같다. 그려서 탁배기며 고무신을 돌려도 암 소용없다. 그랑께 학산면에서 모산 표는 없는 걸로 친다. 그 까짓 모산 표 백 표도 안 되는 거 읎다고 이기붕 선생이 부통령에 당선 못되는 것은 아니! 이렇게 대놓고 노래를 부르고 다닌단 말유. 그랑께 명색이 모산 구장인 내 얼굴이 뭐가 되겠슈?"

이병호는 어제 학산 면장의 호출을 받았다. 면사무소 직원의 부모니까 책임을 지고 모산에서 민주당으로 이탈이 될 표를 막으라는 지시였다. 만약 모산에서 민주당 표가 많이 나오면 광일이한테 불이익이 돌아갈 지도 모른다는 말까지 했다. 면장의 말을 듣는 순간 민주당으로 당적을 올린 이동하의 얼굴이 떠올랐다.

"얼래? 투표용지에 이름을 적는 것도 아닌데, 모산 사람들이 투표를 했는지 워티게 안데유? 더구나 투표를 모산에서 하는 것도 아닌데?"

이동하가 민주당으로 갔으니 장면을 찍을 수밖에 없다는 생각에 어채피 투표는 비밀로 하는 거 아니냐? 투표용지에 제 이름 석 자를 적는 것도 아닌데 어떻게 아느냐고 반문을 했다. 그랬더니 면장은 그런 비밀까지는 알려 줄 의무가 없으나 다 아는 수가 있다고 으름장을 놓았다. 면장의 표정은 터무니없이 으름장을 놓는 것 같지는 않다는 생각에 고민이 됐다. 그러나 뾰족한 수가 없었다. 모산은 이동하가 민주당으로 당적을 옮긴 이상 이기붕 표는 나오지 않을 것이다. 문제는 명분이다. 뭔가 명분이 있어야 민주당 후보인 장면을 찍어서는 안 된다고 설득을 할 텐데 명분이 없어서 그동안 고민만 했다. 그러던 중에 어제 저녁에 장기팔로부터 자식 며느릿감 구경하러 오라는 말을 들었다. 마침 잘 됐다는 생각에 맘을 단단히 먹고 장기팔의 집에 왔다. 이제나저제나 자유당 선전을 할 기회를 엿보던 중에 자연스럽게 선거 이야기가 흘러 나왔다. 기회는 바로 이때라는 생각에 그 말이 나오기를 기다렸다는 얼굴로 침이 튀도록 말했다.

"그람, 그 머여! 구장 말은 부면장이 민주당에 입당을 한 것 땜시 우리 동리가 찬밥이 됐단 말여?"

순배 영감이 듣던 중 처음 듣는 말이라는 표정으로 물었다.

"지 말이 바로 그 말이유! 그랑게 지가 이병호며 이동하를 인간으로 보겄슈?

"허! 구장 참말로 못쓰겄구먼."

박평래는 황인술의 말이 무조건 못마땅했다. 운을 떼기는 했지만 다음 말이 생각나지 않아서 혀만 찼다.

"왜유?"

"그 머셔! 부면장님이 피치 못할 이유로 설령 민주당에 입당을 하셨다고 쳐……"

"피치 못할 사정이란 거시 머겄슈. 꿩 대신 닭이라도 잡는 심정으로 민주당에 갔겄지."

"꿩 대신 닭이라니? 자네 참말로 다시 봐야겄구먼. 아! 구장이 하는 일이 머여. 딴 동리 사람들이 우리 동리를 욕하믄 구장이 앞장서서 해명을 하고, 동리 사람들이 모르는 거시 있으믄 이건 이릏다, 저건 저릏다. 알켜 주는 거시 구장 할 일 아녀? 그란데 시방 하는 말투가 머여. 다짜고짜 면장님이며, 부면장님 인격이 워쩌니 저쩌니 항께 사람들이 구장을 이상한 눈으로 보는 거잖여. 그라고 자네는 그 잘난 구장잉게 술을 혼자만 마실 줄 알고, 옆 사람 술잔 빈 것은 눈에 뵈지도 않능 겨?”

흥분한 박평래가 빈 막걸리 잔을 들었다가 탁 소리가 나도록 내려놓고 나서 담배쌈지를 꺼냈다.

“참말로 답답하기가 짝이 읎구먼. 아까 츰에 지가 머라고 했슈? 시방은 일정시대가 아니라고 했잖유. 시상이 변해서 민주주의 시대라 이거유. 민주주의가 뭐유? 공산당츠름 위에서 시키는 대로만 하는 거시 아니고, 머든지 내 자유로 결정을 하는 거잖유. 우리가 선거를 하는 것도 같은 이치유. 민주주잉게 선거를 하지 공산당 같으믄 선거를 하겠슈?”

“얼래? 부면장님이 민주당으로 가신 거 하고, 빨갱이들 하고 먼 상관이 있다는 거여? 자네 설마 부면장님을 빨갱이라고 욕하는 거는 아니겠지?”

“내 참, 사람 환장하겠구면. 지 말은 그게 아뉴. 우리도 민주주의 국민답게 비록 이병호의 땅을 부치기는 하지만 투표만큼은 자유롭게 하자이거유. 먼 말이냐 하믄, 이븐에 이동하가 민주당으로 갔다고 해서. 우리는 줏대도 읎고 쓸개도 읎는 사람들처름 암 생각 읎이 민주당 장면한티 표를 주믄 안 된다 이거유. 왜냐? 모산 동네는 어디까지나 옛날부텀 자유당을 지지해 왔고, 다른 탁주 한 잔을 읃어 먹어도 읃어 먹었고, 고무신 한 짝을 읃어 신어도 신었잖유. 그랑게 응당 이번 대통령 선거 때도 배신을 하지 말고 자유당의 이기붕 선생한테 표를 줘야 한다 이거유. 그래야 비료 배급을 한 포라도 더 받고, 하다못해 농자금을 한 푼이라도 더 배당 받을 수 있다 이거유.”

“그랑게 그 머여. 구장이 하고 싶은 말의 요지는, 부면장이 민주당으로 갔드래도, 우리는 옛날츠름 자유당을 찍으라 이 말이여?"

순배 영감은 내 저런 말이 나올 줄 알았다는 표정으로 황인술의 말에 대꾸를 하지 않았다. 박평래에게 막걸리를 따라 주고 난 변쌍출이 눈을 끔벅끔벅하며 물었다.

"자네는 시방까지 구장이 야기할 때는 뒷간 갔다 옹 겨? 아, 두말하믄 뭐햐. 시방 구장 말은 우리가 요번 선거에 이기붕을 안 찍으면 큰일 난다고 하잖여."

박평래가 볼을 실룩거리며 핀잔을 주는 얼굴로 말했다.

"그기, 우리하고 먼 상관이여?"

"술도 및 잔 안 마신 거 같은데 술 챘구먼. 구장 말은 부면장님이 영동에서 유세를 할 때는 동리 사람 죄다 영동으로 끌고 가서 술 사고 밥 사고 할 때는, 지 돈으로 사는 것츠름 별 유세를 다 떨더니, 인제는 우리들 보고 등신들츠름 부면장님 따라서 민주당에 표 찍어주지 말라고 하는 말이잖여."

"태수 아부지는 먼 말씀을 그릏게 서운하게 하신데유. 지가 언지 동릿분들한테 등신들이라고 그랬슈. 지는 다만, 세상도 바뀌었으니께 우리도 맨날 이병호가 하라는 대로만 하지 말고 절개를 지켜보자 이거유. 그라고 말이야 바른 말이지만 어채피 이기붕 선생님이 당선이 되는 건 눈에 불을 보듯 뻔한 이치유. 그런 것도 모르고 이동하 말만 믿고 민주당에 표를 줘 봐유. 그람 우리 동리는 자유당에 찍혀서 얼매나 불이익을 당할지 몰라유."

"우리같이 농사나 짓는 놈들한테 먼 불이익을 주겠슈. 기껏 해 봤자, 비료배급량을 서푼어치 쭐이겠지. 하지만 나 같은 놈은 애당초 비료보

담 퇴비를 많이 쓰는 편이라서 비료 배급량을 쭐인다고 해도 크게 답답한 것도 읎슈."

"춘섭이야 원체 비료를 많이 안 쓰는 편잉게 답답할 것도 읎지. 하지만 자유당을 찍었는지, 민주당을 찍었는지 면직원들이 워티게 안댜?"

윤길동이 이해를 할 수 없다는 표정으로 말했다.

"형님 말을 듣고 봉게 틀린 말이 아니구먼. 올해부팀은 그 머셔, 투표를 할 때 이름을 적어야 하기라도 하는 거유?"

김춘섭이 황인술에게 물었다.

"내 이른 말이 나올 줄 알았당게. 이참에 지가 면사무소에서 들은 야기를 확실히 말씀드리겄슈. 이 방 안에 앉아 기신 분들 중에 투표용지에 주소하고 이름을 적는 것도 아닌데 자유당을 찍었는지, 민주당을 찍었는지 워티게 알거냐고 속으로 생각하고 기신 분이 있을뀨. 만약 그런 분이 기시믄 시방부텀이라도 찬물 먹고 속 차리셔야 될뀨. 지가 며칠 전에 면장님하고 면장실에서 단독으로 독대를 하고 대화를 했슈. 그 자리에서 면장님이 하시는 말씀이 일반 백성들은 모르는 표시를 다 해놔서, 이 투표는 모산 김춘셉이가 찍었다. 이 표는 모산 사는 윤길동이라는 사람이 찍었다. 요 정도까지는 얼매든지 파악이 된다느만유."

박평래는 불이익이 있다는 말에 더 이상 황인술의 말꼬리를 잡고 늘어질 수가 없었다. 하지만 마음은 편치 않았다. 저놈이 먼가 받아 처먹는 거시 있응게 결사적으로 자유당을 두둔하고 있을 껴, 라고 속으로는 매눈을 뜨고 노려봤다. 황인술은 박평래가 묵묵히 막걸리만 마시고 있는 모습을 곁눈질하며 면장이 한 말에 살을 붙여서 단정적으로 말했다.

"그람, 그 머셔. 투표를 할 때 인명부에 도장을 찍잖여. 그때 우리한테 주는 투표용지에 표시를 해 놓는 건가?"

"구장이 읎는 말을 하겠슈? 그 사람들이야 다 배운 사람들잉께 우리 같은 사람들을 갖고 놀라믄 을매든지 갖고 놀 수 있겄쥬. 그란데 대관절 먼 불이익을 준다능 겨. 어채피 자유당을 찍어야 할 모양잉께 그거나 알아보세."

순배 영감의 말을 받아서 변쌍출이 물었다.

"참내, 이른 말을 해야 하나 말아야 하나. 톡 까놓고 말해서 비료배급량을 줄이는 건 새 발의 피유. 그것보다는 우리 동리 할당이 되는 각종 잡부금을 일 할씩만 올려도 엄청나유. 쉽게 말해서 지난 오십육 년도에 면사무소 증축자금으로 우리 동리에 백미 시 가마니가 할당 됐잖유. 그때 이동하가 부면장이 아니었으믄 원래가 열 가마니를 내야 하는 판국이었슈. 그것만 있는 줄 아셔유? 도로유지비부텀 시작해서 국민회비 시국대책비 같은 것도 지가 말은 안했지만 우리 동리가 딴 동리보담 엄청나게 혜택을 본 거는 사실유. 그런 점을 생각해 보믄 솔직히 우리 동리 사람들은 그동안 이동하 덕을 못 봤다고는 할 수 읎슈. 하지만 시방은 이동하도 이빨 빠진 호랑이고 발톱 읎는 독수리잖유. 그라고 우리가 시방 믿을 빽이라는 거시 제우 우리 광일이 하나뿐인데 광일이가 안직은 어리잖유. 그런 아가 먼 빽으로 비료배급을 늘려주고 세금을 깎아 주겄슈. 그랑게 이를 때는 우리가 잘 판단을 해서 줄을 지대로 잡아야 쌀 한 톨이라도 애낄 수가 있능규."

더 이상 황인술의 말에 토를 다는 사람들이 없었다. 모두들 고개를 끄덕거리며 틀린 말은 아니라는 표정을 짓고 있었다. 황인술은 이럴 때는 확실하게 인지를 시켜줘야 더 이상 딴생각을 안 할 거라고 판단했다. 그래서 선거 때 찬조연설이라도 하는 것처럼 목소리에 힘을 주어 말했다.

"즘심 들여 보낼까유?"

황인술이 잠시 숨을 돌리는 사이에 부엌으로 통하는 손바닥만한 미닫이문이 삐죽이 열렸다. 고소하고 구수한 냄새가 방 안으로 혹 풍기며 날 망집의 목소리가 흘러 들어왔다.

"그려, 시훈이 올 때가 다 됐응께 어여 우리부텀 먹지 머. 술도 한 주전자 더 들여 보냐……구장이 하는 말을 가만히 들어 봉께, 우리는 어채피 자유당에 표를 줘서 이기붕 선생을 부통령으로 맨들어야겠구먼."

"허허, 시훈이 아부지는 지 말을 왜 그렇게 못 알아 들어유. 우리가 표를 주지 않아도 어채피 이기붕 선생은 당선이 된 거나 마찬가지유. 그랑께 괜히 미운털 백히지 않을라믄 확실하게 자유당에 표를 밀어 줘야 한다는 거유."

"그려, 좌로 가나 우로 가나 서울만 가믄 되는거잖여. 구장이 그만큼 야기를 했응께 이 방에 앉아 있는 사람들뿐만 아니고 이 동리 사람들 모두 자유당에 표를 찍을 껴. 그랑께 어여 술이나 한 잔씩 더하게 주전 자 좀 이리 냐."

"젠장, 난 한 명씩 포장 안에 들어가서 아무도 모르게 투표용지에 똥 그래미를 치길래, 비밀투표인 줄 알았드니 구장님 말을 들어 봉께 그기 아니구먼. 그람 미쳤다고 투표를 한댜. 기냥 구장이 알아서 대표로 투표를 해 버리지."

양반다리를 하고 앉아 있던 윤길동이 가랑이 사이에 두 손을 모아 집어 놓으며 허탈한 표정으로 말했다.

"허어! 이 사람 큰일 날 일 하고 있구먼. 민주주의에서는 모든 법을 공정하게 처리하기 위해서는 투표를 해야 하능 겨. 그라고 정 선거하는 날 바쁘믄 나한테 야기 햐. 그람 내가 대신 해 줄 팅께. 순배 영감하고 팔봉이 아부지도 귀찮으믄 지한테 야기 하셔유……그란데 참말로 오늘 시훈이가 색시 될 사람을 데리고 오기는 오능 겨?"

황인술은 슬쩍 운만 떼 놓고 장기팔을 향해 고개를 돌렸다. 내가 언제 자유당에 표를 꼭 찍어야 된다고 침을 튀기며 열변을 토했냐는 듯이 봄날 아지랑이처럼 살랑거리는 목소리로 말했다.

"구장도 사람 말을 여사로 들을 때가 있구먼. 내가 및 번이나 말해야 알아 듣겄어. 시훈이가 쌀가게를 하는 가게 옆에 중국집이 있구먼. 그 중국집 사장 마누라가 소개를 했댜. 진천 사는 색씬데 친정집에 먹고 사는 것도 택택하다는구먼."

"색시는 그람 진천에 살고 있슈?"

윤길동은 갑자기 향숙의 얼굴이 떠올랐다. 향숙이도 정신만 제정신이었으면 시훈이처럼 서울에서 기반을 닦고 사는 사윗감을 골라서 시집을 보낼 것이다. 그러나 무병이 낳아지기는커녕 점점 심해지는 것 같아서 힘없는 목소리로 물었다.

"어딜, 서울 짝은오빠네 집에 같이 살면서 편물 짜는 공장에 댕기고 있댜."

"색시 큰오빠는 결혼을 했데유?"

김춘섭도 장기팔이 부럽기만 했다. 철공소에 다니고 있는 광일이가 춥고 배고프고 툭하면 폭력을 휘두르는 통에 서울에서 못 있겄다고 울던 때가 떠올라서 마른 목소리로 물었다.

"큰오빠는 농협에 댕기고 있는 모낭인데 안즉 결혼을 안했다는구먼.

그란 데도 딸 먼첨 시집을 보낼라고 작정을 한 거는, 그짝, 그랑께 색시 집안에서 우리 시훈이가 워낙 탐이 낭께 서두는 모냥여. 솔직히 나나 시훈이 어머나 안직은 장개 보내고 싶은 생각은 읎어. 지가 능력이 읎는 것도 아니고, 얼굴이 남보다 못한 것도 아니고, 애비, 에미 시퍼렇게 살아있겄다, 나도 장날마다 돈푼이나 벌어 오겄다. 뭐가 부족해서 벌써부터 장가를 보낼라고 서두르겄어. 하지만 그쪽에서 이왕 할 거믄 빨리 해 치우자고 은근히 조르는데다, 경훈이도 군대를 가고 나믄, 저 혼자 밥 해먹고 사는 거시 마땅치 않는 거 같아서 이참저참 장개를 보낼라고 생각을 하는 거지 머."

"생각 잘했슈. 그만한 능력이 있으믄 외려 장개를 일찍 보내는 것이 좋을지도 몰라. 암만해도 집구석에 여자가 있으믄 돈이 덜 들어갈 텅께 한 푼이라도 더 모을 거잖어. 남자 혼자 살림을 하믄 오씨 형님 꼴 벆에 더 나졌어."

"허! 구장 말 참 이상하게 하네. 왜 멀쩡히 있는 나를 걸고 넘어져?"

구석에 앉아서 낚시질 구경하는 것처럼 요리조리 눈빛만 돌리고 있던 오씨가 투덜거렸다.

"말이 그릏다는 거지. 형님이 머가 부족해유. 자식새끼가 아침마다 사친회비 달라고 조르기나 햐. 마누라가 돈 벌어 오라고 잔소리를 햐. 혼자 사는 살림이라 남들처럼 쌀이 많이 들어가. 하루 벌어서 한 장 도막은 암 생각 읎이 배뚜드리면서 살 수 있잖여."

"지랄하고 자빠졌네. 내가 그릏게 부러우면 배 아파하지 말고 혼자 살아. 그람 될 거 아녀."

"하하하, 형님 농담 한 븐 한 거 가지고 그릏게 승질 내믄 내가 할 말이 읊잖여……어이구, 밥상 들어오능개벼, 춘셉이 어여 문 열어.”

황인술은 오씨야 화를 내든 말든 소기의 목적을 달성했다는 생각에 자꾸 웃음이 나왔다.

박태수는 한 달에 두 번씩 쉰다. 바쁜 일이 있으면 정미소에서 일을 끝내고 막차로 학산까지 와서 밤길을 걸어 들어오기도 한다. 보름 만에 집에 들어가면 편하게 쉬는 맛이 있어야 한다. 그런데 이상하게도 항상 집에 들어가면 편히 쉴 틈도 없이 해결해 줘야 할 문제가 기다리고 있다.

오늘은 오랜만에 김춘섭을 만나서 이런저런 소식을 주고받으며 막걸리 한 잔을 나눌 사이도 없이 상규가 발목을 잡았다.

상규가 면사무소는 희망이 먹물이라며 더 이상 다니지 않겠다는 말에 온 가족이 안방에 모였다. 등잔불을 중심으로 아랫목에는 박평래와 청산댁이 자리를 잡았다. 그 옆에는 상규가 입술이 메기처럼 튀어 나온 얼굴로 어른들이 아무리 설득을 해도 면사무소를 그만두겠다는 표정을 짓고 있었다.

윗목의 상규네는 마음속으로 길게 한숨을 내쉬며 상규의 옆모습을 가만히 바라본다. 어딘지 모르게 아직은 앳되어 보이는 흔적이 남아 있는 것 같기는 했다. 여린 피부하며 입술은 세상의 때가 묻어 있지 않고 투명했다. 하지만 코밑의 거무스름한 수염 흔적이며 여린 것 같으면서도 힘이 들어가 있어 보이는 턱은 제법 어른 티를 내고 있다. 게다가 고등학생들처럼 까까머리가 아니고 어른들처럼 머리를 기르고 있어서 상체도 더 커보였다.

"구장 말은 이 동리 사람들은 무조건 요번 선거에 이기붕을 찍어야 한다고 하는데 그기 말이나 되는 거냐?"

본론으로 들어가기 전에 박평래가 오랜만에 만난 박태수에게 가슴에 담아 두었던 말을 꺼냈다.

"그런 뱁이 워디 있슈, 구장이 그런 말을 했단 말유?"

박태수는 박평래에게 묻고 나서 상규를 바라본다. 상규가 한심스럽기만 하다. 설령 급사 일이 제 말대로 심부름하는 사람은 한 명인데, 시키는 상전은 면 직원 전부라서 짜증나고 힘이 든다고 치자. 명색이 집안의 장남이다. 어떡하든 잘 살아 보겠다고 온 집안 식구들이 농한기를 모르고 열심히 일을 하고 있다. 그럼 제 놈이 앞장서서 일을 하지는 못할지언정 허파에 바람만 들어서 엉뚱한 생각만 하고 있는 것처럼 보였다.

"그려, 츰에는 우리 농촌이 잘 살기 위해서는 민주당 장면을 찍어야 한다고 했쌌드니, 구장이 그 머셔. 민주당이 빨갱인것츠름 비스므리 하게 빗대더니 우리 동리가 발전이 될라믄 자유당 이기붕을 반드시 찍어야 한다고 선동을 하드라. 그날 내가 부애가 나서 죽는 줄 알았다. 지가 이날 이때까지 누구 땜시 굶어죽지 않고 살았남? 면장님이 그래도 땅마지기나 내주고 부쳐 먹고살라고 해서 살아 온 거시 아니냐?"

"구장 말도 영 틀린 말이 아니구먼. 막말로 야기해서 민주당 찍으믄 고무신 한 짝이래도 들어 온데유? 광일네 야기로는 만약 민주당에서 고무신짝을 돌렸다믄 당장 파출소로 끌려간다고 하드만유. 그 머셔, 부정선거법 위반인가 하는 거로유."

"자유당에서 주믄 안 걸려유?"

상규네가 청산댁에게 물었다.

"느 시어머 말 들을 필요도 읎다. 은혜를 원수로 갚아도 어느 정도가 있지. 시방 하는 말이 지 정신으로 하는 말로 들리냐? 생각이 지대로 백혀 있는 사람이라믄 자유당에 자짜도 입에 뻥긋해서는 안 되는 거여. 그랑께 누가 머라고 물으면 자유당을 찍는다고 말하는 한이 있드래도, 우리 식구는 무조건 민주당 장면을 찍어야 한다. 그기 면장님의 은공을 천분지 일이라도 갚은 일이여……"

상규네가 갑자기 묻는 말에 청산댁이 얼른 말이 나오지 않아서 입술만 들썩들썩하고 있을 때였다. 박평래가 한심하다는 얼굴로 청산댁을 노려보며 말했다.

"우리야 아부지 말대로 민주당을 찍어야 되겠지만, 영동 사람들은 죄다 자유당을 찍으믄 안 된다고 하데유. 우리는 잘 모르고 있는데 시방 자유당에서는 난리도 아니래유. 일정 시대 때는 일본놈들이 말하는 거는 머든지 벱이였잖유. 그 사람들이 언지 우리한테 물어 보고 벱을 만든 기 아니잖유. 순전히 지덜 필요에 위해서 법을 만들어 갖고 설랑, 나락 공출이며 놋주발을 걷어 가는가 하믄, 조상대대로 물려받은 이름도 지덜 이름으로 바꿔야 한다고 설치지 않았슈. 시방 자유당이 딱 그짝이라고 하데유. 하나를 보면 열을 안다고, 이정재니 임화수니 하는 깡패들이 치안국을 제 집 드나들듯 드나들며 큰소리치는 것만 해도 말이 안 되잖유. 치안국이 머유? 깡패를 잡아들이는 곳이잖유. 적반하장도 유분수지, 순경들이 깡패들한테 꼼짝도 못하고 굽신굽신 인사를 한다는 거시 말이나 된다는 거유?"

"그건 애비 말이 맞는 말여. 여기만 해도 영동 읍내에 비하믄 촌구석이잖어. 암만해도 읍내 사람들이 우리보담은 현명하겠지. 오씨가 맹하니 보여도 한마디씩 던지는 말이 틀린 말이 아닌 거시, 맨날 라디오를 끼고 살기 때문이잖여."

박태수가 하는 말을 한마디도 빠트리지 않겠다는 얼굴로 유심히 듣고 난 박평래가 말했다.

"라디오에서 노래벆에 안 나오잖유. 노래만 들어도 세상 이치를 꿰찰 줄 안다믄 학산 이발소 사장이 더 똑똑하겄네."

"아여, 잠깐 주둥이 좀 다물고 내 말 좀 똑똑히 들어 봐. 라디오에서 는 노래만 나오는 거시 아니고 뉘……뉘……머라고 하드라?"

"할아버지, 그건 뉘우스라고 하는 거여. 영화 할 때도 맨 먼저 나오잖 여. 대한 뉘우스라고 말여."

상규가 웃는 얼굴로 말했다.

"그려, 그래도 배운 놈이 낫구먼. 라디오에서는 세상 돌아가는 형편을 뉘우스로 말해준단 말여. 오씨가 그걸 들었쌍께 우리보담은 낫지. 헌데 읍내 사람들은 암만해도 여기서보담 서울이 가깝고, 그 머서 뉘……뉘 ……."

박평래가 뉘우스라는 말이 나오지 않아서 도움을 청하는 눈빛으로 상 규를 바라봤다.

"뉘우스"

"그려, 읍내 사는 이들이 우리보담은 뉘우스를 많이 들응께 세상 돌아 가는 이치는 빤하겄지. 그 사람들이 하는 말을 떠나서 우리는 면장님의 은공을 생각해서 반드시 민주당 장면을 찍어야 한다능 겨. 그라고 상규 너는 그래도 중학교 물을 먹어서 영어도 그만큼 하면서 뭣 땜시 면사무 소를 못 댕기겄다고 하능거여? 할애비가 볼 때는 양산면사무소 직원들

중에 너처름 중학교 물이라도 먹은 직원들은 드문 걸로 알고 있는데……"

"허파에 바람만 잔뜩 들어서 딴생각만 하고 있응께 그릏쥬."

박태수가 상규를 짧게 노려보고 나서 말했다.

"애비라고 하는 이가 자식한테 할 말이 그것뺴에 읎냐? 설령 허파에 바람이 들어서 딴생각을 하고 있드래도, 잘 다독거려서 군대 갈 때까지 댕기게 만들지는 못하구선……"

청산댁의 앞에는 콩이 담긴 함지박이 있다. 청산댁은 짐작만으로 콩 씨를 골라서 바가지에 담다가 박태수를 바라보며 혀를 찼다.

"상규가 하는 말이 뱁이 바껴서 앞으로는 공무원이 될라믄 셤을 쳐야 한다잖유. 그랑께 워틱해유. 일은 죽어도 하기 싫다, 지 분수도 모르고 서울 가서 기술을 배우겄다고 저 지랄로 뻗대쌍게 현재로는 대책이 읎 잖유. 면사무소는 그만 둔다면, 진규츠름 고등학교 입학검정고시 공부를 해서 중핵교 졸업장이라도 따 놔야 장개라도 갈 거 아뉴."

상규네는 청산댁 앞으로 자리를 옮겼다. 함지박에서 콩을 한주먹 들 어서 쓸 만한 콩을 바가지에 담으며 한숨을 내쉬었다.

"나는 모르겄다. 에미 말대로 머스마는 워떤 일이 있드래도 공부를 해 야 하는 거는 맞는 말이라고 생각한다. 그러나, 당장 날부터 중핵교를 가라는 것도 아니고 면사무소를 그만두라는 건 좀 그런 거 같구먼. 진규 츠름 진득하게 또랑가에서 자갈을 주서 나른다면 몰라도……"

"아부지, 복잡하게 생각하실 필요 읎슈. 아부지 말씀대로 날부터 중핵 교를 가는 것도 아닝께……"

박태수는 뒷문 앞에 측면으로 앉아서 짜증이 난다는 얼굴로 천장과

벽 사이를 바라보고 있었다. 상규를 바라보지도 않고 한심하다는 얼굴로 말했다.

"당신은 내가 말 할 때 딴생각하고 계셨슈? 상규 나이가 올게 몇 살이유. 고딩핵교를 댕기믄 이학년이 될 아를 워티게 다시 중핵교를 보낸다는 거유?"

"아까, 당신 입으로 안 그랬남? 내년부텀이라도 고등학교를 보낼라믄 낼부터라도 면사무소를 그만두고 공부를 해야 한다고 말여. 대관절 그기 말이나 된다고 생각하는 거여? 상규 자가 검정고시를 봐서 고등학교를 갈 수 있다믄 내가 이른 말을 안 햐. 자는 원래 뭐든지 진득이 하는 일이 읎잖여. 공부하는 것보다 농사짓는 거시 좋다고 해서 농사일을 시킹께, 심들어서 못하겄다……"

"상규가 농사를 질라고 중퇴를 한규? 우리가 능력이 읎응께……"

상규네는 상규를 중학교 졸업시키지 못한 걸 생각하면 죄스럽기만 해서 눈물이 나오려고 했다. 말을 잇지 못하고 콩을 한 움큼 집어서 빠르게 가려냈다.

"남이 들으면 상규는 공부하고 싶어서 안달을 하는데 내가 억지로 중퇴를 시켰는 줄 알겄구먼. 이참에 상규 너한테 확실하게 물어 보자. 너 중퇴시키기 전에 내가 뭐라고 했어? 니가 공부를 계속 할 생각이믄 어머가 장리빚을 내서라도 계속 공부를 시키겄다. 그렇게 물응께 니가 머라고 했는지 니 입으로 대답혀 봐."

"공부는 어채피 저하고 적성이 안 맞아유. 누가 중학교 간다고 했슈? 츰부터 중학교 안 갈라고 버텼는데 어머가 가라고 해서 건 거잖유."

상규가 나도 할 말이 있다는 얼굴로 박태수에게 대들었다.

"아부지, 상규 말 똑똑히 들었쥬? 자 어머가 저래유. 공부하기 싫다는 아 억지로 공부시킬라고 면장 댁 암소를 외상으로 사서 그거 갚을라고 얼매나 고생을 했슈. 그것 뿐유. 또랑에 엄한 과수원을 맨들겠다고 해서 온 식구를 고생시키더니 하룻밤새 날려 버렸잖유. 그만큼 뜨거운 맛을 봤으면 찬물 마시고 속 차릴 때도 됐잖유. 그런데도 정신을 못 차리고 물 빠지기 무섭게 삼태기 들고 달려 간 여자가 바로 아부지 며느리유."

"쯔쯔, 누가 즈 어머 자식 아니랄깨비 생각하는 거시 딱 한 치도 틀리지 않고 그렇게 콱 맥혔냐? 아! 에미가 우리식구 고생시킬라고 그런 거여? 남 농사져서는 암만 열심히 해도 다람지 쳇바퀴 도는 신세 면하지 못한다고 판단 했응께 그런 거잖여. 그람 고맙습니다 하고 에미가 하는 말을 들어야지, 시방 누굴 원망하는 거여."

"먼 말을 그렇게 한댜. 내가 볼 때는 애비 말이 한마디도 안 틀리고 다 맞는데."

청산댁이 콩을 가리다 말고 박평래를 곁눈질로 흘겨보며 중얼거렸다.

"아부지, 지 말씀을 끝까지 들어 보셔유. 사람이 등신 되는 거는 해룡이츠름 지 어머 배 속에서 나올 때부터 등신이 되는 아만 있는 기 아녀유. 공부뱆에 모르는 대학생이 농사꾼들하고 서 있으믄 등신 취급 받기는 일도 아녀유. 먼 야기냐 하면. 암만 똑똑해도 등신들 사이에 서 있으믄 난중에는 등신이 되고 마는 이치하고 같은 거란 말여유. 상규 에미가 암만 똑똑하다고 해도 지가 서 있을 자리에 안 서 있었응께 작년 태풍 때 등신 취급 받는 거잖유. 그리고 상규 문제만 해도 그래유. 상규는 시방도 공부는 죽어도 하기 싫다고 하잖유. 그런 아한테 억지로 공부를 시켜 봐야 비싼 사친회비만 날리지 난중에 먼 영화를 보겠슈. 차라리 계속 급사질을 하다가 군대를 가는 거시 훨씬 났다 이거유. 상규가 군대 갔다 올 때쯤이면 누가 아남유? 부면장님이 민의원에 턱 하니 당선이 돼 있을지. 설령 관운이 더럽게 없어서 민의원에 당선이 안 됐다고 쳐유. 민의원 선거에 두 번씩이나 나가신 분이 부탁을 하면 우체국 같은 데라도 취직을 시켜 줄 수 있잖아유."

"아부지, 시방 지한테 챙피하게 모자 쓰고 편지 배달부나 하라고 하시는 거유?"

상규가 갈수록 태산이라는 얼굴로 물었다.

"이 자식아, 명색이 중핵교 이학년 중퇴한 놈을 제우 배달부 시키겄냐? 아부지가 알아 봉게 우체국은 임시직원으로 근무를 하다 정식으로 올라가기기 쉬웅게 하는 말이지."

"그건 애비 말이 맞는 말 가텨. 내가 에미 니 생각이 하도 갸륵하고 기특해서 말을 안 하고 참고 있었지만 말여. 부면장님이 시방은 민주당으로 당을 옮기셔서 그전 보담은 빽이 많이 읎어진 거는 사실이다. 그라고 그기 바로 세상사는 이치여. 난도 저 위에 계신 면장님한테서 은젠가 들은 야긴데. 옛날에 정승 댁의 개가 죽으믄 문전성시를 이뤄도, 정승이 죽으믄 개 새끼만 문전을 기웃거린다고 하드라. 정승이 살아 있을 때만 정승이지 죽어서는 정승이 아니라는 말이겄지. 하지만 그건 세상 돌아가는 이치가 그른지는 몰라도 벱이라는 거는 그릏지가 않다. 정승 아들을 과거시험도 안 보고 벼슬을 주는 제도라는 것이 있어서 나라에서는 죽어서도 공로를 잊지 않고 있었다는 거여. 부면장님도 그런 이치에서 보믄 영 빽이 읎다고는 볼 수 읎다. 그랑게 우신 좀 더 두고 보는 것이 좋겄다."

청산댁이 박태수의 말이 구구절절 맞다는 표정을 짓고 있다가 말했다.

"난 시방 느 어머가 먼 말을 하고 있는지 모르겄다."

박평래는 방문 앞으로 당겨 앉았다. 등을 돌리고 돌아앉아서 곰방대에 담배를 재면서 질렀다는 표정으로 말했다.

"고딩핵교를 나와야 꼭 성공하라는 벱도 읎는 거 같다. 날망집 아들 야기 못 들었냐? 그 집 자식들이 서울에 올라갈 때 달랑 차비하고 이틀치 여인숙에서 지낼 돈만 갖고 올라갔다. 그란데도 서울에서 쌀가게를 한다고 하잖여. 돈을 을매나 많이 벌었는지 사방에서 우리 집 사위하자고 중매가 들어와서 및 달 있다가 장개도 보낸다고 하드라. 상규도 꼭 공부를 잘해야 성공하라는 벱은 읎는 거 가텨. 양산면사무소 직원들도 상규가 심부름도 잘하고, 머를 시키믄 하나도 틀리지 않고 잘한다고 칭찬이 자자하드라 그랬게. 지가 하고 싶은 대로 기냥 하게 내비두는 것도 좋을 거 가텨."

"할머! 난도 서울로 갈튜. 난도 서울로 가서 돈 많이 벌어서 시훈이 형츠름 성공해서 쌀가게 할 텨. 쌀가게 해 갖고 돈 많이 벌어서 할머 좋아하는 사탕이랑 엿도 많이 사다주고, 할아부지한테는 비싼 담배도 막 사다 줄 모냥잉께 어머한티 서울로 보내주라고 말 좀 햐."

상규는 상규네를 제외한 모두가 공부하는 것을 반대하는 것을 보고 용기가 났다. 구석에서 무릎을 세우고 힘없이 앉아 있다가 앞으로 내 앉아 콩을 가리고 있는 청산댁의 손을 덥썩 잡았다.

"날망집 자식들이 서울에서 성공했다는 거는 학산 사람들도 죄다 알고 있는 사실유."

박태수도 청산댁의 말이 옳다는 얼굴로 거들었다.

"그 냥반이 학산 장터에서 염색을 하고 있응께 여간 자랑을 했겄어. 시도 때도 읎이 틈만 보이믄 자식 자랑을 못해서 입에서 동티가 날 사람인데……"

"어머님, 날망집 자식들은 형제잖유. 형제가 올라가서 심이 들 때는 서로 위해 주고, 감싸주고 했응께 그만큼 성공했겄지. 근데 너는 내가 볼 때 참말로 아녀. 니가 진규만큼만 똑똑하다믄 걱정도 안 햐. 물론 그렇다고 니가 바보천치라는 말은 아녀. 내 말은 서울이라는 그 넓은 데 가서 니가 성공을 할라믄 더 공부를 해서 올라가도 늦지가 않다는 말여……"

상규네의 말에 상규는 문제가 원론으로 돌아가고 있다는 생각에 힘없이 뒤로 물러나 앉았다.

"당신 참말로 똑똑하구먼, 삼천만 방방곳곳 사람들 보담 똑똑한 거 가 텨. 천만에 말씀! 나는 당최 당신이 어떤 나라 식으로 말하는지 암만 생각해 봐도 참말로 모르겄어. 공부하고 먼 원수가 졌길래 공부는 죽어도 하기 싫다는 아를 자꾸 공부시키지 못해 애를 태우는지 모르겄구먼."

"애비, 너 잘하믄 에미를 한 대 칠 거 같다?"

박태수의 목소리가 갑자기 불거지자 박평래가 제동을 걸었다.

"아부지도 이 사람이 하는 말을 들으셨잖유. 공부도 지가 좋아야 재미를 붙여서 잘하는 벱유. 공부라믄 몸서리치는 아한테 공부를 못시켜서 안달을 항께 지가 승질이 안 나겄슈?"

"넌 참 이상하다. 에미가 하는 말을 쬐히 생각해 보지 않고 무조건 반대를 항께, 상규 자가 똥인지 된장인지도 모르고 정신을 못 차리고 있응께, 서울 가서 기술이나 배우겠다고 설치지. 부모의 역할이라는 것이 뭐여? 자식이 잘못된 질로 가고 있으믄 회초리로 때려서라도 바른 길로 가게 만드는 거시 부모 된 도리잖여. 하다못해 소도 쟁기질을 츰부터 지대로 갈켜야 꾀를 안파는 법이잖여."

방문 앞에서 담배를 피우고 있던 박평래가 돌아앉아서 답답하다는 목소리로 말했다.

"담배 좀 작작 피우믄 안 되유? 오소리 잡는 것도 아니고 코딱지만 한 방에서……"

청산댁이 못마땅하다는 얼굴로 중얼거렸다.

"아부지 소도 싹수가 있는 소가 있고, 암만 질을 들여야 싹수가 읎는 소도 있잖유. 싹수가 읎는 소는 암만 질을 들여봐야 심만 들지 황소고집은 못 말리는 법이잖유."

"질고 짧은 거는 대 봐야 아는 법유. 상규 저도 면사무소에 댕기면서 먼가 느끼고 배운 점이 있을규. 그랗게 옛날처럼 세월아 네월아 시간만 보내지는 않고, 밤을 세워서 공부를 하믄 검정고시가 아니라 더 심든 것도 충분히 해 낼 수 있을규. 상규야 어머 말이 틀린 말이냐?"

상규네는 박태수의 말을 무시해 버렸다. 상규의 손을 잡고 살갑게 물었다. 상규는 대답대신 안타까운 눈빛으로 청산댁을 바라봤다. 청산댁은 나는 이 집에서 힘이 없다는 얼굴로 고개를 잘래잘래 흔들었다.

순국지사의 비애

내 논을 내 맘대로 도지를 준다고 하는데 누가 머라고 하겠능가?
대한민국 헌법에
땅 쥔이 땅을 맘대로 줘서는 안 된다는
법 조항이 나와 있기라도 하능가?
춘셉이 자네 생각은 어뗘?

점심 무렵이다.

김춘섭이 황인술 집에서 둘둘 만 멍석 두 개를 지게에 지고 골목을 걸어 나왔다. 둥구나무 밑에서 이제나 오려나 저제나 오려나 기다리고 있던 동네 남정네들이 서둘러 멍석을 바닥에 잇대어 깔았다.

멍석 위에 두레상 놓기를 기다렸던 아낙네들이 함지박에 음식을 담아서 머리에 이고 왔다.

"영감님하고 팔봉이 아부지는 즈이 집으로 오시라고 하네유."

두레상 위에는 광일네가 중심이 되어 마련한 삶은 돼지고기며, 잡채에 부침이며, 떡에 봄나물무침 등이 차려졌다. 광일네가 이마의 땀을 닦으며 순배 영감 앞으로 가서 자랑스럽게 말했다.

"암 데서나 먹지 머."

순배 영감은 말과 다르게 곰방대를 챙겨 들고 일었다.

"그래도 구장이 오라고 항께 가 보쥬 머."

변쌍출은 장기팔을 찾아봤다. 오늘이 학산장도 아니고 양산장도 아닌데 얼굴이 보이지 않는다.

"누굴 찾는 거여?"

"기팔이를 찾는데 얼굴이 뵈이지 않네?"

"아까 봉께 구장네 돼지 잡는데 끼어 있던 거 같든데."

"별일여. 요새 자식들이 돈 좀 번다고 딴 사람츠름 놀더니 거긴 왜 갔다?"

"먼가 생각이 있응께 갔겄지."

순배 영감과 변쌍출은 둥구나무 밑에 차려진 음식을 본 뒤라서 배에서 꼬르륵거리는 소리가 날 지경이다. 그런데도 봄놀이 가는 사람들처럼 한껏 여유를 부리며 황인술네 집으로 갔다.

"어여, 들어들 오세유."

정지에서는 고소한 냄새가 솔솔 풍겼다. 마당에는 가마솥을 화덕에 걸어 놓고 돼지 뼈를 우려내서 국밥을 끓이고 있는 중이다. 감나무 가지에는 돼지 갈빗살이며 앞다리 살이 통째로 걸려있다. 순배 영감은 잔기침을 하며 사랑방 앞으로 갔다. 문 앞에 앉아 있던 황인술이 밖으로 나와서 인사를 했다.

"여하튼 올개는 구장이 젤로 잘나가는 구먼."

윤길동과 오씨가 일어나서 황인술과 변쌍출이 앉을 자리를 만들었다. 순배 영감은 점잖게 한마디 하고 방으로 들어갔다.

"자식 정식으로 면서기 됐겄다. 군수상 탔겄다, 이런 날 돼지를 안 잡으믄 언제 잡는댜. 요새 시대가 바껴서 그렇지 일정시대만 해도 면서기로 취직을 했으믄 돼지가 아니라 소를 잡아도 싸게 멕히는 거 였잖유."

"별말씀을 다하시느만, 인제 시작인데유 머."

황인술은 고무신을 신고 정지로 갔다. 광일네를 불러서 사랑방에 막걸리며 음식을 들여 놓으라고 지시를 했다.

"수고 많이 하시느만, 좌우지간 오늘 저 감나무에 걸린 돼지괴기 다 해치워야 집에들 갈 수 있응께 알아서들 하셔."

황인술은 돼지를 잡으면서 이 사람 저 사람이 권하는 막걸리를 적지 않게 마셨다. 정지에 있는 아낙네들에게 거나하게 취한 목소리로 말을 하고 나서 돌아섰다. 봉산댁은 국밥을 끓이는 가마솥 화덕 앞에 앉아서 장작불을 살피고 있다.

"인제 농사 안 져도 되겄네유?"

봉산댁이 슬쩍 말을 걸었다.

"나보고 학산이나 영동으로 이사를 가라고 하는 말로 들리는구먼."

황인술은 술 취한 눈으로 봉산댁을 바라본다. 화덕을 향해 앉아 있는 봉산댁의 엉덩이가 오늘따라 유난히 도드라지게 보인다. 하지만 얼른 시선을 돌렸다.

"이사를 간다는 말이 먼 말여?"

사랑방에 앉아 있던 박평래가 황인술에게 물었다.

"봉산댁이 인제부텀은 농사를 안 져도 되겄네유, 라고 묻잖유. 봉산댁 말대로 농사를 안 질라믄 학산이나 영동으로 이사를 가라는 말이나 같잖유."

"요새 면서기 한 달 봉급이 얼매여?"

황인술이 자랑스럽게 하는 말에 오씨가 물었다.

"쌀 한 가마니 값은 넘쥬?"

김춘섭이 황인술에게 물었다.

"츠, 면서기가 원지 봉급 타서 먹고 사는 거 봤남? 강 서기가 우리 집이 옴서, 그 흔한 봉초라도 한 봉 사 가지고 오는 거 봤냐 이거여? 순전히 입하고 손가락만 가지고 댕김서 은어 먹잖여."

광일네가 교자상을 들고 왔다. 황인술은 교자상을 받아서 돌아섰다. 김춘섭과 윤길동에게 건네주면서 코웃음을 쳤다.

"하긴, 그려. 왜정 때는 면서기하고 순사가 젤 무서웠잖여. 요새도 동리 구장들은 면서기가 말 한마디 하믄 설설 기잖여."

황인술의 말을 못마땅하다는 얼굴로 듣고 있던 박평래가 말했다.

"태수 아부지는 먼 말씀을 그릏게 하신댜. 구장질을 하다 보믄 그럴 수뷖에 읎슈. 면서기들한테 못 뵈이믄 세금 한 푼이 더 나와도 더 나오고, 비료 한 포가 들 나와도 들 나옹게 위틱해유. 읎는 돈으로 닭 잡아 줘, 갯주머니에 담배 넣어줘, 학산 같은 데서 만나믄 하다못해 태화루에 가서 짜장면이라도 한 그릇 사 주는 거 하고, 개 소 쳐다보듯 하는 거 하고는 천지 차인데……"

광일네와 봉산댁이 술과 안주를 들고 왔다. 문 앞에 앉아 있는 황인술은 부지런히 돼지고기며, 잡채 같은 걸 받아서 교자상 위에 올려놓으면서도 입은 쉬지 않았다.

"자, 우신 영감님부텀 한잔 하셔유."

"구장이 긴 야기 안 해도 잘 알고 있구먼. 그래서 지난 선거 때도 구장한테 투표용지를 멕긴거잖여. 구장 덕분에 나나 여기 팔봉이 애비나 모두 다리 아프게 학산국민핵교까지 안 가고 투표 잘 했잖여."

"별말씀을 다 하시느만유. 구장이 하는 일이 바로 그런 일이잖유. 투표는 국민의 권리잖유. 그 권리를 행사 하시겠다는데 지가 멀 못 도와주겄슈. 여하튼 여러분들이 도와주신 덕분에 이기붕 선생님이 당선되신 거잖유."

"시방 구장님 말을 가만히 듣고 봉께 이상하네. 그람 머셔, 구장님이 영감님 대신 투표를 했다는 거유?"

순배 영감과 황인술이 하는 말을 귀담아 듣고 있던 김춘섭이 물었다.

"그기 머 이상한 일여? 난도 투표하는 날 날씨가 꾸무리해서 그런지 신경통 땜시 투표하러 못 갔잖여. 그래서 구장이 식전부텀 투표하러 가자고 왔길래 다리가 아파 못 간다고 했더니 그럼 지가 대신 투표를 해드릴 팅게 해서 투표용지를 주세유, 라고 구장이 말하길래, 이런 고마울 때가 있나, 하는 생각에 내 꺼하고 팔봉이 어머거 라고 해서 투표용지를 줬는데. 그기 머 어떠셔?"

"에이, 그람 안 돼쥬."

김춘섭이 뒤로 물러나며 하는 말에 박평래는 눈을 동그랗게 뜨며 쳐다봤다. 그날 자신의 집에서 황인술이 대신 투표를 해 주겠노라며 찾아왔었다. 생각 같아서는 투표용지를 내주고 싶었지만, 자유당을 찍을 것 같아서 내주지 않았었다. 그것이 뭐가 잘못된 것은 아닌가 하는 생각이 들어서였다.

"안 되긴 머가 안 되는 거여? 외려 고마운 일이지. 내가 알기루는 우리 동리에서 구장이 대신 투표 해 준 것이 스무 표는 넘을 껴. 그걸 구장이 일일이 챙겨서 투표를 해 줬으믄 외려 고맙다고 할 일이 아닌가?"

"투표는 왜 하는데유? 지가 좋아하는 후보를 찍을라고 투표를 하는 거잖유. 그란데 구장님이 한꺼번에 투표용지를 모아가서 혼자 투표를 하믄 머할라고 투표를 한데유. 아싸리 면사무소 직원이 사무실에 앉아서 죄다 투표를 해 뻐리지."

황인술은 대놓고 대리투표를 비방하는 김춘섭을 초대한 것이 후회가 됐다. 그러나 한동네, 그것도 바로 코앞에서 멍석을 펴 놓고 음식을 대접하는데 초대하지 않을 수가 없었다. 이럴 줄 알았다면 사랑방으로 불러들이지 않고 그냥 둥구나무 밑의 멍석에서 먹든, 논둑에 걸터앉아서 처먹든 말든 대접하는 시늉만 낼 걸이라고 생각하며 막걸리를 마셨다.

"허허, 젊은 사람이 왜 그렇게 소견이 좁을까. 자네 말대로 우리가 찍고 싶은 사람을 찍을라믄 직접 가서 찍었을 껴. 하지만 우린 죄다 자유당 이기붕을 찍기로 합의를 했잖여. 그런 상황에서 내가 찍는 거 하고, 구장이 대신 이기붕을 찍는 거 하고 머가 틀리다능 겨. 형님 지 말이 틀렸슈?"

변쌍출이 답답하다는 얼굴로 순배 영감에게 구원을 청했다.

"원측은 춘셉이……"

"춘셉이는 그른 말 할 자격도 읎는 사람여. 내가 우리 동리의 발전을 위해서는 여하간 일이 있드래도 자유당을 찍어야 한다고 입이 부르트도록 말했잖여. 근데 구장이 하는 일에 협조는 못해줄 망정, 제우 그까짓 표 한 장 찍는 것 가지고도 왈가불가 하믄 나더러 대관절 워칙하라는 거여?"

순배 영감이 김춘섭의 말이 맞는다는 표정으로 입을 열려고 할 때였다. 황인술이 상황이 안 좋게 돌아갈지도 모른다는 생각에 순배 영감의 입을 막았다.

"내 참 별말을 다 들어 보는구먼. 지가 언지 구장님이 하는 일에 협조를 안 해줬슈. 솔직히 말이 나온 김에 하자믄, 이 동리서 구장님 하는 일에 젤 많이 협조해 주는 사람은 영동에 있는 태수하고, 여기 길동이 형님하고 지하고 세 명이잖유. 그라고 말이 나온 김에 하자믄 내가 민주당을 찍던지, 자유당을 찍던지 통일당이나 민족주의민주사회당을 찍든지 그건 순전히 지 맘이지, 구장님 맘이 아니잖유."

"그건 춘셉이 말이 맞는 말이구먼. 요새는 민주주의잖여. 면장님이 그라시는데 민주주의는 머든지 지가 하고 싶은 걸 할 수 있는 자유가 있다느만. 선거도 민주주의니께 치르는 거지, 이북에는 선거를 안 한다느만. 무조건 김일성만 찍어야 항께 말여."

박평래가 젓가락으로 잡채를 집으려다 말고 점잖게 거들었다.

"태수 아부지는 뭉쳐야 살고 흩어지믄 죽는다는 말도 못 들어 봤슈?"

"내가 그 말을 왜 못 들어봐. 이승만이가 한 말이잖여. 그라고 이판에 시방 그 말이 왜 나오능 겨?"

"딴 동네 사람들은 똘똘 뭉쳐서 한 집도 빠지지 않고 야지리 자유당을 찍었다는 말은 들어 보셨슈?"

"그런 말은 들어 보지 않았지만 학산 장날 순양 사는 어뜬 사람한테 각 반별로 조를 짜갖고설랑 반장이 조장이 돼서, 조장 감시하에 자유당 이기붕을 찍었다는 말은 들어 봤네. 그래서 내가 그 사람한테 머라고 했냐 하믄, 민주주의 나라에서 투표하는 방식은 반드시 비밀투표를 해야 한다. 그란데도 조장이 투표소 안에까지 따라 들어가설랑, 이기붕한테 똥그래미 치는 걸 일일이 감시하는 건 민주주의 투표가 아니고, 빨갱이들 수법이라고 말했지."

박평래가 소리꾼이 부채로 손바닥을 두들길 때처럼 젓가락으로 손바닥을 두들겨 가며 말을 하고 있는 사이에 진규가 마당으로 들어섰다.

"그랬더니 그 사람이 머래유?"

황인술이 기분 나쁘다는 얼굴로 물었다.

"저도 그란 줄만 알고 있었는데 요번에 투표하는 벱이 바뀌었는 줄 알았다고 하드만. 그래서 내가 한마디 더 해줄려다가 그만뒀지. 내가 볼 때는 옷 입은 거 하며 얼굴 생긴 거는 멀쩡한데, 정신적으로 모자라지 않는 이상 그런 말을 할 턱이 읎다는 생각이 들어서……"

"잠깐만! 잠깐만유."

황인술은 정신적으로 모자라다는 말이 자신을 빗대어 하는 말로 들려왔다. 너무 화가 나서 일단 박평래의 말부터 잘랐다. 흥분을 했더니 취기가 한꺼번에 얼굴로 몰려오는 것 같아서 금방 시뻘겋게 달아올랐다. 숨을 꿀꺽 삼키고 나서 다시 입을 열었다.

"그……그랑께, 시방 태수 아부지 하시는 말씀은 지가 순배 영감님하고, 여기 팔봉이 아부지랑, 나이가 드셔서 학산까정 걸어가기가 힘이 드신 분들을 대신해서 투표한 거시 정신이 모자란 놈이 하는 짓이다 이 말씀유?"

"내가 대놓고 모자라다고 했남? 민주주의에서 비밀투표를 하지 않고, 조장이 안에까지 따라 들어가서 누구를 찍는지 감시하는 건 이북 공산당이나 하는 짓이라고 했지……"

황인술이 흥분할수록 박평래의 목소리는 황인술이 듣기에 얄미울 정도로 번들거려서 기름이 뚝뚝 떨어지는 것 같았다. 박평래는 활짝 열어 놓은 방문 밖으로 진규를 바라보며 말꼬리를 흐렸다.

진규는 이병호의 심부름을 온 인숙이를 대신해서 박평래를 부르러 왔다. 상황을 지켜보니까 박평래가 황인술과 말다툼을 하고 있는 것 같아서 말이 끝나기를 기다렸다

"응딩이나 방딩이나 똑같은 말이라고 그기 그 말 아녀유. 누구는 머, 할 일이 읎어서 내 일은 죄다 뒷전으로 미뤄 놓고 새벽부텀 일어나서 집집마다 돌아 댕김서 오늘은 꼭 투표를 해야 하는 날이라고 소리하고 댕겼슈? 지도 농사를 짓는 놈이고, 지도 한 가정의 가장이고, 더 나아가서는 모산을 대표해서 면사무소와 고리 역할을 해 주는 구장이잖유. 구장이라는 놈이 비싼 밥 처먹고 할 일 읎어서 대리투표나 해 주고, 글자 모르는 사람은 따라 들어가서 요기다 똥그래미 치는 거라고 일일이 알켜 줬는지 알아유? 이기 다 우리 동리의 발전과 우리 동리 사람들한테 쪼끔이라도 더 좋은 일이 생길께비 지가 작심을 하고 했던 일유. 그라믄 응당 고맙다는 말씀은 못해도 지가 하는 일에 꼬칫가루는 뿌리지 말았어야 하는 거 아닌가유?"

"허허, 이 사람 잘 하믄 치겄네. 멀 그릏게 흥분하나? 암것도 아닌 일을 갖고설랑?"

"어려! 이기 위째 암것도 아니래유?"

황인술의 목소리가 붉거져 나오자 마당에 있던 아낙네들이 모여 들었다. 그 사이에 있던 진규가 한 발자국 앞으로 나갔다.

"구장님, 우리 할아부지가 하시는 말씀이 맞는 말씀이라고 봐유. 국민학교 다닐 때 우리 담임 선생님도 민주주의 나라에서 대통령이나 민의

원을 뽑는 것은 죄다 비밀투표 방식으로 하는 것이라고 말씀하셨슈. 그라고 투표는 국민의 권리라고 하셨슈. 그랑께 우리 할아부지 말씀이 죄다 맞는 말씀이잖유."

"너……너! 시방 머라고 했냐?"

진규의 말에 사랑방 앞에 모여 있는 아낙네들은 벌린 입을 다물지 못했다. 사랑방 안에 있는 남정네들도 일제히 진규를 바라봤다. 재작년에 국민학교를 졸업하고 문고리에 손이 쩍쩍 달라붙는 한겨울에도 과수원 터에서 자갈을 골라내던 박태수의 작은 아들이다. 몸짓으로 보나 목소리로 보나 아직 어린티를 벗어나지 못했다. 그러나 황인술을 바라보고 있는 눈빛이 너무 당당해서 저절로 감탄사가 튀어 나올 지경이었다. 황인술도 놀랐으나, 이내 어른들끼리 말하는데 어린 것이 싸가지 없이 끼어들었다는 생각에 화를 내며 물었다.

"투표에는 직접투표와 간접투표가 있슈. 직접투표는 국민이 직접투표를 하는 거시고, 간접투표는 미국 같은 나라처럼 정당에 투표를 해서 대통령을 뽑는 방법이여유. 그란데 우리나라는 나라가 짝응께 직접투표 방식으로 한다고 선생님께서 말씀을 하셨고, 사회 책에도 우리나라는 직접투표 제도를 시행하고 있다고 자세하게 나와 있슈. 직접투표는 비밀투표로 하는 거시고, 우리나라 사람들은 죄다 자신이 대통령이나 부통령을 맘대로 선택할 권리가 있다고 말여유."

진규는 당황하지 않았다. 전교생을 모아 놓고 웅변을 할 때처럼 턱 버티고 서서 당당하게 말했다.

"그……그걸 누가 몰라?"

황인술은 진규가 광일이였다면, 아니 이 자리에 박평래만 없어도 마당으로 뛰어 나가서 진규의 귀뺨을 보기 좋게 올려버리고 싶었다. 하지만 보는 눈이 많아서 그럴 수는 없었다. 손이 벌벌 떨리도록 화가 나기도 했지만 어린 것이 직접투표니, 간접투표를 거론하면서 똑소리가 나도록 쏘아붙이는 모습이 소름이 끼치도록 무섭기도 해서 말이 나오지 않았다.

"여긴 왜 옹 겨?"

박평래는 진규의 당차고 해박한 지식에 십 년 묵은 체증이 한꺼번에 쓱 내려가는 기분이 들었다. 자신도 모르게 벙글벙글 웃음이 나왔으나 채신머리없이 소리 내어 웃지 않았다.

"면장님 댁에 놀러 갔던 인숙이가 내려와서 그라는데, 승우 할아부지가 잠깐 올라 오시래유. 그 말 뗌시 온 거유."

"그려?"

박평래는 이병호가 찾는다는 말에 앞에 있던 막걸리 잔을 단숨에 비워 버렸다. 돼지고기 한 점을 우물우물 씹으면서 밖으로 나갔다.

"구장님, 그람 안녕히 계셔유. 지는 이만 가 볼게유."

진규는 붉으락푸르락 한 얼굴로 엉덩이를 들썩거리고 있는 황인술에게 얌전하게 인사를 하고 돌아섰다.

"허! 그놈 참 앞으로 크게 될 놈일세."

"태수가 자식 농사 하나 만큼은 확실하게 졌구만유."

박평래는 등 뒤에서 들려오는 순배 영감과 변쌍출의 말에 저절로 어깨 춤이 추어지는 것을 느끼며 덩실덩실 걷는 걸음으로 면장 댁으로 향했다.

박평래는 쪽문을 통해 마당으로 들어섰다. 올해도 툇마루 앞에는 어김없이 작약이 싹을 내밀고 있다. 깨끗하게 비질을 한 마당을 가로 지른 빨랫줄에 걸려 있는 빨래에 머리가 닿을까봐 헛간 앞으로 돌아서 사랑방 앞으로 갔다.

누마루 밑 쇠죽솥 앞에는 암탉이 병아리 십여 마리를 데리고 한가하게 무언가를 쪼아 먹고 있었다.

"면장 어른 지 왔구만유."

"들어오게. 내가 뭣 좀 물어볼라고 불렀네."

누마루 쪽의 장지문이 열리며 이동하가 모습을 드러냈다. 이동하는 말을 하지 않고 기운 없는, 눈에 보이지 않는 이병호의 목소리가 흘러나왔다.

"아뉴. 시키실 일이 있으시믄……"

박평래는 황송하다는 얼굴로 허리를 굽실 거렸다.

"아부지가 하실 말씀이 계신 모낭잉께 어여 들어 오셔유."

박평래는 이동하의 말을 듣고 나서야 조심스럽게 사랑방 안으로 들어갔다.

"하실 말씀은……"

"편히 앉게."

이병호는 무명천으로 이마를 싸매지는 않았지만 뼈만 앙상하게 남은 얼굴이다. 가래가 끓는 목소리로 말을 하면서도 담배 연기를 날리며 문 앞에 서 있는 박평래를 바라봤다.

"시방 집에서 오는 질유?"

이동하가 누마루 아래로 둥구나무 밑을 바라보며 말했다. 둥구나무 밑에는 누구 잔치라도 하는 것처럼 동네 사람들이 북적거리고 있다.

"구장이 오늘 한턱낸다고 해서……"

"난 둥구나무 밑에 사람들이 모였다고 하길래, 뭘 하는지 알아볼라고 자네를 오라고 했지. 애비가 그라는데 구장이 한턱낸다며? 구장 요새 잘 나가는 모냥이지?"

이병호가 눈살을 찌푸리며 물었다.

"군수상도 받고, 면사무소에 다니는 광일이가 사월 일일자로 정식 공무원이 됐다고 해서 돼지 한 마리 잡았슈. 떡도 하고 잡채나 그런 것도 해서 잔치를 치르는 것처럼……"

"구장 요새 잘 나가는 구먼. 자식새끼가 제우 면직원이 됐다고 해서 팔자가 피게 된 걸로 알고 있는 모양이구먼."

이동하가 화가 나서 더 이상 둥구나무를 바라볼 수가 없다는 얼굴로 방문을 닫으며 말했다.

"그래, 구장 집에서 먼 야기들을 하고 있었나?"

이병호가 가는 철사 토막으로 상아 파이프에 까맣게 끼어 있는 니코틴을 긁어내며 물었다.

"별 야기 안 했슈. 지난 삼월 선거 때 자유당 이기붕을 안 찍었다고 머라고 하길래?"

"그기 먼 야기유?"

이동하가 눈빛을 날카롭게 새우며 물었다.

"글씨, 구장 생각하는 거시 우리 진규만큼도 못하다는 걸 오늘 츰 알았구만유. 먼 일이 있었냐 하믄, 지난 선거 때 순배 영감님이랑, 그 뉘여 팔봉이 아부지하며 몇몇 노인네들은 다리 아프게 학산까정 갈 필요 읎이 구장이 투표용지를 갖고 가설랑 대신 투표를 했다능규. 그기 말이나 된다고 생각하는 거유? 그래서 지가 그랬쥬. 우리나라는 민주주의다. 민주주의는 엄연히 비밀투표를 해야 한다고 했드니만 구장이, 민주당은 빨갱이 비스무리 몰아감서 자꾸 씌우는 거유. 동네의 발전을 위해서는 구장이 대신 투표를 할 수도 있다. 그기 바로 구장의 역할이 아니냐 그릏게 뻗대고 있응께 마당에서 우리……"

"빨갱이?"

이병호가 벌린 입을 다물지 못하고 박평래를 바라봤다.

"대리투표를 했다 이거구먼."

박태수가 막 진규 자랑을 할 찰나에 말을 끊은 이동하가 짐작이 간다는 얼굴로 중얼거렸다. 자유당에서 내쫓기지만 않았다면 대리투표며, 4할 사전투표나, 3인조 또는 5인조 공개투표를 진두지휘 했을 것이라는 생각이 들어서 입 안이 쓰기도 했다.

"그 머여. 그람 황인술 그놈이 민주당을 빨갱이로 몰아 부치고, 동리 사람들을 선동해서 동리 사람들한테 죄다 자유당 이기붕을 찍으라고 했다 이거구먼. 배은망덕한 놈 같으니라구……"

"황인술 그놈 자식새끼가 면직원이 됐다고 눈깔이 뵈이는 것도 읇는 모양이구먼. 면사무소에 임시직원으로 시켜 준 은공도 모르고 감히 동리 사람들을 선동해서 이기붕을 찍게 맨들었다 이거지."

"황인술만 문제가 있는 기 아뉴. 솔직히 이 동리 사람치고 면장님 땅 안 밟고 댕기는 놈이 워디 있슈. 그라고 면장님 땅 안 부쳐 먹는 작자가 워디 있슈. 지덜이 누구 땜시 이만큼이나 먹고살게 됐는데 그 은공을 생각하믄 두말 할 것도 읇이 민주당을 찍어야 하는데, 둥구나무 거리 춘셉

이만 빼놓고 죄다 이기붕을 찍은 모냥유……"

박평래는 동네 사람들이 자유당에 표를 던진 것이 자신의 책임이라도 되는 것처럼 고개를 조아렸다.

"네 이눔을 당장!"

이병호가 상아 파이프를 들고 있는 손을 부들부들 떨며 허공을 노려보았다.

"아부지, 승질 낼 필요도 읎슈. 시방 밖에서는 사방에서 난리도 아녀유. 지난 이월 말일에는 대구에서 먼 일이 있었느냐 하믄, 공일날 민주당에서 유세를 한다고 항께 학생들더러 학교에 나오라고 했대유. 그기 말이나 되는 거유? 그 말을 들은 고등학생들이 얌전히 공부만 했겠슈? 대구에 있는 경북고등학교며, 대구고등학교하고 대구사범대학교 부속고등학교 학생 수천 명이 자유당 물러가라, 독재 정권 물러가라, 이승만은 하야 하라 면서 데모 했다잖유. 그기 불씨가 돼서 그날부텀 전국적으로 데모가 퍼졌슈."

"고등학생이라믄 우리 애자나 영자하고 같은 또래 아녀? 대가리에 피도 안 마른 것들이 멀 안다고 데모를 한다는 거여?"

"아부지는 맨날 라디오를 끼고 사시면서 뉘우스도 못 들어 보셨슈? 그려, 그런 거는 뉘우스에 안 나올지 모르겄구먼. 좌우지간 동아일보를 봉께유 부산 동아고등학교며, 대전에 있는 대전고등학교까지 데모가 퍼졌데유."

"순사들은 팔짱끼고 귀경만 하고 있었다는 거여?"

"지 말씀 좀 들어 보셔유. 좌우지간 인천, 수원, 마산, 충주, 서울, 포항, 광주 등 전국 각지에 있는 중고등학생들이 공부는 안 하고 맨날 지난 삼월 선거는 부정선거다, 부정선거의 원흉 자유당은 물러가라면서 데모를 하느라고 대단한 모냥유. 그라고 이건 특급 비밀인데유……"

이동하가 갑자기 목소리를 낮추었다. 박평래도 덩달아 주변을 두리번거리고 나서 귀를 쫑긋 세우며 이동하 앞으로 당겨 앉았다.

"뭐여? 빨갱이 놈들이 새로 쳐들어오기라도 한다는 거여?"

이병호가 귓속말로 물었다.

"그기 아니구요. 그저께, 그렇게 열하룻 날유. 마산 중앙부두에서 학생 시체가 하나 떠 올랐데유."

"요새는 물놀이 철도 아니잖여? 낚시하러 나간 학상여?"

이병호가 귓속말로 묻는 말에 박평래는 목 안이 간질간질했다. 막걸리 냄새가 섞인 숨을 길게 내쉬었다가 삼키며 이동하의 눈을 똑바로 바라봤다.

"전라도 남원에 사는 학상이었는데유. 마산에 즈덜 이모할머이가 살았든 모냥유. 그 집에서 마산 상고를 다닐 요량루다 섬을 치러 왔다능규. 글쎄, 그런 중학생이 데모를 하는데 끼어 있었든 모냥유."

"그걸 워티게 알아유? 누가 봤데유?"

박평래가 목이 간질거려서 더 이상 참을 수 없다는 얼굴로 물었다.

"아 글씨, 이 눈에서 이짝 뒷머리로 최루탄이 벅혀 있었데유. 미제 최루탄 말여유. 멀쩡하게 만화방에 있던 아가 미제 최루탄을 맞을 리 있남유?"

"그건 부면장님 말씀이 맞구만유. 교실에서 공부하고 있는 아한티 순사들이 최루탄을 쏠리는 읎잖유. 그래서유?"

이병호는 긴장한 얼굴로 듣고만 있었고 박평래가 궁금해서 견딜 수가 없다는 얼굴로 물었다.

"그 담날 그 사실이 신문 일면에 대문짝만하게 난 모냥유. 그랑께 마산 시민들이 가만히 있었겠슈. 학생들하고 시민들이 죄다 질가로 나가서 살인선거 다시하자! 학살경찰 처단하라! 이승만 정권 물러가라! 라면서 굉장했데유. 좌우지간 마산 시민이 한 십오만 명 되는 모냥유. 그중에서 사만 명이 나와서 데모를 했다믄 얼추 잡아도 한 집이 한 명씩은 나와서 데모를 했다는 거 하고 비등하잖유."

"면장님, 부면장님 말씀 들어 봉께 먼가 모르지만 앞으로 큰일이 나도 나겠구만유."

"큰일이 나긴 먼 큰일이 나겄어. 왜정 때 삼일 운동 못 봤남? 영동에서도 영동 장날 굉장했잖여. 그런데도 일인 순사들이 총 및 빵 쏭께 젊은 놈들은 죄다 도망가고, 엄한 아줌마들하고 늙은이들만 주재소로 끌려가서 죽도로 맞고 나왔잖여."

이동하가 말을 할 때는 침을 꼴깍꼴깍 삼키면서 긴장한 얼굴로 듣고 있었던 이병호가 싱겁다는 표정으로 말했다.

"아부지 그때는 우리하고 말도 안 통하는 일본놈들이었잖유. 하지만 시방은 안 그려유. 당장 대통령을 누가 뽑았슈. 우리가 직접 선거를 해서 뽑았잖유. 태수아부지 말처름 시방은 민주주의라서 대놓고 사람을 잡아가서 재판도 안 하고 쥑이거나 그릏게는 못해유."

"그건 부면장님 말씀이 옳다구 봐유. 우리 진규가 그라는데 민주주의……."

"그랑께, 그 머셔 니 말대로 곧이 듣는다믄 자유당이 바람 앞의 촛불처름 오늘날 한다는 거여?"

박평래는 진규를 자랑하고 싶어서 목이 말랐다. 하지만 이병호의 귀에는 바람소리로 밖에 들려오지 않았다. 박평래의 말을 무시해 버리고 곁눈질로 이동하를 바라보며 물었다.

"당장 오늘날 하지는 않겄지만, 이승만 나이가 있응께 오래 가지는 않을규."

이동하도 마산에서 시민들이 대규모로 데모를 했다고 해서 당장 자유당 정권이 무너진다는 쪽은 회의적이었다. 오히려 지금쯤은 데모를 주동한 시민들이나 학생들을 붙잡아다가 물고를 내고 있을 것이라고 짐작했다.

"나도 니 생각하고 똑가텨. 자고로 우리나라는 정권을 한번 잡았으믄 피를 보지 않는 이상 절대로 그냥 물려주는 벱이 읎다. 어제오늘의 일이 아니고 조선왕조 오백년 동안 이어져 온 전통인데, 일본놈들이 물러갔다고 해서 그 전통이 읎어지겄냐. 그래서 하는 말인데 황인술 그놈을 워틱하믄 좋겄냐?"

이병호는 이마에 맺힌 식은땀을 닦아내고 잔기침을 하며 상아 파이프에 담배를 끼웠다. 박평래가 얼른 성냥불을 그어서 대기를 하고 있다가 이병호가 파이프를 입술에 대는 순간 내밀었다.

"당장은 두고 보는 수뻑에 읎잖유. 자유당 선거 운동한 놈을 건드려 봤자, 멀쩡하게 잘 있는 땅벌집을 건드는 꼴 뻑에 안되잖유."

이동하도 황인술만 생각하면 이가 갈렸다. 놈이 은혜를 배신으로 갚은 이상 반드시 배신의 대가가 얼마나 쓴지 보여 주고 말겠다고 생각하면서도 방법이 없다는 얼굴로 대답했다.

"난, 그런 꼴 못 본다. 내가 앞으로 살면 얼마나 살겄냐? 당장 날 죽는다고 해도 황인술 같은 놈을 가슴에 담고 죽을 수는 없다. 이보게."

"예, 면장 어른."

이병호가 부르는 말에 박평래는 얼른 자세를 바로 잡으며 고개를 숙였다.

"자네, 내려가서 황인술 그놈하고 춘섭이한테 가서 내가 좀 보자는 말 좀 전해 주게. 자네도 거기 있지 말고 같이 올라왔으면 쓰겠네."

박평래는 이병호의 말이 떨어지자마자 벌떡 일어섰다.

"황가를 불러서 뭐라고 할 건데유?"

"너는 기냥 귀경만 하고 있으믄 되는 겨. 어여 다녀오게."

박평래는 이병호 부자가 하는 말을 등 뒤에 남겨두고 바쁘게 대청 아래로 내려갔다. 고무신을 꿰신는 둥 마는 둥 쪽문 쪽으로 향했다.

환갑날이나, 자식들을 시집 장가 보내는 잔치를 치르거나, 생일날 흥에 겨우면 으레 장구와 꽹과리가 등장한다. 둥구나무 아래는 사랑방에 있던 남정네들이 모두 나와서 한바탕 놀 준비를 했다. 멍석은 한쪽으로 치우고 술 주전자 대신 물동이에 찰랑찰랑 하도록 막걸리를 부어 놓고, 춤을 추며 놀다가 목이 마르면 표주박으로 퍼 마실 수 있도록 배려를 했다. 농악을 놀 때마다 대놓고 장구를 치는 장구재비는 변쌍출이다.

변쌍출은 나이가 들긴 했지만 장구로 장단을 맞추는 데는 모산에서 따라 올 사람이 없다. 장구만 잘 치는 것이 아니고 상여가 나갈 때 요령 재비도 잘한다. 얼큰하게 취한 얼굴에 걸쭉한 목소리로 만가(輓歌)를 부르며 상여 앞에서 요령을 흔들면 곧장 아낙네들이 치맛자락으로 눈물을 찍어 내게 만들었다. 그 덕분에 가끔은 인근 동네에서도 초청을 할 정도다.

"오늘 술하고 괴기는 얼매든지 있응께, 작신 한븐 놀아 보쥬."

황인술이 변쌍출의 어깨에 장구를 메주며 킬킬 웃었다.

박평래는 김춘섭을 찾아 봤다. 윤길동과 함께 둥구나무 뒤에서 담배를 피우고 있는 김춘섭이 민망해 하지 않도록 잔기침을 하며 앞으로 갔다.

"자네 면장님이 잠깐 보자는 구먼."

"왜유."

얼른 돌아서서 담배를 꺼 버린 김춘섭이 박평래는 바라보지 않고 윤길동을 바라보며 물었다.

"모르겠네. 구장하고 둘이 좀 보자고 항께 어여 따라 오게."

"구장은 또 왜유?"

김춘섭 대신 윤길동이 이건 또 무슨 말이냐는 얼굴로 반문했다.

"글씨 난 왜 부르는지 모르겠응께 어여 가 보세."

박평래는 장구를 맨 변쌍출 앞에 서있는 황인술 앞으로 갔다. 황인술은 변쌍출이 장구를 두들기지도 않는데도 춤을 추고 싶어서 안달이 난다는 얼굴로 어깨를 실룩실룩거리고 있었다.

"지를 왜 보자는 데유?"

얼굴이 홍시처럼 시뻘겋게 달아 오른 황인술은 박평래의 말에 먼저 골목을 가로막고 있는 이병호의 솟을대문부터 쳐다봤다. 천천히 박평래에게 고개를 돌리고 불안하다는 얼굴로 물었다.

"좌우지간 난 이유를 몰라. 나도 자네들을 왜 부르시는지 곡절을 몰라서 애가 타고 있응께 어여 가 보세."

박평래는 내키지 않아 하는 황인술과 김춘섭을 앞세우고 뒤에서 걷기 시작했다.

"춘셉이 자네는 머 집히는 거시 있능거여?"

황인술은 아무리 생각해도 이병호가 자신을 부르는 이유를 짐작 할 수가 없었다. 뒤에서 따라오는 박평래의 눈치를 살피며 김춘섭에게 작은 목소리로 물었다.

"글씨유, 도조도 깨끗하게 정산을 했는데……혹시?"

"혹시 머여? 짚이는 것이라도 있능감?"

"해룡네 입이 원래 싸잖아유. 언젠가 거기서 술을 마심서 이병호 안 좋은 야기를 했던 거 같은데, 그 말이 귀에 들어갔나?"

"에이, 해룡네 주딩이가 아무리 싸다고 하지만 통로가 읎잖여. 이병호한테 통하는 통로는 태수네 식구 뿐이잖여. 태수 처야 원래 입이 무겁고, 태수 아부지는 남 안 되는 거 일러바치는 승질이 아니잖여. 그릏다고 옥천댁한티 찾아가서 일러바치지는 않았을거잖여. 옥천댁이 해룡네하고 입을 섞을 양반도 아니고……"

"그람 왜 부른댜?"

"글씨……"

황인술은 고개를 갸웃거리면서, 마음속으로는 존 일 땜시 부르는 건 아닌 거는 분명햐, 라고 중얼거렸다.

이병호는 대청에서 인사를 하는 황인술과 김춘섭을 쳐다보지도 않았다. 옆으로 돌아앉은 자세로 벽에 걸려 있는 산수화를 바라보았다.

"위……위원장님도 계셨구만유."

황인술은 방 안에 이동하가 앉아 있는 것을 뒤늦게 알아차리고 흠칫 놀랐다. 이병호한테는 부름을 당할 이유가 없지만 이동하라면 사정이

다르다. 이동하가 민주당으로 당적을 옮긴 후에 가능하면 마주치는 일이 없도록 피해 다닌 사이였다. 동네 사람들을 선동해서 자유당 이기붕한테 표를 찍게 한 것이 문제가 될 수 있다는 생각에 떨떠름한 표정으로 인사를 했다.

"긴말은 안 하겠네. 구장이 시방 부치고 있는 논이 및 마지기나 되지?"

황인술과 김춘섭이 먼저 무릎을 꿇고 앉았다. 박평래는 지은 죄도 없는데 구석에 무릎을 꿇고 앉아서 죄인처럼 머리를 조아렸다. 이병호가 황인술 쪽으로 시선을 돌리지 않고 물었다.

"다……다섯 마지긴데유?"

황인술은 이병호의 입에서 선거에 관한 말이 나올 줄 알았다.

"춘섭이 자네는?"

"지……지는, 스……스 마지기를 지고 있슈."

이병호가 황인술에게 논을 얼마나 부치고 있느냐는 말에 가슴을 조이고 있던 김춘섭이 떨리는 목소리로 대답했다.

"내 기억이 틀림읎다면 구장이 농사짓고 있는 땅이 벌똥골에 스 마지기 하고, 들베미 두 마지기로 알고 있는데……"

"며……면장 어른 말씀대로유."

황인술은 이병호가 왜 땅에 대해서 묻는지 이유를 알 것 같았다. 이동하를 배신하고 자유당 선거 운동한 것이 빌미가 됐다는 생각에 술이 확 깨버리는 것 같았다.

"구장은 시방부텀 내 말을 잘 듣게. 난 정치 같은 거하고는 거리가 먼 사람여. 동하가 정치를 하겠다고 해서 애비 된 도리로 도와 주고는 있지만, 내가 민의원이 되고 싶다거나 군수가 되고 싶다는 생각을 단 한 번 이라도 한 적이 있다믄 말여, 이 자리에서 내 땅문서를 죄다 자네들 앞 으로 넘기겠네. 그래서 하는 말인데, 나는 구장이 앞장을 서서 온 동리 사람을 선동해설랑 단체로 자유당 이기붕한테 표를 찍으라고 했든 말든, 순배 영감이니 누구니 해서 투표용지를 걷어다 대리투표를 했던 말던, 글자 모르는 사람을 걱정해서 구장 된 도리로 투표장에 따라 들어가설 랑 이기붕한테 표를 찍든지 말든지 일절 상관을 안 하는 사람이라 이거 여……"

이병호의 말에 얼굴을 들 수 없는 사람은 박평래였다. 뜻하지 않게 황 인술의 처세를 일러바친 꼴이 되고 말았다. 그렇다고 해서 구장, 난 자 네를 곤란하게 맨들 생각으로 했던 말은 아녀, 라고 해명을 할 수도 없 었다. 쪼글쪼글하고 햇볕에 검게 탄 얼굴로 벌겋게 달아오르는 것을 느 끼며 입술만 달싹거리고 앉아 있을 수밖에 없었다.

"아부지 정치적인 말씀은 안 하시는 것이 좋아유……"

이동하는 이병호가 해서는 안 될 생각을 하고 있다고 판단했다. 황인 술이 윤상배를 찾아가서 고자질이라도 하는 날에는 무슨 죄를 뒤집어씌 울지도 모른다는 생각에 고개를 흔들었다.

"구장은 똑똑한 사람잉께 이 자리에서 대답을 해 봐. 이 늙은이가 시 방 자네가 자유당 이기붕 선생한테 투표를 한 것이 잘못된 일이라고 말 하고 있는가?"

"천부당만부당 하신 말씀입니다. 저는 절대로 그렇게 생각하지 않구 만유."

황인술은 대문을 나가는 즉시 잔치고 뭐고 다 때려치우고 문기출한테 달려가든지, 영동 자유당 사무실로 찾아가서 모산 사는 이병호라는 작자가 자유당한테 투표한 것 땜시 못살게 군다고 일러바치겠다고 생각했다.

"그람, 자네가 대리투표 한 것이 민주주의 헌법에 어긋나는 거라고 이 늙은 나이에 내가 참견하고 있다는 건가?"

"지가 왜 그런 생각을 하겄슈?"

황인술은 슬그머니 문기출한테 일러바칠 문제가 아니라는 생각이 들었다. 이병호의 말은 틀린 말이 아니다. 이거 내가 감옥 가는 거 아녀? 하는 생각이 들면서 슬슬 불안해지기 시작했다.

"그람, 이 나라는 엄연히 민주주의라서 비밀투표를 해야 하는 건데, 자네가 구장 된 도리를 지키기 위해서 글씨를 모르는 사람은 투표장 안에까지 따라 들어가서 말일씨, 반드시 이기붕을 찍어야 한다고 알켜 준 것이 엄청난 죄라고 했능가?"

"그……글쎄유?"

황인술은 죄를 짓고 숨어 있는데 점점 포위망이 좁혀오고 있는 것 같은 기분이 들었다. 자신도 모르게 목소리가 가늘게 떨려 나오는 것을 느끼며 이동하의 눈치를 살핀다. 이동하는 이병호가 지금 무슨 말을 하려고 그러느냐는 표정으로 바라보고 있다. 박평래는 앉은 자리가 불편한지 자꾸 몸을 비틀고 있다. 김춘섭은 입 안이 마른지 연신 입술을 핥고 있다.

"내가 자네를 부른 거는 다른 뜻이 있어서가 아니고 말일씨. 내가 생각하고 있는 것이 있어서 그라는데 오늘부터 자네가 부치고 있는 벌똥 골의 스 마지기 하고, 들베미에 있는 두 마지기 논에서 손을 떼게. 모를 심을 요량으로 논을 갚아 엎어 놓았다믄 그 품삯은 응당 춘섭이가 지불을 할 걸세."

"그기 무슨 말씀이셔유?"

황인술은 너무 놀라서 말이 나오지 않았다. 김춘섭이 놀란 얼굴로 물었다.

"오늘부텀 자네가 그 논을 부치라 이 말이지 먼 말이여."

"며……면장 어른, 지가 가……감히 나설 입장은 못 되지만 구장님이……그동안 농사를 잘 져 왔잖유."

"자네하고 동하는 이 일에 아무런 상관이 읎응께 빠지게. 내 논을 내 맘대로 도지를 준다고 하는데 누가 머라고 하겠능가? 대한민국 헌법에 땅 쥔이 땅을 맘대로 줘서는 안 된다는 법 조항이 나와 있기라도 하능가? 춘섭이 자네 생각은 어뗘?"

"지……지가 무슨 말씀을 드리겠슈."

김춘섭은 졸지에 원수지간이 되어 버릴지도 모르는 황인술의 눈치를 살피며 더듬거렸다.

"그랑께, 그 뭐유. 지가 요번에 위원장님 선거 운동을 안 해 주고, 우리 광일이 땜시 자유당 선거 운동을 한 것을 두고 억하심정에 시방 이라시는 거유?"

황인술은 마냥 당하고 있을 수만은 없다고 생각했다. 술의 힘을 빌려서 억울하다는 목소리로 말했다.

"억하심정이라니? 아무것도 모르는 사람이 옆에서 듣고 있으믄 시방 자네하고 나하고 동구나무 밑에서 땅따먹기 하고 있는 줄 알겠네."

"그, 그 말은 지가 잘못했슈. 하지만 갑자기 땅을 내놓으라고 항께

……"

"아까 내가 내동 말할 때는 워디 갔다 옹 겨? 내가 분명히 야기 안했 남? 선거하고 내 땅 주는 거 하고는 암 상관도 읎다고 말여."

"그람, 왜 해필이믄 요때 논을 춘섭이에게 넘기라고 하는 거유? 지는 그걸 도시 이해할 수가 읎구만유."

"자네는 자식이 공무원이 됐응께 먹고 사는 데는 지장이 읎을 거잖여. 하지만 춘섭이는 자네가 알다시피 식구가 및 명이여. 및 명이지?"

이병호는 김춘섭의 가족이 몇 명인지 알지 못했다. 무작정 말을 해 놓 고 나서 김춘섭과 박평래를 번갈아 쳐다봤다.

"우리 내우하고 아들이 시 명, 딸이 한 명해서 죄다 여섯 식구유."

김춘섭은 이럴 때는 박평래가 대답을 해 주었으면 좋겠다는 생각에 박평래를 바라봤다. 박평래가 똥 마려운 강아지처럼 끙끙거리며 대답할 기미가 보이지 않는다. 하는 수 없다는 생각에 황인술의 눈치를 살피며 대답했다.

"여섯 식구가 먹고살라믄 땅 스 마지기 갖고 되겠능가. 오죽하믄 춘섭 이가 천직인 농사일에 전념하지 못하고 목수 뒷모도를 따라 댕김서 제 우제우 목심을 연명하고 있겄어. 이런 일은 내가 직접 나서서 해결을 해 주는 것 보담은, 구장이 앞장서서 편의를 봐줘야 되는 거 아닌가? 그래 도 구장은 큰자식은 공무원이고, 둘째 놈은 대전서 양복기술을 배움서 지 밥벌이는 하고 있고, 딸내미는 서울에서 식모살이를 함서 한 달에 다 믄 및 천 환씩이라도 송금을 해 줄 것이 아닌가? 어뗘 내 말이 단 한마 디라도 틀린 말이 있는가?"

이동하는 이병호가 어쩌면 저렇게도 앞뒤가 딱딱 들어맞게 말을 하는

지 혀를 내둘렀다. 박평래는 누마루에 앉아서 쌍안경으로 누가 농땡이를 부리는지 감시만 할 줄 알았던 이병호가 황인술 살림까지 꿰뚫고 앉아 있다는 점에 놀랐다. 김춘섭은 이병호가 자신을 이처럼 끔찍하게 생각하고 있는 줄 알고 있었다면 평소 순배 영감이나 윤길동 앞에서 대놓고 이병호 그 늙은이 운운한 것이 후회가 됐다.

"면장님, 구장이 먼 죄가 있슈. 구장이 아니믄 앞장서서 선거 운동을 했겠슈? 그라고 구장이 면장님츠름 땅이 있슈? 아니면 면장님츠름 쌀을 곳간에 쌓아 주고 산데유. 지도 먹고살기 바빠유. 광일이가 한 달에 얼매씩 집으로 갖고 오기는 하지만, 그거 세금 내고 머 하고 나믄 암것도 읎슈. 그라고 광성이는 안직 시다라 기냥 지 밥숟가락만 챙기고 있슈. 금순이 가가 한 달에 삼천 환, 어쩔 때는 두 달에 오천 환씩 부치기는 하지만 그걸로 머 하겄슈? 잘난 구장질 한다고 면서기 술 사줘. 조합서기 밥 사줘. 동네 일 볼일 보러 읍내 군청으로 등기소로 댕기다 보믄 외려 장리빚을 은어 쓰고 있는 행편유. 그런 내 코가 석잔데 언지 춘셉이 신경 쓸 겨를이 있겠슈."

황인술은 이병호의 생각을 돌리기는 힘들다고 판단했다. 지렁이도 밟으면 꿈틀한다고 이왕 땅을 내줄 바에는 할 말이나 하고 내주겠다는 생각으로 따지듯 말했다.

"그래서, 자네는 내 땅을 안 내놓겠다는 거여?"

이병호가 황인술의 말은 한마디도 듣지 않았다는 목소리로 물었다.

"땅 쥔이 달라믄 줘야지. 내가 먼 심이 있겠슈?"

"구장님은 말을 너무 심하게 하는 거 아뉴? 땅 쥔이라니? 우리 아부지가 구장님한테 대관절 멀 그렇게 잘못했길래 동네 개 이름 부르듯 부르는 거유?"

이동하가 가만히 듣고 보니까 기분 나쁘다는 목소리로 물었다.

"허어! 아주 부자가 합동작전으로 나서서 날 쥑여 버릴 생각이구먼. 내가 언지 동네 개 이름 부르듯 불렀슈. 땅 쥔잉게, 땅 쥔이라고 한 거지."

황인술도 이판사판이라는 생각에 무릎을 풀고 아주 퍼질러 앉으면서 어디 갈 때까지 가 보자는 얼굴로 맞붙었다.

"이 사람 취했구먼. 술을 처먹으면 주딩이로 처먹지, 똥구녁으로 처먹었나. 감히 뉘 앞에서 술주정이여. 술주정이!"

"어려? 내가 언지 틀린 말 했슈?"

"자네가 시방 머라고 항 겨? 그래도 명색이 내가 학산 면장 출신인데, 자네 그 주딩이로 바로 고 자리에서 한 치도 움직이지 않고 나 같은 빨갱이는 무조건 이유 불문하고 잡아 족쳐야 된다고 했잖여."

"빠……빨갱이?"

이병호의 느닷없는 말에 방 안에 있는 사람들은 모두 자기 귀를 의심했다. 박평래는 황인술이 그 말을 언제 했는지 더듬어 보느라 천장을 바라봤다. 김춘섭은 눈앞에서 앉았던 자리에서 꼼짝도 하지 않고 거짓말을 하는 이병호에 비교해서 이덕만은 양반이라고 생각했다. 이동하는 과연 우리 아부지구먼, 이라는 생각에 차갑게 웃는 눈빛으로 기절하기 일보 직전인 황인술을 노려봤다.

"야! 서울 사람만 눈 바짝 뜨고 있는데 코 베 간다드니, 더 무서운 사람이 모산에 있었네. 아! 대명천지에 워티게 눈 하나 깜짝하지 않고 그렇게 그짓말을 할 수 있데유? 맨날 쌀밥만 먹는 사람들은 앉은 자리에

서 얼굴색 하나 안 바꾸고 그릏게 그짓말을 해도 된다는 벱이라도 있
슈?"

황인술도 더 이상 참을 수 없었다. 벌겋게 달아 오른 얼굴로 침을 튀
기며 물었다.

"자네 참말로 취했구면. 여기 증인들이 시퍼렇게 앉아 있는데도 자꾸
개소리 해 댈 껀가?"

"즈……증인이라니?"

황인술이 이건 또 무슨 뚱딴지같은 말이냐는 표정으로 김춘섭이며 박
평래와 이동하를 번갈아 바라보다가 반문했다.

"이 자식, 이거 술에 취하니까 지 애비 같은 사람도 몰라보는 순 후레
아들 놈이구먼. 야, 이 자식! 여기 앉아 있는 동하나, 저기 태수 아부
지랑 춘섭이가 증인이지 누가 증인이여? 당장 택시 불러서 영동 경찰서
에 가서 고소장을 제출해야 제정신으로 돌아 오겄어?"

이병호가 상아 파이프로 황인술의 이마를 찌르며 입에 거품을 물었
다.

"아부지, 이런 인간은 말이 필요가 읎슈. 은혜를 원수로 갚아도 유분
수지. 지 아들을 누가 면사무소에 넣어 줬데유. 그라고 말이 나온 김에
하자믄 지난 민의원 선거 때 이 인간한티 들어간 돈이 한두 푼이 아녀
유. 이런 인간은 당장 경찰서로 끌고 가서 콩밥을 멕여 놔야 세상이 지
가 생각하는 것츠름 허수룩하지는 않다는 걸 알게 될 거유."

"며……면장 어른 지가 술에 취해서 헛소리를 지껄였구만유. 그동안
먹고산 것도 죄다 면장 어른의 은혜인데 그것도 모르고 지가 술에 취해
서 깜박 깨춤을 췄슈. 두 번 다시는 이런 일이 읎을 팅게 지발 우리 다

섯 식구 목심 살려 주시는 셈 치고 딱 한 번만 용서해 주서유."

황인술은 상황이 최악으로 돌아가고 있다는 것을 감지했다. 방 안에는 자신에게 유리하게 증언을 할 사람은 없었다. 막말로 말해서 형사가 황인술이 이병호의 먹살을 움켜쥐고 귀통벡이를 올려 부치는 것을 봤냐고 물어 보면 모두 일 초도 망설이지 않고 고개를 끄덕거릴 인간들이다. 야! 사람이 이렇게 죽을 수도 있구나. 정신 바짝 차리지 않으믄 저 늙은 여우새끼한테 쥐도 새도 모르게 죽을 수도 있구나. 이럴 때는 무작정 엎드려 비는 수밖에 없다는 생각에 손바닥으로 빌면서 고개를 조아렸다.

"인지서 정신이 드는 모냥이구먼. 좌우지간 앞으로는 술이 아니라 술 할애비를 마셔도 으런들 앞서는 술주정을 하믄 못써. 맨날 술 처마시고 주정을 하는 이라믄 몰라도, 구장 직분에 딴 사람의 모범이 되야지, 그라믄 쓰겄나? 그렇게 알고 담부터는 절대로 술주정하지 말게. 다행히 한동리 사람이라서, 팔은 안으로 굽는다고 내 앞에서 술주정을 했응께 용서를 받는 거이지, 만약 학산 같은 디서 아까츠름 개망나니 짓을 했다믄 워쩔 뻔 했는가? 타 동리 사람들한테 모범을 보여야 할 구장이 그라고 다니믄 모산 사람들은 죄다 술만 처먹으믄 개새끼가 된다고 싸잡아 욕을 할 거 아녀? 그렇게 알고 얼릉 내려가 보게. 장구 소리하고 깽과리 소리가 여기까지 들리는 걸 봉께 동리 사람들 아주 신이 난 모냥이구먼."

"면장 어른 이 은혜는 죽는 그날까지 절대로 잊지 않겠슈. 그라고 앞으로는 두 번 다시 오늘처럼 주정은 안 하겠슈."

황인술은 이병호를 갈아 마셔도 시원치 않을 것 같았다. 그러나 갈아 마시기는커녕 이 상황에서 말 한마디라도 실수를 했다가는 꼼짝없이 콩

103

밥을 먹을지도 모른다는 생각에 화를 참느라 가슴이 벌렁벌렁거리는 걸 느끼며 말했다.

"암, 내가 두말도 안 하고 용서를 했는데도 또 그런 짓을 하믄 구장이 아니고, 미친 개새끼나 다름없지. 그랑게 이후로는 절대로 그런 실수 하지 말게. 그라고 땅은 오늘부터 춘섭이한테 넘긴 걸로 알고 있겠네."

이병호는 황인술이 꼬리를 내리자 대놓고 개새끼라고 욕을 했다.

"며……면장님, 저는……"

김춘섭은 웃어야 좋을지 울어야 좋을지 분간이 가지 않았다. 이병호를 바라보면 넙죽 엎드려 절을 하고 싶고, 황인술의 얼굴을 바라보면 얼굴이 뜨거워서 마주 바라 볼 수가 없었다.

"왜? 자네도 배가 불러서 더 이상 땅이 필요 읎다는 건가? 자네가 부치기 싫다믄 딴 사람을 줄 수뻭에 읎지. 당장 날이라도 땅을 내놓겠다는 소문만 내믄 사람들이 벌떼처럼 달려 올꺼니께 그렇게 하도록 하겠네."

"면장님 그기 아니고, 구장님한테 미안해서……"

"왜 구장한테 미안하다는 말만 하고, 나한테 고맙다는 말은 안 하나?"

이병호가 황인술을 흘낏 노려보고 나서 차갑게 물었다.

"처……천만의 말씀유. 참말로 너무 고마워서 이 은혜는 잊지 않겠슈. 참말이유."

김춘섭은 그동안 이병호한테 쌓였던 앙금이 하얗게 녹아드는 것을 느끼며 넙죽 절을 했다.

"고마워 할 필요가 읎네. 자네가 땅을 부치나 인술이가 땅을 부치나 나한테 들어오는 도조는 건 매냥 같은게. 그리 알고 어여들 나가 보게."

이병호는 더 이상 할 말이 없다는 얼굴로 마당을 향해 돌아앉았다. 담배를 상아 파이프에 꽂고 밝은 햇살을 받고 있는 문종이를 바라본다. 머! 땅 쥔? 그려 내가 땅 쥔이다. 땅 쥔이 얼매나 무서운지 한번 견뎌내 봐라. 황인술이며 김춘섭이 그만 돌아가겠다고 인사를 했으나 대답을 하지 않았다. 점잖게 담배 연기를 내뿜었다. 방문을 닫았는데도 둥구나무 거리에서 장구를 치고 꽹과리를 치는 소리가 아련하게 들려 왔다.

"아여! 춘셉이!"

쪽문을 빠져 나온 황인술은 너무 억울하고 분해서 비봉산 기슭에 있는 바위에 머리를 꽉 찍어서 죽고 싶었다. 친일파들이 나라를 팔아먹었다는 사실을 안 순국지사들이 왜 입에 칼을 물고 엎어져 자결을 했는지 비로소 이유를 알 것 같기도 했다. 담장 모퉁이 앞에서 김춘섭의 앞을 가로막고 분연한 목소리로 불렀다.

"나한테 원망 할 생각인 애당초 하지 마셔유. 난도 시방 머가 먼지 모르겠응께."

"면장 어른이 자네한테 구장 땅을 부치라고 했잖여. 그람 날부텀이라도 부치면 되는 거지. 멀 머가 먼지 모르겠다는 게여?"

"날 원망하지 말라고 했잖유. 난도 구장님 생각해서 못 부치겠다는 말을 할라고 항께, 그람 딴 사람을 준다고 항께 워틱해유. 나라도 부친다고 하는 수벆에 읎잖유."

김춘섭은 이 순간만큼은 체면이고 자존심이고 의리 같은 것은 깔아뭉개는 수밖에 없다고 생각했다. 당장 다섯 마지기를 더 부치게 되면 두 마지기 부족한 열 마지기다. 그렇다고 크게 손이 가는 것도 아니다. 철용네만 부지런하면 얼마든지 소화를 시킬 수 있다는 생각에 땅을 부칠 수밖에 없다는 뜻을 분명히 전했다.

"자네 주먹 좀 꽉 져 보게."

황인술은 김춘섭의 말을 들은 척도 안 하고 김춘섭 앞으로 바짝 붙어 섰다.

"왜……왜유?"

"아 글씨! 내가 하라는 대로 해 보랑께."

황인술은 엉거주춤 뒤로 물러서는 김춘섭의 오른손을 잡아서 주먹을 쥐게 했다.

"이라지 마유! 난도 아까 츰 알았다니께유."

"난도 알아. 난도 알고 있응께! 그 주먹으로 내 아구창을 젖 먹던 심까지 다해서 확 갈겨 버려 봐."

"왜, 왜 내가 구장님을 때린데유?"

"나 시방 자네가 내 아구창을 갈려 버리지 않으면 복창이 터져서 죽어 버릴 것 같아서 하는 말이잖여. 그랑께 어여 그 주먹으로 요기, 요기를 심껏 갈겨 버리란 말여. 어여, 갈겨!"

황인술은 너무 분하고 억울해서 눈물이 나올 것 같았다. 뒷걸음치는 김춘섭의 손을 잡아서 자신의 얼굴에 자꾸 찍어 눌렀다.

7월의 선녀

그……그기 먼 말이댜? 그람 우리 향숙이가 죽기라도 한다는 거여?
모리댁이 하얗게 질린 얼굴로 물었다.
시방 한집에서 살고 있구먼.
귀……귀신하고 한집에서 살고 있다는 말인감?
허! 어짓밤에는 잠까지 자고 갔구먼.

향숙은 6월 들어서 몸과 정신이 많이 좋아졌다.

예전처럼 밥상 앞에서 수저를 들 힘조차 없다거나, 온몸 여기저기가 바늘로 콕콕 찌르는 것처럼 아프다거나 실성한 여자처럼 멍하니 방문턱에 앉아 있는 날은 많이 줄어들었다. 머리가 아파 견딜 수가 없다며 며칠 묵을 준비를 하고 인근에 있는 송림사를 찾아가는 일도 없었다.

그 대신 윤길동이 듣기에 희한한 꿈을 자주 꾼다고 말했다.

어느 날은 색깔이 고운 한복을 입고 오방기를 들고 굿을 하는 꿈을 꿨다고 말했다. 어느 날은 비봉산에서 호랑이가 내려와서 마당에 똥을 눴는데, 그 호랑이의 밑을 닦아 주었다는 듣기에도 소름끼치는 꿈을, 또 어떤 날은 마당으로 들어선 낯선 여자로부터 방울과 부채가 가득 담긴 소쿠리를 받았다는 꿈을 꾸었다고 하기도 했다.

"죽은 정승보다는 살아 있는 걸어지가 낫다는 말도 못 들어 봤남?"

향숙의 꿈이 하도 기이(奇異)하고 마음에 걸려서 윤길동 부부는 학산 꼬막네를 찾았다. 꼬막네는 윤길동이 언젠가 다시 찾아 올 줄 알았다는 표정으로 코웃음을 쳤다.

"그……그기 먼 말이랴? 그람 우리 향숙이가 죽기라도 한다는 거여?"

모리댁이 하얗게 질린 얼굴로 물었다.

"시방 한집에서 살고 있구면."

"누……누가 한집에서 살고 있다능 겨? 귀……귀신하고 한집에서 살고 있다는 말인감?"

"허! 어짓밤에는 잠까지 자고 갔구면."

제단 앞에 앉아 있는 꼬막네는 모리댁이 애가 타다 못해 금방이라도 울음을 터트릴 목소리로 묻는 말에 대꾸를 안했다. 눈을 지그시 감고 몸을 부르르 떨면서 밑도 끝도 없는 말을 털어 놓았다.

"어이구머니! 난 인제 죽었구면. 난 인제 죽은 몸여, 향숙이가 올게 및 살이여. 인제 제우 열일곱 살짜리 아녀. 조선 시대라믄 몰라도 기차를 타면 반나절에도 서울을 갈 수 있다는, 요새처름 경우가 밝은 세상에 열일곱 살짜리가 누구하고 잠을 잤단 말여. 난, 인제 못살아. 양잿물을 한 대접 마시고 죽던지……"

모리댁은 방바닥을 치며 느닷없이 대성통곡을 하기 시작했다.

"자꾸 방정 맞는 소리만 골라서 할 텨? 그롷지 않아도 심란해 죽겠는데, 여핀네가 한술 더 떠서 불을 지르고 있으니 내가 워티게 살아. 에이!"

윤길동은 모리댁의 심정을 이해할 수가 있었다. 하지만 아직 꼬막네의 말이 끝나지 않았다는 생각에 주먹을 흔들어 보이고 나서 방문을 향해 돌아앉았다. 노랑나비 한 마리가 빨랫줄에 앉아 있다. 강아지티를 벗어난 개는 싸리나무 울타리 앞에 피어 있는 봉숭아꽃의 냄새를 맡고 있었다. 하늘을 쳐다본다. 청포를 풀어 놓은 것 같은 하늘에 흰 구름 한 점이 둥실 떠있다.

도시 머가 먼지 모르겠구먼.

담배를 꺼내 불을 붙였다. 길게 담배 연기를 내뿜는 순간 흰 구름보다 얼굴이 뽀얀 향숙의 얼굴이 떠오른다. 아무리 생각해 봐도 이 나이가 되도록 살면서 남의 밭에서 고추 하나 따 본 적이 없다. 허튼소리라도 누가 잘못되기를 빌어 본 적도 없었다. 그런데도 향숙이가 하늘도 고칠 수 없다는 신병에 걸린 걸 생각하면 가슴이 답답하다 못해 터져 나가 버릴 것 같았다.

"방법은 천하없어도 딱 두 가지 뼉에 읎어. 하나는 당장 오늘이라도 날을 잡아서 신내림을 받든지, 딸내미 하나 있는 거 없다는 셈치고 기냥 그렇게 살든지 둘 중에 하나여. 만약 기냥 그렇게 살다 보믄 대들보 내려앉을 날이 올 팅게. 시집을 보내믄 서방 잡아먹고 시아버지 잡아먹고도 남지"

"대들보가 멋땜시 내려앉는데?"

"원래 신이 왔으면 이 짓거리를 해서 먹고살아야 하능 겨. 그란데도 말을 안 들으믄 방법이 읎잖여. 땡전 하나 읎는 알거지로 맨들어서 죽기 아니믄 살기로 신한테 매달리게 만드는 수뼉에 읎응게 하는 말이지."

"그럼 참말로 우리 향숙이가 무당이 되는 질 밖에 읎단 말이여? 워티게 비방 같은 걸 써서 병을 낫구게 하는 방법은 없단 말여? 돈은 을매가 들어도 상관읎응게 비방 좀 해 줘. 응."

윤길동은 모리댁이 간이라도 빼어 줄 것처럼 사정하는 말을 듣고 나서야 돌아앉았다. 꼬막네는 등을 보이고 제단을 향해 앉아서 몸을 움찔 움찔거리면서 신을 영접하고 있었다.

"어여 가봐. 이따 손님이 오기로 했응게 어여 가 보란 말여."

한참 만에 돌아앉은 꼬막네는 재떨이부터 끌어 당겼다. 담뱃불을 붙여서 입술 끝으로 연기를 내뿜으며 차갑게 말했다.

"참말로 방법이 없단 말이여?"

윤길동이 한숨 섞인 목소리로 물었다.

"차라리 나한테 향숙이를 머스마로 맨들어 달라고 하는 거시 빠를 껴."

"시방 한가하게 농담이나 할 때여?"

"내가 시방 사람의 목심을 갖고 장난치는 걸로 뵈이는 거여?"

모리댁의 말에 꼬막네가 싸늘하게 내뱉으며 노려봤다.

"그려, 죽은 정승보다는 산 걸어지가 낫지. 우리나라에 무당이 향숙이 하나 벡에 읎는 것도 아니고……"

윤길동은 모든 걸 체념한 얼굴로 다시 마당을 향해 슬그머니 돌아앉았다. 눈가에 눈물이 그렁하게 맺히는가 했더니 얼굴이 뜨겁도록 주르르 흘러내린다.

"그람 그짝 생각은 우리 딸내미가 아까 말한 그 머셔. 신내림 굿을 받아서 점쟁이가 되는 수벡에 읎다 이 말이구면."

"내가 하는 말이 아니고 최영장군이 하신 말씀이지……"

꼬막네는 향숙의 얼굴을 보지 못했다. 그러나 올해 열일곱 살에 외동 딸이라면 직접 눈으로 보지 않아도 모습이 그려지는 것 같았다. 양친이 딸을 걱정하는 목소리로 보아서 금이야 옥이야 키운 딸일 것이다. 가문 좋은 집에 시집보내서 아들딸 낳고 행복하게 사는 모습은 보지 못할망 정 신딸로 보낼 수밖에 없다고 단정을 지었을 때의, 가슴이 무너져 내리 는 슬픔의 크기를 능히 짐작할 수 있었다. 내 아버지, 어머니도 딸을 살 리는 길은 신내림 굿 밖에 없다고 판단했을 때도 이러했을 것이라는 생 각에 눈물이 나오려고 해서 치맛단을 들어서 코를 헹! 하니 풀었다.

"어이구, 이 일을 워짠댜. 향숙이 아부지, 워짜믄 좋데유?"

모리댁은 꼬막네에게 오기 전에 어느 정도 마음의 각오는 하고 있었 다. 그러나 막상 꼬막네로부터 천지가 개벽을 하지 않는 이상 방법이 없 다는 말을 듣고 나니까 하늘이 무너져 내리는 것 같았다. 돌부처처럼 돌 아 앉아 있는 윤길동에게 눈물 섞인 목소리로 물었다.

"워짜긴, 멀쩡하게 살아 있는 딸내미를 죽일 수는 없는 일이잖여. 돈 이 얼매나 들어갈지는 모르겄지만 꼬막네 말대로 하는 수벢에."

윤길동은 어깨가 들썩거리도록 한숨을 내쉬고 나서 멍한 얼굴로 싸리 나무 울타리 앞에 피어있는 봉숭아꽃을 맥없이 응시했다. 모산에도 울 타리나 장독대에 봉숭아꽃을 심은 집이 많았다. 어디서나 쉽게 볼 수 있 는 꽃이라서 여자들이 그냥 손톱에 봉숭아물을 들이는 꽃이라는 생각밖 에 하지 않았다. 하지만 오늘 따라 울타리 그늘을 받으며 피어 있는 봉 숭아꽃이 한없이 처량하게만 보여서 자꾸만 눈물이 났다.

"그람 굿은 워디서 하는 거여?"

모리댁이 남의 이야기를 전해 주는 목소리로 기운 없이 물었다.

"그려, 생각 잘했구먼. 난도 이 짓이 좋아서 하는 짓은 절대 아녀. 그래서 무슨 방도가 있으믄 돈 한 푼 안 받고 공짜로라도 갈켜 주지. 하지만 이 짓이 내가 하고 싶다고 해서 하는 것도 아니고, 하기 싫다고 해서 안 하는 것도 아녀. 기냥 신이 하라고 하믄 목심이 붙어 있는 이상 할 수벡에 읎어. 그렇다고 맘대로 목심을 버릴 수도 읎어. 죽을라고 열흘 동안 곡기를 끊어도 명줄이 살아 있는 거시 신병이라믄 긴말이 필요 읎지 머."

"알아들었구먼. 그랑께 워디서 내림굿을 해야 하는지 그거나 말 해 봐."

윤길동은 방관자처럼 등을 돌리고 앉아 있었다. 모리댁이 윤길동의 등을 야속하다는 표정으로 바라보고 나서 울음을 참느라 코맹맹이 소리로 물었다.

"여기서 하믄 편하기야 하겄지만 너무 좁아. 옥천에 가믄 기가 쎈 굿당이 있구먼. 거기서 하믄 될 껴."

"옥천까정 갈 필요가 머 있어. 모산 우리 집에서 하믄 되지."

"이 양반 좀 봐. 그릏지 않아도 온 동리 사람들이 우리 향숙이가 신이 들렸네, 정신이 돌았네, 맛이 갔네 하면서 손가락질 하고 있는 판국에 워디서 굿을 한다는 거유?"

"손바닥으로 하늘을 가리는 거시 낫지. 옥천 가서 굿을 한다고 동리 사람들이 모를 줄 알아? 그라고 굿을 하고 나믄 어채피 향숙이는 우리 딸이 아니라, 신의 딸이 되는 거여. 평생 동안 꼬막네처럼 점을 치거나 굿을 해서 먹고살……"

윤길동은 목이 콱 매여서 더 이상 말이 나오지 않았다. 모리댁이 더 가슴 아파 할 것 같아서 눈물을 참느라 이를 악물고 담뱃불을 붙였다.

"그려, 대주 말도 틀린 말은 아녀. 언젠가 알게 될 바에 차라리 츰부터 톡 깨놓고 하는 거시 난중에 뒷구녁에서 딴소리 안 하지."

"근데, 그 머셔. 신내림 굿을 하믄 참말로 우리 향숙이 아픈 거는 씻은 듯이 나을까?"

"나한테 물어볼 필요도 읎어. 오늘 저녁에 밥 한 대접 뚝딱 해치우는 거 보면 신(神)의 심이 얼마나 불가사의한지는 알게 될 거여."

"아니, 우리 향숙이가 저녁에 밥을 한 대접이나 비운다고 말항겨 시방?"

마당을 향해 돌아 앉아 있던 윤길동이 믿어지지 않는다는 얼굴로 물었다.

"저녁때까지 갈 필요도 읎어. 집에 가서 보믄 딸내미 얼굴이 아침에 보다 다를 겨. 아침에는 병자츠름 얼굴에 핏기 하나 읎었을 거잖여. 눈동자는 반쯤은 감겨 있는 것이 흐리멍덩했을 것이고 말여. 하지만 내림굿을 해야겠다는 생각만 해도 사람이 확 달라져 보일 거여. 시방 집에 가서 봐도 얼굴이 잘 익은 사과 저리 가라 할 정도로 빨갛게 물들어 있을 것이구먼."

"그기 참말여?"

모리댁이 내가 언제 눈물 콧물 다 쏟으며 훌쩍거렸느냐는 목소리로 물었다.

"그렇게 궁금하면 어여 집에 가 보믄 알 거 아녀. 그라고 비용이 솔찮게 들어갈 거인데……"

"얼매나 드는데?"

"굿을 나 혼자 하는 기 아녀. 짝게 잡아도 용한 박수무당도 데리고 가야 하고, 밑에서 심부름 해 줄 젊은 보살도 한 명 불러야 할 껴. 딸내미 신한테 시집보낸다는 생각으로 돼지도 한 마리 잡아야지. 돼지는 신한테 받쳐야 하는 신물잉께 내장만 긁어 내믄 될 거이고, 닭도 두 마리 준비해야 하고, 시루떡은 한 말 정도 해야 하는데 시루째 내놔야 햐. 백설기는 반 말 정도 하고, 어물이랑 신애기가 입을 옷 같은 거는 내가 준비를 해 갖고 들어갈 팅께 그렇게 알고 있으면 될 껴."

"그랴. 그 머셔 날이라도 다믄 만 환이라도 갖다 줄 모냥잉께 돈 걱정은 하지 말고 최대한 좋은 걸로 준비 좀 해 줘."

모리댁은 딸내미를 시집보낸다는 생각으로 준비하라는 말에 고개를 숙이고 저고리 고름을 눈앞으로 가져갔다. 윤길동은 목메인 목소리로 말을 하고 나서 제단을 쳐다본다. 상단에 있는 장군상과 부처상이며, 뒷벽의 최영장군 초상화와 산신령이 호랑이를 타고 있는 탱화가 예사롭게 보이지 않는다. 향나무를 깎아 넣은 향로의 향이 타는 냄새도 앞으로는 무시로 맡아야 할 냄새라는 생각이 들어서 가슴이 미어지는 것 같았다.

"그랴, 그람 난도 준비를 할 것이 있응께 모리 아침에 딸내미를 데리고 일루 와. 일단 요 근방에 있는 학산 새끼샴 용왕님한테 인사를 드리고, 대왕산에 가서는 산신령님께 기도를 해서 합의를 봐야 하거든. 가서 기도를 해 보믄 딸내미가 신명을 받을 수 있는지 없는지 점지를 해 주실거여."

"당장 모리 굿을 한다는 말여?"

꼬막네의 말에 윤길동과 모리댁은 놀란 얼굴로 서로를 바라봤다. 모리댁이 놀라움이 가시지 않은 얼굴로 물었다.

"모리 굿을 하겠다는 거시 아니고 굿을 할라믄 신하고 합의를 봐야 하능 겨. 이 사람은 제자가 될 몸인데 신명을 받을 수 있는지 없는지, 그라고 신을 받게 되면 산신줄을 받게 되는지, 용왕줄을 받게 되는지 합의를 봐야 날짜를 뽑을 수 있단 말여."

"그랴, 우리는 암것도 모릉께 꼬막네가 잘 알아서 해 줘. 아까도 말했지만 사례는 섭섭하지 않게 해 줄 모양이니께."

윤길동은 이미 배는 떠났다고 생각했다. 마음의 결심을 굳힌 이상 향숙을 설득해서 신내림 굿을 받게 하는 수밖에 없다고 생각하니까 이상하게 마음이 차분해 지는 것 같았다.

양력으로 7월 여드레에 꼬막네는 택시를 대절해서 타고 모산으로 들어갔다.

7월이라서 농사일은 한가한 때이다. 둥구나무 밑에는 열 명이 넘는 사람들이 점심을 먹은 후에 시원한 바람을 맞으며 한가한 시간을 보내고 있었다.

동네 사람들은 꼬막네를 비롯하여 박수무당과 젊은 보살이 북과 보자기로 묶은 박스를 들고 내리는 일행을 보고 일제히 일어섰다.

"저기 조막만한 여자는 학산 날망에 사는 점쟁이 아녀?"

"그런데 보자기에 싼 북을 들고 있는 남자는 뉘여?"

"오늘 모리댁 딸내미 신내림 굿인가 한다드니 그것 땜시 온 사람들인 모냥여."

"그날이 오늘인가?"

"오늘이 음력으로 보름 날이잖여. 그저께 샘가에서 모리댁이 그라데,

오늘 낮에 꼬막네한테 가서 굿 할 날을 잡고 왔다고 말여."

"에구머니나, 모리댁 불쌍해서 워짠댜."

"모리댁도 안됐지만 앞길이 구만리 같은 향숙이가 더 안됐지. 올게 나이가 열일곱 살벽에 안 되잖여."

날망집과 해룡네는 꼬막네가 자신들을 쳐다보는 눈빛에 입을 다물었다.

꼬막네는 둥구나무 밑 너럭바위에 앉아 있는 동네 사람들은 안중에도 없이 둥구나무를 바라본다. 들레와 밤에 봤을 때는 그저 엄청나게 큰 나무라는 생각밖에 들지 않았다. 밝은 대낮에 보니까 나무가 너무 커서 압도당하다 못해 신령스럽기까지 해서 자신도 모르게 합장을 하는 자세로 고개를 숙이고 말았다.

"나를 따라와유. 내가 알켜 줄 팅께."

꼬막네의 속내를 알 리가 없는 해룡네가 앞장을 서며 길 안내를 자처했다.

꼬막네 일행은 말없이 해룡네의 뒤를 따라갔다. 그들보다 몇 걸음 뒤에서 날망집을 비롯한 아낙네들이 따라갔다. 남정네들은 윤길동의 집으로 들어가는 골목으로 우르르 들어가는 아낙네들을 미덥지 않다는 눈빛으로 쳐다보았다.

"이 집여. 모리댁, 물 뜨러 가는 거여? 내가 이이들을 이 집으로 델고 왔구먼."

윤길동의 집에는 김춘섭의 아내 철용네와 상규네가 모리댁을 도와서 바쁘게 굿 준비를 하고 있었다. 모리댁이 물동이를 머리에 이고 막 마당을 나서려는 순간이었다. 해룡네가 모리댁의 앞을 가로막으며 말했다.

"왔구먼?"

모리댁은 드디어 오고야 말았다는 얼굴로 물동이를 뜨럭 위에 내려놓았다. 물동이를 머리에 일 때 사용하는 따바리를 들고 뒤안으로 갔다.

"학산에서 왔슈."

윤길동은 뒤안에 있는 돌 위에 앉아서 담배를 피우고 있었다. 모리댁은 금방이라도 울음을 터트릴 것 같은 얼굴로 짤막하게 말했다.

"시집보낸다고 생각혀. 그래도 죽는 것보다는 낫잖여. 순배 영감이 그라는데 향숙이 정도의 인물이믄 박수무당이 줄을 서서 장가를 올라고 한다드만. 다시 한번 말하지만 맘 단단히 먹고 향숙이 앞에서 절대로 눈물 보이지 마. 우리도 시방 기분이 죽고 싶은데, 당사자인 향숙이 맘은 위떡겄어."

윤길동이 일어서서 작은 목소리로 모리댁의 손을 잡고 다짐을 받는 목소리로 말했다.

"예……."

모리댁은 말과 다르게 눈물이 터져 나왔다. 손바닥으로 입을 틀어막으며 윤길동이 앉았던 돌 위에 앉았다.

"허허! 내동 눈물 보이지 말라고 했드니 아주 통곡을 하는구면. 당신 자꾸 그라믄 굿이고 머고 다 때려치우고 나 혼자 산으로 들어가 버릴텨. 머리 깎고 중노릇이나 할 팅께 당신 혼자 향숙이하고 잘 살아 봐."

윤길동도 눈물이 나오려고 했다. 그래서 일부로 화가 난 목소리로 주먹을 흔들었다.

"누……누가 운다고 그래유. 나 안 울어유. 나 안 웅께 어여 마당에 나가 봐유."

"좌우지간 향숙이 앞에서 눈물만 보여 봐. 굿이고 머고 다 때려치우고 그 질로 산에 올라가 버릴 팅게."

윤길동은 다시 한번 주먹을 흔들어 보이고 나서 잔기침을 했다. 잠시 동안 마음을 가다듬었다가 마당으로 나갔다.

꼬막네는 박수무당의 조언을 받아 가며 굿 준비를 하기 시작했다. 제단은 향숙이 방 앞에 차리는 걸로 결정을 하고 멍석을 깔았다. 동네에서 공동으로 사용을 하는 두레상 두 개를 잇대어 붙이고 문종이를 단정하게 깔았다.

두레상 위에는 새끼줄을 쳤다. 새끼줄에는 문종이에 한자로 奉請 第一진광大王, 奉請 第二초강大王, 奉請 第三송제大王, 奉請 第四오관大王라고 쓴 신의 명호가 걸렸다.

제단에는 돼지머리 대신 통돼지를 올렸다. 그 앞의 작은 시루 안에 밥을 양푼으로 가득 담아서 숟가락을 여러 개 꽂았다. 도라지, 고사리, 시금치로 만든 삼색나물과 사과, 배, 복숭아 삼색 과일을 차렸다. 시루떡과 백설기를 쟁반에 높이 쌓아서 올려놓고 정화수를 담은 대접을 올려놓았다. 치성을 드릴 때 사용하는 정화수는 이른 새벽에 처음 길은 우물물을 말하는데 물의 으뜸으로 꼽는다. 정화수의 성질은 평(平)하고 맛이 달며 독이 없다. 주로 정성을 들이거나 약을 달이는 데 쓰고, 그릇에 담아서 술이나 식초에 담가 두면 변하지 않는다고 한다.

심지가 세 개인 새발심지를 만든 등잔대를 좌우에 하나씩 세워 놓았다. 새발심지를 밝히는 것은 새발은 다리가 세 개, 즉 삼족(三足)을 뜻한다. 그리고 삼족은 삼족오(三足烏)를 의미하며, 삼족오는 고구려의 벽화에 나오는 세 발 달린 까마귀로 해를 상징하는 새이다.

문종이로 접어서 만든 고깔 위에는 명실이라 부르는 타래실을 올려놓았다. 생쌀을 넣는 시루 위에는 서리화를 꽂았다. 대나무를 젓가락처럼 잘게 쪼개서 한지를 일정한 간격으로 자른 다음 대나무 쪼갠 자리에 끼워 놓은 서리화는 흰 눈꽃처럼 생겼다고 해서 붙여진 이름이다. 맨 앞에는 옥수(玉水) 세 잔을 올려놓았다. 그 옆으로는 부채며 방울, 오방기 등 무구들을 가지런히 놓았다

해가 넘어 갈 무렵이 되자 마당 가운데 또 한 장의 멍석이 깔렸다.

"밤을 홀딱 새울지도 모르니께 밥을 든든히 먹어야 햐."

인간의 딸로 먹는 마지막 밥상이 차려졌다. 행여 머리카락이 들어갈까봐, 쌀벌레라도 들어갈까봐 정성껏 인 쌀로 지은 밥에 삼색나물 반찬이다. 오늘 새벽에 목욕재계를 한 후에 마음의 준비를 하고 있던 향숙은 꼬막네가 하는 말에 모리댁을 바라본다. 필경 뒤안에서 눈물을 훔치고 왔을 모리댁의 얼굴은 표정 변화가 없다. 숟가락을 들기는 했지만 밥맛이 없는지 무를 넣고 끓인 탕국 국물만 먹고 있다. 윤길동은 아예 방에 들어오지도 않았다.

"많이 먹어 꼬막네 말대로 밤을 홀딱 새울지도 모릉께 배가 든든해야지."

밥상에 고기반찬이 있을 리가 없다. 향숙이 신병이 오기 전에 좋아하던 생선도 없고, 계란찜도 없다. 모리댁은 무언가 향숙이 앞에 권할 반찬이 없는지 반찬을 살펴봤으나 적당한 것이 없어서 어깨를 손바닥으로 툭툭 두들기며 살갑게 말했다.

"어머, 너무 걱정하지 마. 나 잘 살 껴."

향숙은 꼬막네 말처럼 내림굿을 받겠다는 약속을 하고 온 날부터 식

욕이 부쩍 늘었다. 하지만 오늘은 밥알이 모래알을 씹는 것 같았다. 그래도 모리댁을 위해서는 맛있게 먹는 척이라도 해야 한다는 생각에 억지로라도 밥을 입 안에 퍼 넣었다.

땅거미가 지고 나니까 일찌감치 저녁을 먹은 동네 사람들이 하나둘 모여들기 시작했다. 일찍 온 이들은 멍석에 자리를 잡고, 그 뒤에 온 이들은 장독대에 걸터앉거나 적당하게 앉을 거리를 찾아서 돌 위에 앉거나 지게를 눕혀 놓고 앉거나, 어떤 이는 아주 끝장을 볼 생각으로 이웃들과 어울려 집에서 사용하는 들마루를 가져오기도 했다. 순배 영감이며 변쌍출이나 박평래는 윗방 앞에 있는 툇마루에 걸터앉았다.

새발 등잔에 불을 밝히고 본격적으로 굿이 시작됐다.

제단 우측에 방석을 깔아 놓고 앉은 박수무당은 북을 세워 놓고 옆에는 꽹과리를 엎어 놓았다. 흰색 한복을 곱게 차려 입은 향숙이가 방에서 나왔다.

"에그머니나! 워쩌면 좋아!"

"저 여자가 분명 향숙이란 말여?"

빛이 나도록 번쩍이는 흰색 한복을 곱게 차려 입은 향숙의 앳된 모습은 하늘에서 내려 온 선녀처럼 아름다웠다. 아낙네들이 약속이나 한 것처럼 일제히 탄식을 터트렸다.

꼬막네는 고깔을 쓴 향숙에게 세 번 절을 하라고 시켰다. 절을 하고 난 향숙의 손에 소당기를 한 손에 하나씩 쥐게 하고 장구를 치면 춤을 추라고 시켰다. 내림굿을 하기 전에 향숙의 몸에 붙어 있을지도 모르는 허공 귀신을 대접해서 보내기 위한 허주굿이 시작된 것이다.

향숙은 춤을 추지 않았다. 꿈을 꾸는 것 같은 눈빛으로 새끼줄에 걸려 있는 명두들을 응시하다 천천히 눈을 감았다. 박수무당이 둥! 둥! 하며 북을 치고 요란하게 꽹과리를 치기 시작했다.

"금년 태세 일천구백육십년 칠월 여드레, 음력으로 유월 보름에 대조선 대한민국 충청북도 영동군 학산면 모산에 거주 하옵는 윤씨 자손 갑오년 계유월 정사일생 윤향숙이 가중을 밝히고자 일체 부정살을 걷나이다."

꼬막네는 향숙이 어서 춤을 추길 기다리며 정신이 없을 정도로 장구채를 두들겼다. 박수무당이 장구와 리듬을 맞춰서 징을 쟁쟁 울리며 부정문을 읊기 시작했다.

누나가 참말로 점쟁이가 될라고 하능개벼…….

싸리나무 울타리를 앞에는 진규며 상규, 학산 이발소에 다니는 철준이 등이 구경을 하고 있었다. 진규는 곱게 한복을 차려 입은 향숙의 모습이 만화책 같은 데서 본 선녀처럼 보였다. 너무 아름다워서 숨이 막힐 지경이었지만 그 아름다운 모습이 슬픔으로 다가왔다. 이날 이후로는 영원히 만날 수 없을지도 모른다는 생각이 자꾸 들었다.

아녀, 어머는 신내림을 받았다고 해서 죄다 점쟁이가 되는 것은 아니라고 했잖여.

진규는 향숙이 내림굿을 받는다는 소문을 듣고 상규네에게 내림굿을 받으면 집을 떠나서 점쟁이가 되는 것이냐고 물었었다. 상규네는 열이면 열 모두 점쟁이가 되는 것이 아니고 일단 신내림 굿을 받아봐야 알수 있다고 대답을 했었다. 내림굿을 받을 때 신이 몸에 붙으면 점쟁이가되는 것이고, 신이 몸에 붙지 않으면 점쟁이가 안 된다는 것이다. 꼬막네와 박수무당이 귀가 멍멍해질 정도로 징을 울리고 꽹과리를 두들겨도 향숙이 발꿈치만 들썩들썩하고 있는 것을 보니 어쩌면 신이 몸에 붙지 않을지도 모른다는 생각이 들었다. 아니, 제발 신이 몸에 붙지 않았으면 좋겠다고 기도를 했다.

"별일여, 별일여……"

"글씨 말여유, 멀쩡한 아가 신복을 입고 저기 먼 꼴이래유."

순배 영감이 연신 혀를 차는 사이에 변쌍출도 안됐다는 얼굴로 중얼거렸다.

"지성이면 감천이요, 축원이면 감신이니, 천지신명은 수찰언하사 자연 감응 하시나니, 일심봉청 팔만 사천 조왕대신은 조왕단으로 안위 안정 하시고, 삼만육천 성조대신은 성조목으로 안위 좌정하시고, 금차 가중에 출입왕래하는 일체 부정 지귀들은 부정경 고축시에 문외에 출송하시어 원문타방으로 영소영멸 하소서……"

박수무당이 꼬막네의 뒤를 이어서 맑고 우렁찬 목소리로 부정문을 읊으며 요란하게 꽹과리와 징을 쟁! 쟁! 울려대기 시작하자, 향숙의 버선발이 움찔움찔 움직이기 시작한다.

"자……자 좀 봐."

"으메, 향숙이 몸이 이상하구먼."

"참말로 신이 들었나벼. 모리댁 불쌍해서 어쩔꺼나."

제단 앞에서 눈을 지그시 감고 있던 향숙의 어린 발뒤꿈치가 들썩들썩하자 아낙네들이 웅성거리기 시작했다. 꼬막네는 그 소리를 듣고 더 요란하게 꽹과리를 두들겼다. 박수무당도 향숙의 얼굴을 응시하면서 귀가 멍멍하도록 연신 북을 울리며 귀가 따갑도록 꽹과리를 두들겼다.

"참말로 희한한 일이구먼."

장독대에 걸터앉아서 굿 구경을 하고 있던 황인술이 중얼거렸다.

"구장님, 길동이 형님 얼굴 좀 봐유. 새파랗게 질려서 금방이라도 숨이 넘어 갈 거 같구만유."

김춘섭은 제단 옆에 모리댁과 앉아 있는 윤길동을 바라봤다. 얼굴에 촛불이 어른거리고 있는 윤길동은 향숙이 발뒤꿈치를 들썩거리는 모습을 바라보며 벌린 입을 다물지 못하고 있었다.

썩을놈!

황인술은 김춘섭이 말을 걸어도 대꾸를 하지 않았다. 놈은 뻔뻔스럽게도 이병호가 논 다섯 마지기를 부치라고 하자, 구장님 위짜. 땅 쥔이 내가 안 지을 생각이면 딴 사람을 주겠다고 항께 나라도 져야쥬, 라는 말로 입술만 축이고 마음속으로 만세를 부른 놈이라서 상대를 하기 싫었다.

"아이구, 내려 오셨슈."

황인술은 팔짱을 끼고 향숙을 지켜보다가 삽짝문 안으로 들어서는 보은댁을 발견했다. 보은댁이 승우를 가운데 두고 옥천댁하고 들어오고 있었다. 곁눈질로 김춘섭을 흘겨보던 시선을 거두고 사위를 반기는 장모처럼 큰 소리로 인사를 하며 보은댁 앞으로 갔다.

"굿 귀경 오셨구만유. 이짝으로 앉아서 귀경하셔유."

황인술은 동네 사람들이 구장 왜 저란댜? 라고 쳐다보든 말든 명석 앞으로 보은댁을 안내했다.

"괜찮아유. 우린 서서 볼 팅게 어여 가서 귀경하셔유."

보은댁은 황인술의 친절에 어설픈 웃음만 날렸다. 옥천댁이 황송하다는 얼굴로 손을 내저으며 승우의 손을 잡고 마당 한쪽으로 갔다. 보은댁도 상것들하고 섞여서 구경할 기분은 아니라는 얼굴로 옥천댁을 따라갔다.

"인숙이 저기 있구면."

승우는 옥천댁이 잡고 있는 손을 풀고 부지런히 인숙을 찾았다. 인숙이도 상규네 옆에 앉아 있다가 승우가 들어오는 것을 보고 막 일어서려는 참이었다.

"어머, 인숙이하고 같이 구경 할 텨."

승우가 인숙이에게 손을 바쁘게 흔들어 보이며 옥천댁을 올려다봤다.

"그려. 떠들지 말고 쥉이 있어야 한다."

옥천댁은 사람들 사이를 요리조리 빠져 나가서 인숙에게 다가가는 승우를 말리지 않았다. 무복을 입고 금방이라도 춤을 출 것처럼 어깨를 움찔거리고 있는 향숙을 처연한 얼굴로 바라봤다.

전생에 나하고 먼 원수가 졌길래 나를 못 잡아 처먹어서 한 이랴……

황인술은 머쓱한 얼굴로 김춘섭 옆으로 가면서 마음속으로는 이를 갈았다. 그날 아닌 밤중에 홍두깨에 맞는 식으로 땅만 내놓은 것이 아니다. 둥구나무 거리에서 얼마나 횟술을 마셨는지 정신을 놓아 버렸다. 이튿날 머리가 깨지는 것 같은 두통에 눈을 떠 보니 광일네의 왼쪽 눈에 시퍼렇게 멍이 들어 있었다.

"자식이 공무원이 됐으믄 애비라는 작자가 즘잖게 살아가야 남들이 우러러 보는 거이지, 온 동리 여자들 죄다 보고 있는데서 마누라를 쥐 잡듯 패믄 워쩌겠다는거여. 집안에 공무원이 둘만 나섰다가는 아주 송장을 치르고도 남겄구면."

"시방 먼 소리 하는 거여?"

"어지, 봉산댁이랑 상규네며 날망집하고 모리댁하고 뒷설거지 하고 있는데 나한테 머라고 했슈?"

"그걸 내가 워티게 알아?"

"그려, 그걸 기억하믄 인간도 아니지. 하여튼 이따 날 밝으믄 둥구나무 밑이 가서 동리 어른들한테 어지는 술을 하도 과하게 마셨드니 정신이 하나도 읎었다고 사과나 하셔. 안 그라믄 구장이라는 놈이 이병호한테 땅 빼앗기고 분항께 마누라를 쥐 잡듯 잡았다는 소문이 학산 어디까지 날 팅께. 에이! 이래서 내가 술 처먹는 인간들을 이해 못한다니께. 당장 날 밝으면 샘가에 물을 뜨러 가야 하는데 이런 꼴로 워티게 나 간댜. 참말로 남부끄러워서 이 동리를 뜨던지 해야지."

"헛소리 그만 쥐끼고 물이나 떠 와. 골이 터져 나갈 버릴 것 같응께."

광일네가 분을 삭히는 목소리로 내뱉는 말을 듣고 나서야 어젯밤에 큰 실수를 했다는 걸 알았다. 그렇다고 남자 체면에 사과는 할 수 없었다. 버럭 소리를 질러서 광일네의 입을 막기는 했지만 수난은 거기서 끝이 나지 않았다.

아침을 먹고 분이 풀리지 않아서 하소연이라도 해 볼 요량으로 곧장 영동으로 가서 문기출을 만났다. 대놓고 개새끼라고 욕을 하드만유. 이건 명백한 정치 탄압 아뉴? 문기출이 운영하는 태평관에서 해장술을 시켜 놓고 이병호에게 당한 수치와 분노를 복수할 방법이 없느냐고 물었다.

"난도 이동하 그놈한테 신세 갚을 거시 있는 놈이요. 하지만 요새 정치 상황이 너무 안 좋응께, 좀 잠잠해지믄 위원장님하고 상의를 해 봅시다."

문기출도 입에 거품을 물며 이동하를 성토하는 통에 좀 기다려 보기로 하고 그냥 학산으로 나왔다. 그랬더니 웬걸, 4·19가 터지고 이승만이 미국으로 망명을 떠난다, 자유당이 해체가 된다, 어쩌고저쩌고 정국이 뜨거운 냄비처럼 달아오르는가 했더니 지난 1958년 5월 2일에 있었던 민의원 선거는 부정선거라고 무효라서 다시 민의원을 뽑기로 했다는 소문이 나돌았다.

"똑같은 야기 두 번 안 할 팅께 확실하게 결정을 해야 하우. 요번 칠월 이십구일 민의원 선거 때 나를 도와 주믄 내비 둘 꺼고, 만약 그전처럼 동리 사람들을 선동해서 엉뚱한 짓을 하믄 학산 면장한테 야기해서 광일이는 짤라 버리고, 구장 자리는 김춘셉이한테 줘 버릴 겨. 내 말 무슨 뜻인지 알겠쥬?"

잘되는 집안은 개가 집을 나가도 새끼를 배서 들어오고, 재수가 없는 집안은 집 나간 며느리가 애를 배서 들어온다고 했던가. 졸지에 민주당 세상이 되고 나니까 이동하도 덩달아 옛날 권세를 되찾았다. 놈이 하루는 술 한잔 하자고 영동으로 불러내더니 구장 자리를 갖고 협박을 했다.

"아이구, 위원장님 지가 그날 춘부장 앞에서 백배사죄를 했잖유. 인간 황인술 똑같은 실수 두 번 할 놈 아뉴. 그렇지 않아도 요번에 민의원 선거를 새로 한다는 소식을 듣고 나서는, 이븐에는 세상이 두 쪽 나는 한이 있드래도 위원장님을 당선시키고 말겠다고 마음속으로 맹세를 한 놈유."

그 잘난 구장 자리를 갖고 협박하는 이동하도 미웠지만, 구장 자리를 내놓게 되면 비료대 횡령한 것이 들통 나는 것은 물에 불을 보듯 뻔한 일이다. 그렇게 되면 광일이도 면사무소를 그만두게 되는 일이 벌어질

지도 모른다는 생각에 간 쓸개 다 빠진 놈처럼 아부했던 것을 생각하면 지금도 소태를 씹은 것처럼 입 안이 쓰기만 하다.

박수무당이 물 한 모금으로 목을 축이고 보름달이 환하게 내려앉는 마당이 울릴 정도로 징을 울리며 부정문에 이어서 태을보신경을 읊기 시작했다.

"천하부정 지하부정 원가부정 근가부정
대문부정 중문부정 개견부정 우마부정
금석부정 수아부정 토석부정 인물부정
오방부정 사해부정!
친구부정 측거부정 조정부정 방천부정
경자년 계미월 정묘일 동방에 청제부정
남방에 적제부정 서방에 백제부정
북방에 흑제부정 중앙 황제부정!
쇠를 달아 금부정 나무를 달아 목부정
물을 달아 수부정 불을 달아 화부정
흙을 달아서 토부정 금목수화토 오행부정
천상부정 소멸!"

박수무당이 칙칙폭폭, 칙칙폭폭 기차가 달려가는 것처럼 신명난 목소리로 빠르게 태을보신경을 읊어대고 있는 사이에 향숙이가 소방기를 든 양손을 젖가슴 위에 찰싹 붙이는가 했더니 팔짝팔짝 뛰기 시작했다.

"저저저……"

"에그머니나!"

"저 어린 향숙이 으짜면 좋아!"

향숙이 두 눈을 감고 팔짝팔짝 뛰기 시작하자 꼬막네는 더 요란하게 장구채를 놀렸다. 박수무당도 꼬막네 못지않게 징은 쟁쟁 꽹과리는 꽹꽹 울리기 시작했다.

"지하부정 소멸 원가부정 소멸 근가부정 소멸
대문부정 소멸 중문부정 소멸 개견우마부정 소멸
금석수화부정 소멸 토석인물부정 소멸
오방사해부정 소멸 점객칙거 조정방청
내외부정 소멸!
경자년 계미월 정묘일 소멸 정칠월 인신
이팔월 천황 삼구월 천자가 사시월지망
오지월수중 육납월 시왕부정 소멸!
산수생활 부정소멸 중종부정 속거천리
근거만리 옴 급급여율령 여율령하소사!"

향숙은 왜 박수무당의 북소리에 맞춰서 왜 자신이 팔짝팔짝 뛰고 있는지 이유를 알 수 없었다. 북이 울리고 꽹과리가 울릴 때마다 자신의 의지와는 아무런 상관없이 몸이 사뿐하게 공중으로 치솟아 올랐다. 눈을 뜨고 싶었지만 눈도 떠지지 않았다. 멍석이며 장독대며 마당 가득히 동네 사람들이 바라보고 있다는 생각이 들었지만 부끄럽지도 않았다. 희미한 안개 같은 것이 서서히 걷히고 한 번도 가보지 못한 바다가 나왔다.

어메! 바다가 이렇게 생겼구먼.

텅 빈 해변에 파도는 잔잔했다. 먼 수평선 끝은 푸른 하늘과 이마를 맞대고 있었다. 천천히 해변을 거닐었다. 얼굴을 모르는 청년 두 명이

해변에서 흰옷을 입고 춤을 추고 있는 모습이 보였다.

"어여 와."

"절 알아유?"

"우리도 한동리 사람들이여. 이짝은 우리 형이고, 난 동생이구먼."

"그라고 봉께 자주 뵌 분들 같구만유. 근데 여기서 머 하고 있슈?"

향숙은 그들이 왠지 낯설지가 않았다. 밤이고 낮이고 대화를 나누었던 것 같기도 하고 함께 놀러 다녔던 것 같기도 했다.

"머하긴, 널 기다렸잖여."

"그려, 및 년 동안이나 기달렸는데 왜 인제 오능 겨. 우리 오늘부텀 여기서 같이 사능 겨. 알겠지?"

청년들은 향숙이를 에워싸고 덩실덩실 춤을 추기 시작했다. 향숙이도 조금씩 어깨가 들썩 들썩이는 것을 느꼈다. 기분도 좋아졌다. 매일 청년들하고 춤이나 추면서 같이 살았으면 좋겠다는 생각을 하고 있을 때였다. 물속에서 흰옷을 입은 할머니 한 분이 불쑥 솟아올라서 해변으로 걸어 나왔다.

"이놈들! 감히 우리 손녀를 데리고 갈 생각을 하다니! 어여 썩 꺼지지 못할까?"

할머니의 호통 소리에 청년들의 얼굴이 갑자기 까맣게 변했다. 옷도 까맣게 변하는가 했더니 검은 갓을 쓰고, 검은색 도포를 쓴 저승사자로 변해 버렸다.

"할머니 절 받으세유."

향숙은 할머니도 처음보지만 전혀 낯설지가 않았다. 얼굴을 모르는 친할머니일지도 모른다는 생각이 들어서 두 발을 얌전히 모아서 큰절을 했다. 당연히 오냐, 내 손녀 왔구면, 이라고 인사를 받아줄 줄 알았던 할머니가 인사를 받지 않았다.

"네 눈에는 이 할머가 그릏게 안 뵈이드노? 그래서 저승도 못 가고 떠도는 원혼들하고 춤을 추면서 놀았나?"

"할머니가 불러야 놀러를 가지……"

"네, 이년! 시방 그걸 말이라고 하노? 내가 널 얼매나 기달렸는데 인제 와서 딴소리를 하노?"

할머니가 들고 있던 부채로 어깨를 내려쳤다. 향숙은 어깨가 바르르 떨리는 것을 느끼며 퍽 주저앉았다.

"어여, 일어나! 어여 일어나서 잘못했다고 빌어."

고개를 돌려 보니 언제 왔는지 모르는 꼬막네가 부채를 들고 서 있었다.

"어여, 대신 할머니한테 잘못했다고 빌어! 어여!"

향숙은 꼬막네의 말에 할머니 앞에서 절을 하며 용서를 빌었다. 그래도 할머니는 들은 척도 안 해서 눈물이 났다. 엉엉 소리 내어 울면서 한 번만 용서를 해달라고 빌었다.

"어이구! 내 새끼, 니가 잘못한 것이 머가 있겄어. 다 내가 잘못한 거이지. 내 강아지, 울지 말어, 니가 울면 할머 가슴이 찢어징께."

조금 전까지만 해도 눈빛을 세우고 있던 꼬막네가 향숙을 부둥켜안고 한참 동안 울었다. 향숙도 꼬막네 품안에 안겨서 목이 쉴 때까지 울었다.

"할머니 손녀딸이 왔응께 춤 한번 춰 보셔유."

꼬막네가 방울과 부채를 향숙에게 건네주며 말했다. 향숙이는 금방

울음을 그치고 배시시 웃으며 춤을 추기 시작했다. 얼굴을 요쪽조쪽으로 핵핵 돌리며 훠이 훠이 추는 춤은 한 마리 학이 허공중으로 나는 모습처럼 가벼워 보였다.

"할머니 참말로 예쁘네."

향숙은 그동안 이유를 알 수 없이 가슴을 짓누르고 있던 통증이 어느 순간 감쪽같이 사라져 버리는 것을 느꼈다. 시간이 흐를수록 할머니의 모습은 점점 젊어지기 시작했다. 얼굴에 가득 찬 주름살이 서서히 사라지고 뽀얀 처녀의 얼굴로 변해 버렸다. 어느 순간 할머니는 장군처럼 파랗고 빨간 군복에 깃이 두 개 달린 군모를 쓴 모습으로 변했다.

"싫여!"

할머니가 군모와 군복을 벗어 버렸다. 꼬막네가 대감 모자를 써 보라고 했다. 할머니는 고개를 흔들었다. 다음에는 시집 갈 때 쓰는 쪽도리를 하라고 했다. 할머니는 아이처럼 환하게 웃으며 쪽도리를 썼다. 그와 동시에 할머니의 모습은 영락없는 새색시의 모습으로 변해 버렸다.

"오신 분이 친가 쪽여유? 아니믄 외가 쪽여유?"

꼬막네가 향숙에게 땀을 닦으며 물었다.

"친가 쪽이여!"

향숙은 꼬막네가 묻는 말에 자신도 모르게 대답을 했다.

"명패는? 어느 명패를 가지고 오셨어유?"

"명패?"

향숙은 꼬막네가 묻는 말에 할머니를 바라봤다. 할머니가 서 있던 자리에는 잠자리 날개처럼 얇은 한복을 입은 선녀가 서 있었다. 머리를 길게 늘어트린 것으로 보아서 옥황상제를 모시는 상궁처녀는 아닌 것 같았다.

"예, 명패를 보여 줘야 워디서 오셨는지 알쥬."

"어어엉! 우리 어머 어디 계셔유. 어머! 어어엉! 어머! 어디 있능 겨?"

향숙이 꼬막네가 묻는 말에 대답을 하지 않았다. 큰 소리로 통곡을 하면서 모리댁을 찾았다. 윤길동과 함께 앉아 있던 모리댁이 눈물을 쏟아내며 일어섰다.

"어머! 불쌍한 우리 아부지 워틱한댜. 나 하나만 믿고 살아온 아부지하고 어머 불쌍해서 어틱한댜. 어어엉! 시방까지 나 하나만 믿고 살아온 두 분 불쌍해서 내가 워티게 간댜. 아부지 아부지! 우리 아부지 이날 이때까정 못난 딸 향숙이 하나만 믿고 살아 왔는데 앞으로는 무슨 재미로 살아 가신댜. 어머, 불쌍한 우리 아부지 외동딸을 신한테 시집보내고 무슨 재미로 살아 간댜. 어머가 잘 보살펴서 오래오래 살아야 해유. 우리 불쌍한 아부지!"

"그려! 향숙아! 애비 여기 있구먼."

모리댁과 향숙을 부둥켜안고 통곡하는 소리에 눈물을 참고 있던 윤길동이 황소 같은 울음소리를 토해내며 일어섰다. 가족이 하나가 되어서 통곡을 하는 소리에 아낙네들은 일제히 저고리 고름이나 치맛말기를 눈으로 가져갔다. 나이든 순배 영감도 차마 봐 줄 수가 없다는 얼굴로 눈을 끔벅거리며 환한 보름달을 쳐다봤다. 오늘 따라 보름달이 형제의 모습으로 보여서 주르르 눈물이 흘렀다.

"한번 가면 영영 이별을 하는 거이 아녀. 낼도 보고 모리도 볼 수 있응게 이별잔치는 그만하시고 누가 오셨는지 말해 봐유."

장구 치는 것도 잊어버리고 눈물을 훔치고 있던 꼬막네가 목소리를 갈아 앉히고 물었다.

"휴!"

향숙은 한참동안 통곡을 했더니 눈물이 말라버렸는지 눈물도 나지 않았다. 가슴이 터져라 한숨을 쉬며 제단을 바라본다.

"누가 오셨슈? 어떤 분이 오셨는지 얼릉 말씀해 보셔유?"

"바다가 보여! 바다가!"

"바닷가에 어느 분이 계시다는 거유? 용왕님이 오셨나유?"

"휴, 난도 몰라!"

"모르긴 왜 몰라유."

"휴!"

"얼릉 말문을 내려 주셔야지."

"가만있어 봐. 목이 마릉께 물부텀 마셔야겄어."

"머하고 있냐? 시방 목이 마르다고 하시는 말씀 못 들었냐?"

꼬막네가 조수 노릇을 하는 보살에게 호통을 쳤다. 조수보살이 얼른 찬물 한 그릇을 떠다가 두 손으로 공손하게 받쳤다.

"자, 인제 목도 축였응게 어여 말씀해 보셔유. 어느 분 명패를 들고 왔슈?"

"휴!"

"정성이 부족해서 그러남유. 그람 아까츠름 춤을 춰 보셔유. 노래를 부르고 싶으시믄 노랠 부르시고, 술 드시고 싶으믄 술을 드시고, 옛날로 치자믄 대감집 마님츠름 맘대로 놀아 보셔유."

꼬막네의 말이 끝나자마자 향숙은 소방기를 내려놓고 쌀에 꽂혀 있던 서리화를 빼 들었다. 서리화를 높이 쳐들고 사쁜사쁜 춤을 추기 시작한다. 소풍이라도 가는 것처럼 서리화를 어깨에 얹고 덩싱덩실 춤을 춘다.

"자가 향숙이 맞는 거여?"

"그람 향숙이가 아니면 금순이란 말여?"

"서울 가서 식모살이 잘하고 있는 금순이가 이 판에 왜 나온댜?"

"향숙이가 하도 춤을 잘 충께 하는 말이잖여."

"원래 신이 들리믄 중핵교를 안 댕기던 아도 영어를 미국사람보다 더 잘 할 수도 있다는 말 못 들어 봤어? 신 들리믄 자신도 모르게 춤을 추는 거여."

"그런가?"

향숙은 아낙네들이 놀랄 정도로 덩실덩실 학춤을 추는가 하면, 기생집의 기생들처럼 생긋생긋 웃으며 남정네들을 유혹하는 춤을 추기도 했다.

"어이구! 내가 왜 이라능 겨!"

조금 전까지만 해도 사람들의 정신을 빼앗을 정도로 아름답게 춤을 추던 향숙이 갑자기 흐느끼기 시작했다.

"말씀을 하셔유. 제자로 불리실 건지 말씀을 해 보셔야 알아 듣쥬."

"엉엉! 어머! 불쌍한 우리 어머!"

향숙이 다시 통곡을 하기 시작하다 조금 전까지만 해도 그녀의 춤에 넋을 빼앗겼던 아낙네들이 다시 옷고름을 눈으로 가져갔다.

"말씀을 하셔야. 즈덜이 알아 듣쥬. 그랑께 어여 말씀을 하셔유."

향숙이 모리댁과 껴안고 통곡을 시작하다 꼬막네가 장구를 치며 물었다

"어머! 불쌍한 우리 아부지 좀 잘 보살펴 줘유!"

"머가 그렇게 서러워서 통곡을 해유. 서러워한다고 아니 갈 길이 아닝 게 어서 말씀을 해 보셔유."

"대신 할머니가 오셨슈?"

향숙이 할머니들처럼 목이 쉰 목소리로 우는 모습을 보며 박수가 물 었다.

"그동안 얼매나 힘들었냐? 어엉어! 엉엉!"

"그만 서러워 말고 인제 말씀해 보셔유."

꼬막네가 간절하게 말했다.

"누구신지 말씀으로 내려 주셔유. 우리들처럼 세상을 등지고 초로처 럼 사는 인간들은 알고 있슈, 해원천도하려고 오셨소? 불려주려고 오셨 소?"

박수무당이 묻는 말에 향숙은 고개를 숙이고 말없이 멍석을 내려다보 았다. 부들부들 떨면서 서리화를 흔들며 뛰기 시작했다.

"내가 원래 안으로는 대찬데 겉으로는 말이 없는 사람이 되나서……"

"대신 할머니유?"

꼬막네가 묻는 말에 동네 사람들은 숨을 죽이고 향숙이 서리화를 흔 들며 춤을 추는 모습을 지켜봤다. 휘영청 밝은 보름달 아래 선녀처럼 춤 을 추고 있는 모습은 더 이상 열일곱 살의 어린 소녀가 아니다.

"나 할머니 아녀."

"내가 볼 때는 영락 없는 할머니유. 할머니 성씨가 뭐유?"

박수무당이 북을 치다가 멈추고 물었다.

"나, 금령 김씨 아닌가?"

윤길동은 금령 김씨라는 말에 소스라치게 놀랐다. 김천에서 시집을 온 어머니의 성씨가 금령 김씨다. 그러나 향숙에게 할머니의 성씨가 금령 김씨라는 말을 해 준 적이 없었다. 기제사 날에도 잘사는 집안처럼 지방을 쓰지 않아서 더더욱 향숙이 알 까닭이 없었다.

"워디서 오셨슈?"

"이걸 보믄 모르것어?"

꼬막네가 묻는 말에 향숙이 서리화를 막 흔들어 보인다.

"우리 같은 것들이 머라고 불러야 되능 거유?"

"내가 우리 제자 크게 불리고 이름나고……불쌍한 사람들한테 희망을 주고……어어! 우리 제자 참말로 불쌍하다 안 하나. 너무나 불쌍해서 이 가슴이 찢어지고, 참말로 내가 나이 어린 제자 안 만들라고 노력 많이 했다. 그란데도 내 힘으로 안 되니까 어짜겠노"

"아이구, 시어머니가 오셨구먼. 어머님, 어짤라고 저 불쌍한 향숙이를 데리고 가남유. 아들 못난 것이 그릏게 큰 죄가 되능감유. 난도 아들 형제 딸 형제 줄줄이 낳고 싶었는데, 내 팔자에 딸자식 하나 삐에 읎는데 워쩌란 말이유. 아이구, 어머님 왜 날 데리고 가시지, 해필이믄 앞길이 구만리 같은 손녀딸을 델고 갈라고 한데유. 시방이라도 어여 손을 놔 주고, 날 데리고 가셔유. 어머님, 날 데리고 가셔유!"

향숙의 입에서 갑자기 경상도 사투리가 튀어 나왔다. 모리댁은 처음에는 자신의 귀를 의심했다. 그러나 이내 돌아가신 시어머니의 목소리와 영락없이 닮았다는 생각이 드는 순간 엎드려서 손바닥이 아프도록 거친 명석을 두들기며 통곡을 했다.

"맞구먼. 맞아. 모리댁 시어머니 김천댁 목소리여."

"으쨔. 으짜믄 좋아."

"어이구, 생전에 시어머가 모리댁한테 승질 내는 거 한 번 못 봤는데 속으로는 아들 못 낳는다고 그렇게 원망을 했나 벼."

아낙네들이 놀란 얼굴로 서로를 쳐다보며 수근거리기 시작했다.

"대신 할머니로 오셨슈."

꼬막네가 다시 물었다.

"내가 불사 대신으로 왔다 안 하나?"

"제자 나이 먹어서 이 길 들어섰슈."

"내가 손주 하나 볼라고 새벽마다 장독대에 치성으로 정성을 들였다 안 하나. 이래도 칠성전에 석삼년을 공덕 닦고 사람 하나 살리려고 내가 왔다."

"불사 대신으로 앉으실 건지, 칠성으로 앉으실 건지 알려 주셔유."

꼬막네는 향숙이한테 신이 제대로 왔다는 생각에 눈물을 철철 흘리면서 울었다.

"내가 살아생전에……"

향숙이도 말을 하지 못하고 목이 메어 울었다.

"서러워하지 마시고 옳은 제자 만드셔유. 그래도 양주 내외 그나마 명대로 살지, 이대로는 지명에 못 살아유. 어…… 어떤 신이 오셨유?"

꼬막네가 묻는 말에 향숙은 대답을 하지 않았다. 제단에 있던 방울을 들어올려 보였다. 소당기를 한 손에 들고 춤을 추기 시작했다.

"눈에 보이는 것이 있으면 보이는 그대로, 귀에 들리는 것 있으면 들리는 그대로 말씀하셔요, 인간의 마음이 앞서면 안 돼니께유."

박수무당이 둥둥 북을 울리다 말고 말했다.

"어어! 동방청제신장이시다."

"또 누가 오셨슈?"

"휘이! 휘이! 서방백제신장, 남방적제신장, 북방흑제신장, 중방황제신장!"

"오방신장이 죄다 오셨구먼유."

박수무당이 묻는 말에 향숙은 대답을 하지 않고 오방기를 들고 춤을 추기 시작한다. 장군처럼 오방기를 세우고 앞으로 달려 나갔다가, 뒷걸음치기도 하고 오방기로 칼싸움을 하는 것처럼 좌로 우로 흔들기도 한다.

"어!어! 황악산 금릉장군이요! 비봉산 파평 장군이요 황악산 선녀대신께서 문안 인사 드려유! 휘이! 휘이! 비봉산 파평 장군이요, 비봉산 선녀대신께서 옥황상제의 명을 받고 문안 인사 드려유."

박수무당은 향숙의 춤사위에 맞춰서 요란스럽게 북을 울리고 꽹과리를 두들겼다. 꼬막네도 땀을 뻘뻘 흘리며 꽹과리를 두들긴다. 시간은 어느 사이에 밤 열두 시를 넘겼는데도 마당이며 울타리 앞에서 구경을 하는 어느 한 사람도 자리를 뜨지 않는다. 옆 사람과 속삭이지도 않았다. 눈을 초롱초롱하게 뜨고 숨을 죽이고 굿판을 지켜봤다.

"어떻게 오셨슈?"

"대신 할머니가 얼굴에 연지곤지 찍고 쪽두리 쓰고 선녀로 왔지."

"나이로 보나 얼굴로 보나 선녀대신으로 오셨으믄 지대로 오셨구먼."

꼬막네가 이마에 맺힌 땀을 수건으로 닦아 내며 물었다.

"아이구, 불쌍한 우리 아부지! 딴 사람들은 굿 귀경 온다고 일찌감치 저녁 해 잡수고 왔는데, 우리 아부지는 즘심부터 굶으셨구만유."

향숙이 갑자기 눈을 번쩍 뜨며 좌우를 두리번거렸다. 윤길동이 나를

찾느냐는 얼굴로 쳐다봤다. 향숙은 고개를 흔들고 윗방 툇마루에 걸터
앉아 있는 순배 영감을 쳐다봤다. 순배 영감 뒤에는 바닷가에서 보았던
청년 두 명이 서 있었다. 저승사자의 옷차림이 아니다. 흰색 바지에 재
색쪼기를 입은 차림에 팔뚝에 붉은색 완장을 차고 서 있다.

"워이! 워이! 옥황상제의 명을 받고 선녀대신께서 공수를 주시러 오셨
구만유."

박수무당은 요란하게 북을 울리고 꽹과리를 쳐댔다. 그러나 사람들은
잔뜩 겁을 먹은 얼굴로 향숙의 시선을 쫓아서 순배 영감을 응시했다.

"아이구 아부지!"

향숙은 순배 영감의 뒤에 서 있던 청년들이 무릎을 착 꿇고 앉아서
통곡하는 소리에 눈물이 마구 쏟아지기 시작했다. 한달음에 순배 영감
앞으로 내달려갔다. 사람들이 깜짝 놀라 길을 터줬다. 향숙은 순배 영감
을 꼭 껴안고 가슴이 터져 나가는 목소리로 통곡하기 시작했다.

"수……순배 영감 자식들이 왔나 벼!"

순배 영감은 처음에는 영문을 몰라서 뒤로 물러나 앉았다. 그러나 향
숙이 우는 목소리가 자식들의 목소리와 같다는 생각이 들었다. 니덜이
옹겨! 향숙의 손을 잡고 목이 잔뜩 잠긴 목소리로 물었다.

"예, 아부지. 우리덜은 아부지한테 참말로 효자 노릇 할라고 했슈. 하
지만 옥황상제님이 즈들이 필요하당께 위탁하겠슈. 오늘부텀 즈들은 천
국에서 잘 있으니까 만에 하나래도 걱정하지 마시고 편히 사셔야 해유.
하루 세 끼만 굶지 않고 드시면 팔순 구순까지 사실 수 있응께 제발 굶
지 마시고 많이 많이 드셔야 해유."

"그려! 그려! 시방까지는 내가 살아 있어도 살아 있는 거시 아니고, 밥

을 먹어도 밥을 먹는 기 아니고, 어쩌다 술 한 잔 마셔도 술을 마시는 거시 아니고, 동무들과 어울려 강바람을 쐬러 가도 바람을 쐬는 거시 아니었구, 면소재지에서 사카스를 귀경해도 귀경하는 거시 아니고, 해가 지면 지는 대로, 세월이 가면 가는 대로 헛것처럼 살아 왔구면. 하지만 구천에서 떠돌던 느덜이 오늘부텀이라도 하늘나라에서 잘있다고 함께 이 순간부텀은 그런 걱정은 안 해도 되겠구면. 느덜이 하늘나라에서 잘 있당께 참말로 고맙고, 또 고맙고 고맙구면."

평소에 말이 없던 순배 영감이 향숙의 손을 잡고 피가 뚝뚝 떨어지는 목소리로 팔려나가는 송아지를 바라보는 어미 소처럼 으엉! 으엉! 울었다. 그 소리에 아낙네들은 얼굴을 흥건하게 적시는 눈물을 닦느라 훌쩍훌쩍거리는 소리가 마당을 가득 메웠다.

위매! 참말로 신이라는 거시 있기믄 있는 모냥이구먼. 저기 워티게 장정 목소리를 낸댜.

보은댁은 내림굿을 받고 처음 내리는 공수는 신통하다는 말에 일부러 구경을 왔다. 향숙이 순배 영감 자식들의 목소리 흉내를 내며 통곡하는 소리에 온몸이 전율하는 것을 느끼며 부르르 떨었다.

"어디 보자, 어디 보세! 이 집 작은 대주는 금명간 서울로 올라가겄구면. 천리마를 타고 어사화를 쓰고 서울로 올라가믄 뭐햐. 세상 권력을 한 손에 쥐고 있으믄 뭐햐. 가화만사성이라고 가정이 편해야 만사형통인데, 바깥으로 나돌기만 함께 안사람 얼굴에 수심이 그칠 날이 읎는데……"

향숙이 사람들 틈을 비집고 앞으로 다가오고 있는 것을 본 옥천댁은 보은댁의 손을 잡고 뒤로 물러섰다. 향숙이 방울을 짤랑짤랑 흔들어 보이면서 매서운 눈빛으로 말했다.

"처……천리마를 타고 서……서울로 올라간다면, 그 머셔. 이번 민의원 선거에 당선이 되는 경가?"

옥천댁은 향숙의 말에 다리가 후들거릴 정도로 눈물이 났으나 참았다. 보은댁은 가화만사성이라는 말은 귀에 들려오지 않았다. 천리마를 타고 어사화를 쓴다면 벼슬도 보통 벼슬이 아니다. 이달 이십구일에 민의원 선거를 말하고 있을 것이라는 생각에 두 손바닥을 싹싹 빌면서 부처님 앞에서 공덕을 기다리는 목소리로 말했다.

"허어! 천상의 선녀님이 하시는 말씀을 내가 어찌 알까. 금명간 서울에 작은 대주 앞으로 등기가 된 집을 살 일이 있으면, 서울로 올라갈 일이 생기는 거이지."

향숙은 보은댁을 매섭게 쏘아 보고 나서 날망집 앞으로 갔다. 날망집이 기대에 찬 눈빛으로 마른 침을 꿀꺽 삼키며 일어섰다.

"이 집 둘째 아들은 피를 묻히고 댕기는구면."

"그……그거 먼 말여!"

날망집은 그렇지 않아도 해병대에 입대를 하겠다고 집에 내려와 있는 경훈이 어딘지 모르게 불안해하고 있는 것 같은 모습이 자주 보였었다. 피를 묻히고 왔다면 누군가를 상하게 왔을 것이라는 생각에 벌벌 떨리는 목소리로 물었다.

"워이! 워이!"

향숙은 더 이상 공수를 내리기 싫다는 얼굴로 성큼성큼 뛰는 걸음으로 제단 앞으로 갔다. 그 사이에 꼬막네는 종지잡이 할 준비를 해 놓았다. 제단 위에는 종지 일곱 개가 엎어져 있었다.

"태세로는 계미년 병진월 신유일이 맞사옵니다. 사바세계 해동동양 대한민국 충청북도 영동군 학산면 모산에 거주하는 윤씨 여식 연초록 같은 애동제자가 이 터전 이 명당에 삼천진중 육천전안을 높이매고 만신령님들을 청배하여 지리좌정 하시라고, 생기복덕 일진 골라 일체부정 소멸하고 이 정성을 드리오니 열위천존 만신령님들은 화해 동심 하시어서 속차강림 내림하여 자리좌정 하옵소서."

종지잡이를 하기 전에 꼬막네가 먼저 세 번 절을 하고 축원을 드렸다. '종지잡이'는 제자가 제대로 신을 받았다고 생각할 때 앞으로 무당으로 대성 할 것인지, 아니면 중간에서 포기를 하거나, 잘못 불리게 될지를 가늠하기 위해 시험을 하는 방법이다.

향숙은 오방기를 내려놓고 서리화를 들었다. 서리화를 불끈 치켜 올렸다가 아래로 홱 내리기도 하면서 덩실덩실 춤을 추기 시작했다. 날망 집은 더 이상 향숙이 소녀로 보이지 않았다. 틈만 보이면 얼른 달려들어서 경훈이 피를 묻히고 다닌다는 말이 무슨 뜻인지 물어보기 위해 기회만 엿보고 있었다.

그려, 애비도 이번에는 무조건 당선이 된다고 했잖여. 어이구 우리 집안에 민의원이 나오믄 만사를 제쳐 놓고 족보부텀 맨들라고 해야겄구먼.

보은댁은 오늘 오기를 천 번 만 번 잘했다는 생각이 들었다. 얼른 집으로 한걸음에 달려가서 이병호한테 이 소식을 전하면 벌떡 일어날 것 같기도 했다.

"에미야, 낼이라도 태수 애비 시켜서 쌀 두 가마니 갖다 줘라. 어린 딸을 신한테 시집을 보내고 나믄 내외가 얼매나 비통하겄냐. 우리래도 좀 도와 줘야지."

"그려유."

옥천댁도 향숙의 점사를 믿었다. 그렇다고 해서 기분이 나쁘거나 마음이 흔들리지 않았다. 어차피 동네 사람들도 모두 알고 있는 사실이어서 새삼스럽지도 않다. 이동하가 바깥으로만 나돈다는 말이 서글프게 들려와서 눈물이 나려고 할 뿐이었다.

"천상옥황 상제님은 속차강림 내림하여 육천전안에 자리좌정 하옵소서.

북두대성 칠원성군님 네들도 속차강림 내림 하여 자리좌정 하옵소서.

삼불제석님네들도 속차강림 내림하여 자리좌정 하옵시고

팔선녀 선녀대신 일월선녀님네들도 화해동심 받으시고,

속차강림 하여 자리좌정 하옵시고,

선관도사 일월도사 약명도사 산신도사님네들도 화해 동심 받으시고,

속차강림 내림하여 자리좌정 하옵시고,

호구별상 별상장군 별상동자님네들도,

화해동심 받으시고 속차강림하여 자리좌정 하옵시고……"

박수무당은 향숙이가 종지를 선택하길 기다리며 축원을 했다. 둥둥! 요란스럽게 북을 울리고, 깡깡! 꽹과리를 울리며 향숙의 눈을 응시했다. 신명나게 춤을 추던 향숙이 종지 한 개를 선택한다. 순간 북을 치다 말고 꼬막네를 바라본다.

"어매! 참말로 좋은 거. 제자님이 오시기는 지대로 오셨구먼."

꼬막네가 긴장한 얼굴로 종지 뚜껑을 열고 안에 숨겨져 있는 것을 확인한다. 물이 담겨져 있는 고추장 종지가 들어 있다. 번쩍 들어서 동네 사람들에게 확인을 시키며 좋아했다. 내림굿을 받고 물이 든 종지를 찍

지 못하면 신명이 맑지 못한다는 것을 뜻한다. 또 물은 하늘로 올라갈 때는 생명수이며, 내려올 때는 감로수가 된다. 또한 물은 용왕이나 용태 부인, 물 애기씨를 의미하기도 하고 생명의 근원이며 신의 근원도 된다. 그래서 내림굿을 받은 후에는 물은 무조건 찍어야지, 만약 물이 숨겨져 있는 종지를 찍지 못하면 신을 받지 못했다는 말도 된다.

총을 어깨에 메고 전쟁터에 나가는 것처럼 서리화를 어깨에 메고 처 벅처벅 걷던 향숙이 이내 어깨를 부드럽게 흔들면서 선녀춤을 추다가 꼬막네의 지시로 두 번째 종지를 선택했다.

"으메! 엽전이 나온 걸 봉께 어머 아부지 딸내미 걱정은 덜어 내도 되 겠구먼."

꼬막네가 두 번째 들어 있는 엽전을 들고 윤길동과 모리댁 눈앞에서 흔들어 보였다. 윤길동과 모리댁은 엽전이 무엇을 의미하는지 모르겠지 만 돈이라는 점에서 무조건 좋았다. 엽전은 돈을 뜻하는 것으로 많은 금 전을 벌어들인다는 의미가 있다. 앞으로 무당이 되어 잘 불리게 된다는 뜻이다. 엽전으로 점을 볼 때 사용하기도 하기 때문에 아주 중요한 품목 이다.

향숙이 세 번째로 선택한 종지 안에서는 쌀이 들어 있었다. 쌀은 인간 에게는 복록을 의미하는 것으로 신의 복을 의미하기도 한다. 무당의 역 할은 많은 사람들에게 양식과 복을 주어야 한다. 또 무당은 쌀로 점을 보기도 하고, 굿을 할 때 쌀로 비용을 지불하기도 해서 아주 중요한 품 목이다. 또 쌀은 요미성수라고 해서 쌀 점을 보기도 한다.

"선녀대신이 지대로 오셨어. 내가 이 나이 되도록 참말로 영험한 제자 를 모셨구먼. 참말로 용햐, 빨리 물동이 준비햐!"

꼬막네는 향숙이 완벽하게 말문을 텄다고 판단했다. 조수보살이 준비해 가지고 온 물동이를 멍석 가운데 놓았다. 물이 찰랑찰랑하게 담겨 있는 물동이다.

"언지부터 제자로 써 주실 참유?"

"난 직즉부터 제자로 썼다. 니가 몰라서 그릏지 진작부텀 제자로 썼단 말여! 어허!"

향숙은 사뿐하게 물동이 가장자리를 밟고 올라섰다. 동네 사람들이 어어! 하고 놀라는 사이에 물동이 가장자리를 밟고 껑충껑충 뛰면서 춤을 췄다. 그런데도 물 한 방울 밖으로 튀어나오지 않았다.

어짜, 어짜믄 좋아!

모리댁은 물동이 위에서 껑충껑충 춤을 추는 향숙이 더 이상 딸의 모습으로 보이지 않았다. 감히 쉽게 손을 잡아서도 안 되고, 감히 말을 함부로 해도 안 되고, 감히 쳐다봐서도 안 되는 신성한 여인네로 보여서 눈물을 철철 흘리며 안타까워했다.

"여기 서 있는 제자 운수도 좀 봐 줘유. 요새 골치가 아파서 잠을 못 이루는 것이 황악산 기도 들어갈 때가 된 거 가튜."

내림굿이 끝나면 신어머니도 제자한테 공수를 받는다. 꼬막네는 원했던 것 이상으로 굿이 끝난 것을 자찬하며 향숙에게 공수를 부탁했다.

"네, 이년! 여가 어디라고 함부로 들이 되능 겨!"

향숙이 서리화로 느닷없이 꼬막네의 어깨를 내려 갈기며 호통을 쳤다.

"어이구, 선녀대신님! 죽을죄를 졌슈. 지발 하늘처럼 넓은 아량으로 한 번만 용서를 해 주셔유."

꼬막네가 깜짝 놀란 것은 대나무로 만든 서리대가 어깨에 닿는 순간 뚝 부러졌다는 점 때문이다. 대나무가 작대기처럼 부러질 이유도 없거니와, 서리대가 부러졌다는 것은 향숙의 몸에 들어 온 신(神)은 꼬막네 따위가 감히 쳐다 볼 수도 없을 만큼 엄청나게 큰 신이 왔다는 걸 뜻한다. 꼬막네는 잘못하면 살을 맞을 수도 있다는 생각에 납작 엎드려서 바들바들 떨었다.

"자……자가 왜 저라는 거유?"

향숙의 서릿발 같은 호통소리에 축제 분위기에 접어들고 있던 마당 안이 일순간에 침묵이 감돌았다. 변쌍출이 귓속말로 순배 영감에게 속삭였다.

"꼬막네가 향숙이한테 지는 거 가텨. 꼬막네 신이 장군이라믄, 향숙의 몸 안에 온 신은 영의정이나 좌의정이 되는 거 같구먼."

"어이구, 선녀대신님 지발 한 번만 용서 해 주셔유. 이 못난 거시 죽을죄를 짓고 말았구만유."

"너 이년! 최영장군님이 너한테 점사를 주셨을 때는 불쌍한 이들에게 기운을 주고, 가난한 이들에게는 복을 주고, 아픈 이들에게는 명약을 주라고 보냈거늘, 얄팍한 수로 사람들을 괴롭힐라고 수작을 부려! 또 한 번만 그런 짓을 하다가는 염라대왕 앞에서 무릎 꿇을 줄 알면 틀림없을 끼여."

"아이고, 고마워유. 참말로 고마워유. 이 시간 후로는 두 번 다시 엉뚱한 짓 하지 않고 장군님의 뜻대로 살겠습니다유."

꼬막네는 들례의 얼굴이 번뜩 떠올랐다. 옥천댁이 안 되길 기다리며 음모를 꾸민 적이 한두 번이 아니다. 그 점을 귀신 같이 알아낸다는 것이 너무 무서웠다. 내가 언제 내림굿을 주재했느냐는 얼굴로 두 손을 싹싹 빌며 고마워했다.

"자, 떡도 잡수고, 밥도 잡수고, 술도 잡수고, 괴기도 잡수고, 집안에 근심이 있는 분들은 어여 나와서 치성을 드려유. 대한민국 충청북도 영동군 학산면 모산에 옥황상제의 신명을 받은 선녀대신이 오셨응게 치성을 드리고 한바탕 놀아 봐유."

분위기가 무겁게 가라앉는 것을 느낀 박수무당이 벌떡 일어섰다. 춤을 덩실덩실 추면서 흥겹게 꽹과리를 울리며 동네 사람들을 일으켜 세웠다.

"자, 얼릉 치성 드릴 분은 치성을 드리셔유."

꼬막네도 마냥 움츠리고 있다가는 손님이 끊어져 파리만 날릴 판이었다. 해해 웃는 얼굴로 미리 준비해 두었던 개다리소반 상을 들었다. 똑똑한 조상은 안에 들어와서 음식을 먹었을 것이다. 꼬막네는 밥과 삼색나물이며 돼지고기를 듬뿍 썰어서 정한수 한 대접을 소반에 담아서 삽짝문 밖에 내놓았다. 마당 안으로 들어오지 못하고 삽짝문 밖에서 서성거리는 귀신들을 대접하기 위해서였다.

아낙네들이 우르르 제단 앞으로 가서 동전이든, 일 환짜리든, 오 환짜리든, 십 환짜리든 제단 위에 두 손으로 정성을 드려 올려놓았다. 장독대에 정화수를 올려놓고 기도를 하는 얼굴로 손을 비비면서 치성을 드렸다. 그 사이에 향숙은 탈진한 얼굴로 모리댁의 부축을 받으며 안방으로 들어갔다.

"비나이다, 비나이다, 우리 경훈이 군대 가서 무사히 삼 년 동안 근무하다 오기를 비나이다!"

날망집은 십 환짜리를 서리화가 꽂혀 있던 쌀 시루에 올려놓았다. 치성을 드리는 둥 마는 둥 몇 번 손바닥을 비비다가 바쁘게 밖으로 나갔다. 누군가 떡을 먹고 가라고 불렀으나 금방 올껴, 라는 말만 남기고 골목을 빠져 나갔다.

"어머, 집에 가는 질 유?"

날망집은 너럭바위에서 들려오는 경훈의 목소리에 걸음을 멈췄다. 보름 달빛이 쏟아지고 있었으나 둥구나무 밑은 워낙 가지가 무성해서 컴컴했다. 담뱃불이 반짝거리는 것을 보니 경훈은 혼자 앉아서 담배를 피우고 있었다.

"귀경이나 오지 혼자 머 하고 있던 겨?"

날망집은 시간을 확인해 보지 않았지만 보름달이 기운 걸 보니 새벽이 가까워지고 있다고 생각했다. 새벽이 되도록 둥구나무 밑에 혼자 앉아 있는 경훈의 모습이 예사롭지가 않아 보여서 옆에 앉으며 물었다.

"굿하는 소리 땜시 잠이 와야지. 그래서 굿하는 거 귀경이나 할까 하고 나왔는데 사람들이 너무 많아서 여기 앉아 있었슈."

"그렇구먼."

"향숙이가 참말로 신이 들기는 들었슈?"

"참말로 용하드라, 쪽집게가 따로 읎드라. 순배 영감 죽은……아녀! 시방 남 야기 할 때가 아니지. 내가 한 가지만 물어 보자. 어머가 다 알고 왔응께 손톱만큼이라도 그짓말 하지 말고 똑바로 대답해야 한다. 너 서울서 먼 일이 있었지?"

윤길동의 집에서 장구를 치고 꽹과리를 두들기는 소리가 왁자지껄하는 소리와 함께 흘러 나왔다. 날망집은 보은댁과 승우를 업은 옥천댁이 윤길동의 집 골목에서 빠져 나오는 모습을 지켜보며 단호하게 물었다.

"먼 말이데유?"

"내가 다 알고 있응께 어여 말해. 너 서울에서 누구 패고 내려 왔냐?"

"패다니? 내가 누굴 패유?"

경훈은 날망집이 묻는 말에 침을 꼴깍 삼키며 물었다. 지난 4월 18일 날 날치 하영달로부터 급하게 전화가 왔다. 당장 출동이 있으니까 가죽 장갑을 끼고 지부로 달려오라는 전화였다. 지부로 달려갔더니 이미 트럭이 준비가 되어 있었다. 트럭 안에서 날치로부터 대못이 박혀 있는 각목을 전달 받았다.

"좌우지간 뒤에는 신도한 단장님이 계시니까 털끝만큼도 걱정할 거 없이 무조건 까라! 대학생놈들이 하라는 공부는 하지 않고, 맨날 데모나 하니까 나라가 요 모양 요 꼴이지."

청계천 4가에 있는 천일백화점 골목에는 이미 백여 명이나 되는 반공청년단원들이 집결해 있었다. 성동지부장 서인철이 트럭에서 내리는 단원들의 어깨를 쳐주며 일일이 격려를 했다.

"누굴 까라는 거여?"

"누군 누구여. 고대생들이지."

날치의 말이 떨어지자마자 고대생들의 데모 행렬이 천일백화점 앞까지 왔다.

"이승만 정권 물러나라!"

"독재 정권 물러나라!"

"까!"

"싸그리 까 버려!"

고대 학생들 뒤에는 수많은 시민들이 따라 오고 있었다. 그 행렬이 너무나 장대해 보여서 멍한 얼굴로 쳐다보고 있는 사이에 청년단원들이 일제히 앞으로 뛰어 나갔다. 그들 틈에 엉겁결에 뛰어 나가서 무조건 각목을 휘둘렀다. 못이 살에 박히는 느낌이 들 때도 있었고, 머리에 맞았는지 피가 분수처럼 솟기도 했었다.

"어머한테 못 할 말이 머가 있냐? 너 시방 먼 고민이 있지? 아부지가 그렇게 당부를 했는데도 엄한 사람을 패고 내려 온 거이지?"

경훈이 생각에 잠겨 있는 사이에 안달이 난 날망집이 조급한 목소리로 물었다.

"어머, 지는 해병대에 자원입대 할라고 내려왔다고 말했잖유."

"딴 사람 눈은 속일 수 있을지 몰라도, 어머 눈은 절대로 못 속인다. 너 무슨 근심 걱정이 있는 거시 맞지?"

"누구한티 먼 말을 들었는지는 몰라도 지는 엄한 사람 절대 안 패는 승질유. 그렇게 그만 들어가유. 쪼끔 있으믄 날 새겄네."

경훈은 일부러 퉁명스럽게 말을 하며 일어섰다.

"참말이여? 이 둥구나무를 두고 맹서 할 수 있겄지?"

"내가 등신유? 어머 말대로 사람을 팼으믄 어디 절간 같은 데로 숨지, 집구석으로 기어들어 오게?"

"허긴, 니 말을 듣고 봉께 그렇구먼."

날망집은 혼란스러웠다. 향숙이 순배 영감이나 보은댁한테 공수를 내린 것을 반추해 볼 때 경훈이 무언가 숨기고 있는 것이 틀림없었다. 하지만 경훈의 말도 틀린 말이 아니라는 생각에 누구의 말이 맞는지 혼란스럽기만 했다.

제6장

1
9
6
1
년

폭풍 전야

도라지 위스키가 물 탄 막걸리라면,
조니워커는 막걸리를 만드는 원액인 모리미라 할 수 있다.
도라지 위스키가 돈만 있으면 개나 소나 얼마든지 마실 수 있는 천한 술이라면,
조니워커는 아무리 돈이 많아도
특별한 계층에 있는 사람들만 마실 수 있는 귀족 술이다.

모산 동네 앞 또랑 땅을 개간해서 얻은 삼천 평의 과수원에 삼 년생 홍옥이라는 사과 묘목 오백 주를 심었다는 소문은 모산을 중심으로 일대 파문을 일으켰다. 학산 사는 이들은 몇몇씩 짝을 지어 일부러 구경을 오기도 하고, 어떤 이는 일부러 풍수를 대동하고 나타나서 과연 이 땅이 앞으로 백년으로 이어질 것인지 점을 치기도 했다. 급기야는 영동까지 달려간 소문은 청주에 본사를 둔 지방지 기자의 귀에 들어갔다.

소백일보 영동군 주재 기자는 일부러 택시를 대절해서 모산에 나타났다. 주재 기자는 묘목들이 연병장에서 열병을 하고 있는 병정들처럼 서 있는 과수원을 사진 찍고, 시집온 날 이후로는 사진을 찍어 본 적이 없는 상규네를 달래고 어르고 협박까지 한 끝에 사진을 찍고 취재를 해갔

다.

　<영동 학산의 촌부(村婦) 자갈밭에 맨손으로 삼천 평의 과수원을 개
간하다.>

　충북과 충남을 대상으로 발행하는 소백일보 기자는 이튿날 신문을 접
어들고 군수를 찾아갔다. 군수 앞에 신문을 펼쳐 놓고 침을 튀겨가며 상
규네를 취재 할 수밖에 없었던 당위성을 말하기 시작했다.

　제우 한글이나 깨우친 촌무지렁이가 또랑가 자갈밭에 맨손으로 삼천
평이나 되는 과수원을 개간했다는 것은 대단한 일이다. 이런 일은 대한
민국 역사상 처음 있는 일이다. 원래 신문에 나는 기사라는 것이 암소가
송아지를 낳았다는 소식이 아니고, 황소가 송아지를 낳아야 게재를 하
는 것이다. 이건 황소가 송아지를 낳은 정도가 아니고 망아지를 낳은 것
과 같다. 며칠 후면 서울에 있는 서울신문이나 경향신문, 조선일보, 동아
일보 같은 데서도 대대적으로 취재가 올 것이다. 그때는 누가 얼굴이 나
오나. 학산 면장이 나오나 절대 아니다. 영동 군수 바로 당신의 얼굴이
신문에 대문짝만하게 날 것이다. 모산에 사는 촌것이 그렇게 엄청난 일
을 해내기까지는 농민들에게 계몽 정신을 심어주고, 농민들도 열심히
일을 하면 얼마든지 부농이 될 수 있다는 정책을 펼친 군수의 힘이 아
니냐.

　기자는 덩달아 흥분한 군수의 얼굴이 벌게지도록 연설을 한 후에, 투
철한 기자 정신이 없었으면 그 산골짜기 동리까지 택시를 타고 갔겠냐.
군수님도 잘 알고 있는 것처럼 주재 기자들에게 변변한 월급이라는 것
이 있냐. 그런데도 나는 오직 군수 당신의 얼굴을 전국에 알리기 위해,
마누라한테 이웃집에서 택시비를 꿔 오라고 해서 다녀온 것이다, 라며

군수의 얼굴에 침이 튀기도록 주재 기자의 열악한 환경을 호소했다.

"이거 얼마 되는 않지만 택시비 꿔 온 것 같고, 생활비에 보태 쓰시길……."

군수는 총무과장을 불러서 귓속말로 봉투를 만들어 오라고 했다. 오만 환이 들어 있는 봉투를 주재 기자 앞으로 내밀고 애매하게 웃으며 악수를 했다.

"얼른 학산 면장에게 전화를 넣어서 모산 사람을 데리고 군수실로 출두하라고 하게."

주재 기자가 군수실에 들어올 때와 다르게 싱글벙글 웃는 얼굴로 나가자마자 총무과장을 다시 불러서 학산 면장에게 전화를 넣으라고 지시했다.

"이 여자가 양산면 급사 에미란 말이지?"

학산 면장은 점심시간에 태화루에서 반주로 마신 고량주 냄새를 풍기며 신문을 읽었다. 군수의 말대로 그냥 넘어 갈 일이 아니라는 생각에 모산에 살고 있는 광일이를 불러서 상규네에 대해서 자세하게 물었다.

"스……면장님도 소문을 들어서 잘 아실规. 스……그 여자는 학산에서 오줌이 매려워도 그 오줌이 아깝다고 스……모산까지 십 리 길을 참고 가는 여자유."

광일이 옆에 서 있는 총무계장이 한쪽 입술 안으로 바람을 집어넣으며 말했다.

"난도 술자리서 들은 거 가텨. 이 서기는 날 아침에 한두 시간 늦게 출근하는 한이 있드래도 반드시 이 여자를 델고 와야 혀. 군수님이 보신다고 항께."

면장은 광일이에게 지시를 한 다음에 신문을 착착 접었다. 그 신문을 총무계장에게 건네주고 그만 나가 보라는 표정을 지어 보였다. 신문을 읽는 사이에도 졸음이 밀려 와서 간신히 참고 있었었다.

저녁을 먹고 둥구나무 밑에서 순배 영감과 한담을 나누고 있던 박평래는 면사무소에서 퇴근을 한 광일이 자기 집 마당 앞에서 멈추는 것을 보고 일어섰다.

"상규 어머, 면장님이 날 아침 열 시까지 면사무소로 나오시래유."

광일이가 박태수네 집 마당에 자전거에서 내리지 않고 한쪽 발로 땅을 디딘 자세로 말했다.

"왜?"

"자시 모르겄는데 군수님이 좀 보시자는 거 가튜."

"군수님이 왜 날 보자능 겨. 왜 날 보자고 하시는지는 몰라도 날은 못 자리땜시 못 갈 거 같구먼."

"그럼 안 돼유. 날 출근할 때 저하고 같이 학산으로 가야 해유. 면장님이 한두 시간 늦게 출근을 하는 한이 있드래도 틀림읎이 상규 어머하고 같이 면사무소로 와야 한다고 하셨슈."

"면장님이, 우리 며느리를 왜 보잔댜?"

박평래가 뒷짐을 지고 슬금슬금 다가가서 상규네를 바라보며 물었다.

"자시한 말씀은 안 하시는데, 신문에 난 거 땜시 군수님이 면장님하고 군청으로 들어오라고 하시는 거 가튜. 그랑께 어뜬 일이 있드래도 학산 가실 준비를 하고 계셔야 해유."

"신문에 나다니, 건 또 먼 말여?"

안방에서 인숙이 와 앉아 있던 청산댁이 밖으로 나와서 끼어들었다.

"지도 신문을 봤는데 말여유. 또랑가에 과수원 개간한 거 있잖유. 그거시 소백일보에 굉장히 크게 나왔슈."

광일이는 내가 할 말은 다 했다는 얼굴로 꾸벅 인사를 하고 사라졌다.

"머여! 그람 아래끼 신문기자가 와서 사진 찍고, 우리 며느리한테 워티게 과수원을 맨들 생각을 했느냐고 꼬치꼬치 캐묻고 하더니, 그거시 신문에 크게 났단 말여?"

청산댁이 놀란 얼굴로 상규네에게 물었다.

"신문기자가 왔었남?"

박평래가 놀란 얼굴로 상규네에게 물었다.

"별일 아닌 거 가텨서 아버님한테 말씀 드리지 않았슈. 그리고 그기 지 혼자 한 일도 아니잖유. 외려 아버님하고 어머님이 더 고생하셨잖유. 그래서 난중에 신문에 났을 때 아버님께 말씀을 드릴라고 가만히 있었슈."

"어허! 그기 워찌 내가 한 일이여. 니가 틀림없이 과수원을 맨들 수 있응께 해 보자고 머리를 트는 머리 시작을 한 거잖여. 우리 같은 이는 죽었다 깨나도 그런 머리 안 돌아간다. 그라고 신문기자가 왔었다믄 어찌 그게 별일이 아녀. 진작에 알았다믄 내가 면장님한테 말씀을 드려서 워티게 해 보는 건데……"

"신문기자가 본 대로 느낀 대로 그냥 쓰믄 되는 거지. 면장님한테까지 말씀을 드릴 것은 읎을 거 같아서유……"

"그래도 그기 아녀. 그런 일은 면장님한테 진작에 말씀을 드리는 거시 도링께."

박평래는 상규네가 보면 볼수록 기특하다는 얼굴로 어깨를 반듯하게

157

피고 둥구나무 밑을 바라본다. 순배 영감과 변쌍출이 뭔 일이 있어서 광일이가 다녀갔는지 궁금해서 견딜 수가 없다는 얼굴로 이쪽을 바라보고 있다.

"며느리 말이 꼭 맞는 말이구먼. 며느리가 생각을 하기는 했지만 당신하고 내가 돕지 않았으믄 며느리 혼자 그렇게 엄청난 일을 워티게 했데유."

"또……주책 부린다. 하여튼 이놈의 할망구는 나이를 꺼꾸로 먹는 것도 아닐 낀데 쥑이는 말마다 어린아츠름 해대고 있으니……"

"어머, 그럼 우리 과수원이 신문에 나는 거여."

윗방에서 고입검정고시 공부를 하고 있던 진규가 안방으로 건너와서 물었다.

"별일 아녀. 그랑께 너는 어여 건너가서 공부나 햐."

"야가, 시방 먼 말을 하고 있는 거여. 그기 워티게 별일 아니란 말여. 니가 과수원 만든 거기 신문에 났다믄 그 머셔. 충청도에 살고 있는 사람들 중에 방귀깨나 낀다는 사람은 죄다 그 기사를 봤을 꺼 아녀. 가만 있어 보자. 내가 시방 이러고 있을 때가 아니다. 누구한테 가서 말을 해야 하나. 광일네한테 갈까? 아니지, 날망집에 가서 야기해야겠구먼. 그 여자 입만 뻥긋 했다 하믄 자식 자랑하느라 입에 침이 마를 날이 읎는 여자잖여."

청산댁은 박평래야 인상을 쓰는 말든 내가 이러고 있을 때가 아니라는 얼굴로 고무신을 꿰 신었다.

"시방 워딜 가는 거여?"

"마실 가유."

청산댁은 뒤도 안 돌아보고 장기팔의 집이 있는 날망쪽으로 향했다.

"좌우지간 느 할머는 워디 푼수 대회 같은 데 가 있으면, 우리 동리 푼수 대표로는 손색이 없을 껴."

박평래는 뒷짐을 지고 둥구나무 밑으로 슬슬 걸어갔다.

박평래가 가까이 다가오고 있었지만 순배 영감은 들판을 바라보는 척했다. 들판을 덮고 있는 둥근 밤하늘에 별이 총총 떠 있다. 귓전이 시끄럽도록 개구리가 요란스럽게 울어 대는 것을 보니 내일도 비는 오지 않을 모양이다.

"광일이가 멋땜시 왔댜?"

"암것도 아녀?"

박평래는 빙긋이 터져 나오려는 웃음을 참으며 너럭바위에 올라앉는다. 밤이 돼도 엉덩이에 와 닿는 딱딱한 감촉이 차지 않는 것을 보니 머지않아 봄도 꼬리를 감출 것 같았다.

"면에서 통지 할 일이 있으믄 구장이 올 낀데, 광일이가 온 걸 보믄 먼가 바쁜 일이 있는 거 같은데? 멀……"

장기팔처럼 궁금하기는 순배 영감도 마찬가지였다. 청산댁은 장기팔의 집이 있는 곳으로 올라가고 있다. 날망집한테 뭔가 자랑거리라도 생겼는지 촐랑대며 걸어가는 뒷모습이 바쁘기만 하다. 일부러 박평래는 바라보지 않고 어둠에 쌓여 있는 비봉산을 바라보는 척했다.

"시방 빼는 거여?"

변쌍출이 답답하다는 얼굴로 너럭바위에 양반다리를 하고 앉아서 곰방대에 담배를 재고 있는 박평래를 바라봤다.

"별것도 아니라니께 자꾸 그러네. 아! 우리 며느리가 소백일본가 먼가 하는 신문에 났다는구먼. 옛날이믄 몰라도 요새는 신문에 이름 석 자 나는 거 별거도 아니잖여."

박평래는 푹! 하고 터져 나오려는 웃음을 참으려고 일부러 곰방대 연기를 깊숙이 빨아 들였다. 둥구나무 가지 사이에서 빠져 나오는 달빛을 바라보며 코와 입으로 연기를 내뿜는다.

"시방 태수 처가 신문에 났다고 말 한 거여?"

궁금해서 견딜 수가 없다는 얼굴로 연신 질문을 하던 변쌍출은 놀라서 말을 하지 못했다. 시치미를 떼고 앉아 있던 순배 영감이 박평래 앞으로 바짝 붙어 앉으며 물었다.

"형님두, 참. 아! 내동 말 할 때는 벤소 갔다 왔슈?"

"자네는 워티게 생각할지 몰라도 내 생각에는 소백일보에 났다는 건 대단한 일여. 동리 구장이라믄 워티게 존 일 좀 해서 신문에 날 수도 있다지만 태수 처야 이 동리로 시집와서 죽어라 일만 했잖여. 그런 며느리가 신문에 났다면 이기 보통 일인가? 돼지는 못 잡아도 탁주 서너 되는 사고도 남을 경사스러운 일이지."

"형님이 탁배기 한 잔 하고 싶다믄 못 살 이유도 읎쥬."

"이 동리 사람치고 공짜로 사주는 탁배기 싫다는 이 봤남? 근데 이건 탁배기 한두 잔 살 정도가 아녀. 대한민국 국민이 약 삼천만 명이라고 하잖여. 그렇게 많은 사람들 중에 신문에 이름 석 자가 나오는 이가 얼매나 되겄어. 더구나 모산 같은 촌에 사는 사람 치고 말여."

"그렇지 않아도 날 군수가 며느리 좀 보자며 학산 면장하고 같이 군청으로 들어오라는 말을 받았슈. 며느리가 날은 바빠서 못 간다고 했드니, 광일이 놈이 하는 말이 한두 시간 늦게 출근 하는 한이 있드래도 꼭 좀 뫼시고 오라며 면장이 간곡히 부탁을 했다나, 뭐라나……"

"머여? 그람 태수 처가 날 군수님을 만나러 간다는 거여? 혹시 구장처럼 군수한테 상이라도 받는 거 아녀?"

"그야 내가 군수가 아닝께 모르지."

"그려, 그냥 워쩌다 신문에 났응께 신통해서 낯짝이나 한번 보자고 부르는지도 모르지."

변쌍출은 자신도 모르게 박태수의 집을 바라본다. 창호지 문에 등잔 그림자가 그려져 있는 안방문은 닫혀 있다. 어이구, 팔봉이 놈도 진작에 내려와서 그런데 신경을 썼으믄 시방쯤은 신문에 났을 거 아녀. 순배 영감처럼 상규네가 장한 일을 했다고 칭찬을 하고 싶어도 팔봉이를 생각하면 자꾸 말이 뒤틀려 나오는 점은 어쩔 수가 없었다.

"구장이 신문에 날 턱이 있남유. 내가 알기루는 이 동리 사람 중에서 신문에 이름 석 자라도 나고 사진이 나온 이는 양력으로 작년 칠월 스무이레날 민의원 선거에 당선이 되신 부면장님 하고, 우리 며느리 뿩에 읎다고 보믄 틀림 읎을규."

"그라고 보믄 그 양반 관운은 있능개벼, 작년에 사일구만 안 터졌어도 꼼짝없이 사 년을 지달려야 담 선거에 나섰을 꺼 아녀. 그런데 민주당으로 쫓겨나자마자, 얼마 안 있다가 사일구가 터지는머리 선거 운동도 별로 안 했는데도 턱 하니 당선이 됐잖아. 만약 그때까지 자유당에 남아 있어 봤어봐. 결과가 워티게 됐겄어. 자유당 당적을 가지고도 민의원 선거에서 먹국을 먹은 것도 원통할 일인데 자유당 위원장이라는 것 땜시 돌팔매 맞을 뻔 했잖여."

"형님 말씀도 맞는 말이지만 의원님의 선견지명도 있었슈. 만약 그때

난 죽어도 자유당에서 못나겄다고 버텼어봐유. 형님 말대로 민의원 선거는 물 건너 갔을 거잖유. 그러나 선견지명이 계서서 민주당으로 당적을 옮기는 머리 당선이 되셨잖유."

"나는 향숙이가 내림굿 받은 날 보은댁한테 공수를 내리는 것을 보고 워떤 일이 있어도 담에는 민의원에 당선이 되겄구나 하는 생각이 들드만. 그날 참말로 그놈들이 살아서 돌아온 줄 알았어. 워쩌믄 목소리가 그렇게 똑같았는지 몰라. 하는 짓도 평소 하던 짓하고 하나도 안 틀리드만. 그놈들이 노상 그랬거든. 내 손가락을 만지작거리면서 우리가 난중에 아부지 혼자 우리 형제를 키운 은혜를 백배 천배 갚겄다구 말여……."

순배 영감은 말을 더 했다가는 목소리가 젖어질 것 같아서 입을 다물고 담뱃대 대통에 봉초를 쟀다.

"그날 온 동리 사람들이 죄다 울었잖유. 난도 을매나 맘이 짠하든지. 형님이 우시는 모습을 봉께 나도 모르게 눈물이 나오드라구유."

"인제 그런 야기 그만 햐."

"그래유. 머 존 야기라고 자꾸 하겄슈. 하지만 면장님 댁한테 내린 공수를 진짜 기가 맥혔슈. 마님이 얼마나 좋았으믄 이튿날 복채로 쌀 두 가마니에다, 찹쌀 두 말, 콩 한 말, 깨 한 되를 내려 보냈겄슈. 그 덕분에 부면장님 얼굴이 신문에 크게 났잖유. 그 머셔 위기를 기회로 바꾼 정치인이라고 말여유."

"내 말이 바로 그 말이여. 이동하 의원님 같은 경우는 옛날로 치자믄 국회의원에 당선이 된 거나 마찬가지잖여. 그랑께 당연히 신문에 나겄지만 태수 처야 얼매나 크게 났겄어. 한쪽 귀퉁이에 쬐만하게 났겄지."

잠자코 듣고만 있던 변쌍출이 신문에 대한 말이 나오길 기다렸다는 얼굴로 얼른 말했다.

"구장 아들 광일이도 면사무소 근무를 하고 있응게 신문을 봤을 거 아녀. 낼 면사무소에 가 보믄 얼마만하게 났는지는 확인 할 수 있겄구면."

순배 영감이 점잖게 말했다.

"글씨유, 지가 그런 문제 땜시 학산까지 나갈 필요는 읎을 거 가튜. 낼 아침에 광일이 출근 할 때 부탁을 하믄 되쥬 머. 퇴근하는 길에 그 신문 좀 갖다 달라고 말유."

"대문짝만하게 났다믄 몰라도, 귀퉁이에 손바닥만하게 났다믄 아예 부탁을 하지 말아. 괜히 우세 당할 수도 있응게."

"난 직접 보지 않아서 얼매나 크게 났는지는 몰라. 하지만 광일이 말로는 대문짝만하게 났다고 하드만. 자네 말대로 귀퉁이에 쬐만하게 났으믄 신문깨나 읽는 식자들도 빼트릴 수도 있지만 대문짝만하게 났다믄 충청남북도에서 웬만한 이들은 다 봤다는 말 아니겄어? 우리 동리 구장 같은 이야 평생 가도 신문 읽는 모습을 당최 본 적은 읎지만, 딴 동리 구장들은 죄다 신문 보고 비료대가 을매나 올랐는지, 올해 보리 수매가가 을맨지, 전라도 워디에서는 먼 일이 일어났는지, 강원도 어느 동리서는 누가 비료대를 떼 처먹고 도망을 갔는지 하는 일들을 죄다 동리 사람들한테 알켜 준다고 하든데, 우리 동리 구장은 그저 선거 때 탁주 돌리고 고무신짝 돌리는 재주벡에 읎응게 이거야 원."

박평래는 지금쯤은 황인술도 광일이로부터 상규네에 관한 기사가 신문에 났다는 소식을 전해 들었을 것이라고 생각했다. 그놈, 오늘 밤에 배가 아파서 잠 못자겠구먼. 놈은 부통령 선거가 있던 해에 도지 땅 다섯 마지기를 김춘섭에게 넘겨준 일에 유감을 가지고 있는 것이 분명하다. 그렇지 않으면 은근히 매사에 눈꼬리를 치켜뜨고 바라보지는 않을 것이라는 생각에 잘게 웃으며 말했다.

"듣고 봉께 틀린 말은 아니구먼. 우리덜이야 평생 가도 신문 볼 일이 읎지만, 구장은 자주 면사무소에 출입을 항께 신문 볼 일이 많을 거잖여."

박평래의 말에 순배 영감이 담뱃대를 거꾸로 잡아서 등을 긁느라 찡그린 얼굴로 말했다.

"이 동리 구장두 갈아 버릴 때가 됐잖유."

박평래가 하는 말을 가만히 듣고 있던 변쌍출이 순배 영감을 바라보며 말했다.

"먼 소리여? 이 동리서 인술이 빼놓고 구장 할 사람이 누가 있다고?"

"왜 읎슈? 춘섭이도 있고 길동이도 있고 사람이야 찾아 보믄 많지."

"춘섭이는 땅도 많이 늘었고, 짬짬히 목수 뒷모도도 나가야 항께 시간이 읎고, 길동이야 딸내미가 무당 한다고 방구석에 들어 앉아 있는데 구장 할 정신이 있겄어."

"똑똑하기로 치자면 인술이 보담은 혼자 사는 창세가 낫지."

"아여! 만약 창세가 구장한다고 나서면 말여, 내가 손바닥에 장을 지지지. 쌍출이 자네는 오늘 저녁에 멀 잘 못 먹었는지 모르지만 오늘 말이 왜 그리 삐딱햐. 자네가 볼 때 창세가 면사무소에 볼일 보러 갈 시간 있으믄 라디오 끼고 앉아서 새타령 부르고 있을 사람이지. 집집마다 돌아 댕김서, 보리는 및 가마니나 수확을 했냐, 마늘은 및 접이냐 캤냐, 비료대는 언지 낼 거냐, 군경원호비는 안 줄 셈이냐, 하고 댕길 사람여?"

"하긴, 창세 팔자에 머 답답한 기 있다고 구장하겄어. 그냥 굶어죽는 거시 편하지. 그건 그렇고 탁배기는 살 껴, 말 껴."

변쌍출이 뒤늦게 생각났다는 얼굴로 박평래의 무릎을 탁 소리가 나도록 쳤다.

"그랴. 밥 먹은 지도 한참 됐응께 못 할 거도 읎지. 형님 일어나유."

"오랜만에 평래 술 좀 한 잔 읃어 마셔 볼까."

순배 영감은 수염도 나지 않은 턱을 문지르며 일어섰다.

"진규야. 이 시간에 워딜 가닐 겨?"

박평래는 해룡네집으로 가기 위해 너럭바위에서 내려왔다. 때마침 진규가 책을 들고 나오는 모습이 보였다.

"향숙이 누나 집에 가유. 영어 모르는 거시 있어서 물어볼라구."

"상규는 자냐?"

"형은 중학교 때 배운 거 다 까먹었데유."

진규는 순배 영감과 변쌍출에게 번갈아 인사를 하고 윤길동의 집으로 들어가는 골목쪽으로 돌아섰다.

윤길동 부부가 자는 안방은 문이 닫혀 있었고 등잔불도 꺼져 있었다. 향숙은 방 안의 등잔불을 꺼놓고 그림자처럼 앉아서 하늘을 바라보고 있었다.

"누나 또 아픈 겨?"

진규는 안방의 기척을 살피며 툇마루에 걸터앉았다.

"나 요새 안 아픈 거 몰라?"

향숙은 등잔대 밑을 더듬어 성냥을 찾았다. 호롱에 불을 붙이며 조용한 목소리로 말했다.

"참말로 요새 하나도 안 아퍼?"

진규는 호롱불을 등지고 앉아 있는 향숙의 얼굴을 살핀다. 어두워서 얼굴색은 살필 수가 없지만 목소리에는 생기가 흘렀다.

"내가 언지 그짓말 하는 거 봤남?"

"안 아프면 다시 중학교 댕길 수도 있겠네."

"아녀, 학교는 갈 수가 읎어."

"완전히 포기한 거여?"

"포기했구면. 살구 먹을 텨? 낮에 아부지가 학산 장에서 사 왔는데 참 맛있드라. 낮에 샘물로 깨끗하게 씻어 놓은 거라서 그냥 먹으면 될 껴."

향숙은 살구가 담겨져 있는 작은 소쿠리를 툇마루에 내놓았다.

"나이 먹은 거시 부끄러워서 포기한 겨?"

"부끄럽기는 머가 부끄러워. 나보다 한두 살 많이 먹은 여자들도 중학교에 댕기는데……"

"그람, 왜 학교를 안 갈라고 하능 겨?"

"진규는 누나가 말해 줘도 모를 껴. 하지만 난중에는 내가 말을 해 주지 않아도 저절로 알게 될 꺼구면."

향숙은 마른 목소리로 말을 하며 진규의 얼굴을 바라본다. 진규는 상규와 다르게 어딘지 모르게 어른 같은 냄새를 풍기고 있다.

"선녀대신은 너무 용항께 공부가 필요 읎는개비구면. 내 말이 맞지?"

"진규는 별걸 다 기억하고 있구면. 그려 난 앞으로 내 맘대로 살 수가 읎는 몸여. 내가 밥을 먹고 싶어도 선녀대신님이 먹지 말라믄 못 먹어. 잠을 자고 싶어도 선녀대신님이 잠이 오셔야 같이 잘 수 있능 겨. 놀러

가고 싶어도 선녀대신님이 답답항께 바람이나 쐬러 가야겠다고 생각을 해야 난도 따라 갈 수 있어."

향숙은 진규가 살구 먹을 생각을 안 하는 것을 보고 먹음직스러운 것으로 골라서 진규 손에 쥐어 준다.

"누나는 참말로 신의 몸이 된 거구만. 그란데도 누나는 좋은 모냥이지?"

진규는 살구를 절반으로 쪼갰다. 한쪽 부분을 향숙에게 건네주며 우울한 목소리로 말했다.

"내가 좋아 보여?"

"나는 누나보다 나이가 어리지만 말여. 내 생각에는 사람은 암만 가난해도 자기가 살고 싶은 대로 살 권리가 있다고 생각햐. 옛날에 일본 놈들이 지배를 할 때는 일본 놈들이 시키는 대로 살 수밖에 읎었지만 요새는 틀리잖여. 대통령도 정치를 잘못하니까 학생들하고 시민들이 데모를 해서 이승만 대통령은 미국 하와이로 도망을 갔잖여. 이렇게 좋은 세상에 살면서 누나는 공부를 하고 싶어도 못하고, 맛있는 것을 먹고 싶어도 일일이 선녀대신님의 허락을 받고 살아야 항께 얼매나 괴롭겠어. 하지만 내가 볼 때 누나 목소리는 하나도 안 슬퍼 보이는구먼."

진규는 입 안 가득히 새콤한 살구 향이 퍼지는 것을 느끼지 못했다. 얼굴을 찡그리지도 않고 그냥 무를 씹어 먹듯 먹으면서 향숙의 얼굴을 응시한다. 향숙의 얼굴은 여전히 예쁘고 목소리도 아름답다. 무엇보다 남을 배려하는 착한 마음은 예전이나 지금이나 변한 것이 없는 것 같다. 그런데도 자기 마음대로 세상을 살 수 없다는 말이 슬픔으로 다가와서 가슴이 아팠다.

"내가 아무리 내림굿을 받고 신의 딸이 되었지만 난도 인간이여. 나 땜시 아부지하고 엄마는 밥도 지대로 드시지 못하고 하루가 다르게 바짝바짝 말라 가는 모습을 보면 왜 눈물이 안 나고 가슴이 찢어지도록 아프지 않겠어. 난도 상업고등학교를 졸업해서 은행 같은 데 취직해서 부모님한테 기와집도 사 주고, 철 따라 해 마다 좋은 옷도 사 드림서 효도를 하고 싶구먼. 근데 그라고 싶어도 그럴 수가 없는 내 맘은 워떻겠어. 내가 울고불고 밥도 안 먹으면 아부지 어머가 더 괴로워하실 것이 뻔하니게 일부러 담담한 척 하는 거지……."

향숙은 눈물샘이 말라 버려서 눈물도 나지 않았다. 그러나 가슴 저 밑에서 움컥 치솟아 오르는 슬픔 덩어리가 목소리를 축축하게 만들어 버렸다.

"누나 미안햐. 내가 괜히 누나 아픈 가슴을 건드렸구먼."

진규는 향숙의 손을 잡고 손등을 쓰다듬어 주었다.

"근데 왜 옹 겨?"

"나 작년부텀 고입검정고시 준비를 하고 있잖여. 시방은 우리 집 사정이 안 좋웅게 일단 고입검정고시에 합격을 한 담에, 대입검정고시에 합격하고 나서 대학교에 갈 생각이여. 그래서 암만 힘이 들어도 하루에 세 시간 이상은 틀림없이 공부를 하겠다고 작정을 했구만. 근데 수학 과목은 문제를 푸는 공식이 나와 있어서 찬찬히 생각을 해 보믄 풀 수가 있는데 영어는 어렵드라. 그래서 몇 개 물어볼라고 왔어."

상규는 얼굴에 와 닿는 밤바람이 제법 무거운 걸 보니 시간이 깊어 졌을 것이라고 생각했다. 비봉산에서 들려오는 부엉이 울음소리가 오늘 따라 낯설게만 들렸다. 부엉이 울음소리가 바람 속에 잠겨 들면 등판에서 개구리들이 요란스럽게 울어대는 소리가 들려온다.

"상규는 대근 항께 자는 개비구먼."

"형은 영어 좀 갈켜 달라고 하믄 다 까먹었다고 하거나, 승질을 내서 형 앞에서는 입도 뻥긋 못햐."

"난도 이학년도 다니다 말아서 영어 잘 못햐. 하지만 내가 알고 있는 문제인지도 모릉께 물어 봐."

"난 원래 외우는 거는 자신 있거든. 근데 발음기호는 워티게 발음을 하는지 그림을 보면 알 것 같기도 한데 막상 해 볼라믄 잘 안되거든. 영어로 개를 디오지, 도그라고 부르잖여. 근데 사람들은 개를 독구라고 부르잖여. 그 말이 영어에서 나온 말 같은데 왜 독구라고 부르는지 모르겄어."

"글자는 도그지만 말을 할 때는 독이라고 하는 거여. 독구는 일본 사람들이 혀가 잘 안돌아 강께 지덜 맘대로 맨든 영어여. 그것 땜시 온 거여?"

"난, 한 개라도 잘 이해가 안 되는 것이 있으믄 잠이 안 온단 말여. 또 하나 물어볼게, 감사합니다나 고맙다고 할 때 미국사람들이 땡뀨 유, 하잖여. 근데 철자는 티, 에이치, 에이, 엔, 케이잖여. 철자대로 하자믄 탱큐 유가 맞는 말 아닌가?"

"그건 그렇게 읽지 말고 티에치 발음기호를 읽는 법이 따로 나와 있구먼. 거기 적혀 있는 것처럼 발음을 하믄 땡 자로 읽어야 할 겨."

향숙은 상규가 묻는 대로 성심성의껏 대답을 해 주면서 마음속으로는 놀랐다. 혼자 검정고시를 공부를 하고 있는데도 학교에서 또래가 배우는 것 이상으로 폭넓게 알고 있다는 사실 때문이었다.

"누나, 나 때문에 잠 와도 참고 있었지?"

상규는 호롱불 앞에 책을 펼쳐 놓고 향숙에게 물어 보려고 줄을 쳤던 부분을 모두 해결했다. 연필을 책갈피에 넣으면서 살구를 집어서 향숙의 손에 들려줬다.

"아녀, 나 안직 잠 안 와. 근데 니가 물어볼 때마다 내 가슴이 얼마나 조마조마했는지 알아?"

"왜?"

"내가 모르는 거 물어볼깨비 가슴이 두근두근 거렸단 말여. 하지만 이것도 며칠 뿐이여. 나, 대전으로 가게 될 껴."

"대전에 머 하로 가는데? 누나네 글로 이사 가능 겨?"

상규는 가슴이 덜렁 내려앉는 것을 느끼며 놀란 목소리로 물었다.

"그게 아녀. 학산에 사는 꼬막네가 그라는데 나는 그이보다 더 높고 똑똑한 신이 와서, 대전에 있는 유명한 무당의 제자로 들어가야 한다능 겨. 그래야 신명을 받아서 세상 사람들한테 좋은 일을 많이 하게 된댜."

향숙은 덤덤한 목소리로 말을 하며 살구 한 개를 들어서 반으로 쪼갰다. 살구가 너무 잘 익어서 씨가 툭 튀어 나온다. 반쪽을 진규 입에 먹여줬다. 호롱불빛으로 진규의 눈에서 눈물이 주르르 흘러내리는 것이 보인다. 가슴이 찡해지면서 눈물이 나오려고 해서 얼른 별들이 총총하게 박혀 있는 하늘을 바라본다. 언제 보아도 정겹고 눈물이 나도록 아름다운 모산의 밤하늘이다.

판사나 검사를 거리에서 쉽게 볼 수는 없다. 그러나 법원이나 검찰청에 가면 복도에서 오다가다 마주치는 사람들이 판·검사들이다. 병원의 의사들도 그렇고, 교도소에 가면 보이는 사람들이 모두 죄인들뿐이다. 국회의사당의 민의원들도 그렇다.

국회의사당이 있는 태평로 2가는 서울의 중심지라 할 수 있다. 우시장 근처 식당에는 소몰이꾼이나 거간꾼들만 보이는 것처럼, 태평로 2가 고급 술집에서 민의원들을 볼 수 있는 것은 어려운 일이 아니다.

요정이라고 보기에는 규모가 작고, 음식점으로 보기에는 규모가 커서 미식가들의 발걸음이 잦은 '춘향(春香)'도 그렇다. 골목 안쪽에 깊숙이 들어가 있는 집이라서 일반 손님들이 맘먹고 찾아오기에는 쉽지 않은 곳이다. 간판도 길가에 있는 집처럼 눈에 쉽게 뜨이지 않는다. 어느 유명 서예가의 낙인이 찍혀 있는 작은 나무간판이 처마 밑에 걸려 있을 뿐이다. 그러나 일단 대문을 열고 들어가면 옛날 고관대작의 집에 들어선 것 같은 느낌을 받는다.

마당 가운데는 연못이 있었다. 연못에는 일본에서 직수입을 한 팔뚝만한 금잉어들이 수초 사이를 헤엄치고 있다. 연못을 중심으로 'ㄷ'자 형태로 늘어서 있는 미닫이식 방문의 창호지는 일 년 열두 달 언제 보아도 바로 어제 문종이를 발라서 양지쪽에 내다 말린 것처럼 깨끗하다. 마당에 티끌 하나 없이 깨끗하면 침도 함부로 뱉지 못하는 것처럼, 춘향을 찾는 손님들은 자신도 모르게 미닫이문을 열 때는 조심스럽게 열었다.

이동하는 점심때 양주를 반주로 마셔 본 적은 많다. 점심에 반주로 양주를 곁들이기 시작한 것은 국회에 입성을 한 다음부터였다. 민의원들끼리 저녁을 먹을 때만 양주를 곁들이는 것이 아니다. 이런저런 이유로 찾아오는 민원인이며, 청탁 관계로 찾아오는 사업가나 고위 공무원들과 점심을 먹을 때도 수입 양주가 약방에 감초처럼 등장했다.

"문제는 이철승이라고 생각합니다. 그 양반은 원래 고려대학교 다닐 때부터 야당 기질이 골수에 백힌 놈이잖유. 신풍회라는 골치 아픈 모임의 우두머리로 이철승이 고목나무처럼 버티고 있응께 김재순이며 조연하, 함종빈 의원이 하늘 높은 줄 모르고 깨춤을 추고 있겠쥬."

이동하는 빈 잔의 테두리를 손바닥으로 스윽 닦아서 빈 잔을 건너편에 앉아 있는 원갑룡에게 내밀었다.

역시, 말은 나면 제주도로 보내고, 사람은 서울로 보내라는 말이 맞기는 맞는 말이구먼.

양주는 수입을 할 수 없는 술이다. 그러나 미군부대 피엑스를 통해서 몰래 유통이 되고 있는 수입 양주는 얼마든지 마실 수 있었다. 그중에서 조니워커라는 양주는 영동 다방에서 마시는 도라지 위스키에 비교할 수가 없었다. 도라지 위스키가 물 탄 막걸리라면, 조니워커는 막걸리를 만드는 원액인 모리미라 할 수 있다. 도라지 위스키가 돈만 있으면 개나 소나 얼마든지 마실 수 있는 천한 술이라면, 조니워커는 아무리 돈이 많아도 특별한 계층에 있는 사람들만 마실 수 있는 귀족 술이다. 단점이 있다면 도라지 위스키를 홀짝홀짝 마시던 습관을 쉽게 버릴 수가 없어서, 조니워커도 도라지 위스키처럼 마시다 보니 쉽게 취한다는 점이다.

"이 의원이 잘 모르고 있는 것 같아서 하는 말인데 김재순이나 조연하며, 이번에 중석 파동을 일으킨 함종빈 의원도 학생운동을 하던 작자들입니다. 나도 사일구 때 광화문에서 고려대학교 앞에까지 데모를 했던 사람이라서 하는 말은 아니지만 그때는 자유당 시절 아니었습니까? 데모는 물론이고 나라를 뒤엎어서 새로운 국가를 만들어야 하는 시대였다 이겁니다."

서대문구가 지역구인 원갑룡은 이동하처럼 홀짝 잔을 비우지 않았다. 두 모금 정도 가볍게 입 안에 머금고 나서 향을 즐긴 후에 목울대가 꿈틀거리도록 꿀꺽 삼켰다.

"원 의원님은 저처럼 민의원이 아니고 참의원님이싱께 아무래도 단수가 높으시구만유."

작년 7월 29일에 치러진 5대 총선에서 처음 선출을 한 참의원은 전국에서 58명만 선출을 했다. 민의원을 각 지역구마다 1명, 혹은 2명씩 뽑아서 총 233명을 선출한 것과 비교해 보면 권위나 위상이 현격하게 차이가 난다. 거의 장관급이라 할 수가 있다. 이동하는 원갑룡이 참의원이기도 하지만, 마음속으로 찍어둔 정치 선배라는 생각에 존경스러운 시선으로 바라봤다.

"문제는 함종빈 의원이 계란으로 바위치기를 했다는 겁니다. 아무런 근거도 없이 중석을 도쿄식품에 판매하는 조건으로 커미션을 백만 달러나 받기로 했다고 신문에 떠들어 댔으니까, 결국 제 무덤을 스스로 판 것이지요."

"제가 한심하게 생각하는 것은, 설령 백만 달러를 받았다고 쳐유. 집안 방바닥에 떨어진 돈이 내 봉창의 돈이라고, 결국 우리 국민들의 돈이 아니겠슈. 그라고 그냥 중석만 팔기로 한 것도 아니잖유. 일본으로 수출을 할 때 이용하는 선박도 죄다 우리나라 선박을 이용하기로 했다잖유. 그라믄 일자리가 삼백만 개나 생겨난다고 했잖유. 그라고 통조림 공장이나 냉동 공장도 몇 개씩이나 지원을 해 준다고 하면 뭐가 문제겠슈. 막말로 말씀을 드려서 도쿄식품이 돈벌이가 되는 일이라면 소련이나 중

공에 쌀이나 식료품을 공급하는 회사는 맞아유. 하지만 돈벌이가 된다는 데 그까짓 용공주의가 대세냐 이거유."

이동하는 정치 선배이자 앞으로 형님으로 모셔야 할 원갑룡 앞에서는 비록 충북 영동이라는 촌구석의 지역구 민의원에 불과하지만 나름대로 현 정세는 꿰차고 있다는 점을 내세울 필요가 있다고 생각했다. 국회에서 주워들은 말들을 자기 생각인 것처럼 열변을 토했다.

"허! 난 이 의원이 충청도 양반이라 사랑방에서 에헴! 하고 헛기침만 하고 있을 줄 알았는데 나 보담은 한 수 위구먼. 나도 이 의원하고 생각이 같습니다. 지금 우리나라가 얼마나 어렵습니까. 미국의 도움을 받아서 민주주의 국가로 뿌리를 내리고 있다고 하지만, 지난 자유당 정권에서 이승만이며 이기붕이가 공산주의보다 더 심하게 나라를 다스리시 않았습니까. 그 일당 독재를 무너트린 사람이 누구입니까. 여기 앉아 있는 나처럼 진정으로 민주주의를 사랑하고, 헌법을 준수하려는 정치인이 있었기에 가능한 것 아닙니까. 종로 바닥을 피로 물들여서 간신히 쟁취를 한 민주정권이 아니냐 이겁니다. 그렇게 해서 민주정권을 만들었으면 앞으로 해야 할 일이 뭡니까? 우리 국민 모두가 잘 사는 방법이 뭔지 모색을 해야 할 시대다 이겁니다. 제 말이 틀렸습니까?"

"아이구, 원 의원님 말씀이야 하나부터 열까지 구구절절 맞는 말씀이쥬. 그렇게 지난 자유당 정권 때 그 고생을 하지 않으셨습니까. 저도 솔직히 말씀을 드리면 야당 기질이 있는 사람입니다. 우리 영동이 원래부터 민주당세가 강한 지역이유. 츰에는 멋도 모르고 정치를 한답시고 자유당에 입당을 하기는 했지만, 바로 민주당호에 탑승을 한 것도 천성적으로 국가를 사랑하고 민족을 사랑하는 기질이 있기 때문인 거 같다고 자부해유. 그래서 제가 원 의원님을 하늘처럼 존경하기도 합니다. 그란데 제가 볼 때 자유당에서 밥그릇을 차지하고 있던 정치인들은 근본적으로 정신을 뜯어 고쳐야 한다고 생각해유. 왜냐? 그래도 원 의원님처럼 민족을 사랑하고 나라를 사랑하는 의원님이 계싱께, 자유당에서 탈당을 해서 우리 민주당에 입당을 한다고 해도 대국적인 차원에서 받아들이신 것이 아닙니까. 그람 지덜 분수를 알고 구파 의원들이 하는 대로 귀경만 하고 있을 것이지. 낯짝에 철판을 깐 것도 아니고 장관 자리 안 준다고 농성이나 한다는 것은 참말로 더 이상 정치를 안 하겠다는 말하고 똑같다고 봐유. 그런 걸 보면 원 의원님이 암만 생각을 해 봐도 너무 존경스러워서 저절로 고개가 숙여 진다니께유.”

이동하는 말을 해 놓고 나서 스스로 주체할 수 없이 끓어오르는 감동을 참느라 술잔을 들었다. 영동에 있을 때는 나라며, 민족이며, 국가라는 말은 생각나지도 않았다. 그러나 지금은 민주주의며, 국민이며, 애국심이니 하는 말들이 중국요리점에서 짜장면, 짬뽕, 우동, 탕수육만큼이나 쉽게 나온다는 사실은 아무리 생각해 봐도 스스로가 놀라지 않을 수가 없었다.

역시 사람은 큰물에서 놀아야 하능 겨. 또랑물에서 아무리 커봐야 메기잖여. 바다에서는 메기 같은 거는 명함도 내밀지 못할 고래도 있고 상어도 있단 말일시.

영동에 있을 때는 고위 공무원이라고 해 봐야 군수에 경찰서장이다. 민원을 해결해 주고 수고비로 받는 돈도 몇 만 환 대이다. 하지만 국회에 입성을 하고부터는 장관도 수시로 만나고, 눈에 보이는 작자들이 죄다 민의원이 아니면 참의원이다. 이런저런 경로로 들어오는 돈도 몇 십만 환 단위로 껑충 뛰었다. 이래서 정치병에 걸리면, 죽을 동 말 동하고 선거에 매달리느라 사돈에 팔촌까지 망한다는 말이 나왔능개비구먼. 그러고 보니 주량도 몰라볼 정도로 늘어 버린 것 같았다. 민의원 뺏찌를 달고 축하연 자리에서만 해도 겨우 두세 잔 마셨을 뿐인데도 얼굴이 시뻘겋게 달아올랐었다. 지금은 점심때 반주로 반 병 정도는 너끈히 해치우는 걸 보면 나도 거물이 되어 가고 있다는 생각에 저절로 웃음이 나왔다. 그러나 원갑룡 앞이라서 내색은 하지 않고 점잖게 술잔을 비웠다.

"그건 이 의원 말이 맞습니다. 말이야 바른 말이지만 물에 빠진 놈 건져 놓으니까 내 보따리 내놓으라고 하는 것과 신파놈들하고 뭐가 다릅니까? 정치판이 단 하루라도 바람 잘 날 없이 시끄러우니까 군인들이 이상한 행동을 하는 겁니다. 옛날에 우리나라를 일본에 팔아넘길 때도 왕궁이 시끄러우니까 이완용 같은 친일파들이 생겨난 것 아닙니까. 왕궁의 질서가 잡혀있고, 권위가 똑바로 세워져 있었으면 감히 나라를 일본에 팔아넘길 생각을 했냐 이거요"

"잠깐만유. 쪼금 전에 군인들이 이상한 생각을 하고 있다는 말씀은 뭔 말씀이래유? 정치판이 아무리 시끄럽다고 쳐도 민의원들이 죄다 나라를 생각하느라고 그라는 건데. 군인들이야 삼팔선만 지키면 그만이지……"

"쉿!"

원갑룡은 이동하의 말을 끊으며 무릎걸음으로 문 앞으로 갔다. 문을 삐죽이 열어 고개만 내밀어 바깥 동정을 살핀 후에 다시 제자리로 돌아왔다.

"바깥에서 누가 듣고 있기라도?"

"지금부터 내가 하는 말을 새겨들어야 합니다. 내가 그동안 이 의원한테 여러 번 신세진 것이 있어서 이 의원한테만 특별히 주는 특급비밀 정보입니다."

"특급비밀 정보?"

이동하는 갑자기 술이 깨는 기분이었다. 민의원에 당선되고 나서 제일 어려웠던 점이 중앙정치판에 연줄이 없다는 점이었다. 자유당에 몸을 담고 있었을 때는 충북도당 위원장인 최형근이 있었다. 그러나 그냥 굴러 들어오는 금배지를 달고 국회에 입성을 해서 보니 상황이 달라졌다. 국회의사당에 들어와 보니까 영동 촌놈이 처음 서울 구경 온 것처럼 어리벙벙할 뿐이었다. 알 수 있는 것이라고는 대회의장이 어디 있고, 분과위원장실이 어디 있고, 식당은 몇 층에 있고, 화장실을 어떻게 사용해야 한다는 것 정도뿐이었다. 그래서 부지런히 여기저기 귀동냥을 해 보았더니 신문에 자주 얼굴을 내미는 정치인과 연줄을 잡아야 된다는 것이다.

몇 날 며칠을 두고 서울에 본사를 둔 모든 신문을 구해다 정보를 탐색해 보았더니 참의원인 원갑룡이 민주당으로 출마를 해서 내리 세 번씩이나 낙선한 경력이 있다는 걸 알았다. 그려, 세상에 돈 싫다는 놈 있을까. 세 번씩이나 낙선을 했다면 지금쯤은 제대로 된 집 한 칸 없을 것이라는 생각에 우선 서대문에 삼백만 환짜리 양옥집 한 채부터 구입해서 등기권리증을 내주었다. 그것이 인연이 되어서 지금은 원갑룡 스스로가 민의원으로서의 정치철학과 자질을 교육시키는 과외선생을 자처하고 있는 중이다. 그런 원갑룡이 바깥 동정에까지 신경을 쓰며 특급비밀이라는 말에 긴장이 되지 않을 수가 없었다.

"지금부터 내가 하는 말은 이 의원 혼자만 알고 있어야 합니다. 만약 내가 하는 말이 다른 의원들 귀에 들어가는 날이면 우리 둘 다 목숨이 위태로울 수도 있습니다."

"원 의원님 저 영동 촌놈이유. 영동에서 농사짓다 올라온 촌놈이 국회에 입성을 해서 나라와 민족이 뭐다는 걸 알았으면 미꾸라지 용된 거나 마찬가지라고 생각해유. 이동하라는 미꾸라지를 용으로 만들어 주신 원 의원님이 하시는 말씀인데 제가 누구한테 퍼트리겠슈."

이동하는 목이 말랐다. 스스로 잔을 채워서 맥주 마시듯 꿀꺽꿀꺽 마시고 나서 귀를 기울였다.

"내 처남이 군인입니다. 어디에서 근무를 한다는 것까지는 이 의원한테 말할 필요는 없지만 대령 계급장을 달고 있습니다. 조선국방경비사관학교라고 알겁니다. 지금은 육군사관학교로 이름이 바뀌었지만 좌우지간 그 학교를 나와서 아직 나이가 사십대인데 대령 계급장을 달고 있습니다. 처남 말로는 일이 년 후면 별을 단다고 하든데…… 하여튼 지금은 그것이 중요한 것이 아니고……"

원갑룡은 긴장을 했더니 담배가 피우고 싶었다. 목소리를 줄이고 나서 담배를 입에 물었다.

"장군 진급을 앞두고 있다면 군대 안에서도 줄을 잘 섰겠구만유. 지는 군대를 안 갔다 와서 모르지만 군대에서는 줄을 잘 서야 팔자가 핀다는 말을 많이 들어 봤슈. 그란데 군대에서 먼 일이 생긴다는 거유? 군인들이 탱크라도 몰고 나온데유?"

이동하는 얼른 성냥불을 그어서 불을 붙여주고 나서 침을 꿀꺽 삼켰다.

"안직 확실한 것이 아니라서 지금은 뭐라고 대답을 해 줄 수 없습니다. 그러나 조만간 큰돈이 필요하게 될지도 모릅니다. 그러니 보험 드는 셈치고 현금으로 최소한 천만 환 이상은 준비를 해 두세요."

"돈 맨드는 거야 크게 심들지 않을 거 같지만, 대관절 먼 일이 생긴다는 거유? 작년 사일구처럼 정권이 해까닥 하기라도 한다는 겁니까?"

"지금은 말을 해 줄 수 없습니다. 돈이 필요하게 될지도 모르니까, 그냥 나를 믿고 준비만 해 주면 됩니다. 그리고 이 순간부터 이 일에 대해서는 나도 입을 다물 테니까 이 의원도 입을 다물어야 합니다."

원갑룡은 턱을 치켜들고 천장을 향해 길게 담배 연기를 내뿜었다.

"이따라도 방앗간하고 아부지한테 전보를 보내서 돈을 준비해 놓으라고 하겠슈."

이동하가 보기에 원갑룡의 얼굴은 매우 심각해 보였다. 무언가 미구에 닥쳐올 엄청난 사건이 과연 어떻게 전개되어 가는지 고민을 하고 있는 것처럼 보이기도 했다.

젠장, 금배지 단지 일 년도 안됐는데 또 선거해야 하는 거 아닌지 모르겠구먼.

지난 선거에서 윤상배는 자유당을 탈당하고 무소속으로 출마를 했다. 민주당에서도 배신자로 낙인이 찍힌 뒤라서 힘도 안 들이고 당선이 됐다. 영동이 워낙 좁은 지역이라서 윤상배가 배신자라는 낙인을 지워버리기까지는 더 많은 시간이 필요할 것이다. 처음에 자유당으로 출마를 해서 낙선한 뒤에 뼛속 깊이 느낀 점은 선거는 항상 예측하지 못한 변수가 작용을 한다는 점이다. 윤상배 역시 4·19가 터질 것이라고는 꿈에도 몰랐을 것이다.

그려, 정치는 줄을 잘 서야 하는 거여. 줄을 잘 못스면 졸지에 윤상배

짝이 되기는 하루아침여.

　천만 환이라는 돈이 적은 돈은 아니다. 그러나 선거를 하려면 그 몇 배의 돈이 들어간다. 무엇보다 이제 막 중앙정치의 맛을 보려는 중이다. 그 어떤 예측하지 못한 변수가 생길 수도 있다면 천만 환 정도는 기꺼이 투자를 해도 좋을 만한 금액이라고 생각했다.

삼각관계

역사는 흐르는 거야.
옛날에는 자유당 시대였고,
오일육이 일어나기 전에는
민주당 시대였고,
지금 계엄 시대일 뿐이라고 생각만 하고 있으면 되는 거야.

오거리에 있는 흑산 다방 실내에는 한명숙의 '노란 샤스 입은 사나이'가 경쾌하게 흘러나오고 있었다. 이필수는 창문가에 앉아서 연신 밖을 바라봤다. 단독군장으로 무장을 한 군인들이 삼삼오오로 거리를 지키고 있다. 행인들은 잔뜩 위축된 시선으로 군인들을 바라보기도 하고, 애써 시선을 다른 곳으로 돌리며 군인들 곁을 스쳐가기도 했다. 이틀 전인 5월 16일 새벽 군인들이 청와대를 접수한 이후 모든 정치활동을 금지시킨 후부터 익숙하게 보아오던 광경이다.

"어쩌까나?"

"뭘?"

"오월 십사일 목포 출신 김대중이가 강원도 인제에서 보궐선거로 당선뎄잖여. 그런데 오일육이 일어나는 통에 제우 이틀 해 먹고 사표를 낸 것이나 마찬가지 신세가 뎄잖아"

"아직 사표를 냈다고 단정하기는 이르지. 혁명정부에서 민의원들에게 사표를 받은 것이 아니고, 정치활동을 금지시켰을 뿐이라고 했잖여."

이필수는 옆 자리에서 신사복을 입은 중년 두 명이 주고받는 말에 테이블 위에 있던 신문을 끌어 당겼다.

1면에는 '시청 앞서 혁명기념식 성대 거행'이라는 기사가 나와 있다. 기다리고 있는 표재철의 아내가 오는지 창밖을 다시 한번 바라보고 나서 신문을 읽기 시작했다.

'육사생들에 의한 역사적 혁명기념식은 십팔일 상오 열시 십오분 시청 앞 광장에서 군사혁명위원회의장 장도영 중장 및 혁명 막료가 참석한 가운데 성대히 거행되었다.

전시민의 열광적 환영을 받으며 불암산 기슭 태릉의 배움터를 박차고 나온 육군사관학교 장교단 및 생도들은 서울 시가를 행진, 시청 광장에서 베풀어진 혁명기념식에 참석한 것이다.

혁명위원회의장 장도영 중장은 격려사에서 군창설 이래 오늘에 이르기까지 공적을 들어 찬양하면서 민족과 국가의 백년대계를 위해 부패와 무능의 상징인 기성정치인을 타도하게 되었다고 혁명의 경위를 설명한 후 자유 평화 평등을 애호하는 전 세계 인민은 우리의 거사를 적극 지지 해 줄 것을 확신한다고 주장했다.'

이필수는 신문을 읽다가 레지가 다가오는 것을 보고 고개를 들었다. 들례만큼은 아니지만 매력적인 레지가 주문하시겠냐고 물었다.

"누가 오기로 했구먼."

이필수는 돌아서는 레지의 엉덩이를 바라봤다. 엉덩이를 실룩실룩거리며 걷는 모습이 남자깨나 밝히게 생겼다고 생각하며 창문 밖으로 시선을 돌렸다.

이 여자가, 약속시간을 잊어 버렸나?

벽시계를 보면 벌써 도착해야 할 시간인데 표재철의 아내는 모습을 보이지 않았다. 엽차를 한 모금 마시고 다시 신문을 뒤적거렸다.

3면에는 '썩어빠진 정치인 불신', '굶주림으로부터 구국'이라는 제목으로 육사생 대표가 '국민에게 보내는 격문'이 실려 있다.

'전국의 국민 여러분, 청년학도 여러분, 우리는 더 이상 가난과 굶주림과 절망 속에 살 수 없어 일어섰습니다. 아무런 사심도 없습니다. 다만 굶주림과 부패에서, 공산당의 압력 속에서도 이 나라를 구하기 위하여 일어섰습니다. 여러분! 일시적인 감정이나 편견을 버리고 이 영광된 자리, 이 성스러운 대열에 적극 참석합시다. (육사생 대표)'

육사생 대표의 '국민에게 보내는 격문' 기사 밑에는 국민일보 사회부장이 계엄법 제13조와 포고령 제16항에 의거 구속되었다는 기사가 나와 있다. 육사후보생들이 군사혁명을 지지한다는 설이 있는데, 혁명군 일부가 태릉으로 나가 육사를 접수한 것처럼 보도케함으로써 사회의 물의와 혼란을 초래케 했다는 것이다. 신문 왼쪽 하단에는 전면군검필(全面軍檢畢)이라는 글자가 써 있었다.

"아제, 전면군검필이라는 뜻이 뭐요?"

이필수는 시간이 있을 때마다 신문을 보는 편이다. 하지만 '전면군검필'이라는 글자가 신문에 나온 것은 처음이다. 창문 밖으로 표재철의 아내가 오는지 살펴보고 나서 요리조리 생각해 봤으나 무슨 뜻인지 알 수가 없었다. 옆 자리의 중년들에게 손가락으로 '전면군검필'이라는 글자를 가리키며 물었다.

"그런 글자가 있었나?"

"난, 아까 읽었네. 혁명위원회에서 신문을 검사했다는 뜻 아닌가?"

"아니, 왜 혁명위원회에서 신문을 왜 검사를 하는가?"

"어허! 지금은 비상시국 아닌가. 비상시국에 신문에서 잘못된 기사라도 나가면 큰일 아닌가?"

이필수는 무슨 뜻인지 이해를 할 수 있었다. 하지만 신문을 검사한다면 그것이 신문인가 관보지라고 생각이 들어서 더 이상 신문을 읽지 않았다.

"저, 혹시 선장님 아니세요?"

구석 자리에 앉아서 이필수를 유심히 살피고 있던 여자가 이필수 앞으로 가서 조심스럽게 물었다.

"사모님?"

"선장님이세요?"

"아이구! 저보다 먼저 오셨나 봅니다."

"아까부터 긴가민가해서 계속 지켜봤어요."

이필수는 엉덩이를 조금 일으켜 세워서 인사하는 흉내를 내보이고 주저앉았다.

"예, 나가 전화를 드린 금양호 선장 이필수요. 날씨 징하게 덥네요, 잉? 올여름에는 얼마나 더울라고 시방부터 이라는지 모르겠소."

표재철 아내는 이필수 맞은편 자리에 앉았다. 육십에 가까운 표재철에 비해 아내는 대여섯 살 정도 적어 보였다. 모르는 사람이 보면 화류계 출신 여자로 오인할 만큼 화장을 진하게 해서 여염집 여자처럼은 보이지가 않았다.

"그 인간이 언지부터……"

표재철의 아내는 한가하게 이필수와 날씨 타령을 하고 있을 때가 아니었다. 생각할수록 화가 치민다는 얼굴로 말을 하다 말고 엽차 잔을 들었다.

"이럴 때는 거시기하게 행동해야 합니다. 다 된 밥에 코 빠트린다고 결정적인 순간에 말짱 도루묵이 될 수 있응께."

이필수는 급할 것이 없다는 생각으로 느긋하게 말했다. 레지가 쟁반을 들고 주문을 받으러 왔다. 표재철의 아내에게는 묻지도 않게 커피를 시켰다.

"속 모르는 소리 말랑게요 시방 내가 거시기 하게 생겼소 그 인간이 시방 그 화냥년하고 같이 앉아 있다는 생각만 하면 가슴이 떨려서……"

표재철의 엽차를 벌컥벌컥 마셨다. 다 마신 빈 잔을 번쩍 들어 보이며 레지를 찾았다.

"여게, 싸게 엽차 한 잔 더 갖고 와."

"아따, 쏭질이 급하기는. 아! 결정적인 순간에 쳐들어가야 먼가 건지게 되는 거지. 둘이 앉아서 수박화채나 나눠 먹으며 야기만 하고 있는데 쳐들어가믄 형님이 머라고 하겠소 그냥 이 집에 돈 받으러 왔다가 수박화채 얻어먹는 중이라고 오리발을 내밀면 그때는 뭐라고 하겠소? 닭 쫓던 개 지붕 쳐다보기식 밖에 안 된다 이 말이요"

"오월에 먼 놈의 수박화채?"

"말이 거시기 하다 이거지."

"그람 그 인간이 그 화냥년하고 수박화채도……"

레지가 커피와 엽차를 들고 왔다. 표재철의 아내는 가슴이 답답해서 견딜 수가 없다는 얼굴로 가슴을 짓누르며 엽차를 든다는 것이 커피 잔을 들었다. 단숨에 후루루 마시다! 어메! 뜨거운 거! 라고 비명을 내지르며 커피 잔을 이필수에게 던졌다.

"어어!"

커피는 뜨거웠다. 커피를 후후 불고 있던 이필수는 커피 잔이 자신을 향해 날아오는 것을 보고 벌떡 일어선다는 것이 들고 있던 커피 잔을 놓치고 말았다. 그 사이에 날아온 커피 잔이 얼굴을 때렸다. 앗! 뜨거, 하는 비명과 함께 후다닥거리며 일어섰다.

"이 쌍!"

이필수는 졸지에 얼굴과 사타구니에 커피 세례를 받았다. 레지와 마담이 달려와서 얼굴에 묻은 커피를 닦아준다, 바지 단추 부분에 묻은 커피를 닦아준다, 소동을 떠는 동안 다방 안에 있던 손님들은 웃음을 참느라 서로의 얼굴을 바라보며 킥킥거렸다.

"그랑께 내가 머라고 했소 여기서 한가하게 거시기 할 때가 아니고 했잖소 싸게 빨리 갔으면 이런 일이 벌어졌겠소"

표재철의 아내도 꼴이 말이 아니었다. 뜨거운 커피에 입천장이 까진 것도 분해 죽겠는데, 오늘 젊은 첩년한테 기죽지 않으려고 한복집에서 빌려 입고 온 옷도 얼룩으로 엉망이 되어 버렸다. 이 모든 것이 이필수 책임이라는 생각에 발딱 일어섰다.

"시……시방 어딜 가는 거요?"

이필수는 표재철의 아내가 커피로 얼룩진 치맛자락을 홱 돌려 감싸고 종종걸음으로 나가는 것을 보고 황망하게 따라 나섰다.

"소……손님 계산은 하고 나가야지라."

레지와 다방 마담이 이필수의 앞을 가로 막았다.

"이, 쌍! 나가 커피 마시는 거 봤냐?"

이필수는 레지와 마담을 밀어 버릴 것처럼 제쳐 버리고 밖으로 나갔
다. 표재철의 아내 치마는 환한 대낮에 보니까 흙탕물에 젖어 버린 것처
럼 얼룩이 져 있다. 그래도 창피한 줄도 모르고 독 오른 독사처럼 고개
를 꼿꼿하게 세우고 있는 모습이 보통은 넘어 보였다.

이거, 들례년 얼굴 남아나지 않는 건 아닌지 모르겠구만.

표재철이 첩살림을 하고 있다는 전화를 한 것은 순전히 들례를 빼내
기 위해서이다. 그러나 막상 독 오른 독사처럼 고개를 세우고 있는 모습
을 보니 은근히 후회가 됐다. 그러나 이미 주사위는 던져졌다. 설마 들
례를 죽이기야 하겠냐는 생각으로 잔기침을 했다.

"속 모르는 소리는 그만하고 빨리 앞장 서시오. 전화로 말한 것처럼
내가 그냥은 안 있고 반드시 보답은 해 드릴 팅게."

"좋시다. 그 대신 조용히 끝내야 합니다. 오거리라는 곳이 손바닥만한
곳이라서 표 사장이 개망신을 당하고 나면 사업에도 지장이 많응게."

지나가는 행인들이 졸지에 커피 세례를 당한 이필수와 표재철의 아내
를 알만하다는 눈빛으로 쳐다보거나 아주 걸음을 멈추고 구경을 하기도
했다. 이필수는 구경꾼들의 시선이 따가워서 표재철의 아내와 거리를
두고 말했다.

"그건 내가 알아서 할 팅게 어서 앞장 서시오"

이필수는 표재철 아내의 말에 대답을 하지 않고 앞장을 섰다. 이 시간

표재철이 들례 집에 있는 걸 이미 어구상에 전화를 해서 확인을 했다. 표재철의 아내가 운이 좋다면 표재철이 대낮부터 알몸으로 헐떡거리고 있을 것이다. 그 반대로 표재철이 운이 좋다면 한바탕 땀을 흘리고 나서 시원한 설탕물을 마시고 있거나, 맥주를 마시고 있을지도 모를 일이다.

"나, 표 사장하고 참말로 못 살겄슈. 그랑께 무슨 수를 써서 나 좀 빼 줘유."

들례가 은밀하게 부탁을 한 것은 한 달 전이다. 표재철이 군산으로 볼 일을 보러 나간 날이다. 들례 집에서 뜨겁게 속살을 더듬고 난 후였다. 맥주로 가쁜 숨을 달래고 있는데 들례가 가슴에 찰싹 안기며 은밀하게 속삭였다.

"언제는 일본으로 보내주면 그 은혜는 잊지 않겄다고 노래를 부르더 니……."

들례가 처음 몸을 섞고 나서 하는 말이 일본으로 밀항을 시켜 달라는 부탁이었다. 일본으로 밀항시키는 것 정도는 어려운 일이 아니다. 그러 나 들례를 일본으로 밀항시키기에는 너무 아깝고 아쉬웠다. 그래서 꾸 며 낸 거짓말이 돈이 없으면 일본 가서 야쿠자들 눈에 걸리게 된다. 백 이면 백 모두 사창가에 팔려 들어갈 수밖에 없다는 말로 매번 겁을 줬 다. 그랬더니 몇 달 뒤에는 일본 돈으로 이만 엔을 만들어 놨다며 다시 부탁을 했다. 이만 엔이면 얼추 계산해 봐도 이십만 환이다. 그 정도면 밀항 비용은 충분하다. 그러나 이십만 환에 들례를 일본으로 날려버리 기에는 너무 아까워서 다시 거짓말을 할 수밖에 없었다. 이십만 환으로 는 어림도 없다. 최소한 백만 환은 있어야 한다. 그 돈을 만들려면 기회 를 노려라. 표재철이 언젠가 목돈을 들고 와서 맡겨 두는 날이 있을 것이다. 그날을 노려서 일본으로 밀항을 하면 네가 그토록 보고 싶어 하는 다나까도 찾을 수 있을 것이라고 설득을 해 놨었다.

"암만 생각해도 표 사장은 나한테 큰돈을 멕길 위인은 못 되는 거 가튜. 이십만 원 맨든 것도 내가 원래 갖고 있는 돈에다 화장품 사니, 속곳을 사니 이런저런 핑계로 뜯어 낸 돈인데 어느 세월에 그 돈을 맨들어 내겄슈. 그랑께 차라리 날 어디로 빼내 줘유. 그람 내가 수단껏 돈을 맨들어 볼 팅께."

"몸이라도 거시기 하겄다는 말투구만."

"내 몸은 어채피 내 몸이 아뉴. 차지하는 남정네가 임자라 이 말유. 선장님이 차지를 하면 선장님 몸이고, 또 어떤 남정네가 차지를 하믄 그 남정네의 몸이라 이거유. 난 철이 들고 나서부팀은 단 한 번도 내 몸이 내 몸이라는 생각을 해 본 적이 읎응께."

"그람, 나 하고 어디 군산이나 전주 같은 데로 가서 술집 한번 해 볼랑가?"

"아까 말했잖유. 난 차지하는 남정네가 임자라고."

"그려, 그람 내가 워티게 수를 한번 내 보기로 함세."

들례의 말은 표재철에게서 떠날 수만 있다면 같이 살아주겠다는 말로 들렸다. 그래서 지나간 한 달 동안 표재철이 들례를 찾아 나서지 못할 만한 방법을 궁리하다가 결국 그의 아내를 이용하기로 해서 오늘 만난 것이다.

"요 집이오. 난 볼일이 있어서 그만 가 볼 모양이니까 내일이나 언제 그 다방에서 봅시다."

이필수는 담장 앞으로 가서 안의 동정부터 살폈다. 대청 앞의 뜰팡에는 남자 구두와 여자 고무신이 있었고 문은 닫혀 있다. 대청문이 닫혔다면 아직 진행 줄일지도 모른다는 생각에 목소리를 죽여 말했다.

"고맙군이라, 내일 반드시 보답은 해 줄 모양이니 점심때 만납시다. 근데 수고스럽지만 날 요 담 너머로 넘겨주셔야 겄소 내가 볼 때 연놈이 시방 한참 개 같은 짓을 하고 있는 것 같소"

표재철의 아내는 오거리 다방에서와 다르게 놀랍도록 침착했다.

"그거야 어려운 것은 아니지라. 하지만 철조망 땜시 넘어갈 수가 없지라."

"그람 대문 위로 넘겨주면 안되겄소?"

표재철의 아내가 연신 마당 안의 동정을 살피며 속삭였다.

"대문이 낡아서 사모님 몸을 지탱 할랑가 모르겄네."

이필수는 골목 안의 동정을 살폈다. 골목 안에는 강아지 한 마리 돌아다니지 않았다. 표재철의 아내 허리를 불끈 안아서 대문 위로 밀어 올렸다. 표재철의 아내가 대문에 매달리는 순간! 끙 하며 힘을 주었다. 그와 동시에 뿡! 하고 방귀를 꼈다. 이필수는 뜨거운 기운이 얼굴을 덮는 순간 자신도 모르게 표재철의 아내를 놔 버리고 뒤로 물러섰다.

"이! 이 양반이……"

졸지에 대문에 널려 있는 빨래 신세가 되어 버린 표재철의 아내는 떨어지지 않으려고 버둥거리면서 소리를 질렀다.

"언 놈이여!"

표재철의 아내가 지르는 소리에 대청 문이 드르륵 열렸다. 이제 막 들례와 땀을 흘리고 나서 바지만 걸치고 허리띠도 매지 않은 표재철이다. 그는 대낮부터 남의 집 대문을 넘어 오려고 바둥거리고 있는 여자가 아내인 줄은 꿈에도 몰랐다.

"모……몽둥이 어딨어?"

"몽둥이는 내가 필요하겠구먼."

간신히 대문을 넘어 간 표재철의 아내가 저고리를 걷어 올리며 당신 오늘 제대로 걸렸다는 얼굴로 사방을 두리번거렸다.

"다……당신이 머……먼 일로?"

표재철은 꽃무늬가 그려져 있는 한복, 그것도 황톳물인지 뭔지 모르지만 갈색으로 얼룩이 져 있는 치마를 입은 아내의 얼굴을 알아보지 못했다. 그럴 수밖에 없는 것은 우선 아내가 이 집을 알리가 없다는 생각에서였다. 당연히 아내는 이 시간에 집에서 빨래를 하고 있거나 청소를 하고 있어야 했다. 그런 아내가 처음 보는 옷을 입고 대문을 넘어서 왔으니 얼른 믿어지지 않는 것은 당연했다. 몽둥이를 찾고 있는 여자가 아내라는 것을 인지하게 된 것은 표독한 목소리 때문이었다. 아내가 극도로 화가 났을 때 부르짖는 듯한 목소리를 듣고 나니까 틀림없는 아내였다.

"소……손님이 왔슈?"

표재철의 아내한테 기름을 부어 버린 꼴이 되어 버린 것은 뒤늦게 나온 들례의 옷차림이다. 아무리 여름 날씨 같은 오월이라고 하지만 표재철은 엄연히 아내가 있는 유부남이다. 유부남과 단둘이 있던 여자의 옷차림이 달랑 속이 훤히 보이는 속치마에 속저고리 차림이다.

"소……손님! 이……연놈들을 그냥!"

표재철의 아내는 손님이라는 말에 속이 뒤집혀 지는 것 같았다. 몽둥이도 필요 없다는 얼굴로 손톱을 수리부엉이처럼 세워서 표재철을 향해 바람처럼 달려들었다.

"에그머니나!"

들례는 단번에 표재철을 향해 달려드는 여자가 그의 아내라고 판단했다. 이제껏 여러 남자들과 잠자리를 같이 했지만 본처가 손톱을 세우고 독수리처럼 달려드는 모습은 처음이다. 어디로 숨기는 숨어야 하는데 도망 가봐야 방 안이라서 독 안에 든 쥐와 다름없다. 나중에 벌어질 일은 나중에 고민하기로 하고 지금은 마당을 통과해서 밖으로 도망치는 일 밖에 없었다.

"저……저년이!"

표재철의 아내는 우선 표재철이 도망을 가지 못하도록 바지부터 벗겨 내렸다. 바지가 발목에 걸려 허둥거리는 사이에 사정없이 꼬집고 비틀고 때렸다. 그 사이에 들례가 가슴에 한복을 껴안고 뛰어 나가는 모습을 봤다. 그녀를 잡기 위해 몸을 트는 순간 표재철도 도망을 가려고 바지를 끌어 올렸다. 잘못하다가는 연놈을 다 놓쳐 버리겠다는 생각에 당사자인 표재철의 머리카락을 두 손으로 와락 움켜잡고 마구잡이로 흔들기 시작했다.

"이년이 미쳤나!"

"그래! 미쳤다. 너 때문에 나 미쳤다!"

대문 밖으로 뛰어 나간 들례는 이필수를 만났다. 마당 안을 엿보고 있던 이필수가 재빠르게 들례를 붙잡고 빠르게 치마를 걸쳐주었다. 들례는 그 사이에 저고리를 여몄다.

"고……고무신!"

들례는 저고리 고름을 매면서 골목을 빠져 나가기 시작했다. 이상하게 발바닥이 아픈 것 같아서 발바닥을 들어보니까 맨발차림이었다.

"괜찮아. 치마를 좀 내려 입으면 발이 안 보이니께 남들이 알지 못할 걸세."

들례는 이필수의 말대로 치마를 치맛단이 땅바닥을 쓸어버릴 정도로 내려서 뗐다.

"우선 택시를 타고 군산으로 가세. 거기서 하룻밤을 묵으면서 전주로 가든지, 대전으로 올라갈지 궁리를 해 보세."

이필수는 지금쯤 표재철의 얼굴은 꼬집히고 손톱에 할켜서 난장판이 되었을 것이라고 생각하면서도 뒤를 살폈다. 당연한 결과겠지만 표재철이나 그의 아내 모습은 보이지 않았다.

"대관절 워티게 된 일이래유?"

택시를 타고 나서야 들례가 옷매무새를 다듬으며 물었다.

"수 좀 썼지."

"그람, 선장님이 그 여자한테 집을 갈켜 준 거유?"

"남자가 이간질을 하면 쓰겄어? 분명한 것은 표 사장이 당분간은 들례를 찾을 시간을 내지 못한다는 점이지."

이필수는 콧노래라도 부르고 싶었다. 표재철의 집안 사정을 잘 알고 있는 이들의 말에 의하면 표재철은 아내 앞에서는 고양이 앞의 쥐 같은 신세다.

자네도 참 안타까운 신세구먼.

들례는 무엇이 아쉬운지 자꾸 뒤를 돌아다본다. 그런 모습이 새벽녘에 서울에서 식모를 살겠다며 가출을 하는 열여덟 짜리 순진한 처녀처럼 보여서 손을 꼬옥 잡았다. 들례의 손은 땀에 젖어서 촉촉했다. 그 느낌이 너무 좋아서 와락 허리를 껴안았다.

"아이구, 왜 이래유. 운전기사 양반이 보고 있는 데서……"

들례는 말과 다르게 허리를 껴안고 있는 이필수의 팔을 풀지 않았다. 그려, 언제는 내가 나 하고 싶은 대로 살았냐. 그냥 부평초처럼 바람 부는 대로 떠돌며 살았지. 택시는 점점 목포를 밀어내고 달려 나가고 있었다. 그러나 두렵지는 않았다. 어차피 타인의 의지대로 사는 팔자라는 생각에 물끄러미 창밖을 바라보고만 있었다.

서울역 개표구 앞에는 제복을 입고 모자를 쓴 역무원이 딱딱한 얼굴로 표를 받았다. 그 뒤쪽 3미터 정도 거리에는 총을 어깨에 멘 군인 여섯 명이 날카로운 눈빛으로 개표구 안으로 들어오는 손님들의 얼굴을 한 명 한 명 뜯어 봤다.

"이봐, 거기 잠깐 일로 와 봐."

군인 중 한 명이 개표구 안으로 들어서는 애자를 노려보며 손가락을 까닥거렸다. 애자가 손바닥으로 자신을 가리켰다. 군인이 고개를 흔들며 애자 뒤를 바라봤다. 애자도 시선을 돌렸다. 덩치가 큰 청년이 어깨에 가방을 메고 들어오고 있었다. 애자는 대수롭지 않게 생각하며 고현수를 찾아서 두리번거렸다.

"야! 너 내 말 안 들려?"

군인이 날카롭게 소리쳤다.

"어머! 오빠!"

애자는 군인의 목소리는 한 귀로 흘려보내고 대학생 교복차림으로 서 있는 고현수를 향해 손을 번쩍 들어 보였다. 그 순간 군인들이 요란하게 군화발로 바닥을 찍어내는 소리를 내며 달려왔다. 깜짝 놀라서 자신도 모르게 뒷걸음을 치며 뒤를 돌아다 봤다. 개표구에서 봤던 청년이 군인들을 바라보며 멈췄다.

"당신 도민증 좀 봅시다."

"와 그라는데예?"

"보자면 보여 줄 것이지, 뭔 잡말이 많아!"

"내한테 무슨 유감 있어예. 와카는지 이유나 좀 알아봅시더."

"이 쌍! 너 이 개새끼 어디서 온 놈이야!"

군인 한 명이 청년에게 총구를 내밀었다.

"이 새끼 깡패 새끼 같은데 족쳐!"

두 번째 달려 온 군인은 다짜고짜 소총 개머리판으로 청년의 얼굴을 찍었다.

"악!"

청년이 짧은 비명소리와 함께 얼굴을 감싸며 주저앉았다. 코가 깨졌는지 금방 손가락 사이로 시뻘건 피가 삐져나와서 주르르 흘러 내렸다. 개표구를 나와서 제 갈 길을 가던 사람들이 일제히 걸음을 멈추고 청년들과 군인들을 지켜봤다.

"왜 이러시는 거예요?"

다른 군인이 총을 거꾸로 치켜들어서 개머리판으로 청년의 어깨를 찍어 내리려는 순간이었다. 애자가 양팔을 벌리며 군인을 막았다.

"이 쌍년! 너 안 비켜!"

군인이 애자를 거칠게 옆으로 밀어냈다.

"함부로 욕하지 마세요! 그리고 이분이 뭘 잘못했는지 말씀을 하셔야 하잖아요. 설령 잘못한 것이 있으면 데리고 가서서 법대로 처리해야 하는 거 아닌가요? 이건 엄연한 폭력이라구요."

애자는 군인이 대뜸 쌍욕을 하자 화가 났다. 구경꾼들이 놀랄 정도로 군인을 향해 대들면서 바닥을 피로 흥건하게 물들이며 앉아 있는 청년을 가리켰다.

"애자야, 그만 가자."

구경꾼들 사이에 서 있던 고현수가 달려들어서 애자의 손을 잡아챘다.

"당신은 좀 빠져. 야, 너 어디서 올라온 년이야. 어디 신분증 좀 보자."

개머리판을 치켜들었던 군인이 고현수를 밀어붙이며 애자를 노려보았다.

"대전에 사는 학생인데 올해 고등학교 삼학년입니다. 여름방학을 이용해서 학원에 다니려고 지금 상경했습니다. 군인 아저씨가 무조건 쌍년이라고 욕을 하니까 화가 난 모양입니다. 솔직히 먼저 욕을 한 것은 잘못 아닙니까. 그러니 그만 없었던 일로 합시다."

애자는 학생증을 내밀지 않았다. 어이가 없다는 얼굴로 팔짱을 끼고 군인을 마주 노려봤다. 보다 못한 고현수가 중간에 끼어들어서 군인이 바라보는 시선을 당당하게 받아들이며 말했다.

"대명천지에 사람 코를 아작 내놔도 되는 겁니꺼. 내가 뭘 잘못했다고!"

청년이 잠바를 벗어서 뚤뚤 말아 코에서 흐르는 피를 막고 억울하다는 얼굴로 대들었다.

"이 새끼 이거 아직 정신을 못 차렸구먼. 야, 이놈 정신 좀 번쩍 들게 만들어 버려."

처음 개머리판으로 청년의 코를 뭉개 버렸던 군인이 군화발로 청년의 정강이를 힘껏 차 버렸다. 청년이 다시 맥없이 쓰러지자마자 개머리판으로 등을 찍어 버렸다. 그와 동시에 주변을 에워싸고 있던 군인들이 무차별하게 군화로 짓밟기 시작했다.

"너는 또 뭐야, 교복을 입고 있는 걸 보니 대학생 같은데?"

고현수를 바라보고 있던 군인이 물었다.

"빼지를 보니까 서울대학생 같구먼. 야, 너 요즘 시대가 무슨 시대 인줄 알고 철없이 까불고 다니는 거냐? 지금은 비상계엄령 시대라구. 비상계엄령이 뭔지 알어? 군인들이 나라를 다스리는 시대라구. 그러니까 어느 집 딸내민지 모르지만 이 담부터라도 쓸데없는데 참견하지 말고 열심히 공부나 해. 그래야 이분처럼 서울대학교 같은 곳도 다닐 수 있을 거잖아."

군인들이 피범벅이 된 청년을 양쪽에서 부축하고 질질 끌고 갔다. 남아 있던 군인이 고현수의 교복에 꽂혀 있는 배지를 유심히 살펴보고 나서 말했다.

"애자야, 가자."

고현수는 군인들에게서 시선을 돌리고 애자가 들고 있던 여행용 가방을 받아 들었다.

"오빠, 내가 뭘 잘못했는데?"

"밖에 나가서 이야기 하자."

고현수는 애자의 손목을 잡고 걸었다.

"내가 뭘 잘못했는데 군인들에게 욕을 얻어먹어야 해요. 난 태어나서 지금까지 저런 욕설을 들어 본 적이 없어요. 가서 따져야겠어요"

애자가 고현수에게 손목을 잡히고 끌려 나가면서 불만이라는 얼굴로 물었다.

"요즘이 어떤 시대라는 건 아까 그 군인이 말했잖아. 너는 고등학생이라서 잘 모르는 모양인데, 똥이 무서워 피하냐? 더러워서 피하지?"

"제가 볼 때는 그 청년이 아무런 잘못도 없었다구요. 군인들이 불러도 잘못 알아들었을 수도 있잖아요. 그럼 말로 해야 되는 거 아닌가요? 근데 다짜고짜 달려들어서 총으로 얼굴을 찍었잖아요. 오빠도 아까 보셨잖아요. 그 사람이 앉아 있는 자리가 온통 피범벅이었다구요"

"역사적으로 볼 때 힘으로 군중을 제압하면 반드시 실패를 하게 되어 있어. 지금은 군인들 세상이지만 오래가지는 않을 거야."

고현수는 대합실 밖으로 나가서야 애자의 손을 놓았다. 역 광장에는 수십 명의 군인들이 단독군장 차림으로 대합실에서 나오고 들어가는 사람들을 감시하고 있었다. 군인들의 시선을 외면하며 주머니를 뒤져 담배를 찾았다. 이 주머니 저 주머니를 뒤졌으나 성냥만 나올 뿐 담배가 없었다. 뒤늦게야 애자를 기다리며 마지막 담배를 피운 다음에 빈 담뱃갑을 대합실 안에 있는 쓰레기통에 버렸다는 걸 기억했다.

"대전역에도 맨 군인 천진데 서울은 더 하네……오빠는 군인들이 이렇게 사람들을 감시해도 괜찮다고 생각하세요?"

광장을 지나가는 행인들의 얼굴은 하나 같이 굳어 있었다. 한가하게 걷는 행인들도 보이지 않았다. 모두가 약속이나 한 것처럼 바쁘게 역 광장을 빠져 나가는 모습을 바라보며 애자가 물었다.

"역사는 흐르는 거야. 옛날에는 자유당 시대였고, 오일육이 일어나기 전에는 민주당 시대였고, 지금은 군인들 시대일 뿐이라고 생각만 하고 있으면 되는 거야. 전차를 타고 가자."

고현수가 전차 정류소 쪽으로 걸어가며 말했다.

"버스는 종로까지 안 가요? 그리고 오빠 생각은 너무 방관자적인 생각 아니세요? 제 친구 오빠는 군인들이 정치를 하면 안 된다고 그러든데……"

"역사는 결코 진실을 외면 할 수는 없는 거야. 그 정도만 알아 두고, 골치 아픈 이야기는 그만하자. 아버님은 지금 영동 계시냐? 면장님도 건강하시고? 아주머니한테는 언제 인사 한번 드리러 가야하는데 모산에서 너무 잘해 주셨는데 고맙다는 편지 한 장 못드렸구나."

"아부지는 요즘 정치활동을 못하시니까 영동에 계세요. 할아부지는 몸이 좀 안 좋으세요. 엄마는 오빠 때문에 승우가 많이 똑똑해졌다고 몇 번이나 선생님이 훌륭하신 분이라고 칭찬을 하세요. 지금부터는 제가 하고 싶은 말을 하겠어요. 우리 합승버스 타고 가요."

애자는 전차 정류소 앞에 사람들이 모여 있는 것을 보고 걸음을 멈췄다. 서울역 앞이라면 합승버스 정류소도 있을 것이라는 생각에 다른 쪽으로 시선을 돌렸다.

"합승버스도 가긴 하지만 전차가 싸잖아."

"서울에 올라올 때마다 하고 싶은 것이 뭔지 아세요. 백 환짜리 합승을 타보고 싶었어요. 그 다음에는 창경원 구경 가고, 세 번째로는 음……남산 구경 가고……"

"서울에 공부하러 온 거 아니냐. 나는 그렇게 알고 있었는데?"

"방학 내내 공부만 할 수 없잖아요."

"그건 그렇다 쳐도 학생 신분에 백 환짜리 합승은 안 어울려. 학생은 학생답게 오십 환짜리 시내버스를 타거나 전차를 타야지."

고현수는 백 환이면 자취를 하는 가난한 대학생이 일주일 동안 살아갈 수 있는 부식비라는 말은 하지 않았다.

"학원 다니면서 매일 타겠다는 건 아니잖아요 서울 올라온 기념으로 딱 한 번만 타요 네?"

애자가 고현수의 손을 두 손으로 잡고 비음 섞인 목소리로 말했다.

"의원님이나 면장님이 부자지, 애자가 부자는 아니잖아. 그러니까 합승버스는 이 담에 돈 많이 벌어서 타기로 하고 오늘은 전차 타고 가자."

고현수는 애자가 잡은 손을 기분 나쁘지 않도록 자연스럽게 풀면서 부드럽게 말했다.

"알았어요 오빠가 그렇게 말하니까 더 이상 할 말이 없네요 그럼 전차를 타고 가요"

"화가 나서 전차 타고 가자는 건 아니겠지?"

고현수는 애자의 얼굴을 바라보지 않고 말을 하며 방향을 틀어서 전차 정류소 쪽으로 향했다.

"제가 감히 오빠한테 화를 낼 자격이라도 있나요?"

"이런 말 하기는 좀 민망한 감이 없지는 않지만, 나는 승우하고 승철이 선생님이라는 점을 잊지 않아 줬으면 좋겠어."

"저도 내년이면 오빠하고 같은 대학생이라는 점도 기억해 주셨으면 좋겠어요"

고현수는 올해 복학을 한 후에 이동하가 종로 쪽에 구입을 한 한옥에서 같이 살고 있었다. 모산에서는 승우를 지도하기 위해서 입주를 했지만, 서울에서는 서울로 전학을 온 승철의 가정교사 신분이다. 애자는 그동안 승철이를 본다는 명분으로 서울에 두 번 올라와서 고현수를 만났다. 볼 때마다 느끼는 점이지만 고현수가 모산에 있을 때보다 의식적으로 거리감을 두려고 하는 것 같아서 안타깝기만 했다.

고현수와 애자는 전차를 타고 가서 종로에서 내렸다. 길가에는 양복점 간판이 많이 보였다.

"참, 엄마가 오빠가 승우 지도하느라고 애쓰셨다면서 아부지한테 오빠 양복 한 벌 해 주시라고 했다는데, 양복 맞추셨어요?"

애자가 양복점 쇼윈도에 걸려 있는 양복을 무심히 바라보며 걷다가 문득 생각났다는 얼굴로 물었다.

"그렇지 않아도 의원님이 언젠가 양복 한 벌 해 줄 테니 마음에 드는 양복점에 가서 맞추라고 하셨어. 하지만 내가 싫다고 했어. 아직은 양복 입을 때가 아니라는 생각에 정중하게 거절을 했어."

고현수는 적선동 쪽으로 들어가는 골목 어귀에 있는 담배 가게 앞에서 멈췄다.

"무슨 담배를 피우세요?"

"왜?"

"국민학교 때부터 소풍가는 날은 선생님께 담배를 사다 드렸거든요. 승철이 누나의 자격으로 승철이 선생님한테 한 갑 사 드리고 싶어서 그래요."

"난 괜찮은데……"

"그럼 선물하는 사람 취향대로 고르면 되겠네요."

애라는 담배를 내주는 통구 위에 붙어 있는 담배 가격을 살폈다. 고현수의 자존심이 상하지 않도록 40환짜리 모란 담배를 사서 내밀었다.

"뇌물로 받는 것이 아니고, 그냥 애자가 사 주는 담배로 고맙게 받겠어."

고현수는 담배가 피우고 싶었던 참이어서 애자가 내미는 담배를 순순히 받았다.

"편한 대로 생각하세요. 그랬더니 아부지께서 뭐라고 하셨어요?"

애자는 골목 안으로 접어들면서 고현수 옆으로 바짝 붙어서 걸었다. 고현수가 불편하다는 표정으로 옆으로 떨어져 걸었다. 다시 가까이 다가가려고 하다가 그만 두고 물었다.

"뭘?"

"아부지가 양복 맞춰 드린다고 했는데 오빠가 싫다고 했다면서요? 그랬더니 아빠가 뭐라고 하셨는지 궁금해서 묻는 거예요"

"그럼 졸업할 때 맞춰 줄까? 하시더군. 그래서 졸업식은 교복을 입고 졸업하기 때문에 그때도 필요가 없다고 했지. 그랬더니 큰 소리로 웃으시면서 그럼 고등고시에 합격을 한 다음에 모자에서 양복에 구두까지 맞춰 주지, 라고 하시잖아. 그렇게 말씀하시니까 더 이상 거절을 못하겠더라구. 그래서 더 이상 말을 안했지."

"혹 떼려다 혹 붙인 꼴이 되고 말았군요"

고현수는 주택가 안에 있는 한옥집 앞에서 걸음을 멈췄다. 애자는 한문으로 이동하라고 적혀 있는 문패를 읽으면서 서 있었다. 고현수가 대문을 두들기자 나가유! 하는 춘임의 목소리가 새어 나온다.

"워매, 일찍 오셨네유. 지는 밤늦게나 오실 줄 알고 있었는데……"

춘임은 비록 식모를 살고 있기는 하지만 촌티를 완전히 벗은 모습이

다. 학산처럼 무명치마 차림이 아닌 꽃무늬 치마에 블라우스를 입고 넙죽 인사를 했다.

"특급기차를 타고 와서 빨리 왔어요. 승철이는 어디 갔어요?"

애자는 고현수의 뒤를 따라서 마당 안으로 들어섰다. 집은 왜식으로 지은 한옥이라서 'ㄴ'자를 엎어 놓은 형태다. 대문 쪽에서 가까운 곳에 있는 방은 고현수의 방이다. 방 앞에 붙어 있는 쪽마루 밑으로 고현수의 것으로 보이는 구두 한 켤레가 얌전히 놓여있다. 정겨운 시선으로 구두를 바라보다 대청 쪽으로 시선을 돌렸다. 요즈음은 방학이라서 당연히 있어야 할 승철의 운동화가 보이지 않는다.

"아까 나갔는데 워디 있는지는 모르겠구만유. 즘심은 드셨을 거이고, 빨리 즈녁 지어 올릴께유. 특별하게 드시고 싶은 거시 있으믄 말씀하세유. 지가 얼릉 장 봐와서 해 드릴께유."

"나는 아무거나 잘 먹거든요. 승철이 또 만화 가게 갔구먼. 내 말이 맞죠?"

"춘임씨 만화 가게 가서 승철이 있으면 큰누나가 올라 왔으니까 얼른 집으로 오라고 하세요."

고현수는 뒤늦게 승철이 집에 없다는 걸 확인하고 자기 방 쪽마루에 걸터앉았다.

"만화방에 있는 줄 모르겠구먼……"

춘임이 혼잣말로 중얼거리며 밖으로 나가는 모습을 지켜보던 애자는 고현수 옆에 앉았다.

"승철이 공부 싫어하죠?"

애자가 다리를 건들건들 흔들며 물었다.

"기초가 너무 없어서, 요즘 기초부터 가르치고 있어."

"고등학교는 갈 수 있겠어요?"

"삼류 고등학교는 갈 수 있겠지. 하지만 서울까지 올라와서 공부를 하면서 삼류 고등학교를 가면 되겠어? 서울고등학교나 경복고등학교는 못 가도 의원님의 체면을 봐서라도 이류 고등학교는 합격해야지."

"그건 오빠 꿈 아닌가요?"

"애자는 가끔 승철이를 비판적으로 보는 경향이 있는 것 같아. 승철이도 열심히 공부를 하면 얼마든지 좋은 고등학교에 들어갈 수 있다고 말하는 것이 누나의 도리잖아."

"만화가로 나서면 성공 할 수 있을 거예요. 만화책이라면 자다가도 번쩍 일어나는 아이니까…"

"승철이가 동생 맞아?"

고현수가 어이가 없다는 얼굴로 물었다.

"오빠가 무슨 뜻으로 하시는 말인 줄 알아요. 저도 승철이가 걱정이 돼서 하는 말이지, 아무려면 동생이 안 되는 쪽을 좋아하겠어요."

"너무 걱정하지 않아도 돼. 승철이가 내 말은 잘 듣는 편이니까 좋은 결과가 나올 거야."

"엄마도 그런 말씀을 하시더군요. 선생님은 머리가 좋으신 분이니까 승철이를 잘 타일러서 좋은 고등학교에 보낼 수 있을 거라구요."

반쯤 열려 있는 대문 밖에서 어느 여자가 머리를 내밀었다. 여자와 시선이 마주친 애자가 고현수에게 눈짓으로 아는 여자냐고 물었다.

"인경이 아냐?"

고현수는 애경을 따라서 시선을 대문으로 옮겼다. 여자와 얼굴이 마주치는 순간 쪽마루에서 일어서며 지금까지와 다르게 활짝 웃는 얼굴로 반겼다.

"현수 씨 마침 집에 있었네."

백인경은 애자의 눈치를 살피며 조심스럽게 대문 안으로 들어섰다.

"애자야, 인사해. 아니 그럴 것이 아니고 같이 인사하지. 학산에서 승철이 과외선생을 하던 백인경, 이쪽은 승철이 큰누나 이애자."

"어머, 엄마한테 이름은 많이 들었어요. 엄마 말씀대로 미인이시군요. 제가 나이가 어리니까 앞으로 언니라고 불러도 되죠?"

애자는 고현수의 말이 끝나고 나서야 백인경을 자세하게 살폈다. 어깨까지 자연스럽게 기른 머리의 이마 부분은 살짝 고데를 했는지 웨이브가 진 모습이 아름다웠다. 대전 시내에서도 멋쟁이 여대생들 사이에 한참 유행을 하는 푸른색 투피스를 입었는데 목에서 어깨로 이어지는 선이 유난히 돋보이는 패션이다. 같은 여자의 눈으로 볼 때도 아름답다는 생각에 그녀의 손을 잡고 붙임성 있게 말했다.

"당연히 언니지, 근데 여기까지 웬일이야, 연락도 없이?"

"어머! 언니도 지금 서울에 계셔요?"

애자는 백인경이 충남대학교에 다니고 있는 걸로 알고 있었다. 의외라는 얼굴로 물었다.

"인경이도 방학이라서 학원에 등록했거든."

"어머, 대학생들도 학원에 다녀야 하나요?"

"대학생들이야 학원에 다닐 필요가 없지, 하지만 인경 씨는 고등고시 사법과를 준비하고 있거든."

"언니 참말로 대단해요. 제 꿈이 뭔지 아세요? 저도 이태영 변호사처럼 훌륭한 변호사가 되어서 억울한 여성을 위해 열심히 일을 하고 싶은 거예요. 하지만 머리가 안 따라서, 그냥 꿈만 꾸고 있는 거죠 뭐."

애자는 백인경도 고등고시를 준비한다는 말을 듣고 나니까 상대적 박탈감에 사로 잡혔다. 그러나 이내 공부를 좀 못할 뿐이지 백인경에게 뒤질 것이 없다는 생각에 일부러 밝은 표정으로 말했다.

"애자 학생은 성격이 활달해서 변호사가 되지 않아도 남성들 못지않게 훌륭한 일을 할 수 있을 거 같애."

애자에 비교해서 백인경의 목소리는 차분하고 여성스러웠다. 애자처럼 소리 내어 웃지도 않고 조용하고 얌전하게 웃었다.

"이러고 있을 것이 아니라 내 방에 들어가자. 모처럼 왔으니까 차라두 좀 마시고 가야지. 춘임 씨는 아직 안 오네? 애자야, 요 골목 안으로 쭉 걸어가면 만화 가게가 있거든. 거기 좀 다녀올래. 아무래도 승철이가 한 권만 더 보고 가겠다고 고집을 피우고 있는 것 같다."

고현수의 눈에 애자는 아직 철부지 여고생이고, 백인경은 성숙한 여인이었다. 사랑스러운 눈빛으로 백인경을 바라보고 있다가 애자에게 불쑥 말했다.

"알았어요 얼른 다녀올게요"

애자는 나이로 보나 처지로 보나 당연히 심부름을 해야 된다고 생각하면서도 기분이 나빴다. 백인경과 둘이서만 있고 싶어서 자신을 내쫓고 있다는 생각이 들어서였다. 하지만 기분 나쁜 내색을 할 수는 없었다. 승철이는 하필이면 이럴 때 만화 가게에 가 있을 것이 뭐냐고, 애꿎은 승철을 원망하며 대문 밖으로 나갔다.

관악산 기슭의 판자촌이 끝나는 지점부터는 연주대로 오르는 등산로이다. 등산로를 이십여 미터 올라가서 북쪽으로 휘감아 도는 모퉁이를 돌아서면 두 채의 움막이 있다.

멀리서 보면 여느 판잣집처럼 보이지만 가까이 가서 보면 영락없는 거지 소굴처럼 보이는 움막은 산에서 베어 온 오리목으로 기둥을 세우고 종이박스, 합석에 판자 등을 잇대어 붙인 벽에 출입문은 가마니를 늘어트려 놓았다. 10명이 생활을 하는 움막 안에는 온돌은 고사하고 마룻바닥도 없었다. 갈대와 짚을 두툼하게 깔아 놓고, 봉천동이나 신림동을 돌아다니며 빨랫줄에서 걷어 온 군용 모포나 이불이 깔려 있는 것이 전부다.

움막은 겨우내 음지에 갇혀 있다가 여름으로 접어들면서 아침부터 땡볕 속에 노출이 돼서 한증막이 따로 없었다. 부하들의 움막과 다르게 찰스박이나 손기문이 생활하는 움막은 겨울에 참새 눈물만큼의 볕 정도는 받을 수 있다. 바닥에도 짚을 깔아 놓은 것이 아니고 군용 간이침대에 썩 괜찮은 모포까지 있다. 지붕에는 기름을 먹인 박스를 깐 것도 미더워서 루핑까지 덮어 놔서 소나기가 쏟아져도 부하들의 움막과 다르게 비한 방울 스며들지 않는다.

손기문은 광목으로 만든 팬티 하나만 걸치고 움막 앞의 소나무 밑에 앉아서 눈 아래로 펼쳐지는 판자촌을 지그시 응시했다. 위에서 내려다보이는 판자촌의 지붕에는 어느 집이나 바람에 판자가 날아가지 않도록 돌을 드문드문 얹어 놓았다. 지붕이 새는지 군용 천막으로 지붕을 덮어 놓았거나, 검은색 루핑으로 땜질을 해 놓은 집도 많이 보였다.

미로처럼 얽혀 있는 골목에서 뛰어노는 아이들의 목소리가 종달새 울음소리처럼 맑게 울려 퍼진다. 허리가 구부정한 노파가 무거운 보따리를 머리에 이고 지팡이를 의지하고 올라오는 모습도 보인다. 등에 엿판을 짊어진 엿장수 뒤로 몇몇 아이들이 따라간다.

판자촌 밑으로 봉천동 시내 전경이 눈에 들어온다. 위에서 내려다보이는 봉천동은 지붕이 판자에서 슬래브나 기와, 혹은 초가지붕으로 바뀌었을 뿐 판자촌과 별로 다르지가 않다. 길 가운데 우마차가 지나가고 있는 곳이 봉천동에서 가장 번화가인 사거리통이다.

"날치 너 또 고향 생각하고 있는 걸 봉께 배때기가 부른 개비구먼."

가마니 위에서 늘어지게 낮잠을 자고 난 찰스박이 길게 하품을 하고 나서 중얼거렸다.

"쫑갑이 새끼 돌아올 시간이 됐는데 왜 안직 안 오는지 모르겄구먼."

손기문은 대장인 찰스박의 말에는 대꾸를 하지 않고 혼잣말로 중얼거렸다. 열두 살의 쫑갑이는 손기문이 아끼는 동생이다. 고향이 같은 충청도라는 점도 있지만 다른 거지들처럼 6·25 때 부모를 잃어버리지 않고 다섯 살에 개가를 한 어머니와 생이별을 했다는 공통점 때문에 은근히 마음이 쓰였다.

"또 어디서 뚜룩질 하다가 걸려서 신나게 허벌나게 먼지 털고 있는지도 모르지. 담배 있냐?"

찰스박이 쑥대머리를 박박 긁다가 손을 내밀었다.

"쫑갑이가 언지 뚜룩질 하는 거 봤슈?"

손기문은 귓등에 꽂아 두었던 꽁초를 찰스박에게 내밀었다.

"쫑갑이야 사흘 굶는 한이 있드래도 뚜룩질은 안 하겠지. 하지만 쫑갑이를 따라 나선 메뚜기는 뚜룩질 전문 아니냐. 메뚜기가 뚜룩질하다 걸리면 저 혼자 그냥 도망쳐 올 쫑갑이 놈이 아니니까 하는 말이지."

"대장이 뚜룩질을 못하게 시키면 되잖아. 메뚜기 놈이 뭐든 훔쳐 가지
고 오면 대장이 잘했다고 칭찬해 주고, 안직 대가리에 피도 안 마른 놈
한테 담배도 주고 쇠주도 따라 주고 항께 뚜룩질 하는 습관을 못 버리
잖여."

"날치야, 사람이 밥만 처먹고 살 수 있냐? 사람이 밥만 먹고 산다면
짐승하고 머가 틀려. 사람잉께 담배도 피워야 하고, 한 달에 한 번 정도
는 때깔 나게 옷 갈아입고 니나노 집에 가서 꼭지가 돌 때까지 마셔도
보는 거잖여. 그러려면 쇗가루라는 것이 있어야 하는 법이라구. 얼른 돈
을 모아서 미국에 있는 찰스를 찾아갈라면 뭔 짓은 못하겠냐?"

찰스박은 손기문보다 나이가 5살이나 많은 23살이다. 그런데도 손기
문의 말을 순순히 받아 주는 것은 손기문의 지위가 부대장이라는 점도
있지만, 손기문은 화가 나서 눈빛이 돌아갔다 하면 죽는 것을 두려워하
지 않고 달려드는 깡다구를 무시할 수 없기 때문이다. 손톱크기 밖에 되
지 않는 담배를 손가락 끝으로 잡고 쭉 빨아들이고 나서 콜록거리며 기
침을 했다.

"돈 모아서 미국에 있는 찰스 찾아간다는 말은 안 하는걸 봉께 어짓
밤에 마신 술은 다 깼능개비구먼."

손기문은 소나무에 등을 기대며 옆에 있는 풀잎을 뽑아서 입에 물었
다. 찰스는 전쟁고아 박창배가 미군부대 영내에서 구두닦이를 하면서
알게 된 흑인병사다. 피부색은 다르지만 박창배를 친동생처럼 보살펴
주는 유일한 인간이었다. 찰스는 귀국을 했지만, 스스로 별명을 찰스박
이라고 붙인 박창배는 술에 취하면 돈을 모아서 언젠가 미국에 있는 찰

스를 찾아가겠다는 말을 자주한다. 그 말이 취중농담이 아니라는 걸 증명이라도 하듯, 10여 명의 부하들에게 종종 은근히 도둑질을 시켰다. 찰스박이 뚜룩질 운운하는 걸 보니 종갑이 패거리에게 도둑질을 해 오라고 시켰을 것이라고 생각하며 풀잎을 자근자근 씹었다.

"날치야, 찰스가 나한테 뭐라고 했냐 하면 자고로 남자는 꿈이 있어야 한다고 했다. 꿈이 없으면 평생 구두만 닦다가 굶어죽는 수밖에 없다고 말했단 말이다. 나는 찰스 말을 믿는다. 거지라고 해서 꿈이 없다면 개나 소하고 뭣이 틀리겠냐."

"대장이 그런 말을 할 때면 내가 뭔 생각이 드는 줄 아슈. 대장은 이런 곳에서 썩기는 참말로 아깝다는 생각이 많이 드는구먼. 나 같은 놈은 꿈을 갖고 싶어도 갖고 싶은 꿈이 없응께 하는 말여."

"넌 꿈이 없는지 몰라도 깡다구가 있잖여. 신림동하고 봉천동 싸잡아서 난곡 날치 하면 다 알아 주잖아. 너만큼 깡다구가 있으면 세상 살아가는데 지장 없으니까 대빵이지 머."

"내가 깡다구가 센 거시 아니고, 안 죽을라면 무슨 짓을 못햐……"

거지가 배부르고 등 따시면 낮잠을 자거나 옷 까집어서 이 잡는 일밖에 없다. 여름에는 거의 옷을 벗고 지내는 편이라서 이 잡을 일도 없다. 부하들이 돌아오기 전까지 할 일이 없는 찰스박은 다시 침대에 누워서 하품을 하고 눈을 감는다. 손기문은 자근자근 씹던 풀잎을 뱉어 버렸다. 다른 풀잎을 뽑아서 손가락에 뱅뱅 돌려 감으면서 찰스박의 이마에 길게 나 있는 흉터를 바라본다. 아직 완전히 아물지 않은 흉터는 한 달 전에 각목 모서리로 찍어 버린 상처 때문에 생긴 것이다.

고아원에서 탈출을 해서 봉천동까지 왔지만 너무 춥고 어두워서 어디로 가야 할지 막막하기만 했다. 바람 피할 곳을 찾아서 골목을 헤매다가 토관으로 된 굴뚝에서 연기가 나고 있는 것이 보였다. 집 안에 불이 켜져 있는 걸로 보아서 새벽밥을 짓고 있는 것 같았다. 굴뚝에 손을 대보니까 따뜻했다. 언젠가 거지들이 굴뚝을 껴안고 잠을 자면 얼어 죽지 않는다는 말을 들은 것이 떠올랐다.

"어쭈! 어디서 굴러들어 온 말 뼈다귀인지 모르지만 팔자 한번 늘어졌군. 야, 이 새꺄! 너 어디서 왔어?"

긴장이 풀렸던 탓일까. 날이 새는 줄도 모르고 잠을 자고 있는데 누군가 퍽, 소리가 나도록 머리를 휘갈기는 통에 눈을 떠 보니 닭대가리가 서 있었다.

"시팔! 왜 때려."

"허! 새끼, 이거 아주 맹랑한 놈이군. 너 고아원에서 탈출한 놈이지? 따라와."

닭대가리가 다짜고짜 손기문의 귀를 잡아당기며 앞으로 갔다.

"시팔! 죽여 버릴 거여!"

손기문은 고아원의 철조망을 넘는 순간부터 세상이 결코 호락호락하게 품 안을 벌려 주지는 않을 것이라고 믿었다. 닭대가리가 비록 나이는 많아 보이지만 고분고분 말을 들을 필요는 없다는 생각에 힘껏 뿌리치며 돌멩이를 주워들었다.

"이 새끼, 이거 보통은 넘구먼. 까불지 말고, 날 따라와. 너 지금 임마 갈 데가 없다는 거 다 알고 있어. 나 따라가면 고아원에서 탈출한 놈들 많아. 그러니까 개폼 잡지 말고 따라와, 내가 배가 터지도록 먹게 해 줄 테니까."

닭대가리는 일순간 당황했으나 가소롭다는 표정으로 손가락을 까닥거리며 돌아섰다.

손기문이 보기에 닭대가리와 함께 서 있는 종갑이는 거지가 분명했다. 우선은 배가 고프기도 했고, 고아원을 탈출 할 때부터 최악의 순간에는 거지가 될 각오를 하고 있었기에 어디 갈 때까지 가 보자는 얼굴로 따라 나섰다.

"야, 임마. 단화하고 양키잠바는 너한테 어울리지 않으니까 벗고, 이 옷으로 갈아입어."

손기문을 움막으로 데리고 간 닭대가리는 찰스바에게 소개를 시키기 전에 단화와 잠바부터 벗으라고 했다. 손기문은 어차피 거지 생활을 할 바에는 닭대가리의 말을 듣는 수밖에 없어서 단화와 잠바를 벗어 주었다.

손기문은 그날부터 종갑이를 따라서 동냥하는 법을 배웠다. 동냥을 하는데 있어서 철칙이 있는데 밥때를 맞춰서 동냥을 나가면 절대로 안 된다. 밥을 먹고 나서 한 시간 정도 지난 뒤에 동냥을 해야 남은 밥이나, 개밥으로 가게 될 잡탕밥이라도 동냥 할 수가 있다. 처음 이틀은 '동냥하러 왔슈. 밥 좀 주세유.'라는 말이 나오지 않아서 종갑이 뒤를 졸졸 따라다니기만 했다.

목소리가 제대로 나오기 시작한 것은 머리카락은 땟물에 젖어서 쑥대머리가 되고, 세수를 못해서 새카만 얼굴에 눈만 반짝반짝거리고, 시커먼 손등은 얼어서 피가 말라 붙을 무렵이다. 가게 앞을 지나가다 우연히 유리에 투영되는 모습은 바라봤다. 고아원에 있을 때의 손기문은 간곳이 없고 영락없는 거지 한 명이 깡통을 들고 서 있었다.

'하늘에서 병삼이가 봐도 몰라 보겠구먼.'

불과 삼일 밖에 되지 않았는데도 놀랍도록 변해 버린 모습에 고아원에서 규율부원들에게 맞아 죽은 김병삼의 얼굴이 겹쳐지는 순간 용기가 났다. 더 이상 세상에 부끄러울 것도 없다는 생각이 들면서 저절로 타령조의 밥 좀 달라는 소리며, 한 푼만 적선합쇼, 라는 소리가 구성지게 흘러 나왔다.

"거지팔자 상팔자라는 말이 왜 나왔는지 아냐? 한 달 정도만 지나면 세상에서 최고로 편한 직업이라는 것을 알게 될 것이다."

춥고 배고픈 것이 거지팔자라고 하지만 반드시 그렇지는 않았다. 한 달 정도 지나서 동냥하는 것도 몸에 배고 나니까 생활환경이 고아원보다 오히려 낳았다. 고아원처럼 언 손을 비벼가며 청소를 할 필요도 없고, 후원자들 앞에서 잘 보이기 위해 노래나 무용을 배우지 않아도 되고, 정해진 시간에 일어나고 취침을 하지 않아도 괜찮았다. 무엇보다 항상 배가 부르도록 밥을 먹을 수 있다는 것이 좋았다.

하루해가 짧은 한겨울에는 하루 종일 동냥을 다니는 것이 아니다. 잔 칫집이나 초상집이 없을 때는 아침과 점심때만 동냥을 다녔다. 저녁은 점심때 얻어 온 동냥을 깡통에다 끓여 먹었다. 그도 없으면 맹물로 물을 채우고 굶고 자는 수밖에 없었다. 삭풍이 몰아치는 겨울밤에도 젖먹이 강아지들처럼 서로 엉켜서 잠을 자면 어느 때는 땀이 날 때도 있었다.

겨울이 가고 날씨가 풀리면서 활동 반경도 봉천동에서 신림동까지 넓어졌다. 신림동을 지키고 있는 껌둥이파 거지들이 있지만 찰스박파보다 인원이 5명이나 적어서 상대가 되지 않았다. 활동반경이 넓어지면서 언어 오는 음식 가지 수도 많아졌다. 어느 때는 정육점에서 돼지비계를 무겁도록 얻어 오기도 하고, 생선 가게에서 썩은 생선을 얻어 오기도 했다. 돼지머리를 통째로 얻어 오는 날은 찰스박이 숨겨 놓은 돈 중에서 얼마를 꺼내서 소주를 받아 오라고 시켜 취하도록 마셨다.

한 달 전이다. 점심 동냥을 나갈 무렵부터 앞이 보이지 않을 정도로 소나기가 쏟아졌다. 가랑비라면 몰라도 억수같이 소나기가 쏟아지는 날은 동냥을 나갈 수가 없다. 점심은 거르고 세 시 무렵에 비 오는 날을 대비해서 비축해 놓은 보리쌀에 김치며, 콩나물 무침, 파전에다, 잔칫집에서 얻어온 부침에, 두부전 등을 섞어서 짬밥을 끓여 먹었다.

"너, 이 새끼 누구 맘대로 콩새 밥 주라고 했어. 내가 일하지 않은 놈은 밥 주지 말라고 했어, 안 했어?"

손기문은 늦은 점심을 먹고 낮잠이나 잘 생각으로 눈을 감았다. 천장에서 새는 비를 받을 목적으로 깡통이며, 바가지, 양은냄비 등을 총동원했더니 시끄러워서 쉽게 잠이 오지 않았다. 모로 돌아눕고 있는데 거적이 거칠게 들춰지면서 빗소리가 움막 안으로 빨려 들어왔다. 움막 안으로 들어온 닭대가리는 종갑이한테 달려가서 발로 차버리며 인상을 썼다.

"콩새가 나가기 싫어서 안 나간 것이 아니잖아. 어젯밤부터 아파서 아침도 못 먹었단 말여."

깡통을 들고 동냥을 하려면 이유 없이 얻어맞기가 일쑤다. 종갑이는 단화를 신은 발로 픽 소리가 나도록 넓적다리를 얻어맞았는데도 발딱 일어서서 뒷걸음을 쳤다.

"이 새끼가, 뭐 잘했다고 싸가지 없이 말대꾸여! 그렇지 않아도 몸이 근질근질 하던 참에 잘됐다. 너 이 새끼 똑바로 서."

"잠깐 내 말 좀 들어 봐."

동냥을 나갈 때는 혼자 나가지 않는다. 혼자 동냥을 나갔다가는 동네 청년들한테 이유 없이 뭇매를 맞을 수도 있고, 다른 구역으로 도망을 칠 수도 있다. 그래서 항상 서너 명씩 패를 만들어서 동냥을 나간다. 종갑이와 콩새, 메뚜기는 손기문이 데리고 다니는 패거리였다. 손기문은 구경만 하고 있을 상황이 아니라는 생각에 종갑이와 닭대가리 사이를 가로 막았다.

"넌, 또 머여. 이 새꺄!"

닭대가리는 열아홉 살이다. 닭대가리라는 별명이 붙은 것은 늘 머리를 감지 않아서 머리카락이 닭 벼슬처럼 쭈뼛하게 서 있을 때가 많아서였다. 앞을 가로 막는 손기문이 뭐라고 변명을 할 틈도 주지 않고 단화를 신은 발로 정강이를 차 버렸다.

"콩새가 동냥을 나가기 싫어서 나간 것이 아니란 말여. 아파 죽겠는데 워티게 나가! 아픈 사람은 밥도 먹지 말란 말은 아프면 뒈지라는 말과 뭐가 틀려!"

손기문이 정강이를 껴안고 뒹구는 동안 종갑이가 구석으로 물러서면서 악을 썼다.

"어쭈, 이 새끼들이 간덩이가 뵀구먼. 그려, 떼로 덤비겄다, 이거여. 모두 기상!"

"내가 맞을 텨. 내가 종갑이를 시켜서 콩새한테 짬밥 갖다 주라고 했구먼. 그랑께 나를 때리란 말여."

"쌔끼, 뒈질라고 아주 빽을 쓰는 구먼. 이 앞에서 당장 엎드려!"

닭대가리는 짬밥은 배불리 먹었겠다, 비는 주룩주룩 쏟아지겠다, 잠은

오지 않겠다. 뭐 시간 보낼 소일거리는 없나 하고 궁리를 하다가 오줌이 마려워서 움막 밖으로 나갔다. 찢어진 우산을 어깨에 걸고 오줌을 갈기 다가 빗물로 깡통을 씻고 있는 콩새를 봤다.

'저 자식 아프다고 아침부터 누워 있던 놈 아녀.'

찰스박파의 규칙은 이유를 불문하고 동냥을 얻어 오지 못하면 굶어야 한다. 콩새가 깡통을 씻고 있는 걸 보면 어떤 놈인지 짬밥을 줬다는 결 론이다. 느닷없이 콩새의 귀뺨을 올려붙이고 나서 어떤 놈이 짬밥을 줬 느냐고 물어 보니까 눈물을 터트리면서 종갑이 이름을 댔다. 심심하던 참에 종갑이 놈이나 패야겠다는 생각으로 움막 안으로 들어 왔더니 엉 뚱하게 낯치가 엉겨 붙었다. 이 기회에 군기를 잡아야겠다는 생가에 눈 에 보이는 각목을 챙겨 들었다.

손기문은 고아원에서 어릴 때부터 철규를 비롯한 규율부원들한테 엉 덩이를 수시로 얻어맞은 경험이 많아서 두렵지가 않았다. 닭대가리 앞 에 엎드려서 이빨을 악물고 엉덩이에 힘을 잔뜩 줬다. 힘이 잔뜩 들어간 각목이 엉덩이를 강타하는 순간 허리가 휘청거리도록 아팠다. 그러나 비명 소리를 내지 않고 다시 자세를 바로 잡았다.

"어쭈, 요 새끼 봐라. 짬밥 좀 배불리 먹었다 이거지."

닭대가리는 손기문이 반항이라도 하는 것처럼 비명소리를 내지 않고 버티는 모습에 화가 더 치밀어 올랐다. 그렇지 않아도 하루가 다르게 덩 치가 커가는 것 같은 느낌이 드는 손기문이 눈에 가시처럼 꼴사납게 보 였다. 오늘 두 번 다시는 대들지 않도록 단단히 버릇을 고쳐 놓겠다는 생각으로 있는 힘을 다하여 각목으로 내려쳤다.

"씨팔, 너희들은 내가 아까 한 말 못 들었어. 빨리 엎드리지 못하겠어!"

손기문은 닭대가리가 지칠 때까지 각목을 날렸으나 엉덩이가 찢어져 피가 나도 끝까지 버텼다. 닭대가리는 비명을 지르지 않고 당당하게 버티고 있는 손기문을 계속 때려봐야 소용없다고 판단했다. 지친 얼굴로 담배를 입에 물며 부하들에게 호통을 쳤다.

"이라믄 약속이 틀리잖여!"

닭대가리의 말에 겁에 질린 얼굴로 서 있던 부하들이 하나둘 엎드렸다. 엉덩이가 찢어져서 뜨끈뜨끈한 피가 팬티를 적시고 있어도 고통을 참고 있던 손기문이 닭대가리를 막아섰다.

"어쭈, 이 새끼 봐라. 내가 너하고 언제 약속을 했냐? 그라고 너하고 약속을 했다 처더라도 내 맘대로여. 내가 약속을 깨고 싶으면 깰 수 있다 이거여! 그랑께 넌 비켜!"

"못 비키겠어."

손기문은 찢어진 엉덩이에서 흐르는 피가 넓적다리를 타고 장딴지를 거쳐 고무신 안으로 들어가고 있어도 내색을 하지 않았다.

"이 새끼가, 그동안 좀 봐줬더니 아주 겁대가리를 상실했구먼. 너, 이 새끼 오늘 곡소리 날 줄 알아!"

"야! 씨팔! 니가 약속을 안 지키면, 나도 널 부대장이라고 생각 안 할 껴."

닭대가리가 살기가 번쩍이는 눈빛으로 각목을 정면으로 치켜 올렸다. 손기문은 각목에 맞으면 정말로 죽을 수도 있다는 생각이 번뜻 들었다. 거의 본능적으로 날치라는 별명에 어울리도록 옆으로 비켜서면서 닭대가리의 복부를 힘껏 내 질렀다.

"너! 너!"

닭대가리는 손기문이 자신을 가격 할 것이라고는 상상도 못했다. 방심하고 있던 순간이어서 복부를 강타 당하는 순간 위장이 찢어지는 것처럼 통증이 밀려와서 숨이 턱 막혔다. 순간적으로 등에 진땀이 주르르 흐르는 것을 느끼며 무릎을 털썩 꿇었다.

"형! 그 새끼 죽여 뻐려!"

하얗게 질려 있는 콩새 옆에 서 있던 종갑이 날카롭게 외쳤다. 손기문은 어차피 건너오지 못할 강을 건넜다고 판단했다. 어설프게 팼다가는 찰스박까지 합세를 해서 몰매를 가하면 죽을 수도 있을 것이다. 닭대가리가 놓친 각목을 집어 들어서 가까스로 일어서려는 어깻죽지를 힘껏 갈겨 버렸다. 어깨뼈가 부서지는지 각목을 통해서 전해지는 느낌에 뿌지직거리는 소리가 나는 것 같았다.

"그만! 참말로 죽었어!"

닭대가리의 얼굴이 창백해지면서 옆으로 푹 고꾸라졌다. 손기문은 지체하지 않고 마구 발길질을 하기 시작했다. 닭대가리가 비명도 지르지 않고 걸레처럼 뭉개지는 모습을 지켜보던 종갑이가 달려들어서 말렸다.

"뭐야!"

손기문이 닭대가리를 초죽음 시켜 놓은 동안 움막을 빠져 나간 아이 중 한 명이 찰스박을 데리고 왔다. 모처럼 양복을 빼입고 외출준비를 하고 있던 찰스박이 화가 난 얼굴로 움막 안으로 뛰어 들어왔다.

"에이, 시팔!"

손기문은 이판사판이라는 생각에 양복차림으로 뛰어 들어오는 찰스박의 이마를 향해 각목을 날렸다.

"악!"

찰스박의 이마에서는 금방 붉은 피가 솟구쳤다. 노란색 양복이며 흰색 와이셔츠를 빨갛게 적시며 뒷걸음을 쳐 도망을 쳤다.

"다 죽여 버릴 껴!"

움막 밖에는 소나기가 내리고 있었다. 찰스박은 손등을 빨갛게 적시며 뒷걸음을 치다가 미끄러져 벌렁 누웠다. 손기문은 눈에 보이는 것이 없었다. 두 놈 모두 죽어 버리고 여길 뜨면 그만이라는 생각에 각목을 치켜 올렸다.

"나……날치야. 지……진정하고 우리 타……타협하자!"

"타협 필요 읎어, 기생충 같은 네 두 놈을 죽여 버리고 여길 떠버리면 그만이란 말여!"

"다……닭대가리는 글러 버린 거 같응께, 날치 니가 부대장 하면 되잖여. 부대장 하란 말여!"

찰스박의 양복은 핏물이 섞인 빗물과 진흙에 엉망이 되어 버렸다. 각목을 치켜들고 있는 손기문을 달래지 못하면 죽을지도 모른다는 생각에 필사적으로 말했다.

"그 말이 참말여!"

"그……그려! 아까 봉께 닭대가리 완전히 뭉개졌더라. 그랑께 당연히 네가 부대장 해야지."

"난중에 딴소리 하믄 그때는 대장 죽고 나 죽고 하는 거여!"

손기문은 억수같이 쏟아지는 비를 맞으니까 어느 정도 흥분이 갈아앉으면서 냉정을 되찾았다. 그래도 여차라면 목을 갈겨 버리겠다는 얼굴로 각목을 비스듬하게 치켜 든 자세로 물었다.

"그걸 말이라고 하냐. 찰스박은 닭대가리하고 틀려. 미군들처럼 약속 하나는 똑소리가 나도록 지키는 놈이라구."

움막 안에 있던 부하들이 우르르 뛰어 나왔다. 모두가 약속이나 한 것처럼 손기문의 뒤에 서서 찰스박을 지켜봤다. 피투성이가 된 찰스박은 부하들 앞에서도 사정을 할 수는 없었다. 얼굴을 타고 흘러내리는 피가 빗물에 섞여 땅바닥을 검붉게 물들이고 있어도 손기문에게 손을 내밀었다.

"뭣들하고 있어! 대장님 다쳤잖어!"

손기문은 찰스박이 내미는 손을 꽉 잡았다. 손기문의 피 묻은 손바닥에서 전해지는 감촉이 이외로 따뜻하다는 것을 느끼는 순간 부하들에게 지시를 했다.

"닭대가리 시립병원에 데려다 주고 와."

움막으로 들어가 보니까 기절해 있던 닭대가리가 고통스럽게 뒤척이고 있었다. 어깻죽지가 바스러졌는지 스스로 일어서지 못하고 한쪽 팔로 바둥바둥거렸다. 피투성이가 된 찰스박은 패자를 쳐다보지도 않고 싸늘하게 지시했다.

종갑이와 동냥을 나갔던 콩새와 똘똘이가 헐레벌떡 뛰어 올라오는 모습이 보였다. 손기문은 그들의 모습이 심상치 않다는 것을 느끼며 벌떡 일어나서 아래로 뛰어 내려갔다.

"기……기문이 형! 큰일 났어. 시……시방 종갑이하고 메뚜기가 신림 동 껌둥이파 새끼들한테 은어 맞고 있어."

나이가 열두 살이지만 키나 체구가 국민학교 삼학년 정도 밖에 되지 않은 콩새가 개처럼 숨을 헐떡거리며 아래를 손짓했다. 얼굴이 흑인처럼 검어서 껌둥이라는 별명이 붙어 있는 조동팔이 대장인 껌둥이파가 봉천동을 넘어 오는 경우는 없었다. 오히려 찰스박파가 신림동을 자유자재로 돌아다니며 구걸을 하고 있다.

"뭐라고, 깜둥이 새끼들! 지금 어디 있냐?"

손기문은 껌둥이파에 새로운 놈이 들어왔을 것이라고 짐작했다. 숫자로 보나 껌둥이 배짱으로 보나 종갑이와 메뚜기를 건들지 못할 것이라는 생각에 빠르게 물었다.

"시……신림시장 뒷골목에 있어."

똘똘이가 가쁜 숨을 달래느라 소나무를 양손으로 잡고 헐떡거리는 목소리로 말했다.

"이 새끼들 그렇지 않아도 손 좀 봐 줄 생각이었구먼. 콩새 너는 대장한테 보고해서 신림시장 뒷골목으로 오라고 햐."

손기문은 장딴지에 묶여 있는 단도를 확인을 하는 둥 마는 둥 아래로 내달려 가기 시작했다.

제7장

1
9
6
2
년

밤길

배 속의 아는 저 혼자 기를 수 있슈.
워디 변두리 같은 데 방 한 칸만 은어 주시믄,
지가 워탁하든 사장님한테 피해 안 주고 기를 팅께 아를 낳게 해 주셔유.
잘못이야 어미인 제가 잘못이 있는 거지
배 속에 있는 아가 먼 잘못이 있겠슈.

옥매(玉梅), 납매(臘梅), 다매(茶梅), 수선(水仙)을 설중사우(雪中四友)라고
하는데 모두 눈을 뚫고 피는 꽃이라 해서 불리는 이름이다. 이 중에 납
매는 음력 섣달에 피는 꽃이라 해서 가장 먼저 피는 꽃이다. 영하의 추
위를 이겨내고 피는 매화가 지고 나면 비봉산 여기저기에 진달래꽃 무
덤이 발갛게 생겨난다.

진달래가 피기 시작하면 어둠골에 나무를 하러 갔다 오는 남정네들의
지게에는 으레 진달래가 한 아름씩 꽂혀 있기 마련이다. 겨우내 방 안에
서 갇혀 놀던 아이들이 웅성거리기 시작하는 둥구나무 밑으로 나뭇짐을
지고 들어가면, 아이들이 만세를 부르며 몰려온다. 그럼, 나무를 해오던
이는 싱긋이 웃으며 지게를 세우고 진달래를 사이좋게 한 웅큼씩 나누

어 준다. 아이들은 새콤하기도 하고, 약간 단맛이 나는 진달래 꽃잎을 먹는다. 입술이 진달래 꽃잎으로 파랗게 물이 들 즈음에는 서로 혀를 쓱 내밀며 혀에 누가 더 많이 진달래 꽃물이 들었는지 자랑을 한다.

아이들은 천방지축으로 뛰어다니며 봄을 재촉하고 있지만 어른들은 이미 비어 버린 쌀독을 바라보며 허리띠를 졸라매는 시기이기도 하다. 점심을 거르기 일쑤고 저녁에도 보리 한 줌에 쑥이며 냉이를 넣은 멀건 나물죽도 귀하다.

쑥은 산기슭이나 양지바른 골짜기며 논둑이나 방천둑에 많이 피어난다. 냉이며 씀바귀는 밭고랑이나 집 주변의 언덕 같은 곳에서 쉽게 볼 수 있다. 박태수의 과수원은 양지인데다 밑거름이 좋아서 유난히 냉이며 씀바귀며 달래가 많다. 그래서 처자들은 종다리나 소쿠리를 들고 일단 박태수네 과수원부터 들려서 더듬은 다음에야 또랑 건너 저 건너로 가거나, 비봉산 기슭으로 올라가거나 벌똥골 쪽으로 방향을 틀었다.

승우는 상고머리에 검은색 교복을 입었다. 왼쪽 가슴에는 코를 흘릴 때 닦을 손수건을 길게 접어서 핀으로 꽂고 운동화를 신고 마당으로 내려섰다.

"승우야, 진짜로 학산까지 걸어갈 수 있어?"

승우가 어깨에 맬 책가방을 든 보은댁이 걱정스러운 얼굴로 물었다.

"응, 인숙이도 걸어 가잖여."

"인숙이는 호적으로는 여덟 살이지만 집 나이로는 아홉 살여. 너 보담 한 살 많응께 걸어 갈 수도 있지."

"그 대신 인숙이는 여자고 나는 남자잖여. 책가방 줘. 내가 메고 갈 팅께."

"승우야, 남자여자가 아니고, 그냥 동무라고 해야지. 동무. 동무끼리는 항상 사이좋게 지내야 하능 겨. 콩 한 쪼가리가 있어도 같이."

옥천댁은 대견스러운 표정으로 승우를 바라보다가 박태수의 얼굴이 떠올라서 가슴이 덜컥 내려앉았다. 보은댁에게서 받은 책가방을 승우의 어깨에 메주며 부드럽게 말했다.

"이럴 때 점순이가 있으믄 여간 좋아. 핵교까지 따라갔다가, 끝나믄 같이 델고 오믄 걱정 할 필요가 읎잖여."

보은댁이 안스러운 얼굴로 승우를 바라보며 말했다.

"어머님 생각도 옳으시지만 외려, 츰부터 혼자 댕기게 하는 것이 좋아유."

이병호 장사를 치르고 나서 점순이를 집으로 보냈다. 이병호가 있을 때처럼 잔심부름을 시킬 일도 없는데다 부엌떼기로 부려 먹기에는 반찬 솜씨가 도통 늘지가 않아서였다. 옥천댁은 보은댁의 말을 부드럽게 받아 넘기며 승우의 교복을 쓰다듬었다.

"남녀칠세부동석이라고 하는 말이 왜 생겼는지 알겠구먼. 승우야, 인숙이는 여자가 아니고 기냥 동무여. 동무로 생각하고 같이 핵교를 댕겨야 하는 거여. 알겠지?"

"할머, 인숙이는 내 동무여. 동무가 학교 갱께, 나도 학교 가는 거여."

"그려, 그려! 어이구 이쁜 강아지. 동무 따라 강남 간다는 말을 들어봤어두, 동무 따라 핵교 간다는 말은 츰 들어 보는구먼. 어여 가자. 인숙이가 기다리겄다."

보은댁이 책가방을 어께에 맨 승우의 손을 잡았다.

"어머님, 오늘은 지가 학교까지 따라갔다고 올 팅게 어머니는 기냥 집에서 계셔유."

옥천댁이 승우의 반대편 손을 잡으며 말했다.

"아니다, 우리 손주 핵교 가는데 할머가 배웅을 안 하믄 누가 하겄어. 핵교까지는 못 따라가도 둥구나무 거리까지는 배웅을 해 줘야겄다. 승우야 어여 가자."

보은댁은 문득 죽은 이병호가 생각났다. 이병호가 살아서 승우가 학교 가는 모습을 봤다면 얼마나 좋아했을까, 라는 생각이 들어서 눈물이 났으나 얼른 닦고 승우를 바라보며 웃었다.

"어머님, 아버님 생각이 나셔서 그래유?"

"승우를 낳았을 때 을매나 좋아하셨냐? 그렇게 좋아하시던 승우가 다 커서 저 혼자 학산에 있는 핵교까지 걸어간다고 하는 설 보셨으믄, 을매나 좋아하셨을까 하는 생각을 항께 나도 모르게 그만……."

"저승에서 보시고 웃고 계실 팅께 너무 섭섭해 하지 마셔유."

옥천댁도 보은댁의 말을 듣고 보니까 이병호의 얼굴이 떠올라서 콧등이 시큰했다.

"어머, 왜 그랴?

승우가 걸음을 멈추고 물었다.

"우리 승우가 십 리 길을 걸어서 핵교 댕긴다고 생각항께 너무 좋아서 눈물이 나는구먼."

옥천댁은 애써 웃는 얼굴로 승우의 머리를 쓰다듬어 주며 걸었다.

둥구나무 거리에는 동네 사람들이 많이 나와 있었다. 머리를 단발로 깎은 인숙이는 집 앞에서 청산댁과 함께 서 있었다. 상규네의 모습은 보이지 않았다.

"어이구, 승우 오늘부터 핵교 댕기는구나."

"참, 세월 빨라. 벌써 승우가 핵교를 댕기다니."

"승우야, 너 참말로 혼자 십 리 길을 걸어댕길 수 있어?"

"일주일만 댕기다 보믄 이골이 나서 다리 아픈 줄도 모르고 댕길 껴."

옥천댁이 둥구나무 거리에 도착하자 아낙네들이 모여들어 한 마디씩 던졌다. 보은댁은 연신 터져 나오는 웃음을 감추느라 순배 영감이며, 변쌍출이나 박평래가 하는 인사를 제대로 받지도 못했다.

"인숙아, 빨리 학교 가자."

승우는 보은댁과 옥천댁이 잡은 손을 풀고 인숙이 앞으로 달려갔다.

"그래, 어여 가자."

상규네가 방에서 나오며 승우를 보고 웃으며 말했다. 한복을 곱게 차려 입은 옥천댁과 다르게 상규네는 광목을 검게 염색한 치마와 흰색 저고리에 봄 스웨터를 걸친 차림이었다.

"인숙이가 우리 승우 땜시 한 해 늦게 학교를 댕셔서, 워쩐다?"

옥천댁이 인숙이의 머리를 쓰다듬으며 부드럽게 물었다.

"어머하고 아부지하고 괜찮다고 했슈. 외려 승우하고 같이 학교를 댕기믄 공부를 더 잘 할 수 있다고 했슈."

"어이구, 그랬어?"

"암만해도 또래끼리 같이 댕기믄 좋잖아유."

상규네가 옥천댁을 바라보며 말했다.

"이해해 주싱게 다행이네유. 즈희는 승우를 내년에 보낼라고 했는데 인숙이하고 같이 댕기겄다고 하도 때를 쓰길래."

"그라고 봉께 서로 양보를 한 셈이네유."

상규네가 웃는 얼굴로 승우를 바라보았다. 인숙이 손을 잡고 있는 승우는 누가 보더라도 있는 집 아들다운 티를 내고 있었다.

"어머님, 그럼 댕겨 올께유."

옥천댁은 상규네가 방에서 나오는 모습을 보고 보은댁에게 인사를 했다.

"그려, 안직 시간이 넉넉항께 너무 빨리 걷지 말고 찬찬히 댕겨 와."

보은댁은 상규네가 허리를 숙여 인사를 하자 손을 흔들어 보이며 웃는 걸로 대답을 대신했다.

"학산까지 워티게 걸어가시려고? 우리야 밥 먹고 하는 일이 일하고, 걸어 댕기는 것이 전부라서 늘 가는 질이지만……"

상규네가 옥천댁 앞으로 가서 걱정스럽다는 표정을 지어 보였다.

"저도 들에 나와서 일은 안하지만 집에서 이런저런 일을 하루 종일 하고 있구만유. 오늘처럼 바람도 좋은 날, 인숙이 어머하고 이런저런 야기를 함서 학산 댕겨 오는 것도 좋은 일유. 그러니, 어여 가유."

옥천댁은 햇볕에 그을리고 바람에 시달려서 나이가 대여섯 살은 더 먹어 보이는 상규네 앞에서 고개를 반듯하게 들 수가 없었다. 엇비스듬한 위치에서 인숙이하고 같이 서 있는 승우를 바라보며 말했다.

"그람, 출발해 볼까유?"

상규네는 너럭바위에 앉아 있는 순배 영감이며, 박평래나 변쌍출에게 목례를 하고 둥구나무 거리를 나섰다.

둑방에 올라갈 때까지 상규네와 옥천댁은 약속이나 한 것처럼 입을 다물고 걸었다. 둑방 위에 올라서서 옥천댁이 과수원을 이렇게 가찹게 보니께 대단하구먼유……라고 혼잣말로 중얼거렸다.

"안즉 몰라유, 낭구가 성목이 돼야 안심을 하지, 또 위티게 될란지……"

상규네는 새삼스럽다는 얼굴로 과수원을 휘이 둘러보았다. 낭창낭창하게 서 있는 사과나무 묘목들이 바람에 몸을 흔들다가, 바람이 멈추니까 꼿꼿하게 하늘을 바라보며 서 있는 광경을 바라보며 천천히 걷다가 갑자기 생각났다는 얼굴로 다시 입을 열었다.

"승우가 대단하네유. 학산에서 댕기면 편할 텐데……"

상규네는 말을 하다 생각해 보니 옥천댁의 아픈 구석을 건드린 거 같아서 슬그머니 입을 다물었다.

"학산 춘임이는 서울에 가 있구, 집은 세를 놨구만유."

옥천댁은 들례의 얼굴이 떠올랐다. 살아 있다면 어느 하늘 밑에서 무엇을 하고 있는지 모르지만 행복하게 살고 있었으면 좋겠다는 생각이 들었다.

동대문에서 신설동 가는 쪽에 있는 중앙산부인과 건물은 큰길과 넓은 골목 모퉁이에 있다. 큰길 쪽으로는 건물 앞에 화단이 조성되어 있어서 산수화며 목련 나무가 서 있었다. 이제 막 꽃망울을 터트린 것처럼 보이는 노란산수화 나무 가지에 때 이르게 세상에 나온 나비 한 마리가 팔랑팔랑 날아들고 있다.

회색 페인트를 칠해 놓은 나무로 된 출입문은 골목 쪽으로 나 있어서 큰길 쪽에서는 누가 병원에 드나드는지 알 수가 없었다.

골목 안이 보이는 지점에는 제법 허리가 굵은 플라타너스가 서 있었다. 플라타너스 그늘 아래에는 평화전당포 사장인 김우성이 옷가방을 들고 초조한 얼굴로 담배 연기를 날리며 서 있었다.

젠장, 뭐가 이렇게 오래 걸려.

햇볕은 창경원이나 강나루로 놀러가기 딱 좋을 만큼 따뜻했다. 이런 날은 야외로 놀러 갈 돈을 구하기 위해 저당물을 맡기러 오는 손님들이 많다. 대개 화류계통에 있는 아가씨라든지, 한때는 부자였지만 하루가 다르게 가세가 기울어 가는 부잣집 아들이 봄볕에 근질거리며 되살아나는 풍류를 이겨내지 못하고 손가락에 끼고 있던 금반지를 빼들거나, 부친에게 물려받은 시계 따위를 들고 오기도 한다. 그마저 없는 한량들은 겨울이 되면 요긴하게 입고 다닐 모직 코트를 들고 와서 저당을 잡힌 다음에 찬바람이 불면 뼈가 시리도록 후회를 하기도 한다. 전당포에 앉아 있으면 쏠쏠하게 재미를 보고 있어야 할 시간에 산부인과 앞을 지키며 입 안이 쓰도록 담배만 축내고 있으니까 시간이 더디게만 흘러가는 것 같았다.

병원비는 어차피 계산했으니까 그냥 가 버려?

산부인과 의사의 말로는 낙태를 하고, 잠깐 몸을 추스르는데 두 시간 정도면 충분하다고 했다. 금순이와 중국음식점에서 나란히 짜장면을 먹은 다음에 다방에 가서 커피를 마셨다. 어디론가 멀리 부산 같은 곳으로 가서 아기를 낳아 기르겠다며 훌쩍이는 금순이를 달래고 얼래서 산부인과에 들어간 시간은 얼추 오후 두 시쯤이었던 것 같았다. 벌써 두 시간이 지났다. 지금쯤은 어디 여인숙이나 여관 같은 데 가서 누워 있어야 할 시간인데 금순은 좀처럼 모습을 드러내지 않는다. 생각 같아서는 그냥 가 버리고 싶었지만 만에 하나 마취에서 깨어나지 못하는 불상사라도 벌어지는 날에는 호미로 막아도 될 일을 가래로 막는 일이 생길지도 모른다는 생각에 갈 수도 없었다.

택시 한 대가 큰길가에서 멈췄다. 한복을 입은 임신부와 삼십대로 보이는 남자가 겁에 질린 얼굴로 임신부를 부축하고 바쁘게 병원 안으로 들어갔다. 엿판을 지게에 얹은 엿장수가 가위를 짤칵짤칵거리며 골목 안에서 나왔다. 그뿐이었다. 골목은 넓은데 골목 안으로 드나드는 행인들의 모습도 보이지가 않았다.

무식한 것이 임신을 했으면 진작 알리지 않구선……

김우성은 여자가 임신을 하게 되면 생리를 중단하게 된다는 상식 정도는 알고 있었다. 그런데 오늘 금순이를 진찰한 의사의 말에 위하면 금순은 임신 3개월째라는 것이다. 그렇다면 벌써 임신 사실을 알고 있어야 한다. 그런데도 며칠 전까지 임신하고 있었던 걸 모르고 있었다.

"너 왜 그래? 속이 안 좋냐?"

그저께 낮에는 아내가 계 모임에 나갔다. 저녁을 먹은 후에 놀다가 통금 전에 들어오겠다는 말을 남기고 간 뒤라서 느긋하게 금순이와 즐겼다. 만약 전당포에 손님이 안 왔으면 좀 더 금순의 알몸을 더듬었을지도 모를 일이다. 중년 여자가 재봉틀을 들고 왔다. 일제 아이디얼 미싱을 들고 온 여자는 돈이 필요하면 재봉틀을 잡혔다가, 일감이 들어와 돈이 생기면 되찾아가는 단골손님이다. 그녀에게 돈을 내준 다음에 방으로 들어갔다. 금순이는 막 옷을 입고 있던 중이었다. 미처 블라우스를 입지 않은 등을 쓰다듬으며 오랜만에 마음껏 기운을 쏟았더니 갑자기 내장탕에 막걸리가 생각난다고 말했다. 그랬더니 금순이가 갑자기 입을 틀어막으며 구역질을 해댔다.

"모르겠슈. 얼마 전부터 자주 이래유. 마늘 냄새만 맡아도 기어올라오고, 된장 냄새만 맡아도 구역질이 올라와서 미치겠슈. 사모님이 된장찌개를 여간 좋아하시는 거시 아니잖유."

"너 혹시?"

김우성은 짚이는 것이 있어서 금순이를 앞으로 오라고 했다. 블라우스를 걷어 올리고 아랫배를 유심히 살폈다. 좀 살이 찐 것 같기는 하지만 배가 부른 것 같지는 않았다. 임신은 아닐 것이라고 생각하면서도 안심을 할 수가 없었다.

"왜 그래유?"

"너, 요새 달거리 하냐?"

"워매, 낯부끄럽게 그런 말을 워티게 한데유?"

금순이는 얼굴을 빨갛게 물들이며 고개를 외로 돌렸다.

"내가 묻는 말에나 빨리 대답해. 지난달에 달거리 있었어?"

"워매!"

"왜? 달거리가 없었나?"

"그라고 봉께 두어 달 읋었던 거 가튜. 나! 몰라, 워쩌면 좋데유? 오성약국 집 식모가 그라는데 애를 배면 달거리를 쉰다고 하든데, 나 몰라! 나 임신이믄 워쩐데유?"

금순이가 거짓말처럼 눈물을 뚝뚝 흘리며 파랗게 질린 얼굴로 어쩔 줄 몰라 했다.

"이것이 방정맞게?"

말이 씨가 된다고 했다. 김우성은 임신이라는 말에 정신이 번쩍 드는 것 같았다. 큰 실수를 했다는 생각에 자신도 모르게 금순의 고개가 홱 돌아가도록 뺨을 갈겨 버렸다.

"너 내 말 똑똑히 들어. 내일이든 모레든 병원에 데리고 갈 모양이니까 그동안 사모님이 눈치를 채게 입덧을 했다가는 광일이를 당장에 감옥에 쳐 넣고 말겠어. 광일이가 감옥소에 가면 너희 집안이 어떻게 되는지 잘 알고 있겠지? 창피해서 고향에서 못 살고 야반도주 할 수밖에 없을 거야."

금순이는 빨갛게 손자국이 난 얼굴을 감싸며 방구석으로 뒷걸음 쳐 갔다. 구석에 닿아서 더 이상 갈 곳이 없게 되자 무릎을 세우며 소리 내어 울지도 못하고 닭똥 같은 눈물만 뚝뚝 떨어트렸다.

"이게 뭘 잘했다고 울고 있어? 눈물 뚝 그쳐!"

금순이 임신한 사실을 아내가 알게 되는 날에는 한동안 집안이 조용할 날이 없을 것이라는 생각에 눈을 부릅뜨고 노려보았다.

"저기유."

숨죽여 울던 금순이가 무슨 생각을 했는지 얼굴 가득 번들거리는 눈물을 쓱 문지르며 바라봤다.

"왜 쳐다 봐? 나한테 할 말이라도 있나?"

"지가 조신하게 처신하지 못해서 아를 밴 것은 백번 잘못했슈. 그랑께 한번만 용서해 주세유."

"임신한 것을 용서하고 안 하고가 어딨어? 산부인과에 가서 지워버리면 그만이지……"

"안 돼유. 배 속에 있는 아도 생명이 있는 사람이잖유. 더구나 지 배 속에 있는 아를 워터게 지워 버린데유. 지는 절대로 못 지워유."

금순은 계속 흐르는 눈물을 닦아내기만 할 뿐 소리 내어 울지를 않았다.

"너도 참 답답하다. 너하고 나하고 결혼이라도 했으면 당연히 길러야지, 하지만 넌 우리 집 식모고 난 전당포 사장여. 그게 말이나 된다고 생각하는 거냐?"

김우성이 철부지를 바라보는 얼굴로 금순을 노려보았다.

"배 속의 아는 저 혼자 기를 수 있슈. 워디 변두리 같은 데 방 한 칸만 은어 주시믄, 지가 워틱하든 사장님한테 피해 안 주고 기를 팅께 아를 낳게 해 주서유. 잘못이야 어미인 제가 잘못이 있는 거지 배 속에 있는 아가 먼 잘못이 있겠슈."

"너도 시집을 가야지. 시집을 갈라면 애가 없어야 되는 건 당연한 거잖아. 애를 낳은 여자를 누가 마누라로 받아 들이겠냐. 그러니까 너는 일단 가만히 있어봐. 내가 이삼일 내로 병원을 알아볼 무양이니까."

김우성은 금순이 순진한 것이 아니고 바보라고 생각했다. 바보가 아닌 이상 중고등학교에 다니는 자식을 둔 유부남의 씨를 낳아서 기르겠다고 버틸 리는 없었다. 이럴 때는 차분하게 설득을 하는 것이 좋다는 생각에 한껏 부드러운 목소리로 말했다.

"우리 어머가 그랬슈. 여자는 몸을 잘 간수해야 하고, 아를 배게 되믄 어떤 일이 있드래도 잘 낳아서 기르는 것이 여자의 도리라고 말여유. 그라고 지는……"

"가만있어 보자, 너 혹시 오성약국 식모가 아이 낳은 걸 보고 하는 말 아니냐? 그렇다면 찬물 먹고 일찌감치 속 차려. 그 집은 원래 자식이 없잖아. 그래서 친척 집에서 양자를 들이니 마니, 하고 고민 하던 중에 약국 쥔이 식모를 건드려서 아들을 낳은 거잖아. 그러니 그 집은 식모가 고마울 수밖에 없겠지. 천호동에 가게 딸린 방을 얻어 준 것도 그런 이유 때문이라구. 하지만 너하고 나는 약국집하고 사정이 틀려. 우리 집에는 자식들이 삼 남매나 있잖아. 그리고 아까도 말했지만 사모님한테 우리 사이가 걸렸다가는 너도 당장 쫓겨나겠지만 나도 무사하지 못해. 그러니까 쓸데없는 생각하지 말고 마음의 준비나 해 둬. 만약 계속 고집을 피운다면 지금 당장 경찰서에 전화를 해서 광일이를 감옥에 집어넣어 버리겠어."

"알았슈, 사장님이 먼 말씀을 하시는 줄 잘 알았응께 경찰서에 전화는 하지 말아유."

금순은 다시 한 번 협박을 받고 나서야 눈물을 쏟으며 부엌으로 나갔었다.

하여튼 촌것들이 더 영악하다니까…….

김우성은 이번 기회에 금순이를 내보낼 생각이었다. 금순은 제법 남자를 알아 가는지 콧소리를 내며 안겨드는 걸 생각하면 더 데리고 살고 싶었다. 그러나 스물을 넘긴 나이다. 또 언제 임신을 할지도 모르는 일이다. 아쉽기는 하지만 임신을 했다는 말에 가슴이 철렁 내려앉는 충격은 두 번 다시 받고 싶지가 않았다.

김우성은 기다리다 지쳐서 골목 안으로 들어갔다. 골목 안에 있는 선술집에서 소주 한 병을 시켜 놓고 짬짬이 마시며 병원 앞을 지켜보고 있다가 병원에서 나오는 금순이를 보고 밖으로 나갔다.

"왜 이제 나오냐?"

금순이 비척거리며 나온 것은 4월의 해가 서산을 기웃거릴 즈음이었다. 김우성은 기다리다 지친 목소리로 한 손에는 가방을 든 채 다른 손으로 금순을 부축했다.

"워디 가서 좀 둔너 있으래유."

"당연히 그래야지. 뭣 좀 먹을래?"

"술 한 잔 하고 싶구만유."

금순이 창백한 얼굴에 식은땀을 흘리며 힘없이 말했다.

"오늘 같은 날은 술을 마시면 안 될 텐데?"

"술이라도 안 마시믄 더 대근할 거 같아서 그래유."

"그럼 우선 여인숙부터 잡자."

김우성은 오늘이 지나면 금순을 두 번 다시 볼 일이 없어질 것이라는 생각에 부드럽게 말했다. 신설동 쪽으로 걸어가며 여인숙이나 여관을 찾았다. 역전 근처가 아니라서 여인숙은 보이지가 않고 여관들이 눈에 띄었다.

골목 안으로 여관이 줄지어 붙어 있는 걸로 보아서 아가씨 장사를 하고 있는 여관촌인 것 같았다. 김우성은 한일 여관이라는 간판 앞에서 멈췄다.

"들어가자?"

"예……"

금순은 난생처음 들어가는 여관인데도 망설이지 않았다. 밝은 해가 기울기는 했지만 아직 밝은데 복도 가운데는 알전등이 창백하게 빛을 발하고 있다. 복도 양쪽으로 잇대어 있는 방 앞에는 연탄아궁이가 한 개씩 있었다. 남자 신발은 보이지 않는데 드문드문 여자 고무신이나 게다가 한 켤레씩 놓여 있었다.

"이 방이우."

뚱뚱한 여주인이 금순과 김우성을 번갈아 보며 방문을 열어 보였다.

알전등 밑으로 창백하게 주저앉아 있는 좁은 방구석에는 이불과 요가 차곡차곡 개어 있었다. 요 위에는 베개 두 개가 있었고 다른 가구는 하나도 보이지가 않았다.

"방 좀 뜨끈뜨끈하게 해 주쇼"

김우성은 얼른 요를 펴서 금순을 눕게 했다. 뒤늦게 물주전자와 숙박계를 들고 온 여주인에게 말했다.

"요새는 방에 불을 안 넣는데……"

금순은 누워 있을 수가 없었다. 벽에 기대어 앉아서 힘없는 시선으로 방문 앞에 서 있는 주인여자를 바라봤다. 국방색 몸뻬에 남자들이 입는 와이셔츠를 걸친 뚱뚱한 오십대 여자의 얼굴 양쪽 볼이 축 늘어져 있었다.

"사정이 있어서 그러니까 불 좀 넣어주쇼"

"구공탄 한 장에 얼마씩인지나 아슈?"

"아, 그것도 모를까봐 그럽니까? 팔 환이잖아요. 구공탄 값이 아까우면 따로 계산 할 테니까 좀 넣어줘요"

"구공탄만 있다고 불을 피울 수 있나? 숯도 있어야 하고, 불을 피울라면 한참 걸리는데……"

여주인은 김우성이 말을 안 해도 그간의 사정을 짐작 할 수가 있었다. 보아하니 사십대로 보이는 사내놈이 집에서 부리는 식모나, 가게 점원이 아니면, 편물집에서 일을 하는 아가씨를 임신시킨 후에 낙태를 하고 온 것이 틀림없다. 이럴 때는 가격을 후려쳐야 한다는 생각에 뜸을 들였다.

"방세가 얼마요?"

김우성도 직업이 물건을 저당잡고 돈을 빌려주는 고리대금업이다. 뜸들일 필요도 없다는 얼굴로 물었다.

"저녁은 어떡할거요?"

"이삼 일 여기서 묵을 생각입니다."

"하루에 이천오백 환씩 사흘이면 칠천오백 환에 연탄 값이며……내가 볼 때는 미역국이라도 끓여 먹어야 할 거 같은데……"

"자, 만 환 줄 테니까 가서 소주 한 병하고 안주 될 것 좀 사가지고 오슈. 잔돈으로는 이 여자가 여기 있는 동안 미역국이라도 끓여 주고"

김우성은 긴말 할 필요가 없다는 얼굴로 지갑에서 만 환짜리 한 장을 꺼내 내밀었다.

"필요한 것이 있으면 언제든 불러요. 아! 나를 부를 때는 영등포아줌마라고 부르면 됩니다."

영등포아줌마는 김우성이 눈치채지 못하게 한심하다는 얼굴로 금순을 힐끗 쳐다보고 나서 방문을 닫았다.

"앞으로 어떡할래?"

"어떡하긴유. 몸 추스르고 나서 사장님 집으로 들어가야쥬."

금순은 다시 요에 누웠다. 이불을 끌어 당겨 덮고 싶었지만 귀찮아서 김우성을 향해 모로 누우며 기운 없는 목소리로 말했다.

"너는 내가 밉지도 않냐?"

김우성이 대책 없다는 얼굴로 물었다.

"사장님을 미워한다고 해결 될 문제가 아니잖유. 비싼 시계를 훔쳐 간 오빠가 잘못이지……"

금순은 낙태를 할 결심을 하고 나서는 수술실에 들어갈 때도 눈물 한 방울 흘리지 않았다. 갑자기 모산의 둥구나무가 선명하게 떠오르면서 눈물이 펑펑 쏟아지기 시작했다. 하지만 소리를 내지 않았다. 손바닥으로 입을 틀어막고 컥컥 울었다.

"내가 나쁜 놈이다. 내가 나쁜 놈이지. 하지만 이제 와서 잘못을 빌어도 이미 배는 떠났고 앞으로 금순이가 잘 살면 되는 거지. 그래서 하는 말인데 네가 알다시피 난 부자가 아니다. 돈 없는 사람들한테 임시변통이나 해 주고 구전으로 먹고 사는 처지라서 큰돈을 줄 수는 없어⋯⋯."

노크 소리와 함께 영등포아줌마가 소주를 들고 왔다. 김우성은 말을 끊고 술 쟁반을 받았다.

"저부텀 한 잔 주셔유."

영등포아줌마가 문 앞에 서 있는 동안 눈물을 감추느라 고개를 돌리고 있던 금순이 목이 잠긴 목소리로 말했다.

"너 오늘 보니까 제법 무서운 구석이 있다. 하지만 난 널 내보내기로 이미 결심을 했다. 어디 변두리에 방 한 칸 얻어 줄 테니까 편물공장 같은 데 착실히 다니다 보면 좋은 남자가 나올 것이다. 그럼 과거는 깨끗하게 잊어버리고 좋은 남자하고 행복하게 살아. 그리고 절대로 몸 함부로 굴리지 마라. 나 같은 놈 다시 만나게 되면 니 팔자도 개 팔자 되는 거 시간문제니까."

김우성은 금순에게 순순히 술을 따라 주었다. 자신의 잔에 술을 채우면서 조금은 처연한 목소리로 말했다.

"수술을 할 때 자궁이 잘못돼서 앞으로는 아를 못 난다고 하데유."

금순은 김우성이 술을 마시기도 전에 홀짝 잔을 비우고 인상을 썼다. 이내 눈물이 번들거리는 얼굴로 억지웃음을 지었다.

"지금 뭐라고 했냐?"

"아를 낳을 수만 있다면 부산이든, 인천이든 어디 멀리 가서 혼자 살면서 아를 키울라고 했슈. 하지만 아는 에미보다 먼저 하늘나라에 갔잖유."

금순은 말을 하고 나서 피식 웃었다.

"그 점에 대해서는 날 원망하지 마, 금순이 장래를 위해서는 잘된 일이니까. 근데 자궁이 잘못됐다는 말은 뭔 말인지 못 알아듣겠군."

"저도 자세하게는 몰라유. 여자한테는 자궁이라는 거시 있데유. 아만 긁어내야 하는데 자궁까지 긁어냈다고 하데유."

금순은 스스로 잔을 채웠다. 오래 전부터 술을 마셔 왔던 것처럼 입술에 술잔을 대고 천천히 마셨다.

"뭐야! 그 근처에서 젤 큰 산부인관데 원장이 돌팔이란 말이지! 그런 돌팔이는 그냥 뒤선 안 되지. 당장 경찰에 신고를 해서 두 번 다시는 너처럼 선량하게 피해를 보는 사람이 없도록 만드는 것이……아니지, 이럴 것이 아니라 피해 배상을 받아야겠군. 여자가 아이를 못 낳으면 석녀잖아. 석녀는 시집도 못 간단 말야. 당장 이놈의 돌팔이 원장을……."

김우성은 들고 있던 술을 홀짝 비워 버리고 일어섰다. 금순이 임신했다는 말을 듣고 나서는 재수 옴 붙었다는 생각밖에 들지 않았다. 그러나 잘만 하면 의사한테 손해배상금을 받을 수 있다는 생각이 들면서 생각이 달라졌다. 잘만 하면 목돈까지 생길지도 모른다는 생각하니까 고난 끝에 횡재를 한 기분이었다.

"사장님 제발 그만 냅둬유. 의사 선생님 하시는 말씀이 현대 의학으로는 복구가 불가능하데유. 그리고 고발을 하믄 저도 걸린데유. 우리나라

법은 낙태가 원래 불법이라서……"

금순이 시뻘겋게 달아 오른 얼굴로 김우성의 바짓가랑이를 잡으며 눈물을 흘렸다.

"불법?"

"의사가 그랬슈. 우린 고발을 해도 벌금만 물면 된다. 하지만 사장님은 처녀 아를 배게 했응께 곤란하게 될 것이라고 말여유."

"틀린 말은 아닌 것 같군."

김우성은 횡재를 했다는 생각이 물거품이 되는 것을 느끼며 주저앉았다.

"앞으로는 임신을 하고 싶어도, 임신을 할 수가 없잖아유. 결혼을 하고 싶어도 사장님 말씀처럼 석녀가 됐응께 시집도 못 가유. 그랑께 사장님 집에서 그냥 그냥 밥이나 먹게 해 주셔유."

"그건 안 된다. 그렇다고 너를 그냥 내보내지는 않을 생각이다. 내가 돈을 좀 줄 모양이니까, 어디 먼 곳으로 가서 방이나 한 칸 얻어서 살아. 너는 착실하니까 성냥공장이나 방직공장, 편물집 같은 곳에서 열심히 일을 하면 식모를 사는 것보다 더 많은 돈을 벌 수 있을 거다. 그리고 내가 노파심에서 하는 말인데, 영동 부모님이나 광일이한테는 네가 우리 집이 싫어서 나왔다고 말해야 한다. 만약……"

"알았구만유, 이런 몸으로 집에 내려갈 수는 읎고, 워디 변두리에 방이나 은어 놓고 다닐 때를 찾아볼께유."

"금순이는 착하니까 어딜 가도 잘 살게 될 거야. 봉천동 같은 데로 가면 집 값이 싸다고 하드만. 이 돈이면 그런데 가서 방 한 칸 얻고 당분간 먹고살 수 있을 거야."

김우성은 지갑에서 천 환짜리로 오만 환을 꺼내서 내밀었다.

"죄송해유······."

금순은 돈을 바라보지도 않고 술을 들었다. 처음 마셔보는 소주다. 얼굴을 화끈화끈 거릴 정도로 붉어진 것 같은데 취하지는 않았다.

"서울이라는 데서 살아가려면 자기 자신만 믿어야 해. 특히 남자를 믿으면 큰코다치는 법이라구. 그리고 절대로 돈을 가지고 있는 티를 내면 안 돼. 그렇게 알고 내가 옷가방에 넣어 둘게."

김우성은 금순의 눈치를 살피면서 구석에 있는 옷가방 앞으로 갔다. 금순을 바라보며 지퍼를 열었다. 가방 안에는 금순이 영동에서 올라올 때 입었던 무명저고리며 치마에, 식모살이를 하는 동안 명절 때마다 아내가 사 주었던 값싼 블라우스며 스커트 등이 들어 있었다. 옷 안에 돈을 넣어두는 척하며 만 환을 뺀 나머지는 자신의 주머니에 도로 집어넣었다.

"죄송해유. 지가 조심을 했드라면 사장님이 이 고생을 하지 않아도 될 낀데······."

"돈은 내가 가방 안에 잘 감춰 뒀어. 가방 안에 들어 있는 돈이면 봉천동 같은 데 셋방을 얻고 이불이며 냄비며 살림살이를 사고도 남을 테니까 아껴 쓰면 자립하는데 충분할 거야. 당장 내일 나가지 말고 모리까지 계산을 해 두었으니까 나갈 때까지 편히 쉬어. 그렇게 알고 난 그만 가 볼게."

김우성은 지금쯤 밖이 캄캄해졌을 것이라고 생각하며 일어섰다. 금순이 따라서 일어서다 비틀거리며 벽을 기대고 섰다.

"이 시간이 지나면 더 이상 나를 볼 생각 하지마. 우리 집에 찾아 올 생각도 하지 말고……"

"사모님한테 인사도 못 드리고……"

"그런 걱정은 하지 않아도 돼. 내가 잘 말해 줄 테니까."

김우성은 금순이 밖에까지 따라 나올 필요도 없다는 얼굴로 방문을 닫았다. 방문 앞에서 바라보는 밖에는 어둠이 내려 앉아 있었다. 허리띠에 차고 다니는 회중시계를 꺼내서 뚜껑을 열고 시간을 확인해 본다. 한시간쯤 있으면 아내가 집에 올 시간이다. 아내가 오기 전에 빨리 집에 들어가 있어야 금순이가 집 나간 것을 의심하지 않을 것이다.

"안 바쁘면 나 좀 보고 가요."

김우성이 내실 앞을 지나가는 것을 본 영등포아줌마가 밖으로 나오며 말했다.

"계산은 넉넉하게 한 걸로 알고 있는데?"

김우성이 다시 한 번 회중시계로 시간을 확인하며 말했다.

"사장님은 앞으로 안 오실 거 같은데?"

"그건 왜 묻소?"

김우성이 기분 나쁘다는 얼굴로 물으며 걸음을 멈췄다.

"돈벌이가 될 일이 있으니 묻는 거지. 내가 할 일이 없어서 바쁜 사장님을 붙잡고 노닥거리겠수. 담배 있으면 하나 빌려요."

"돈벌이라?"

"피차 손해 볼 일은 아니니까 잠깐 시간 좀 빌립시다."

영등포아줌마는 금순이 있는 방을 쳐다보고 나서 밖으로 나갔다. 여관 앞은 큰길이지만 장소가 한적해서 지나가는 행인들은 많지가 않았다.

"나 바쁜 사람이니까 결론만 말하슈."

"방 안에 있는 처녀, 아니지 처녀는 아니지. 하여튼 방 안에 있는 처자 오늘 낙태수술 했수?"

"나 그런 말에 대답을 할 만큼 한가한 사람 아니오."

"고향은 시골이고, 식모살이를 했거나 가게 점원을 했거나, 그도 아니면 미장원에서 머리를 감겨 주며 밥을 얻어먹고 있었나? 하여튼 내 눈으로 볼 때는 사장님은 방 안에 있는 처자 때문에 골치깨나 썩고 있었던 건 사실이잖수."

영등포아줌마는 길을 지나가는 남자들이 바라보든 말든 담배 연기를 내뿜으며 김우성을 곁눈질로 쳐다봤다.

"나 바쁜 사람이니 용건만 말합시다."

"더 이상 처자 때문에 골치 썩을 일 없이 만들어 주겠어요. 그리고 덤으로 삼만 환 줄 테니까 십만 환짜리 차용증서에 손도장이나 찍어줘요. 이런 경우를 도랑 치고 가재 잡는다고 해야 하나, 아니면 마당 쓸고 동전 줍는다고 해야 하는지 모르겠네……"

"사……삼만 환을 주겠다는 건 대충 이해를 하겠는데, 십만 환짜리 차용증서를 쓰라는 말은 이해를 못 하겠수다."

김우성은 여관이나 여인숙을 운영하는 사람들이 후리꾼들을 시켜서 세상 물정을 모르고 시골에서 상경한 처녀들을 산다는 말을 들어 봤다. 주로 서울역이나 청량리역 같은 곳에서 식모살이로 취직을 시켜 준다거나, 성냥공장 혹은 편물집이나, 약국 점원 등으로 취직을 시켜준다고 꼬셔서 팔아먹는다는 것이다. 자신을 영등포아줌마라고 소개를 한 여자도 영등포 역전에서 그런 쪽으로 논 경험이 있어 보였다. 잘만 하면 공돈 좀 생기겠다는 생각에 배짱을 부렸다.

"내가 이래봬도 영등포 역전에서 한몫 긁어모아서 이 동네에 자리를 잡은 여자요. 내 말이 거짓말처럼 들리면 영등포 역전에서 통금 전에 서성거리는 아줌씨들한테 물어 봐요. 신설동으로 간 영등포아줌마를 아느냐고."

"지금 먼 소리를 하고 있는 거요?"

"척하면 삼척이라고 하더니, 내 눈이 틀림없네. 사장님이 화끈해서 하는 말인데, 사장님 혼자만 공돈 삼만 환 먹으면 난 뭐유? 가라 차용증서라도 가지고 있어야 나중에 우려먹을 거 아뉴."

영등포아줌마가 팔짱을 낀 자세로 담뱃재를 톡톡 털며 당연하지 않느냐는 얼굴로 말했다.

"다 아는 사람들끼리 그러지 맙시다. 오만 환 내슈. 그럼 십만 환짜리 차용증 써 줄 테니까."

"그럼 십오만 환짜리 써 줘요. 당장 현찰로 오만 환 낼 테니까."

"차용증은 누구 앞으로 쓰면 되는 거요?"

"사장님 화끈해서 좋네. 돈 빌린 사람은 사장님이고, 보증인은 방 안에 있는 처자 이름을 쓴 다음에 손도장을 찍으면 끝나요."

"내 직업이 뭔지 알아요? 나 전당포를 하는 사람이요. 물건보관증 딱지 갖고 먹는 사람이다 이거요. 그래서 하는 말인데 금순이가 도망이라도 치면 내가 십오만 환을 고스란히 물어 줘야 된다는 말인데, 나는 그렇게 못하지."

"그러면 이렇게 하기로 해요. 금순인가 하는 그 처자가 돈을 빌린 것으로 차용증을 쓰고, 방 안의 처자한테 내가 보는 앞에서 한 마디만 해 줘요. 내가 갑자기 돈이 필요해서 영등포아줌마한테 돈 좀 빌려야겠다

247

는 말만 해 주면 그다음부터는 내가 알아서 하지."

영등포아줌마는 남자처럼 담배꽁초를 바닥에 버리고 침을 퉤 뱉었다. 고무신 신은 발로 쓱쓱 문질렀다. 김우성이 따라 오려면 따라오고 말라면 말라는 식으로 슬쩍 바라본 다음에 여관 안으로 들어갔다.

"금순이가 도망을 쳐서 제 집에 알리기라도 하면?"

"이름이 금순이라……여자 이름에 쇠금 자가 들어가면 팔자가 드세다고 하던데, 설마 쇠금 자는 아니겠지. 그런 걱정은 놓으셔도 될 거유. 도망치기는커녕 전화나 편지 한 통 못하게 만드는 방법이 있으니까."

"애 착한 애니까 너무 심하게 다루지 마쇼. 천지에 핏줄 하나 없는 고아도 아니고 고향에 부모 형제 다 있는 애니까."

김우성은 막상 금순이를 팔아먹으려니까 미안했다. 하지만 금순이 변두리로 숨어 버리지 않고 고향으로 내려가거나, 형제들을 만나서 낙태한 사실을 털어 놓기라도 하는 날은 난감해진다. 광일이나 금순이 말로는 그들의 부친이 모산 구장이라고 한다. 산골 동네 구장이라서 겁이 날 것은 없다. 우물 안의 개구리 같아서 자기 동네에서는 잘난 척 할지 몰라도 서울에 올라오면 산골 구장에 불과하다. 하지만 들은 소문이 있어서 경찰에 고발이라도 하는 날은 곤욕을 치를 수도 있다. 착한 금순이를 생각하면 몹쓸 짓이다. 하지만 영등포아줌마에게 팔아 버리는 것이 뒤끝이 없을 것이라는 생각에 미안한 생각을 버리기로 했다.

이동하가 운영을 하는 합동정미소는 정미기가 다섯 대나 가동이 되고 있다. 인근 옥천이나 보은을 포함해서 규모가 제일 큰 만큼 직원들도 많았다. 초창기에는 십여 명에 불과했지만 지금은 스무 명이 넘었다.

면소재지에 있는 소규모 정미소에서는 철 따라 하는 일이 매년 똑같다. 봄에는 보리나 찧고, 밀이나 찧다가 여름이면 개점휴업 상태다. 가뭄에 콩 나는 식으로 들어오는 미숫가루 같은 것을 찧는다. 가을 수확이 끝나고 나서야 벼를 도정하는 것이 보통이다. 그러나 합동정미소는 미숫가루며 찹쌀가루라든지 소소한 것은 찧지를 않는다. 개인이 가지고 오는 몇 가마니 정도의 보리나 나락도 시간이 없다는 핑계로 거절을 한다. 주로 정부미를 도정하거나 물량이 많은 지주가 의뢰하는 곡식을 도정했다. 그러다 보니 정기적으로 쉬는 날을 빼놓고는 하루 종일 다섯 대의 대형 발동기가 돌아가는 소리가 요란스럽게 들판을 울렸다.

정미소 옆에는 블록으로 창고처럼 지은 건물이 한 채 있다. 절반은 정미기를 비롯해서 도정기라든지, 각종 기계를 수리하는 공장이다. 나머지 절반은 식당과 숙소가 들어서 있다. 숙소는 박태수처럼 집이 면소재지에 있거나, 타지에서 온 가대기꾼들이 숙식을 해결하는 곳이다.

하루 일이 끝나면 숙소의 식당에서는 가끔 회식이 있다. 하루 종일 뿌연 먼지 속에서 땀을 흘리며 일을 하다 보면 목이 칼칼해지기 마련이고, 위장이나 식도 등에 쌓여 있는 먼지를 씻어내기 위해서는 막걸리와 돼지고기를 먹어야 한다는 속설 때문이다.

회식비는 이동하의 묵인 아래, 도정 후에 생기는 부산물인 왱기나 딩기 등을 과수원이나 돼지를 먹이는 사람들에게 판돈으로 충당을 했다. 벼의 껍질인 왱기는 과수원에서 사과나 배가 겨울에 얼지 않도록 상자에 넣어 보관하는데 사용이 된다. 거친 겨인 딩기는 돼지먹이로 팔려나가서 재미가 쏠쏠했다.

왱기나 딩기를 관리하고 판매하는 일은 소장인 정상기와 그의 심복인 전우팔이 전담을 했다. 정미소 한쪽 구석에 있는 사무실에서 경리를 보는 유상복은 허수아비에 불과해서 정상기가 하는 일에는 관여를 하지 않았다. 가끔 정상기가 주머니에 찔러주는 몇백 환 정도의 용돈에 만족해 할 뿐이었다.

매월 1일하고 15일은 유급으로 휴무를 하는 날이다.

"오늘은 월말에다 봉급도 탔고 하니까 고깃집에서 한잔 하자구."

정상기는 다른 날보다 일찍 발동기의 스위치를 내리며 호기를 부렸다. 직원들은 오늘이 오길 기다렸다는 얼굴로 웃고 떠들며 서둘러 머리를 감고 작업복을 갈아입은 후에 퇴근 준비를 했다. 박태수도 읍내에서 회식을 끝내고 곧장 모산으로 갈 생각으로 빨랫감이 들어 있는 가방을 챙겨 들었다.

정미소 직원들은 읍내에 있는 실비집으로 몰려갔다.

실비집 안에는 드럼통을 반으로 잘라서 원형 철판을 덮은 화덕이 있었다. 화덕 안에 숯불이 붙여졌고 철사로 만든 석쇠에 뜸벅뜸벅 썬 돼지고기가 얹혀졌다.

"자, 한 달 동안 수고들 했구먼. 오늘 월급도 탔고 했응께 오늘 술값은 여기 서 있는 소장이 낼 팅게 맘껏 마시라구. 아줌마 아싸리 고기 한 사라씩 더 갖고 와. 술은 탁주보담은 소주가 낫지. 원래 돼지고기는 소주가 궁합이 맞는 벱이거든."

"소장님 잘 먹겄슈."

"아따, 오랜만에 지름기가 들어강께 배창자가 놀랬나벼. 제우 한 점 먹었는데 창자가 요동을 치누만."

"소장님이 한 번씩 화끈하게 사 주시는 맛에 먼데기 먹음서 방앗간 댕기지. 이런 맛도 읎으면 췽일 먼데기 속에서 살겄어."

직원들은 오랜만의 제대로 된 회식자리가 좋아서 왁자지껄 떠들며 술을 마시고 고기를 구워먹었다.

정상기와 심복인 전우팔이며 서기 유상복은 따로 앉아서 소주가 아닌 맥주를 마셨다. 그래도 어느 하나 그쪽은 입이고, 우린 주둥이냐며 항의를 하거나 따지는 사람이 없었다. 그들은 당연히 맥주를 마셔야 할 처지이고, 자신들은 한 달에 한 번씩이나마 소주에 고기를 실컷 얻어먹는 것만으로도 황송하다는 얼굴을 하며 큰 소리로 떠들며 술을 마셨다.

"그랑께, 그 머셔. 윤보선 대통령은 그동안 순전히 허수아비였다는 거 아녀? 그람 작년 오일육이 터졌을 때 진작에 사표를 내지, 올게까지 버틴 건 뭣 때문이여."

"츰에는 요새처럼 군인들이 설치지 않았응께 정치는 정치인들이 하고, 군인들은 그냥 나라만 바로 잡나 보다 했겄지. 안 그랬으면 자네 말대로 진작에 사표를 냈겄지."

"그라믄 윤보선은 그동안 박정희 꼭두각시였단 말여?"

"그건 내가 모르지. 하지만 분명한 것은 언진가 박정희가 정식 대통령이 될 거라는 거지. 안 그라면 오일육이 지난 지 일 년이 넘도록 정치를 하겄어? 진작에 정치인들한테 정권을 인계했어야 하는데 외려 방귀 좀 낀다하는 정치인들은 죄다 정치활동을 묶어 놨잖여. 당장 정미소 사장님도 시방 국회에 계셔야 할 양반이 영동 내려와서 세월 보내고 있잖여."

"그 말은 맞는 말 가텨. 민의원님이 우리 동리 사람이라서 하는 말은 아닌데 말여. 우리 아부지가 그라는데 얼매 안 있어서 새로운 세상이 온다는 거여. 그것 땜시 민의원님은 군인들하고 친해질라고 요새 정신이 없다드만."

박태수는 털보와 깨끼조끼를 입은 동료들이 정치 이야기를 할 때는 강 건너 불구경 하는 식으로 듣고만 있었다. 그러나 화제가 이동하 쪽으로 흘러가는 것을 보고 얼른 소주잔을 비웠다. 슬그머니 이동하고 같은 동네 살고 있다는 점을 은근히 자랑했다.

"에이, 우리는 누가 대통령을 하든 상관 안햐, 옛날 자유당 때처럼 개판으로 정치를 안 하믄 누가 하든지 방앗간만 안 망하믄 먹고 사는 데는 지장이 읎잖여."

"하긴 그려, 우리 같은 촌놈들이 설친다고 나라가 바른 방향으로 가는 것도 아니고, 우린 그저 굿이나 보고 떡이나 먹는 서시 뉘. 그란데 박형도 가만히 보믄 참말로 융통성이 읎는 사람이여."

박태수 맞은편에 앉아 있는 털보가 딱하다는 얼굴로 박태수에게 말을 걸었다.

"내가 융통성 읎다는 말은 머리털 나고 츰 들어 보는 말이구면."

"자네들은 몰라서 그릏지, 박형 알고 보면 학산서 소문난 알부자여. 난 안 가봤지만 모산 앞 또랑에 삼천 평짜리 과수원이 있댜. 영동하고 옥천이며 보은 남부 삼군에서 젤 큰 과수원이라고 신문에도 대문짝만하게 났다드만. 박형 내 말이 맞지?"

털보 옆에 앉아 있는 깨끼조끼가 박태수를 아는 척했다.

"내 말 똑똑히 들어 봐. 요새는 머니머니 해도 빽이 최고여. 박형이 암만 사장님하고 같은 고향사람이면 뭐햐?"

털보가 정상기와 전우팔의 눈치를 살폈다. 정상기는 다리를 꼬고 앉아서 턱 버티고 앉아서 맥주를 마시고 있었다. 50대의 전우팔은 정상기보다 덩치가 컸지만 어깨를 잔뜩 웅크리고 앉아 있어서, 정상기보다 덩치가 작아 보였다. 서기인 유상복은 열심히 고기만 주워 먹고 있다. 전우팔의 두 손으로 정상기 잔에 맥주 따르는 모습을 지켜보다 갑자기 목소리를 낮춰서 말했다.

"그기 먼 소리여. 사장님 땜시 기술이 하나도 읆어서 방앗간에 취직해서 봉급만 잘 타 먹고 있는데?"

"하나는 알고 둘은 모르는구먼. 우린 머 기술이 있어서 방앗간에 취직했는 줄 아남? 방앗간 일이 원래 먼데기 땜시 사람들이 꺼려하는 직업이잖여. 하지만 소장만 돼도 안 그렇지. 소장이 심든 일 하는 거 봤남? 소장은 옥천서도 큰 방앗간에 댕겼다는데 기술이 있어서 그렇다 쳐. 소장이 왜 전우팔을 감싸고 돌겄어?"

"그야, 그 사람이 소장 말이라면 팥으로 메주를 쑨다고 해도 듣는 사람잉께 그렇지."

박태수는 털보가 어떤 말을 하려는지 감이 잡힐 것 같으면서도 잡히지가 않아서 퉁명스럽게 대답했다.

"그기 아냐. 나 같으믄, 내가 소장이라면 말여 사장님하고 고향사람인 박형하고 친하게 지내겠어……"

털보는 알맞게 익은 고기를 굵은 소금에 찍어서 우걱우걱 씹어 먹느라 말을 끊었다.

"나야 원래 남 비위 맞추는 거 하고는 거리가 먼 뚝불데기 승질이잖여."

"이이가 먼 야기를 할라는지 알겠구먼. 무슨 말이냐 하면 말여, 박형이 방앗간 돌아가는 사정을 꿰차게 되믄 언진가 소장 자리를 뺏길 것 같아서 거리를 둔다는 말 같구먼. 내 말이 틀려?"

깨끼조끼가 털보의 빈 잔에 소주를 채워주며 물었다.

"내 말도 바로 그 말이여. 아무려면 팔은 안으로 굽는다고 말여, 방앗간 돌아가는 사정을 박형이 꿰차고 앉았으면 당연히 박형한테 소장 자리를 주지. 집 떠나면 타향이라고 영동 사람도 아닌 옥천 사람한테 소장 자리를 주었어? 그래서 하는 말인데 말여, 설렁설렁 일만 잘한다고 사장님 눈에 드는 거시 아녀. 하루라도 빨리 방앗간이 위태게 돌아가는지 사정을 파악하란 말여. 나이 늙고 심 빠져서 골골 하믄 가대기질도 못햐. 그날이 오기 전에 사장님 빽으로 소장이라도 해 먹어야 할 거 아녀."

"난 욕심 읎슈. 그냥 편하게 먹고살면 상땡이쥬, 내"

박태수는 털보의 말에 느닷없이 뒤통수를 맞은 기분이었다. 촌놈 짓은 혼자 다 하고 있었구먼. 하지만 겉으로는 대수롭지 않다는 표정을 지으며 석쇠에서 익고 있는 고기를 뒤적거렸다.

"하긴, 박형이 먼 걱정이겄어. 과수원에서 사과가 열리기 시작하믄 일 년에 땅 서너 마지기씩은 착착 사 들이는 거는 땅 짚고 헤엄치기나 마찬 가질 텐데 말여."

"사과가 열릴라면 안직 몇 해는 지달려야 하는데 머……"

박태수는 깨끼조끼가 하는 말에 술맛이 싹 달아나 버렸다. 깨끼조끼의 말은 틀린 말이 아니다. 하지만 당장 올여름에라도 지난 1958년 사라호 같은 태풍이 다시 불어온다면 과수원은 쑥대밭이 될 것이다. 태풍에도 끄떡없는 성목(成木)이 되려면 앞으로 적어도 오 년 이상은 기다려야 한다. 그때까지는 모래위에 정각인 사상누각에 불과하다는 생각이 들었기 때문이었다.

"그 짐승 같은 일본 헌병들이 판을 치던 일제시대 때도 살아났고, 사람을 이 잡듯 하던 육이오 때도 살아났고, 이기붕이가 나라를 쥐락펴락하던 자유당 시절도 살아남았는데 앞으로 몇 년을 더 못살까."

"난 그만 가 봐야겠구먼. 까닥 잘못하믄 막차를 놓치겠어."

박태수는 털보의 말에 대꾸를 하지 않고 일어섰다. 정상기한테 인사나 하고 가야겠다는 생각으로 두리번거렸다. 정상기가 앉아 있던 자리에는 전우팔도 보이지 않는다. 명태처럼 마른 유상복만 혼자 앉아서 열심히 고기를 먹고 있다.

벤소 갔나?

벽에 걸려 있는 괘종시계를 보니까 8시를 가리키고 있다. 지금쯤 정류장으로 가면 버스가 있을 것이라는 생각에 직원들에게 대충 인사를 하고 밖으로 나갔다. 5월이라서 밖은 어스름했다.

"제무시가 오늘 몇 시에 오기로 항 겨?"

"열한 시까지 창고 앞에 대기로 했슈."

"요븐에는 몇 가마니여?"

"아까 낮에 지가 자시하게 확인해 봉께 총 쉰 가마드라구유."

"수고 했구먼, 딴 놈들이 눈치채지 않게 잘 실어 보내야 햐."

"히히, 소장님두 참, 장사 한두 번 하남유……"

박태수는 정상기를 찾아서 변소가 있는 곳으로 슬슬 걸어갔다. 선술집 모퉁이를 돌려는 순간 변소 앞에서 담배를 피우고 있는 정상기와 전우팔을 발견했다. 그들을 향해 다가가려다 주고받는 목소리가 은밀하게 들려서 자신도 모르게 얼른 뒷걸음을 치고 가만히 엿들었다.

대관절 이 밤중에 먼 제무시가 온다는 거지, 그라고 쉰 가마니는 머여?

정상기와 전우팔이 주고받는 대화 내용으로 보아서 정상기는 지시를 하는 입장이고, 전우팔은 지시를 이행하는 당사자인 것 같았다. 그러나 그 내용은 예사롭게 들리지 않았다. 무언가 알 수 없는 음모를 꾸미고 있는 말처럼 들려와서 조심스러웠다. 정상기의 눈에 띄었다가는 곤란한 일을 당하게 될지도 모른다는 생각에 발자국 소리를 내지 않고 돌아서서 버스 정류소 쪽으로 향했다.

학산에서 모산까지 거리는 십 리 길이다. 십 리 길을 혼자 걷는 것은 어렵지가 않다. 그러나 밤길을 십 리나 걸어가려면 심심하고 지루하다. 박태수는 막걸리나 한 대포 더하고 가야겠다는 생각으로 차부상회 옆에 붙어 있는 충남식당으로 들어갔다.

"이 시간에 웬일여?"

충남식당 안에는 김춘섭이 주인인 장성댁을 상대로 막걸리 잔을 기울이고 있었다. 박태수는 마침 잘됐다는 얼굴로 김춘섭의 맞은편 자리에 앉았다.

"오늘 무주에서 일이 있었잖여. 배 목수 따라 갔다가 일 끝내고 쪼끔 전에 도착했구먼. 출출해서 한 잔하고 갈라고 들렸어. 날 쉬는 날잉개비지."

김춘섭은 술 주전자를 들어서 박태수 앞에 있는 잔에 따랐다.

"여덟 마지기 농사를 철용이 어머 혼자서 질라믄 심들잖여."

"서 마지기나 여덟 마지기나 농사짓는 거는 매한가지지 머. 그라고 목수 뒷모도 일이 많은 것도 아니잖어. 어쩌다 한 번씩 가뭄에 콩 나듯 있는 일이라서 상관없어."

"여기 술 한 되 더 줘유. 그래도 닷 마지기를 더 징게 요새는 심 좀 피졌구먼."

박태수는 동행을 만났으니 바쁠 것도 없었다. 김춘섭과 주거니 받거니 마시다가 슬슬 걸어가면 된다는 생각에 장성댁을 향해 빈 주전자를 들어 보였다.

"그걸 말이라고 하능 겨? 재년까지만 해도 서 마지기 붙들고 살았는데 그 두 배가 넘는 땅잉게 땅을 바라만 봐도 배가 부를 판여. 근데 암만 생각해 봐도 땅을 도로 내놔야 할 거 가텨."

장성댁이 술 주전자를 들고 왔다. 장성댁은 술 주전자를 탁자에 내려놓고 의자 한 개를 들고 밖으로 나갔다. 장성댁이 바깥으로 나간 후에 김춘섭이 고민이라는 얼굴로 속삭이듯 말했다.

"그기 먼 소리여?"

"황인술 그 새끼가 하도 갈구는 통에 더러워서 농사를 못 짓겠다니께?"

"시방 구장 말하는 거여?"

박태수가 얼큰하게 취기가 오른 얼굴로 느긋하게 술잔을 비우다 말고 두 눈을 동그랗게 떴다.

"우리 동리서 황씨가 구장 그 새끼 말고 또 있남?"

"난 도시 먼 말을 하고 있는지 모르겠구먼."

"이해를 하면 외려 이상하지."

김춘섭은 생각만 해도 화가 난다는 얼굴로 막걸리를 벌컥벌컥 마셨다. 입술에 묻은 막걸리를 손등으로 닦아내고 나서 다시 입을 열었다.

"자네는 누구보다 내가 워티게 해서 구장이 붙이던 땅을 인계 받았는지 잘 알 껴. 그 자리에 어른도 계셨응께 말여. 내가 면장님한테 구장 땅을 뺏어 달라고 빽을 쓰거나, 달걀 한 줄이라도 갖다 바쳤으믄 내가 김춘셉이 아니고 개춘셉여."

"구장이 읎는 야기라도 퍼트리고 다니남?"

"차라리 읎는 야기라도 맨들어서 퍼트리고 댕기면 너 죽고 나 살자고 멱살잽이라도 할 거 아녀. 근데 이건 사람 피를 말려서 죽일라고 아주 작정을 한 놈츠름 말도 안 하고 실실 쪼개기만 하는데, 아주 미치고 환장 하겄다니께."

"에이, 설마……"

"설마가 사람 죽인다는 말 못 들어 봤남? 하여튼 내가 먼 야기만 하면 실실 쪼갬서 꼭 토를 타는 것도 부족해서, 남모르게 하늘을 바라봄서 실실 쪼개거나 비웃는 통에 그냥 확 머리로 박아 버리고 싶은 적이 한두 번 아니라면 말 다했지 머."

"참말로 이상하네. 자네가 뭔 죄가 있다고 그렇게 자네를 못 잡아먹어서 안달 이댜?"

"내가 하고 싶은 말이 바로 그 말여. 그래서 한번은 내가 해룡네 집에서 술 한잔 하자고 했잖여. 해룡네를 내보내 놓고 나서 톡 깨놓고 물어 봤구먼. 내가 당장 오늘 저녁이라도 면장님을 찾아뵙고 땅을 내놓겠다고 하믄 되겠냐고 말여. 그랬더니 그 인간이 머라고 하는 줄 알아?"

"머라고 하는데?"

박태수가 김춘섭의 잔에 술을 채워주며 물었다.

"내가 그렇게 쩨쩨하게 보이냐며 사람 우습게보지 말라는 거여?"

"그람 땅 땜시 그렇다는 거시 아니란 말여?"

박태수가 이해할 수 없다는 얼굴로 물었다.

"그랑께 사람 환장하는 거 아녀. 차라리 속 션하게 솔직히 내가 먼 잘 못을 했냐. 나도 먹고살라고 자유당 선거 운동 한 죄벢에 읎잖냐. 하지 만 그 일에 대해서는 깊게 반성을 하고 있다. 그래서 지난 민의원 선거 때는 자유당 선거 운동을 안 하고 민주당 선거 운동을 해서 이동하 의 원님을 국회로 보내지 않았느냐. 나는 누가 뭐래도 할 도리는 다하고 사 는 사람잉께 하늘 보기 단 한 점 부끄럼 읎이 사는 사람이다. 그랑께 춘 셉이 자네가 면장님한테 잘 말씀 디려서 땅을 다시 부칠 수 있게 심 좀 써 줘라. 이렇게 야기를 하믄 내가 머라고 하겄어? 나는 그전까지 그 땅 이 읎어도 죽이 되든 밥이 되든 먹고 살았잖여. 그라고 딴 동리 사람도 아니고 눈만 뜨면 하루에도 몇 번씩 마주치는 사이에 그런 부탁 못 들 어 주겄어? 한데, 그 인간이 머라고 하냐믄 아주 똥배짱이랑께. 나는 우 리 광일이가 한 달에 돈 만 환씩 벌어오고, 금순이도 두어 달에 한 번씩 은 다믄 오천 환씩이라도 송금을 해 온다. 돈 들어갈 구멍이라고는 중핵 교 다니는 광배벢에 읎어서 그까짓 땅 있어도 그만, 읎어도 그만이라면 서도 딴소리를 하고 있잖여."

"그람 왜 자꾸 자네를 못살게 구냐고 톡 깨놓고 물어 보지 그랬어?"

"골백번도 더 물어 봤지. 저는 하늘에 두고 맹세를 하는데 날 못살게 군 적이 단 한 번도 읎다는 거여. 외려, 내가 저한테 먼 오감이 있는 거 아니냐. 그렇지 않다면 왜 엄한 사람을 불러 놓고 생사람 잡고 있느냐. 그 지랄하면서 사람 복창 터지게 만든다니께."

"먼 말인지 알겠구먼. 구장은 자존심이 상해서 면장 찾아갈 수도 읎고, 자네한테 부탁하기도 싫웅게 자네가 알아서 면장한테 찾아가서 땅을 돌려주라는 부탁을 하라는 뜻인 모냥이구먼."

"내 생각도 바로 그거여. 하지만 내가 골이 벴어? 지가 인간적으로 부탁을 한다면 몰라도, 그 지랄로 내 염장을 박박 긁어 놓는데 미쳤다고 면장님한테 찾아가겄냐 이 말이여."

"하긴, 나라도 몸 주고 귀싸대기 맞는 짓은 못하지."

박태수는 김춘섭이 마신 술값까지 계산을 하고 일어섰다. 김춘섭이 오늘 월급 탔으면 한잔 더하자고 말했다. 박태수는 시간도 늦었으니까 해룡네 집에 가서 마시자며 밖으로 나갔다.

"저기, 자전차 타고 가는 놈이 광일이 아녀?"

삼거리에서 모산 방향으로 접어들어서 걷고 있을 때였다. 자전거 한 대가 빠르게 곁을 스쳐서 달려갔다. 김춘섭이 비틀거리는 걸음을 멈추고 어둠을 밝히며 달려가는 자전거를 손짓했다.

"난 잘 모르겄는걸."

"내 눈이 틀림읎어. 내가 지 뒷자리에 태워달라고 할께비 방울소리가 들리도록 도망치는 거여. 안 그라면 이 밤중에 저 지랄로 미친놈처럼 자전거를 타는 사람이 워디 있겄어. 하여튼 저놈의 족속들은 애비나 자식이나 싸가지 없기로 치자면 조선천지에서 둘째가라면 서러울 겨."

김춘섭은 이가 갈리는 목소리와 다르게 얼큰하게 취기도 오르겠다. 십 리 길을 혼자 터벅터벅 걸어가려면 지루하기도 할 참에 단짝 동행이 있어서 걸음은 가벼웠다.

"에이, 설마 그라겄어. 딴 사람도 아니고 한동리 사람한테."

박태수가 담뱃불을 붙이느라 걸음을 멈추고 앞서가는 김춘섭 등 뒤에서 말했다.

"안 본 사람은 못 믿을 껴. 좌우지간 저 새끼가 을매나 싸가지가 읎는지 자네는 모를 껴. 즈애비한테 먼 말을 들었는지 모르지만, 면사무소에 볼일이 있어서 찾아가도 인사를 안 한다니께. 그릏다고 내가 먼저 나이도 새파랗게 어린놈한테 인사를 할 수도 읎잖여. 그래서 난도 저 새끼하고 시선이 마주칠깨비 고개를 돌릴 수뻭에 읎잖여. 그기 또 환장할 일이랑께. 생각해 봐, 서로 모르는 처지도 아닌 사람찌리 일부러 안 본 척하는 것이 얼매나 심든지. 괜히 뒷통수가 간질간질거리는 것은 기본이고, 한동리 사람들찌리 얼굴 붉히고 있다는 걸 면서기들이 눈치라도 챌깨비 괜히 가슴이 두군두군거리는 것이, 뒷깐에서 똥 놓고 밑 안 닦고 나온 기분처럼 찝찝하기도 하고, 일정 때 죄 읎이 주재소에 끌려간 것처럼 괜히 가슴이 두근 반 세근 반 한다면 말 다 했지 머."

하늘에는 그믐달이 떠 있지만 별이 밝아서 밤길을 걷는 데는 지장이 없었다. 무엇보다 늘 걷던 밤길이라서 어디쯤 가면 패인 길이 있고, 어디쯤 가면 신작로에 박혀 있는 큰 돌이 있다는 것쯤은 훤히 알 수 있다. 김춘섭은 박태수와 보폭을 맞춰 걸으면서 별빛에 허허로운 웃음을 털어 버렸다.

"내가 언지 만나면 칭히 한마디 해야겠구면. 인제 한참 크는 아가 그라면 못 쓰는 법이라고 말여."

"세상이 변하긴 변한 거 가텨. 그전에는 을매나 심들게 살았어. 그래도 이런 일 갖고 서로 낯 붉히며 으르렁거리며 살지는 않았잖여."

김춘섭은 박태수의 말에 반대를 하지 않았다. 멀리 학산천 다리가 어스름하게 윤곽을 드러내고 있다. 광일이가 탔을 자전거가 천천히 다리를 지나가는 광경을 바라보면서 술 취한 목소리로 중얼거렸다.

화무십일홍

이병호는 보료에 누워서 눈을 감지 않았다.
부릅뜬 눈으로 입을 반쯤 벌린 채 천장을 바라보며 움직이지 않았다.
침을 꿀꺽 삼키며 이병호를 지켜보고 있던
이동하는 슬그머니 이상한 생각이 들었다.
혹시? 갑자기 불길한 생각이 온몸을 덮쳐 오는 것을 느끼며
무릎걸음으로 이병호 옆으로 다가갔다.

이동하를 태운 시발차는 둥구나무 거리에서 서행을 하지 않았다. 너럭바위에 앉아 있던 순배 영감과 변쌍출이 놀랄 정도로 빠르게 언덕길을 올라갔다. 마침 모판을 돌보고 집으로 들어가려던 박평래는 이동하의 차를 알아보고 놀란 얼굴로 면장 댁을 바라봤다.

시발차는 솟을대문 앞에서 멈췄다. 이동하가 도착하는 걸 알고 있었는지 솟을대문은 비스듬히 열려 있었다. 운전사 최광수가 빠르게 내려서 뒷좌석의 문을 열어주기도 전에 이동하가 먼저 문을 열고 내렸다. 이동하는 뒤도 안돌아 보고 커다란 덩치가 믿어지지 않을 만큼 빠르게 대문 안으로 들어갔다.

"아부지는?"

옥천댁은 마당에서 빨래를 널고 있었다. 정지 앞에 있는 풍로의 약탕기에서는 김이 모락모락 나고 있다. 이동하가 대청 앞에서 구두를 벗으며 물었다.

"사랑방에 계셔유."

옥천댁은 빨래를 널다 말고 젖은 손을 앞치마에 닦으며 이동하를 따라서 사랑방으로 들어갔다.

"워짠 일로 이 시간에 다 왔냐? 오늘이 공일도 아닐 텐데?"

이병호는 잠을 자는지 눈을 감고 누워있었다. 이병호 옆에 앉아 있던 보은댁이 바쁘게 문을 열고 들어오는 이동하에게 시선을 돌리며 물었다.

"아부지한테 긴히 드릴 말씀이 있어서 왔슈."

이동하는 마른 침을 삼키며 이병호의 얼굴을 바라본다. 지난주에 봤을 때보다 얼굴은 더 희어진 것 같은데 저승꽃은 더 진하고 넓게 퍼져있다. 끼니를 제대로 챙겨 먹지 않아서 그런지 윤기라고는 찾아볼 수 없는 입술이 마른 소가죽처럼 말라붙어 있고, 포마드를 바르지 않은 머리카락이 마른 옥수수수염처럼 나풀거린다.

"그냥 둔너 계셔유."

이동하의 기척에 눈을 뜬 이병호가 일어나 앉으려고 얼굴을 찡그리며 힘을 썼다. 옥천댁이 얼른 이병호를 부축하며 말했다.

"그냥 편하게 둔너 계셔유."

이병호는 이동하의 말에 대꾸를 하지 않고 억지로 일어나 앉았다. 바짝 마른 입술을 힘겹게 혀로 핥으며 이동하를 바라봤다.

"아침은 많이 드셨슈?"

이동하가 보은댁을 바라보며 물었다.

"요새 통 입맛이 없으신지 식사를 드시지 못해유. 그래서 아침에 깨죽을 쑤어 드렸더니 제우 두어 숟갈 드셨슈. 그래서 즘심때는 삼계탕을 해 드릴라고 끓이고 있슈."

이병호를 걱정스러운 눈빛으로 바라보고 있던 옥천댁이 조용한 목소리로 말했다.

"답답항께 문 좀 열어 놔."

이병호의 말에 이동하는 얼른 마당 쪽의 미닫이문을 열었다. 덧문까지 열었더니 6월의 싱그러운 바람이 방 안으로 빠르게 휩쓸려 들어왔다.

"우리는 모를 언제 낼 샘여?"

이병호가 앉은 자리에서는 들판이 보이지 않는다. 푸른 하늘을 잠깐 응시하고 있던 이병호가 목이 잔뜩 잠긴 목소리로 물었다.

"아부지, 지가 서울에 가 있는 것도 아니고 영동 있잖유. 그런 걱정은 하지 마시고 식사나 꼭꼭 챙겨 드셔유. 나이 드신 분은 머니 머니 해도 밥이 보약이라는 말도 있잖유."

"넌 언지쯤 해금이 된다는 거여? 원 의원 처남인가 하는 사람 장군으로 승진을 했다고 해서 선물로 나도 못 먹어 본 산삼을 사다 바쳤는데도 안직 소식이 없능 겨."

"아부지, 식사를 못하싱게 기억도 가물가물하신 개벼. 저 혼자만 정치를 못하는 거시 아니라고 말씀을 디렸잖유. 시방은 비상 정국이라 국회는 문 닫았슈. 개점휴업 상태란 말유. 하지만 문을 열게 되믄 저는 무조건 국회에 들어가기로 약조가 되어 있응게 암 걱정하지 마시고 몸이나 잘 건사 하셔유."

"애비 말이 백번 맞는 말유. 자식이 민의원이 아니라 장관이 됐다고 해도 황천으로 가믄 말짱 황이유."

보은댁이 갉게 한숨을 내쉬고 나서 기운 없는 목소리로 말했다.

"그람 그 머셔. 내가 죽은 정승이라는 말여?."

보은댁을 흘겨보고 있던 이병호는 담배를 찾아 두리번거렸다. 얼른 옥천댁이 담배와 파이프를 건네준다.

"당신두 참, 내가 언지 당신을 죽은 정승이라고 그랬슈. 요새는 말끝마다 물고 늘어지는 통에 먼 말을 못햐."

"어머두 참, 아! 아부지가 그라고 싶어서 그러시겄슈. 원래 몸이 약해지면 신경이 송곳처럼 날카로워지는 벱이잖유. 그렇게 알고 어머가 이해를 해 줘야지. 자꾸 대들면 워짜겄다는거유."

"여보!"

이동하의 목소리가 높아지는 것을 느낀 옥천댁이 그러지 말라고 눈짓을 줬다.

"하여튼 당신하고는 상관없는 일잉께 그만 나가 봐."

"나가지 말라고 해도 시방 나갈 참이었슈. 넌 즘심때 삼계탕한다고 하드니 다 된 거여?"

보은댁은 횡하니 일어서서 치마를 홱 감으며 문을 열다 말고 옥천댁을 바라봤다.

"끓이고 있는 중이께 즘심 시간 맞춰서 가지고 올께유……아버님 몸도 안 좋으신데 좋은 말씀만 해 드려유."

옥천댁은 일부러 이동하 옆으로 가서 귓속말로 속삭이고 나서 일어섰다.

"하여튼 네가 느 어머 땜시 제명대로 못 살 거 같다. 워티게 생겨 처먹은 여자가 주둥이 밖으로 말을 내뱉었다 하믄 부애 나는 말만 골라서 내뱉고 있응께 워티게 살겄냐."

이병호는 바튼 기침을 하면서도 담배 피우는 것은 멈추지 않았다.

"아부지도 승질 많이 죽었네유. 옛날 같으셨으믄 재떨이가 및 번은 날라 갔을 건데……"

"승질이 죽은 거시 아니고, 심이 나야 승질대로 하든지 말든지 할 거 아녀. 워쩔 때는 재떨이 들 기운도 없는데……"

"오늘이라도 지가 자생당 한약방에 들려서 보약 한 첩 더 져서 운전을 하는 최 기사한테 보낼 모양잉께, 귀찮드래도 꼭 챙겨 드셔유."

"앞으로 여기저기 돈 쓸 일이 많을 텐데 쓸데없이 약 지어 보낼 필요 읎다. 대전 같은 데 있는 큰 한의원 가서 보약을 지어 오면 모를까."

"이럴 줄 알았으면 천종산삼을 박 장군한테 보낼 거시 아니라 아부지한테 드릴 걸 그랬슈."

"어이구, 말만 들어도 고맙다. 그러나 내 분수에 백오십만 환짜리 산삼을 먹으면 배탈 나서 제명대로 못 산다. 자생당 한약은 암만 먹어도 효과가 읎는 거 가텨. 대전 큰 한의원 가서 적당한 걸로 사서 보내. 천년만년 살고 싶다는 욕심 때문에 그라는 거는 아녀. 니가 다시 서울로 올라가서 국회의사당에서 큰소리치는 거 한 번 귀경해 볼라면 그때까지는 살아야 할 거잖여."

"당연히 그래야쥬. 대전 역전에 가믄 한의원이 큰 데가 많응께 거기 가서 젤 존 걸로 한 채 져서 보내 드릴께유."

"그래, 워짠 일로 이 시간에 들이 닥친 겨?"

이병호는 기침이 더 심하게 나와서 담배를 계속 피울 수가 없었다. 담배를 끄고 나서 타구에 하얀 얼굴이 새파래지도록 가르릉가르릉거리다가 간신히 가래침을 뱉었다. 입술에 묻는 침을 손바닥으로 닦으며 이동하를 바라봤다.

"아침에 뉘우스를 보셨는지 모르겄구만유."

이동하는 말을 하기 전에 먼저 잔기침을 했다. 이병호의 충격을 완화시킬 생각으로 먼저 서두를 꺼냈다.

"왜? 또 군인들이 총 들고 청와대를 접수라도 한 겨?"

청와대는 윤보선이 사일구 이후 정권을 잡으면서 이름을 바꾼 경무대의 새 이름이다.

"아부지 말씀 조심해야 해유. 군인들이 왜 청와대를 접수했슈. 장면 정권이 국민들을 위한 정치는 뒷전으로 밀어 놓고, 맨날 구파니 신파니 함서 쌈이나 하고 있응께 박정희 의장님이 나선거지."

"그 양반도 안직 군인 아녀? 정치는 너처럼 민의원들이 해야 하능 겨. 군인들이 먼 정치를 한다고 대통령을 내보냈는지 모르겄다. 군인들이 정권을 잡고 나서, 딴 거는 몰라도 작년에 자유당 깡패들을 죄다 징역 보내고 큰 대가리들은 사형 시킨 거는 잘 한 일이다."

이병호는 기침이 잦아들자 다시 담배를 파이프에 꽂고 불을 붙였다.

"아부지, 어짓밤 열시 뉘우스 들었슈?"

"내가 몸이 말을 안 들어서 눈을 감고 둔너 있기는 하지만 뉘우스는 듣는 편여. 열시 뉘우스를 들어 봉께 오늘 날짜로 화폐개혁을 한다는 거 같드라. 화폐개혁이라면 전쟁을 하던, 그 머시냐 휴전이 되던 해에 한 번 있었잖여. 그때 아마 백 원짜리를 일 환짜리로 바꿔졌을 꺼."

"맞아유. 전쟁이 일어나던 해에 한국은행에 보관 중이던 조선은행권을 내비두고 피난하는 머리, 휴전이 되던 해에 통화개혁이 있었잖유. 이번에는 십 환짜리를 일 원으로 바꿔준다고 하드만유. 그래서 하는 말인데유……"

"나도 들었다. 요번 통화 개혁 때는 십분지 일로 바꿔준다고 하는 거 같드라. 그것 땜시 급하게 왔냐? 나 좀 일어나야겠다."

이병호는 화폐개혁 따위는 궁금하지 않았다. 백 환짜리가 십 원짜리로 절하가 된다고 해도 돈의 가치가 그만큼 줄어드는 것은 아니다. 백 환짜리 담배를 오늘부터는 십 원주고 사면 그만이고, 쌀 한 가마니에 만 팔천 환에 내던 것을 천팔백 원에 내면 그뿐이다. 그것보다는 망종(芒種)이 지났으니까 수일 내로 날을 잡아서 모를 심는 것이 중요하다. 들판에 모심기가 어느 정도 진행이 되어 있는지 살펴볼 요량으로 일어서려고 용을 썼다.

"왜유?"

이동하가 얼른 이병호의 허리를 부축해서 일으켜 세웠다.

"어이구, 제우 시 발자국 걸어 왔는데도 숨이 이렇게 차서야 원! 가실에 나락가마니 들어오는 것이라도 보겠나?"

이병호는 문턱 앞에 앉아서 들판을 내려다 봤다. 숨을 고르면서 내려다보는 들판에는 아직 모를 내지 않는 논이 많다. 물을 가두어 둔 논에 백로 몇 마리가 한가롭게 앉아 있다. 내일쯤 모를 낼 계획으로 써래질을 하고 있는 이도 보이고, 모판에서 모를 찧고 있는 아낙네들이 앉아 있는 논도 보인다. 그 모든 광경이 작년 이맘때처럼 뚜렷하게 보이지는 않는다. 돌아오는 공일에 모내기를 하려면 점심 먹고 박평래를 불러서 놉을 얻어야겠다고 생각했다.

"별말씀 다 하시느만유. 내년에 칠순 잔칫상도 받으셔야 하고, 하나 뿐에 없는 자식이 중앙무대에서 떵떵거리며 정치하시는 걸 보실라믄 팔순잔치상도 받으시도록 오래 사셔야쥬. 두고 보셔유. 정치 규제만 풀리면 아부지 아들 이동하가, 옛날의 이동하가 얼매나 크게 됐는지 금방 알게 될테니께유."

"사람은 근본이 중요한 거여. 니가 중앙 정치판에서 성공을 할라믄 우신 족보부텀 만들어야 햐. 서울 을지로 어디를 가 보믄 곡성 이씨 종친회 사무실이 있다고 하드라. 거기 가서 전쟁통에 족보를 잊어 버렸다고 함서 돈 좀 쓰면 명문가 집안에 편입을 할 수 있는 모냥여. 그래야 니가 난중에 큰 인물이 되면 곡성 이씨 종친회장이라도 해 먹을 거잖여."

"저도 글치 않아도 언제 짬을 내서 족보를 맨들라고 생각했슈. 그랑게 족보 문제는 지가 알아서 다 할 모양잉게 걱정하지 마셔유. 그라고 말여유, 암만해도 오늘부터 실시가 되는 화폐개혁에 대해서 아부지도 알고 계셔야 할 것이 있구만유."

이동하는 문지방 앞에 앉아 있는 이병호의 등을 보고 말을 하다가 일어섰다. 누마루로 나가서 이병호를 마주 바라보며 마른 침을 꿀꺽 삼켰다.

"아까도 말했지만 요번에는 십대 일로 바꿔 준다고 했잖여. 농협에 저금해 놓은 돈이야 자동빵으로 바꿔 줄 테고, 집에 있는 돈은 언지 니가 한가한 시간에 가서 바꿔다 놔라."

"어채피 일주일 안에 헌 돈을 죄다 새 돈으로 바꿔야 한데유. 오늘은 죄다 돈 바꾸러 가느라 바쁠테니까 내일이나 모리쯤 바꿔 올게유. 금고에 보관하고 있는 돈이 얼매나 돼유? 한 이천만 환 되남유?"

"딱 삼천만 환 맨들어서 보관해 놨구먼."

"먼 돈을 그릏게 많이 갖고 있데유?"

이동하가 깜짝 놀란 얼굴로 물었다.

"내가 암만 나이가 많아도 너보다는 생각이 깊구먼. 너는 그냥 규제가 풀리믄 다시 민의원을 계속할 거라고 생각할지 모르지만 내 생각은 안 그려…… 자유당 망하고 나서 두 달 만에 선거를 새로 했잖여. 그때 니가 방앗간을 크게 항께 이리저리 쌀을 내서 선거자금을 구했지만 큰일 날 뻔 했잖여…… 윤보선이가 대통령 그만 둔 거 봐라, 민주당도 한물 간 겨. 또 언지 선거를 새로 할지도 모른다는 말일씨. 내 언진가 이런 일이 올 줄 알고 작년부텀 틈틈이 쌀을 내서 모아 둔 돈여."

얼굴을 스쳐가는 바람은 무겁지가 않고 부드러웠다. 그런데도 이병호는 자꾸 기침이 나와서 견딜 수가 없었다. 앉은걸음으로 보료가 있는 곳으로 가며 말을 하느라 자주 말을 끊었다.

"크……큰일 났구만유."

"전쟁이라도 터진다는 게여?"

이병호는 식은땀을 흘리며 보료에 누웠다. 목 안으로 잠겨드는 목소리로 중얼거리며 눈을 감았다. 그러나 기침이 나와서 이내 눈을 뜨고 가슴이 들썩거리도록 요란하게 기침을 했다.

"지도 영동 집에 천만 환 정도를 갖고 있슈. 근데 뉴우스에 뭐라고 나왔느냐 하면, 집에 있는 돈은 유월 십칠일까지 죄다 신고를 해야 한다는 거유. 그때까지 신고를 안 하믄 죄다 무효가 된다는 거유. 우선은 한 사람 앞이 헌 돈을 새 돈으로 바꿔주는 한도가 있다는 거유."

"한도라니? 한도가 얼어 죽었남……우…… 우리나라 사람들이 죄다

271

갖고 있는 돈 액수가 똑같다면 한도가 필요하겠지…… 하지만 옰는 집 구석은 일 환짜리 한 장 옰을테고, 우……우리처럼 있는 집안은 오천만 환 가찹게 갖고 있잖어……그런 판국에 먼 놈의 얼어 죽을 한도여."

"지가 서울에 있는 원갑룡 의원한테 전화를 해서 알아 봤더니 이번 화폐개혁을 한 목적은 집 안에 숨겨 둔 돈을 죄다 게워내게 만들라고 계획적으로 미국도 모르게 시행을 했다잖유……"

이동하는 대책이 서지 않는다는 얼굴로 방 안에 들어갔다. 이병호 옆에 앉으며 이럴 수는 없다는 얼굴로 고개를 흔들었다.

"그람, 일정 때 놋쇠 공출하는 것처럼 파출소 직원들이 집집마다……"

이병호는 기침을 심하게 했더니 진땀으로 목욕을 한 것처럼 등짝이 축축했다. 일어나 앉아야겠다고 생각했지만 몸이 움직여 주지 않았다. 눈꺼풀은 가벼운데 이상하게 자꾸 눈이 감겼다. 내가 죽을라고 이러나, 왜 이렇게 기운이 옰냐. 어이구! 내가 시방 먼 생각을 하고 있는지 모르겠구먼. 승우 장개 가는 건 못 보드래도 안직도 십 년은 더 살아야 할 나이에, 별 쓸데없는 생각을 다하고 있구먼. 이동하의 목소리가 아련하게 먼 곳에서 들려오는 것 같아서 눈을 뜨려고 했으나 의지와 다르게 떠지지 않았다.

"한 사람 앞이 돈을 바꿔주는 한도가 오천 환밖에 안되니까 별 수 있슈. 그것도 일주일 안에 바꾸지 않으면 헌 돈은 종이짝이나 같다고 항께……"

"내……내 돈을! 어떤 잡놈이!"

이동하가 나머지 돈은 무조건 은행에 예치를 해야 한다는 말을 하려고 할 때였다. 이병호가 벌떡 일어나 앉으며 주먹을 꽉 움켜지고 부르르 떨며 허공을 노려보았다.

"아부지, 왜 그래유?"

이병호가 믿어지지 않을 만큼 벌떡 일어나 앉는 통에 이동하가 깜짝 놀라 뒤로 물러나 앉으며 물었다.

"내 돈!……내 돈……."

이병호는 이동하가 묻는 말에 대꾸를 하지 않았다. 용수철처럼 벌떡 일어날 때와 다르게 낙엽처럼 펄렁이는 몸짓으로 보료 위에 누웠다.

"아부지……."

이병호는 눈을 감지 않았다. 부릅뜬 눈으로 입을 반쯤 벌린 채 천장을 바라보며 움직이지 않았다. 침을 꿀꺽 삼키며 이병호를 지켜보고 있던 이동하는 슬그머니 이상한 생각이 들었다. 혹시? 갑자기 불길한 생각이 온몸을 덮쳐 오는 것을 느끼며 무릎걸음으로 이병호 옆으로 다가갔다.

"아부지?"

이병호의 손을 잡았다. 손은 매우 따뜻했다. 손을 슬쩍 당기며 이병호를 불렀다. 손은 힘없이 당겨지는데 이병호는 부릅뜬 눈으로 천장을 응시하고만 있었다. 반쯤 벌린 입을 다물지도 않았다. 갑자기 온몸을 덮쳐 온 불길한 예감이 날을 세우고 칼날이 되어서 정수리를 찌르는 것 같았으나 애써 참았다.

"아부지, 말 좀 해봐유. 아부지, 어여 머라고 말 좀 해봐유. 아부지! 아부지! 말 좀 해봐유! 아부지! 참말로 왜 이래유!"

이동하는 자신의 목소리에 울음이 섞여 있는 걸 느끼지 못했다. 목소리가 점점 빨라지다가 부르짖는 것처럼 갑자기 커졌다는 것도 느끼지 못했다. 이병호의 코앞에 귀를 바짝 붙이고 부르르 떨었다.

"왜 그랴?"

사랑방 밖으로 퍼져 나온 이동하의 부르짖는 목소리가 뚝 끊어졌다. 잠시 괴괴한 침묵이 감돌았다. 승우의 방에서 막 나오던 보은댁은 괴괴한 침묵이 무섭게 가슴으로 내려앉는 것을 느끼며 사랑방으로 뛰어갔다.

"승우 아부지!"

정지에서 삼계탕을 끓이던 옥천댁도 손을 닦을 사이도 없이 사랑방으로 뛰어 들어갔다. 방문 앞에서 우뚝 멈추고 이동하와 이병호를 바라봤다. 반쯤 입을 벌리고 있는 이병호는 부릅뜬 눈으로 천장을 노려보고 있다. 그의 가슴에 얼굴을 박고 있는 이동하의 덩치가 너무 커서 마치 숨을 쉬지 못해 헐떡이고 있는 것처럼 보였다. 그러나 이동하는 이병호의 가슴을 누르고 있는 것이 아니었다. 가슴에 얼굴을 묻고 어깨를 떨면서 숨죽여 오열하고 있었다.

"어머! 밥 안 줘?"

승우가 점심 먹을 때가 됐다는 얼굴로 안방에서 옥천댁을 불렀다.

"너는! 어여, 승우한테 가 봐."

산 사람은 밥을 먹어야 하고, 죽은 사람은 죽은 사람이다. 보은댁이 이병호 앞에 털썩 주저앉으며 마른 먼지가 풀썩풀썩 일어날 것 같은 목소리로 말했다.

"점순이 시켜서 태수 아부지랑 순배 영감 좀 빨리 올라오라고 햐."

이동하는 얼굴 가득히 번져 있는 눈물을 손수건으로 닦으며 이병호의 부릅뜬 눈을 손바닥으로 가만히 쓸어서 감겼다. 아부지, 아부지 돈은 이 자식이 틀림없이 지킬规. 그리고 어떤 일이 있드래도 곡성 이씨 종친회장이 될 팅께 편안히 가셔유. 눈을 감은 이병호의 모습은 잠을 자는 것처럼 평온해 보였다. 턱을 올려서 입을 다물게 한 다음에 뒤로 물러나 앉았다. 이병호가 사용을 하는 재떨이를 앞으로 당겨 놓고 담뱃불을 붙였다.

"별말씀이 읎으셨냐?"

보은댁은 눈물 한 방울 흘리지 않고 먼 시선으로 이병호를 바라봤다.

"아까 족보를 만들라는 말씀이 유언 가튜."

이동하는 마당을 향해 돌아앉았다. 방문 밖으로 보이는 하늘은 오늘따라 유난히 푸르다. 옥천댁이 침착한 얼굴로 채 마르지 않은 빨래를 서둘러 걷고 있는 그 뒤로 석류꽃이 빨갛게 피어 있는 석류나무와 대추나무가 보인다. 옥천댁이 아들을 낳기를 바라는 염원으로 보은댁이 심은 나무들이다.

"면장 어른 저 왔슈."

박평래를 앞세운 순배 영감이 쪽문을 통해서 마당으로 들어왔다. 순배 영감은 저만큼 서 있고 박평래가 누마루 앞에서 두 손을 조아리고 굽실거렸다.

"순배 영감님하고 일루 들어 오셔유."

방문 앞으로 나타는 사람은 이병호가 아니고 이동하다. 박평래는 순간 얼굴빛이 어두워졌다. 면장 어른이 돌아가셨남? 올해 들어서 부쩍 말수가 줄어들었는가 하면 얼굴에 저승꽃이 퍼졌다. 다리가 후들후들 떨리는 것을 느끼며 순배 영감을 손짓해서 사랑방으로 들어갔다.

"면장님!"

박평래는 이불에 덮여 있는 이병호의 주검 앞에서 짤막한 비명을 터트리며 털썩 무릎을 꿇었다.

"얼마나 됐슈?"

순배 영감은 이병호의 주검을 보는 순간 아들 형제의 얼굴이 선명하게 떠올랐다. 다리의 힘이 쭉 빠져 나가는 것 같아서 비틀거렸으나 입술을 꾹 다물고 이내 중심을 잡았다. 자식들 생각에 울음이 울컥 치솟아 올랐으나 침을 꿀꺽 삼키며 참았다. 그 탓에 목이 콱 잠긴 목소리로 물었다.

"한 삼십 분 됐슈."

이동하가 마당 쪽으로 나 있는 문 앞에서 바람에 날리는 머리카락을 쓸어 올리며 담담하게 대답했다.

"솜이 좀 필요한데……"

순배 영감이 서 있는 자리에서 움직이지 않고 목이 잠긴 목소리로 말했다.

"여기 있슈."

옥천댁은 작년부터 이병호의 병세가 심상치 않아서 깨끗하고 여린 솜을 준비해 두었었다. 순배 영감의 말이 떨어지자마자 준비해 주었던 솜을 갖다 줬다.

"나무아미타불 관세음보살……"

순배 영감은 초파일날이나 놀기 삼아 절에 다닐 뿐이지 평소에는 다니지 않았다. 자신도 모르게 혼잣말로 중얼거리며 천천히 이불을 벗겼다. 거기 햇빛을 보지 않아서 허연 얼굴에 검버섯이 드문드문 피어 있는 이병호가 잠을 자는 것처럼 누워있다. 금방이라도 눈을 번쩍 뜨고 너럭바위에 올라설 것처럼 보였다.

영감, 영감이 그런다고 돌아가신 우리 부모님이 살아오실 수만 있다면 당장 저놈들을 용서해 줄 수 있어. 하지만 아무리 애원을 해도 대창에 찔려서 걸레조각처럼 찢어져 죽은 부모님은 돌아오시지 않아. 그랑께 저 똑똑한 자식들 말대로 어여 집으로 돌아가서. 그것이 이왕 죽을 자식들 편하게 해 주는 길잉게.

보름달 아래애서 바라보이는 그날 밤 이병호는 영락없는 저승사자의 모습이었다. 나무아미타불 관세음보살. 저승사자는 또 다른 저승사자의 손에 이끌려 지금쯤 방 안을 내려다보고 있을 것이라는 생각이 들면서 쇳덩이처럼 뭉쳐있던 한(恨)이 울컥 치밀어 올랐다. 그걸 참아 내느라 이를 악물었더니 눈알이 튀어 나올 것 같았다.

아녀, 이기 아녀. 내가 승철이도 살려 냈잖여. 내 전생의 업보여. 내가 전생에 죽을죄를 졌응게 원수의 손자를 병석에서 구해 주고, 원수가 황천으로 가는 길에 배웅을 하고 있잖여.

입 안 가득이 고여 있는 뜨거운 침을 꿀꺽 삼켰다. 솜을 작게 찢어서 이병호의 코앞에 가만히 갖다 댄다. 개미숨소리만 들려도 솜이 떨릴 것이다. 그러나 솜이 움직이지 않는 것을 보니 숨이 끊어진 것이 분명했다.

"운명하셨구만유. 시방 몇 시래유?"

"열한 시 삼십 분이구만유."

옥천댁이 괘종시계를 바라보며 대답했다.

"오늘이 음력으로 밎 칠여?"

"오월 구일 일거유."

박평래는 이병호의 주검을 보니까 하늘이 무너져 내리는 것 같았다. 순배 영감 뒤에 무릎을 꿇고 앉아서 마치 부모님이 돌아가시기라도 한 것처럼 슬픔을 참을 수 없는 목소리로 대답했다.

"임인년, 병오월, 기묘일, 오시에 운명하셨슈."

순배 영감은 다시 한번 침을 꿀꺽 삼키고 나서 솜을 잘게 찢어서 똘똘 말았다.

"아이구, 여……영감! 이일을 위짠다! 자식 성공해서 큰소리치며 사는 걸 보기 전에는 염라대왕이 불러도 절대로 안 가신다는 분이, 이렇게 허무하게 가시면 위짠다! 아이구 영감! 눈 좀 떠 봐유! 쌀이 읎어서 가셨슈! 돈이 없어서 가셨슈! 자식이 읎어서 가셨슈! 마누라가 읎어서 가셨슈! 손자가 읎어서 가셨슈! 세상에 머가 부족하다고 이렇게 허무하게 가셨슈!"

보은댁이 방바닥을 두들기며 통곡을 하기 시작했다. 아버님! 옥천댁도 무너지듯 주저앉아서 통곡을 했다. 방문 앞에 서있는 이동하는 보은댁이나 옥천댁처럼 통곡을 하지는 않았지만 낙숫물이 떨어지는 것처럼 눈물을 줄줄 쏟으며 순배 영감을 지켜봤다.

"엄마, 할아부지 어디 아파?"

승우가 사랑방으로 뛰어 들어왔다. 온 가족이 우는 모습을 보고 자신도 모르게 울음을 터트리며 순배 영감을 바라본다. 이병호는 잠을 자는 것처럼 누워 있다. 순배 영감이 똘똘 말은 솜으로 이병호의 코를 막았다.

"우리 할아부지 코 막으면 숨을 못 쉬잖아유?"

승우가 깜짝 놀라서 이병호의 코에 박혀 있는 솜을 빼내려고 했다.

"어이구, 지 할아부지를 이렇게 끔찍하게 생각하는 손자를 두고 멋땜에 가셨슈. 이 못난 양반아!"

보은댁이 내가 언제 하늘이 무너져 내릴 것 같은 슬픔을 토해냈냐는 얼굴로 이병호를 바라보다가 승우를 보고 깜짝 놀랐다. 기특하다 못해 죽은 사람의 코에서 솜을 빼내는 모습이 섬뜩하다는 얼굴로 승우의 어깨를 잡아 뒤로 물러나며 다시 통곡을 했다.

"할아부지 귀도 막잖아, 우리 할아부지 귀 막으면 안 돼! 암 소리도 안 들린단 말여!"

승우는 또랑에서 목욕을 할 때 동네 형들이 귀에 물이 들어가지 않도록 쑥으로 귀를 막아줬던 기억은 있었다. 하지만 목욕하는 것도 아닌데 코와 귀를 막으면 이병호가 죽을지 모른다는 생각에 울음을 터트리며 보은댁에게서 벗어나려고 몸부림쳤다.

"승우야! 우리 승우! 할아부지 보고 싶어서 워티게 산다! 아여, 너는, 어여 승우 데리고 나가서 장례치를 준비나 햐. 간 사람은 간 사람이고, 멀쩡한 승우 놀라겄다."

보은댁이 옥천댁을 불렀다. 그러나 옥천댁은 엎드려 우느라 고개를 들지 않았다.

"아버님, 우리 승우 고등학교 갈 때까지는 사시겄다고 그렇게 장담을 하시더니, 왜 이렇게 쉽게 가셨슈! 어이구 우리 아버님! 가실 때는 가시더라도 삼계탕이나 들고 가시지. 가시는 길이 얼마나 험한데 배가 고파서 어떻게 가실라구 그냥 가셨슈. 가실 때는 가시더라도 잘 있으라는 말 한마디라도 남겨주고 가시지, 머가 그렇게 섭섭하다고 그냥 가셨슈. 이렇게 쉽게 가실 줄 알았다믄 보약이라도 한 첩 더 해 드릴걸, 말 한마디 읎이 야속하게 가실 줄 알았드라면 옷이라도 한 벌 더 해 드릴 걸. 이 못난 며느리가 얼마나 잘못이 많길래, 말 한마디 없이 잘 있으라는 말씀

한마디 읎이 이릏게도 야속하게 가셨댜!"

옥천댁은 그동안 견고하게 쌓아 두었던 눈물의 둑이 와르르 무너져 버리는 것을 느꼈다. 이 집안에서 그나마 중심을 잡아 주던 인물이 이병호였다. 보은댁은 아들을 못 낳는다는 구실로 이동하에게 들례를 붙여 주었다. 들례가 젊다는 거, 아들을 낳았다는 점 때문에 여자취급을 못 받으며 살았던 일들에 대한 원망과 증오가 한꺼번에 폭발해 버린 것처럼, 보이지 않게 들례를 두둔하며 은근히 차별을 하던 보은댁에 대한 같은 여자의 입장으로 바라보이던 원망과 설음을 막고 있었던 인고의 둑이 와르르 무너져 버린 것처럼, 동네 사람들 그 누구가 비웃음의 눈빛을 보내도 인동초처럼 모진 겨울을 이겨내며 살겠다고 눈물 한 방울도 헛되이 흘리지 않고 아껴두었던 것처럼, 더 이상은 하찮은 눈물을 아껴두지 않겠다고, 내제되어 있던 슬픔의 잔재들을 송두리째 털어내서 하늘로 날려 버리겠다는 기세로 가슴을 쥐어짜며 통곡을 했다.

"승우 놀라겄다. 어여 가 봐, 니가 시방 이라고 있을 때가 아니잖여."

옥천댁이 통곡하는 소리가 방 안에 소용돌이 쳐서 보은댁은 다시 눈물이 나왔다. 그러나 통곡은 하지 않았다. 어이구! 불쌍한 양반, 뭐가 부족해서 그릏게 쉽게 가셨댜! 라고 염불을 하는 목소리로 중얼거리며 옥천댁의 손을 잡아 일으켰다.

"할아부지 왜 그라능 겨?"

"할아부지는 하늘나라로 가셨구먼."

옥천댁이 이 자리를 떠나면 두 번 다시는 이병호를 보지 못할 것 같다는 안타까움에 걸음이 떨어지지 않았다. 하지만 어린 승우를 위해서는 이 방을 나가야 한다는 생각에 억지로 걸음을 옮겼다.

"하늘나라로 가셨으면 죽은 거여?"

승우가 대청으로 나가는 문지방 앞에서 걸음을 멈추고 이병호를 바라보며 옥천댁에게 물었다.

"돌아가신 거여, 그렇게 이럴 때는 얌전히 있어야 하는 겨."

옥천댁은 치맛말기로 눈물을 훔치며 안방으로 들어갔다.

면장 댁으로 바쁘게 올라가는 박평래와 순배 영감의 거동을 이상하게 생각하며 뒤를 밟았던 청산댁은 담 너머에서 이병호의 주검을 확인하고 고무신짝이 벗겨지도록 바쁘게 언덕을 내려갔다.

면장님, 부디 편안한 데로 가셔서 부귀영화 누리셔유! 이 박평래가 늘상 빌어 드릴께유……

박평래는 소리 내어 울지 않았다. 쉬임 없이 흐르는 눈물을 연신 닦아 내면서 흐린 시선으로 순배 영감을 지켜봤다.

"시상판은 준비를 해 뒀는지 모르겄구먼."

"지가 어디 있는지 알고 있응께 가져 올께유."

순배 영감의 말에 박평래가 눈물을 뿌리며 일어섰다. 대문 옆에 붙어 있는 행랑채에는 이병호가 회갑 때 미리 준비를 해 놓으면 장수를 한다는 속설에 따라 관과 칠성판을 보관하고 있었다.

그려, 산다는 거시 다 그런 거지 머……

순배 영감은 이병호의 코와 귀 입을 솜으로 틀어막은 후에 머리를 베개에 반듯하게 괬다.

"문종이."

순배 영감의 말에 보은댁이 얼른 벽장에서 문종이 몇 장과 삼베를 꺼내 왔다.

"어채피 가신 분잉게 편하게 가실 수 있도록 잠시 진정들 햐. 수시를 해야 항께."

순배 영감은 시신이 굳기 전에 팔과 다리를 주물러서 반듯하게 폈다. 문종이를 둘둘 말아서 턱을 괴고 절을 하기 전처럼 양손을 배 위에 올려놓았다. 남자니까 오른손을 밑으로 하고 왼손을 위로 교차시켜서 폭이 좁게 찢은 삼베로 묶었다. 팔이 흔들리지 않도록 옆구리에 찰싹 붙여서 묶고, 허벅지며 발목도 묶었다. 그 마지막으로 백지로 얼굴을 덮었다.

"아부지!"

이동하의 주검은 인간의 모습을 하고 있되 짐짝처럼 묶여 있었다. 순배 영감이 수시(收屍)를 하는 동안 입술을 깨물며 참고 있던 울음소리를 터트리며 털썩 주저앉았다. 그 소리에 바쁘게 달려 온 동네 아낙들에게 이것저것 음식 준비를 시키고 있던 옥천댁이 눈물을 뿌리며 사랑방으로 들어왔다.

"아버님!"

순배 영감이 짐짝처럼 묶은 이병호의 시선을 시상판(屍床板) 위에 놀려 놓고 흔들리지 않도록 묶고 있었다. 시신 위에 홑이불을 덮는 순간 옥천댁은 엎드려서 서럽고 서럽게 통곡하기 시작했다.

이병호가 운명을 했다는 소식은 삽시간에 온 마을에 퍼졌다. 논이나 밭에서 일을 하고 있던 남정네들은 물론이고 점심 준비를 하던 아낙네들까지 면장 댁으로 몰려갔다. 안방에 자리를 잡고 부고를 쓴다, 문상객들을 맞을 음식을 만든다, 돼지를 잡는다, 이병호가 묻힐 이복만 묘소 아래쪽에 풍수가 올라가서 터를 잡는다, 산역꾼들이 박평래의 지휘를 받으며 산역을 한다, 이런저런 필요한 물품을 구입하러 학산이나 영동으로 나가느라 뛰어가고, 산으로 올라가고, 또랑으로 내려가고, 상주가 짚을 지팡이와 만장(輓章)을 매달 때 사용할 대나무를 구하러 다니느라 온 동네가 들썩들썩했다.

"찬찬히 먹어, 찬찬히 먹어도 먹을 거는 얼마든지 있단 말여."

"밥 먹고 집에 가서 개똥이 올려 보냐."

"밤중에 머가 먹고 싶으믄 올라와, 엄마가 떡이든 적이든 챙겨 줄 테니께."

아낙네들은 끼니때가 되어도 밥 할 생각을 하지 않았다. 어린 자식들은 당연하다는 얼굴로 이병호네 집으로 올라왔다. 그것도 쪽문이 아닌 활짝 열려 있는 솟을대문 안으로 들어와서 제집처럼 퍼질러 앉아 볼이 터지도록 떡이며, 전이며, 고기를 먹어 치웠다.

저녁나절부터 찾아오기 시작한 문상객들은 금방 넓은 마당을 가득 채우다 못해 골목에도 차일을 치고 문상객을 받아야했다. 문상객들이 넘쳐나기 시작하자 모산 사람들은 볼일로 인해서 가족을 찾으려면 이동하의 집 안방이며, 웃방, 문간방, 곁방부터 시작해서, 뒤안이며 마당, 골목까지 한참 동안 더듬어야 했다. 그러다 보니 모산 사람들 중에서도 먹자판인 사람들은 문상객의 말벗을 해 주며 종일 술을 퍼도 어느 누구 하나 눈총을 주는 이가 없었다.

충청북도는 통행금지가 없는 지역이라서 밤이 으슥하도록 문상객들이 찾아 들었다. 날이 어두워지기 시작하면서 문상객들에게 음식을 날라다 주거나, 화톳불이 사위어 갈 때 장작을 던져 놓거나, 문상객들이 어지럽혀 놓은 멍석을 청소하는 등 허드렛일을 하면서도 어느 누구 하나 집으로 들어가는 사람들이 없었다. 그러다 보니 종일 마신 술에 떡이 되도록 취한 이들은 두레상에 엎드려 코를 골며 잠을 잤다. 그래도 어느 한 사람이 어이! 안직은 한데서 잘 때가 아녀, 집에 가서 편히 자, 라고 깨우는 이가 없었다.

이튿날 아침 들판의 이슬이 마를 무렵부터 가깝게는 학산이나 양산, 멀리는 영동 더 멀리는 청주, 서울에서도 문상객들이 자가용을 타고 벌 떼처럼 몰려들었다. 아직 모를 내지 않은 논이나, 모를 반쯤 심다 만 논, 모를 찌다가 만 못자리에는 사람 한 명 없었다. 마치 어느 순간 사람들 이 일제히 사라져 버린 것처럼 들판은 고요하도록 텅 비어있지만 둥구 나무 밑에는 경향 각지에서 찾아온 문상객들로 붐볐다. 그러다 보니 때 아니게 해룡네도 창업 이래 가장 큰 호황을 누리고 있었다.

"한 잔 더하고 싶으면 초상집으로 올라가면 되잖여."

"에이, 거기 다시 올라가서 아는 사람을 만나 봐. 술 한 잔 사 먹을 돈 도 없는 놈처럼 뵈일 거잖여.

"허긴, 틀린 말이 아니구면."

원래 술이 술을 마시는 법이다. 또 잔칫집이나 상갓집에 가서 보면 오 랜만에 반가운 얼굴을 만나는 건 흔한 일이다. 그렇다고 취하도록 상갓 집에서 회포를 풀 수는 없는 노릇이다. 다음 문상객들을 위해서 자리를 비켜주고 내려오다 보면 한 잔 더 마시고 싶은 생각에 목젖이 꿈틀거리 기 일쑤다. 그렇다고 상갓집으로 다시 들어가기에는 체면에 관한 일이 라서 해룡네 집으로 찾아 들어가는 이들이 많았다.

"어머! 어머! 해룡이가, 하……학산 도가에서 술 받아 왔다."

해룡이도 졸지에 영동군에서 소문난 인물이 됐다. 어느 동네를 가도 한두 명씩은 정신적으로 모자란 사람이 한두 명은 있기 마련이다. 영동군을 대표하는 민의원 이동하의 고향이라고 예외는 아니라는 점도 소문꺼리였다.

삼일 째가 되는 날 박태수와 김춘섭이며 윤길동과 오씨 등이 이병호의 운구를 들고 대청을 내려섰다.

"아이고! 아부지!"

이동하가 차마 이병호를 보낼 수 없다는 얼굴로 통곡을 하며 운구를 붙잡았다. 그 뒤로 이병호의 큰딸 여순과 작은딸 천순이 오열을 하며 따랐다. 보은댁은 소리 없이 눈물을 흘리며 운구를 따라서 마당으로 내려섰다.

운구가 대문을 나서기 전에 잠깐 멈추었다. 약속을 한 것처럼 이동하며 여순과 천순의 흐느낌 소리가 잦아들었다. 상대적으로 울음을 참고 있던 옥천댁이 뛰어나가 운구를 껴안고 대성통곡을 하기 시작했다.

"아이고! 아버님, 이렇게 허망하게 가시면 원통해서 워틱해유. 자나 깨나 아버님만 믿고 지금까지 살아온 이 며느리가 딱하지도 않으세유, 가실 때는 가시더라도 삼계탕이나 들고 가시지, 저승길이 머가 그렇게 좋다고, 이렇게 빨리 가시남유. 아이고, 아버님, 아버님한테 잘 해드리지도 못하고, 챙겨드리지 못했는데 좀 더 사시다 가시지, 왜 이렇게 빨리 가시남유. 죄송해유, 죄송해유, 아버님 참말로 죄송해유……"

옥천댁은 친정아버지가 돌아가셨을 때 보다 더 서럽게 울었다. 가슴 저 밑에 쌓여 있던 이동하에 대한 원망이 이병호에 대한 서운함으로 변해서 통곡을 했다. 이동하며 여순이나 천순이 통곡을 할 때는 멀뚱멀뚱 쳐다만 보던 동네 아낙네들이 차마 바라 볼 수가 없다는 표정으로 고개를 돌리고 같이 울었다.

집 앞에서 발인제를 마치고 상여꾼들이 상여을 맸다. 상여꾼들에게는 모두 흰 고무신 한 켤레씩과 수건 한 장, 30원짜리 파고다 한 갑씩을 지급했다.

요령잡이 변쌍출이 상여머리를 잡고 차마 떨어지지 않는 발걸음을 옮기려는 것처럼 대문 앞에서 한 바퀴를 돌았다. 상여가 집을 향해 멈추자 이동하와 승철이며 승우가 절을 세 번했다. 승철은 말똥말똥한 눈으로 상여를 바라봤다. 승우는 이동하며 옥천댁이 우는 모습을 보고 따라서 울었다.

상여가 출발을 하기 전에, 빨갛고, 노랗고, 희거나 파란색의 만장이 매달려 있는 대나무를 든 사람들이 일렬로 줄을 지어서 출발을 했다. 모산 사람들은 그 누구도 만장을 헌정하지 않았다. 이동하를 보고, 영동경찰서장이며 군수, 우체국장 등 기관장들은 모두 만장을 헌정했다. 민의원 몇몇도 헌정을 하고, 옥천이며 보은 기관장들도 만장을 헌정해서 만장을 들고 가는 행령이 오십 미터나 이어졌다.

"이제, 가면 언제 오나!"

상여가 출발을 하기 전에 요령을 든 변쌍출이 상여머리를 잡고 구성지게 앞소리를 메겼다.

"어허! 어히!"

상여꾼들이 앞으로 나갈 것처럼 몸을 앞뒤로 흔들면서 뒷소리를 했다.

"가네, 가네, 나는 가네, 북망산천 돌아를 가네"

"어허! 어히!"

상여가 언덕길을 내려가기 시작했다.

"북망산천이 얼마나 멀기에, 한 번 가면 못 오시나!"

"어허! 어이!"

"이제 가면, 언제 오나! 정든 집은 가만히 있는데!"

"어허! 어이!"

상여가 둥구나무 앞에서 멈췄다. 상여는 앞으로 나가려는데 변쌍출은 둥구나무 밑을 떠날 수 없는 것처럼 상여를 뒤로 밀었다. 상여꾼들이 뒷걸음을 친다. 변쌍출이 앞으로 나가면, 같이 따라 나섰다가 이내 뒤로 물러서며 제자리걸음을 한다.

"누가 여비 좀 줘!"

"풍족하게 줘야, 저승길을 편하게 가지."

동네 사람들이 던지는 말에 영동군청에 다니는 임상천이 앞으로 뛰어 나가서 맨 앞에서 상여를 메고 있는 박태수가 맨 어깨끈에 십 원짜리 몇 장을 묶는다.

"충청북도 영동군 학산면 모산 동리가 너무 좋아 떠날 수가 없다네!"

"어허! 어이!"

상여는 그래도 떠날 줄은 모른다. 동네 사람들이 옥천중학교 선생인 정영일 보고 저승 갈 여비 좀 주라고 한다. 정영일도 뛰어 나가서 짚으로 꼰 새끼줄을 비집고 십 원짜리 몇 장을 끼워 넣었다.

장례는 삼일장으로 끝났다. 이동하로 봐서는 초상이지만 모산 동네로 봐서는 축제가 끝난 상주의 집안은 대목장날 파장처럼 어수선했다. 마당에는 아직도 차일이 쳐 있었고, 그 밑에는 멍석이 깔려 있었다. 국을 끓이고 전을 부치고 접시에 음식을 담아 주는 과방(果房) 역할을 하는 차일 밑에는 온갖 그릇 등이며 크고 작은 물동이에, 술독이며 전을 부치던 솥뚜껑이며 화덕 등이 어지럽게 널려 있었다. 발인을 했지만 드문드문 찾아오는 문상객들 때문에 치우지 않은 두레상도 집안 분위기를 어수선하게 하는데 한몫 단단히 하고 있었다.

이병호가 생전에 사용을 하단 사랑방의 비단 보료는 치워졌다.

이동하는 아랫목 방석에 앉아서 피곤에 지친 얼굴로 길게 한숨을 내쉬고 나서 술을 마셨다. 박평래는 텁수룩한 얼굴로 이동하의 입이 떨어지기를 기다리며 마당을 바라보고 있다. 그 옆에는 장례를 치르는 동안 호상 역할을 한 순배 영감은 양반다리를 하고 앉아서 30원짜리 파고다를 피우고 있다. 30원이라면 화폐개혁이 있기 전에는 300환이다. 300환이면 학산 태화루에서 짜장면을 두 그릇 먹을 수 있는 돈이다.

이기 담배여! 풀여! 쑥을 말려 피워도 이것 보담은 났겠구먼……

장례를 치르는 동안 문상객들에게는 나름대로 정해 놓은 등급별로 담배를 한 갑씩 줬다. 최상위급인 민의원을 비롯한 정치판에 적을 두고 있는 문상객들은 30원짜리 파고다를, 경찰서장을 비롯한 군수며 세무서장 등 영동의 유지급들에게는 25원짜리 금관이나 새나라를, 학산면 유지들에게는 10원짜리 해바라기를 한 갑씩 줬다. 그 밖에 이동하라는 이름 석 자를 보고 찾아온 문상객들한테는 4원짜리 모란을 한 갑씩 줬다.

순배 영감은 호상이라서 30원짜리 파고다를 받았지만 담배를 피우는 맛이 안 났다. 하지만 황인술이 이동하의 체면을 생각 혜서라도 반드시 파고다를 피워야 한다는 생각에 한 갑 두 갑 피우다 보니, 간사한 것이 사람의 입이라고 이제 봉초는 써서 못 피울 것 같았다.

"좌우지간 두 분이 내 일처럼 힘을 써주셔서 아버님을 잘 모셨슈. 그래서 하는 말인데, 봉투에 천 원씩 넣었슈. 고생하신 걸 생각하믄 더 많이 넣어 드려야 하는데 문상객들은 학산면 생기고 나서 젤 많이 왔다고 하지만, 원체 비용이 많이 들어가서 그것 밖에 못 넣슈. 그렇다고 이걸로 입 싹 닦은 것이 아뉴. 담에라도 지가 생각하는 거시 있응께 서운해하지 말고 받아 두세유."

이동하는 옥천댁이 만들어 준 돈 봉투 두 개를 품 안에서 꺼내어 순배 영감과 박평래 상 앞에 놓았다.

"아이구! 의원님 이라시믄 안 돼유. 여기 이 형님이야 칠순 가찹게 되시는 양반이 밤잠을 설쳐 가며 고생을 하셨응께 다믄 얼매래도 드리는 거시 옳지만 저는 괜찮아유. 저는 외려 면장님 생전에 쪼꿈이라도 더 찾아뵙지 못한 거시 죄스러워서……"

깜짝 놀라서 손사래를 치던 박평래는 울먹이는 목소리를 내다가 말을 잇지 못하고 고개를 숙였다.

"아까, 옥천서 중핵교 선생을 한다는 매제 되는 분한테도 초상을 치르는 동안 쓴 경비를 인계하면서도 말을 했지만, 내가 멀 바라고 호상을 한 것은 절대 아뉴. 난 다만 면장님이나 의원님하고는 사는 격이 틀리지만, 오래 살다 봉께 이런 일에 딴 사람보다 눈이 밝다는 것 땜시 도와줬을 뿐유. 그런 판국에 이렇게 큰돈을 받았다는 것이 동리 사람들한테 소문이라도 나는 날에는 내가 노망 들렸다고 뒤에서 손가락질을 할 거유. 그랑께 그냥 넣어 둬유."

순배 영감도 고개를 흔들면서 돈 봉투를 이동하 상 앞으로 밀었다.

"내가 돈을 얼매씩 줬다고 동리 사람들한테 소문을 낼 이유도 읎지만, 돈이 짝어서 그라신다면, 더 드리겠슈."

이동하가 바지 뒷주머니에서 지갑을 꺼내며 말했다.

"아이구, 의원님 먼가 오해를 하시는 모냥인데 이 돈이 너무 많아서 못 받고 있는 거유. 정 주시고 싶으시믄 백 원씩만 주셔유. 백 원만 해도 너무 황송해서 고개를 들 수가 읎슈. 그랑께 지발 돈은 넣어 두셔유……"

박평래는 두 손으로 싹싹 빌며 애원이라도 하고 싶은 얼굴로 돈 봉투를 두 손으로 들어서 이동하에게 받쳤다.

"내 생각도 태수 애비 생각하고 같구만유. 천 원이믄, 그전 돈으로 만 환이라는 야긴데. 이 늙은이가 머 대단한 일을 했다고 만 환씩이나 받겄슈."

"두 분 생각이 정 그렇다면 이렇게 합시다. 오늘 발인식은 했지만 앞으로 탈상 때까지 이런저런 일이 많이 남았잖유. 그때마다 지가 두 분을 기탄 읎이 부를 모냥잉께, 그것까지 생각해서 그냥 받아 둬유. 시방부텀 또 안 받으시겄다고 하믄 참말로 돈이 짝아서 안 받는 걸로 생각할 팅게 알아서들 해유.

이동하는 순배 영감에게 술을 권했다. 그 사이에 박평래가 얼른 자기 잔을 비웠다. 이동하가 박평래의 잔에 술을 따라주며 물었다.

"내가 이 돈을 안 받아야 하는 건데……"

순배 영감은 이병호의 주검을 확인하거나, 염습 할 때처럼 자식들의 얼굴이 떠올랐다. 그려, 살아 있는 거시 죄지. 살아 있는 거시 죄여. 천 원이면 결코 적은 돈이 아니다. 쌀을 반 가마니 넘게 살 수 있는 돈이다. 혼자 몸이라서 삼사 개월은 먹고살 수 있는 돈이다. 젊은 청춘에 간 자식들을 생각하면 받아서는 안 되는 돈이지만, 목구멍이 포도청인 걸 생각하면 못이기는 척 받을 수밖에 없는 현실이 혼란스럽기만 했다.

"드릴 말씀 있어서 허락도 안 받고 찾아 왔슈."

이동하와 순배 영감이며 박평래가 묵묵히 술을 마시고 있는데 대청 쪽에서 황인술이 상체를 삐죽이 내밀었다.

"들어와유."

이동하의 말에 황인술은 조심스럽게 방으로 들어왔다. 순배 영감 옆에 무릎을 착 꿇고 앉았다.

"구장님 이번에 수고 했슈. 자, 내 술 한 잔 받아유."

박평래가 술잔을 내밀었다.

"아녀유, 지가 머 한 일이 있남유. 죄다 어르신들이 시키는 대로 심부름이나 했을 뿐인데유. 그전에도 말씀을 드렸지만 면장님은 참말로 아까우신 나이 때 돌아가셨슈. 민의원님이 앞으로 서울에서 큰일을 하실 분이잖유. 그런 걸 봐서라도 앞으로 십 년 이상은 사셔야 할 분인데 너무 빨리 가신 것 같아서 시방도 맘이 짠 하네유."

황인술은 박평래가 내미는 술잔을 바라보지도 않았다. 이동하 앞에서 고개를 조아리며 숙연한 얼굴로 말했다.

"생각하면 뭐해유. 아깝기로 치자믄 백날 천날을 울어도 원통하쥬 머. 하지만 옛말에 인명은 재천이라는 말이 있잖유. 다 하늘의 뜻으로 받아들이기로 했슈."

이동하는 고인이 된 이병호보다 나이가 많은 박평래와 순배 영감이 마주 앉아 있는데도 무의식중에 담배를 입에 물었다. 담뱃불을 붙이고 나서 활짝 열려 있는 문 밖으로 마당을 바라본다. 아직 철거를 하지 않은 차일들이 바람에 펄럭거리고 있다. 마당 안을 가득 채웠던 문상객들이 하나 같이 이병호는 아직 더 사셔야 할 분이라며 안타깝게 말했던 것이 떠올라서 눈자위에 눈물이 그렁하게 차오른다.

"그렇지 않아도 정신적으로나 육체적으로나 너무 대근하신 의원님께 지가 괜한 말씀을 드렸나 봐유……"

황인술이 무릎을 꿇은 자세로 고개를 조아리며 기어들어가는 목소리로 말했다.

이, 인간이 시방 뭔 수작을 부릴라고 안 하던 짓을 하고 있댜?

박평래는 이동하의 눈자위에 눈물이 차오르는 걸 보고 콧등이 시큰거렸다. 그려, 을매나 원통하시겠어. 세상 부러울 것이 읎는 양반이 졸지에 가셨응게 생각만 해도 눈물이 나시겠지. 짠한 얼굴로 이동하를 바라보던 시선을 거두고 황인술을 바라본다. 분명 어떤 목적이 있어서 온 것은 틀림없는데 평소 황인술답지 않은 언행이 못마땅하기만 했다.

"그래, 할 말이라는 것이 뭐유?"

이동하가 슬쩍 눈물을 닦아내고 코맹맹이 소리로 황인술에게 물었다.

"시방 이런 말씀을 드릴 때가 아니라는 건 잘 알고 있슈. 하지만 농사라는 거시 다른 거와 달라서 때라는 것이 있잖유. 그때를 놓치면……"

황인술은 이병호가 죽어 버렸으니 앞 들판에 있는 일곱 마지기 논과 서 마지기를 포함한 열 마지기를 도지로 내놓을 것이라고 판단했다. 그 열 마지기 땅은 말 그대로 문전옥답이다. 문전옥답은 문 앞에 있는 논은 옥과 같다는 뜻이다. 아무리 도지 땅이라고 해도 농사를 짓는 사람이라면 모두 갖고 싶은 꿈의 땅과 같다. 그럴 수밖에 없는 것이 집하고 가까운 곳에 있어서 하다못해 개똥 한 점을 뿌려도 더 뿌릴 수 있고, 저녁 먹고 바람 쐬러 나가서 오줌만 갈겨도 거름이 되는 탓에 다른 땅보다

소출이 많다. 이동하는 정치를 하느라 그까짓 열 마지기를 직접 부치지는 않을 것이다. 더구나 아직 모도 안 심었다. 누구든 책임지고 모를 심는 사람이 자연스럽게 도지를 얻게 될 것이라는 생각에 조심스럽게 운을 땠다.

"구장이 먼 말을 할라고 하는지 잘 알겄구먼. 구장 말이 틀린 말은 아녀유. 모라는 것이 지때 심지 않으믄 가실에 나락이 부실해 징게 서둘러 심어야 해유. 지 생각에는 모를 심을라면 날이 공일잉게, 날 심는 것이 딱 좋기는 해유. 하지만, 날 열 마지기에 모를 심을라믄, 놉을 못 은어도 열댓 명은 은어야 하는데 아싸리 담주 공일날 심는 거시 좋을 거 가튜. 그래도 아주 늦지는 않을 거유."

황인술의 말이 끝나기도 전에 박평래가 무슨 말을 하려는지 알만하다는 얼굴로 이동하를 바라보며 말했다.

"그 논이야 매년 태수 아부지가 책임지고 모를 심었잖유. 지는 그 일이 아니드래도, 할 일이 태산같이 많은 사람이잖유. 그런 거까지 지가 신경 쓸 시간이 읎응게, 올게부텀은 태수네가 부처 먹어유. 올게 당장 열 마지기에 모를 심을라면 돈이 좀 필요 할규. 모를 심는데 필요한 돈이나, 머 다른 거는 승우 어머가 항상 집에 있응게 말씀만 하시믄 뭐든 해 드릴꺼유."

"알겄구만유. 그릏지 않아도 큰마님하고 작은마님한테 농사짓는 거는 앞으로 지가 열 일을 제쳐 놓고 도와 드릴 팅게 걱정하지 말라는 말씀을 드렸슈. 그랑게 도지 준 논에 대해서는 일절 신경 쓰지 마시고, 어여 좀 쉬셔유. 장사 치르는 동안 형제들이 많으시면 간간히 주무시기라도 했을 텐데, 독자라서 혼자 빈소를 지키시느라 지대로 주무시지도 못했

293

잖유. 매제 둘이 있기는 원래 시집 가믄 출가외인이라고 의원님츠름 날 밤을 새우지는 않는 것 같드라구유.”

박평래는 알토란 같은 문전옥답 열 마지기를 부쳐 먹으라는 말을 듣고 나니까, 벌떡 일어나서 덩실덩실 춤을 추고 싶었다. 하지만 그럴 분위기가 아니라서 짐짓 심각한 얼굴로 말했다.

찢어 죽일 놈!

닭 쫓던 개가 지붕을 쳐다보는 기분이 이럴까. 삼 년 공들인 과부, 속곳을 벗기려는 순간 마누라한테 들킨 기분이 이럴까. 여름에 기가 허해서 추어탕이라도 해 먹을 욕심으로 땡볕 아래서 온종일 땀을 흘리며 기진맥진 둠벙을 펐드니, 기대했던 미꾸라지는 한 마리도 보이지 않고 개구리만 개골개골거리는 기분이 이러할까. 황인술은 촉새처럼 끼어드는 박평래를 이 자리에 아무도 없다면 때려죽이고 싶었다. 하지만 내색을 할 수가 없었다. 박평래의 말 한마디, 한마디가 이가 갈리고 심장이 벌렁벌렁 떨리다 못해 저절로 주먹이 쥐어지도록 약이 올랐지만 내색을 할 수는 없었다. 무릎을 꿇고 앉은 발가락을 꼼지락꼼지락거리며 엉덩이를 들썩들썩거리면서도 마른 침만 꼴깍꼴깍 삼키고 있을 수밖에 없었다.

“그래, 구장님이 하고 싶은 말은 머유?”

이동하는 박평래 말대로 장사를 치르는 동안 다리 뻗고 누워서 잠을 자본 적이 없었다. 먹는 것도 연이어 밀려드는 문상객들 때문에 제대로 먹지도 못했더니 입 안이 깔깔했다. 절반도 피우지 않은 담배를 눌러 끄느라 독한 연기에 눈물이 나서 얼굴을 찡그리며 물었다.

“디……다른 기 아니구, 요번에 큰일을 하느라 동리 사람들이 죄다 고생을 했잖유. 그래서 드리는 말씀인데……"

본래의 목적을 잃어버린 황인술이 더듬거리다가 궁색하게 이유를 대려는 찰나였다.

"의원님, 요번에 이백 근짜리 돼지를 시 마리나 잡았잖유. 덕택에 오시는 손님들한테 푸짐하게 대접을 했슈. 그래도 반 마리 택은 남은 거 가튜. 그래서 드리는 말씀인데유, 오늘 저녁에라도 둥구나무 거리에 가마솥을 내걸었으면 좋겠구만유. 아까 봉께 탁주도 서너 말 택은 남았드라구유. 그만하면 온 동리 사람들이 배 터지게 먹을 거 같구만유."

"글치 않아도 오늘 저녁에 한잔 낼라고 했구만유. 괴기는 지가 생각해도 그만하믄 된 거 같고, 술은 아싸리 댓 말 더 배달을 시켜유. 술이 남으면 누가 마셔도 날 마시면 되지만, 모질라믄 안 되잖유."

이동하는 박평래가 하는 말에는 한마디 토도 달지 않고 반문도 하지 않았다. 오히려 박평래가 하는 말에 보태주면 보태주지 깎지는 않았다. 황인술은 자신하고 전생에 뭔 원수가 졌는지 모르지만 박평래의 가슴팍을 낫으로 찍어버리고 싶었다. 논 다섯 마지기를 김춘섭에게 넘겨주고 된 원인도 가만히 생각해 보면 박평래다. 그러나 전화위복이라고 했던가. 논 다섯 마지기를 내놓았으니까 말만 요령 있게 잘하면 문전옥답 열 마지기를 얻을 수 있다는 생각에 다른 놈들이 끼어들기 전에 일등으로 달려와서 판을 벌렸다. 그랬더니 이번에도 박평래가 초를 치고 있다고 생각하니 너무 분하다 못해 가슴이 떨려서 말을 할 수가 없었다.

"더 할 말 읎으면 그만 가지."

제 삼자 같은 얼굴로 가만히 앉아 있던 순배 영감이 박평래에게 작은 목소리로 말했다.

"그람 그렇게 알고 이만 가 볼께유. 의원님이 속상한 걸 생각하면 더 있고 싶지만, 너무 대근해 보여서 일어서야겠네유."

황인술은 박평래하고 순배 영감이 일어서도 계속 앉아 있었다. 박평래가 또 무슨 꽁수를 부리기 전에 무슨 말인가로 이동하의 마음을 돌려 놓아야 된다는 생각에서였다. 그러나 너무 화가 나서 머릿속이 콱 막혀 버린 것처럼 아무 생각도 나지 않았다.

"구장, 머 하는 거여. 의원님 대근하신데 어여 나오지 않구선."

박평례가 고무신을 신으며 황인술을 불렀다.

"아! 예……"

황인술은 박평래가 계속 초를 친다는 생각에 화가 치밀어서 자신도 모르게 벌떡 일어서고 말았다. 그 통에 박평래와 순배 영감처럼 이동하에게 인사할 생각도 못하고 대청으로 나갔다.

"영감님, 참말로 고마워유. 우리 승철이도 영감님이 아니시면 잘못 되었을지도 몰라유. 그것만 생각해도 맨날 영감님한테 은혜를 갚아야 한다고 생각을 하고 있었지만 맘처럼 쉽지가 않았슈. 그란데다 요번에도 영감님이 이렇게 애를 쓰셔 주시니께 뭐라고 고맙다는 말을 해야 될지 모르겠구만유."

마당에는 아낙네들 여럿이 바쁘게 움직이며 뒷설거지를 하고 있었다. 그니들 틈에 섞여 있던 옥천댁이 물에 젖은 손을 앞치마에 닦으며 몸들 바를 몰라 했다.

"어이구! 그런 말씀 하지 마셔유. 아까 의원님한테도 드린 말씀이지만 형님은 당연히 해야 할 일을 했을 뿐잉께 그런 말씀은 하지 마셔유."

순배 영감은 옥천댁의 과찬에 얼른 말이 나오지 않아서 뭐라고 대답을 했으면 좋겠냐는 얼굴로 박평래를 바라봤다. 박평래가 허리를 굽실거리면서 천부당만부당하다는 얼굴로 고개를 조아렸다.

"그 말은 태수 애비 말이 맞아유. 한동리 사람이면 당연히 해야 할 일을 했을 뿐잉께, 너무 마음 쓰지 마셔유."

"그래도 은혜를 잊으면 사람의 도리가 아니쥬. 오늘은 보시는 것처럼 사정이 그렇고, 언지 조용한 날 찾아뵙고 정식으로 인사 드릴께유."

"어이구, 그기 아니라니께 자꾸 그러시느만유. 형님 어여 갑시다…… 의원님 그람 이따 저녁에 다시 올라오겄슈. 그전이라도 시킬 일이 있으시면 점순이를 보내셔유. 그람 얼릉 올라올 팅께유."

박평래가 굽실거리면서 얼른 순배 영감의 뒤를 떠밀면서 자리를 떴다.

허! 저 늙은이가 노망이 든 거시 틀림읎어. 그기 아니믄 저 지랄로 하늘 높은 줄 모르고 깨춤을 출리는 읎어.

발인부터 초우까지 동네 사람들을 진두지휘하다 보면, 상여꾼이며 산역꾼들에게 술 권하는 것은 필연적이다. 또 술을 열 잔을 권하다 보면 아무리 적게 잡아도 두 잔 이상은 얻어 마시기 마련이다. 오늘도 황인술은 오전부터 순배 영감을 도와서 일을 하느라 적지 않게 술을 마셨다. 그런데도 박평래 때문에 술이 다 깨 버린 것 같았다. 음식과 그릇이며 물동이들이 어지럽게 널려 있는 과방에 술독도 있었다. 그곳으로 가서 아낙네들이 이상한 눈으로 쳐다보든 말단 막걸리 한 대접을 벌컥벌컥 드리켰다.

"태수 아부지 저 좀 봐유."

황인술이 막걸리를 마시는 사이에 박평래와 순배 영감은 솟을대문 문

턱을 넘고 있었다. 황인술은 급하게 먹느라 가슴팍에 묻은 막걸리를 닦으며 바쁘게 박평래를 따라가며 불렀다.

"왜?"

박평래가 순배 영감처럼 파고다 담배를 입에 물고 거만하게 쳐다봤다.

"태수 아부지는 저하고 먼 억하심정이 있슈?"

솟을대문 앞에서 내려다보이는 들판에는 오늘도 사람들이 보이지 않았다. 둥구나무 밑에만 추석이나 설날처럼 많은 사람들이 모여 있을 뿐이다. 황인술은 둥구나무를 등지고 서서 박평래에게 따지는 얼굴로 물었다.

"구장 시방 취향 겨? 내가 구장한테 억하심정이 있을 리가 있겠어? 내가 구장한테 욕먹을 일을 했남? 아니믄 막말로 내가 이 나이에 구장하고 싸운 적이라도 있능 겨? 멋땜시 내가 구장한테 억하심정이 있을 거라고 눈깔을 독새처럼 뜨고 날 쳐다 보능 겨?"

박평래는 황인술이 김춘섭에게 땅 다섯 마지기를 넘겨준 후에 늘 마땅찮은 눈빛으로 자신을 쳐다보고 있다는 점을 잘 알고 있었다. 하지만 상대할 가치가 없다는 생각에 그냥 넘겨 버렸었다. 그랬더니 이제 아주 대놓고 눈을 치켜뜬다는 생각에 침을 튀기는 목소리로 물었다.

"누……눈깔?"

"아여, 시방 구장이 먼 말을 할라고 하는지 내가 알 거 같응께, 자네는 어여 내려가 봐."

황인술은 박평래가 거세게 나올 것이라는 점은 상상도 못했다. 가만히 앉아 있다가 느닷없이 귀싸대기를 얻어맞은 것 같은 기분에 말도 못

하고 시뻘겋게 달아오른 얼굴로 씩씩거리고 있을 때였다. 순배 영감이 황인술이 왜 그러는지 이유를 짐작할 것 같다는 얼굴로 박평래의 등을 떠밀었다.

"형님, 가만있어 봐유. 아여, 구장이야 말로 나한테 억하심정이 있는 거 아녀?"

황인술 못지않게 박평래도 연 삼일 동안 술독에 빠져 있었다. 그동안 쌓여있던 감정이 폭발했다. 순배 영감을 뿌리치고 황인술에게 삿대질을 했다.

"구장 나 좀 봐. 자네는 어여 내려가 봐. 나는 구장하고 할 말이 있응께."

순배 영감은 박평래의 등을 밀어내고 황인술의 손을 잡았다. 둥구나무가 있는 곳으로 내려가지 않고 이동하의 집 담장 쪽으로 방향을 틀었다.

"구장이라는 작자가 사람들의 모범을 보일 생각은 안 하고, 술만 처먹었다 하믄 저 지랄로 위아래를 몰라 봉께 동리서 좋은 일이 생길 리가 있남?"

박평래가 분이 풀리지 않는다는 얼굴로 황인술의 등을 바라보며 침을 튀겼다.

"머! 술만 처먹었다고 하면?"

못이기는 척하는 얼굴로 순배 영감을 따라가던 황인술이 발끈한 얼굴로 뒤돌아섰다.

"아여! 구장이 시방 부애 난다고 태수 애비하고 따질 때가 아녀. 그랑께 쬥히 하고 내 말 점 들어 봐."

순배 영감은 박평래에게 어여 내려가라는 얼굴로 손을 내젓는 한편 황인술의 손을 잡고 담장 모퉁이를 돌아갔다.

"구장 내가 하는 말 오해하지 말고 잘 들어 봐. 내가 볼 때는 말여, 자네 의원님한테 왜 왔나? 내가 생각해 볼 때는 말여, 둥구나무 거리에 있는 논 열 마지기를 위티게 은어 볼까 하고 온 것처럼 보여서 묻는 말잉께 솔직하게 말해 보게."

쪽문 옆에는 변소가 있다. 거름을 모을 요량으로 만든 변소는 담장 안에서도 사용을 할 수 있고, 바깥에서도 사용을 할 수가 있다. 초상을 치르는 동안에 수많은 사람들이 이용해서 냄새가 코를 찔렀다. 비봉산에서 바람이 불 때마다 똥 냄새며, 지린내가 솔솔 풍겼다. 순배 영감은 개의치 않고 산기슭의 넓적한 돌멩이 위에 앉으며 파고다 담배를 꺼냈다.

"영감님이 뭘 보시고 그런 생각을 하셨는지는 모르겠슈. 하지만 그런 일이 있으믄 아무도 읎는 밤중에 찾어갈 일이지, 온 동리 사람들이 왔다 갔다 하는 벌건 대낮에 찾아 갔겠슈?"

황인술은 순배 영감의 말에 내심으로 놀라면서도 당치도 않다는 표정으로 말을 하며 강아지풀을 뽑아서 줄기를 자근자근 씹었다.

"다시 한번 묻겄네. 구장은 그 땅에 욕심이 읎단 말이지. 오늘은 몰라도 그 땅을 붙이고 싶은 사람들이 문지방이 닳도록 드나들어도 구장하고는 암 상관 읎단 말이지."

"아! 지가 해롱이유. 그런 욕심도 읎게?"

"그렇다믄 당장 오늘 저녁이라도 태수 애비한테 매달려 봐."

"야! 그 집이서 우리 동리를 완전히 말아 먹을라고 작정을 했나. 나같은 놈은 논 한 마지기도 읎는데, 그 논 열 마지기까지 넘본다면 태수

아부지는 진짜 사람도 아녀유. 완전히 도둑놈 심뽀지."

"허허, 이래서 조선말은 끝까지 들어 봐야 한다니께, 무조건 승질만
내지 말고 초곤이 들어 봐. 아까 태수 애비가 지 입으로 말하는 거 못
들어 봤남?"

"무슨 말유?"

"농사는 지가 알아서 짓겠다는 말 못 들어 봤어?"

"그런 말을 했슈? 하도 승질이 나서 전 못 들었슈."

"내 생각이 틀림없다면 앞으로는 태수 애비가 의원님의 마름 노릇을
하게 될 거여. 그람 뉘한테 잘 보여야 하는지 답이 나오겠지."

"이 집에서 직접 부치는 땅이라고는 그 논 열 마지기 삒에 읎는데 무
슨 얼어 죽을 마름이래유?"

"왜 그 논 열 마지기 뿐여. 이 집 논이 백 마지기가 넘는데……"

순배 영감은 담뱃재를 톡톡 털면서 이동하의 집 기와지붕을 바라본
다. 화무십일홍이라는 말이 영 빈말은 아니구먼. 자신도 모르게 한숨이
나왔다.

"그람 그 뭐유? 딴 논도 다 태수아부지가 관리를 하게 된다 그 말씀이
셔유?"

황인술이 자근자근 씹던 강아지풀 줄기를 내버리며 놀란 얼굴로 물었
다.

"이 사람 아까 태수 애비가 말 할 때는 술이 쳐서 모르고 있다가 인제
사 술이 깨는 모냥이구먼. 의원님이야 어채피 옛날부텀 농사하고는 담
을 쌓고 사시는 양반잉께 빼 버려야 하잖여. 그람 남은 사람은 딱 둘 삒
에 읎잖여. 그 둘 중에서 옥천댁이 관리하겠어? 아니믄 보은댁이 관리를

하겄어?"

"그람 그 머유. 앞으로는 태수네 팔자가 활짝 폈다 이 말씀이유?"

"그 집이야, 마름을 안 해도 팔자는 폈지. 도지로 부치는 열 마지기 논은 제외시켜 놓더라도 태수가 한 달에 쌀 한 가마니씩은 착착 벌어들이잖여. 과수원에서는 당장 돈이 나오지 않지만 올게 보리만 매도 서른 섬을 넘게 수확을 했잖여. 게다가 백 마지기 논까지 관리를 하게 되믄 그 집은 인제 고생 끝났어."

"허! 참말로 태수 아부지는 인간도 아니구면. 사람의 욕심은 끝이 없다고 하드니, 어느 정도 먹고살 정도가 됐으면 옛날에 못 먹고 못 살던 시절을 생각해서라도 둥구나무 거리 열 마지기는 양보해야 되는 거시 도리 아뉴?"

"그래서 내가 하는 말이잖여. 그 집은 먹고살만큼 됐응께 쇠고기 두어 근 끊어서 태수 애비를 찾아가봐. 요새 솔직히 너무 어려워서 사는 기 사는 것이 아니다. 태수 아부지가 보시다시피 자갈밭 및 마지기 같고 제우 풀칠이나 하고 있다. 그 땅만 저한테 밀어주시면 참말로 그 은혜는 잊지 않겄다, 하고 손이 발이 되도록 빌어 봐. 평래 그 사람 원래 맘이 모질지 못하다는 거는 구장도 잘 알고 있잖여."

"세상 참 불공평하구면. 나 같은 놈은 죽어라 죽어라 하는데, 어떤 집은 상전이 죽어도 밥줄이 끊어지기는커녕 재산이 불어나다니. 이기 말이나 되능 겨……"

황인술은 한껏 풀이 죽은 목소리로 중얼거리며 돌아섰다.

"세상이 불공평하다는 걸 인제 알았남?"

순배 영감도 황인술의 말에 허허로운 웃음을 지으며 일어나서 엉덩이에 묻은 흙먼지를 털었다. 비봉산 어디에선가가 뻐꾸기 울음소리가 뻐꾹뻐꾹 청아하게 들려왔다.

제8장

1
9
6
3
년

까치까치 설날은

냅둬, 잘 먹고 잘 살라고 햐.
잘 먹고 잘 살드라도 정종은 안 돼유.
냅두라니께. 당신은 자존심도 읎슈.
그런 무식한 것들한테 앞뒤로 당하고 나서!
이 썩을 년이 뉘 앞이라고 함부러 주둥이를 놀려!

음력 설날이다.

정부에서는 지난 1961년부터 구정은 설로 인정을 하지 않고 양력설만 설로 인정을 했다. 그뿐만 아니라 허례허식 전폐 운동의 일환으로 연말 연시에 축하카드와 연하장도 보내지 못하게 했다. 그러나 양력설 전날 인 31일은 민족의 설날이라는 명분으로 통행금지를 취소했다. 또 12월 25일인 세계인의 명절을 같이 축복하자는 의미로 통행금지를 없앴다.

관공서며 은행이나 농협조합은 평소처럼 출근을 하지만 개인 기업을 하거나 농촌에서는 여전히 음력설이 진짜 설이다.

아침부터 새벽부터 가벼운 눈발이 휘날렸지만 바람은 차지가 않았다. 음지쪽이나 논두렁에는 눈이 쌓였지만 둥구나무 밑에는 눈이 쌓일 사이도 없이 바람에 휩쓸려 날아갔다.

모산은 각성바지들이 사는 동네라서 일가들끼리 돌아가며 차례를 지내는 집이 없었다. 객지에 큰집이나 종가를 둔 이들은 작은 설날 이미 설을 쇠로 떠난 터라 남은 사람들은 집에서 차례를 지내고 성묘를 갔다.

황인술도 차례를 지내고 성묘 갈 준비를 했다. 두루마기를 걸치고 중절모를 썼다. 산자락 음지에 눈이 쌓여 있을지도 모른다는 생각에 댓님을 다시 한번 단단히 매고 흰색 고무신을 신었다. 큰아들 광일은 성묘음식을 담은 광주리를 보자기로 싸서 챙겨 들었다. 대전에 있는 양복점에서 재봉사로 일을 하는 광성이는 짚으로 짠 돗자리를 뚤뚤 말아서 새끼로 묶어서 양쪽 어깨에 멨다. 올해 중학교 2학년으로 올라가는 광배는 교복차림에 교모까지 쓴 차림으로, 한 되짜리 됫병에 담은 막걸리 병을 품에 안고 집을 나섰다.

"새해 복 많이 받으세유. 산소에 가시는 길인개뷰. 이따 동생들하고 세배 드리러 갈께유."

둥구나무 밑에 철용이가 철재와 철준이하고 같이 서 있었다. 서울에서 철공소에 다니는 철용이는 양복에 넥타이를 매고 구두를 신은 차림이다. 학산 이발소에 다니는 철준이는 먼발치서 꾸벅 인사만 한다. 집에서 농사를 짓는 철재는 인사도 안 하고 먼 산을 바라보는데 철용이는 황인술 앞에까지 다가가서 꾸벅 인사를 했다.

"오냐, 그래야지. 서울에서 기술자로 일한다고 하드니 신수가 훤하구면. 돈 많이 벌어 왔냐?"

황인술은 김춘섭 놈을 생각하면 인사도 받기 싫었다. 그러나 아들의 친구가 먼저 인사를 하는데 안 받으면 쩨쩨한 놈이라는 말을 듣게 될지도 모른다는 생각에 부드럽게 물었다.

"돈은 무슨 돈을 벌어유. 제우 작년부터 기술 배우기 시작했는데유. 기술자 될라믄 안직 멀었슈. 그럼 댕겨 오셔유."

철용은 솔직하게 말을 하고 나서 돗자리를 등에 지고 있는 광성이한테 가기 전에 광일이한테는 인사를 하지 않고 그냥 씩 웃어 보였다.

"언지 옹 겨, 어지 늦게 왔냐?"

철용이 광성의 손을 반갑게 잡고 흔들며 물었다. 양복 기술을 배운다고 하더니 손의 감촉이 여자들처럼 말랑말랑하고 부드럽다. 손바닥에 굳은살이 박혀 있는 자신의 손톱 끝이 시커멓게 물들어 있는 걸 뒤늦게 알고 슬쩍 손을 놓았다.

"영동서 막차를 타고 오느라 늦었어. 넌 언지 올라가냐?"

"담주 화요일부텀 출근하라고 항께 월요일에는 올라가야지."

"그람 우리 형하고 같은 차타고 올라 가겠네?"

황인술과 광일이며 광배는 벌써 둥구나무 거리를 벗어나서 해룡네 집 앞만큼 가고 있었다. 광성이는 뒤쫓아 가면 된다는 생각에 주머니에서 담배를 꺼냈다. 둥구나무 뒤로 돌아가면 동네가 보이지 않는다.

"광일이 형도 서울에 있냐? 내가 알기로는 학산면사무소에 근무하는 걸로 알고 있는데."

"금순이 누나가 작년부텀 연락이 읎어, 근데 요번 설에도 못 온다는 편지 한 장도 읎이 안 왔잖여. 전당포에 전화를 항께 딴 데 취직을 하겄다면서 나갔다는 거여. 그래서 대관절 워디 취직을 했길래 편지 한 장 읎이 소식을 딱 끊었는지, 아부지가 전당포에 가 볼 생각으로 서울에 올라가시겄다는 걸 형이 가 보기로 했어. 넌 서울 생활 할 만하냐?"

눈발이 한결 약해졌다. 바람도 잦아들었다. 광성이 벌똥골에 있는 산소로 가기 위해 방천으로 올라가고 있는 가족들을 바라보고 나서 물었다.

"야, 말도 말아. 고생한 거 생각하믄 밤을 꼴딱 새워도 모지라. 진짜로 츰에는 맨날 울었다. 서울에서 고생한 걸 생각하믄 끝도 밑도 없어. 하지만 요새는 조수로 일하기는 하지만 그냥 견딜만 해. 너는 시다 딱지 띠고 재봉틀 밟는다고 하든데, 어뗘?"

"이 바닥은 재단사가 돼야 대우를 받을 수 있어. 재봉틀은 그냥 재단사가 시키는 대로 박기만 하면 되는데 머. 하지만 내 밑에 시다가 있응게 암만해도 그전보다는 낫지 머."

"호호, 넌도 시다가 있냐. 내 밑에도 시다가 두 명이나 있구먼. 기술자들은 지 기분 꼴리는 대로 시다들을 막 때리고, 욕도 하고 그러지만 난 절대로 안 그랴. 쥐꼬리만 한 월급이지만 월급 타믄 가들 데리고 중국집 같은 데 가서 짬뽕에 쇠주라도 한 잔씩 사주거든. 그람 가들이 굉장히 좋아햐. 어쩔 때는 고향이 있는 아부지 생각난다면서 눈물을 찔찔 흘리기도 햐. 그럴 때 보믄 난도 옛날 생각이 나서 같이 따라 울어."

"난도 고생한 거 생각하믄 말도 못햐. 형이 부른다. 니덜은 산소 언지 가냐?"

방천길에 올라선 광일이가 큰 소리로 광성이를 불렀다. 광성이 담배를 땅바닥에 버리고 눌러 끄면서 물었다.

"우린 벌써 갔다 왔어. 아부지는 의원님 댁에 세배를 가셨구먼."

"그람 저녁에 만나서 술 한잔 하자. 내가 살 팅게 상규한테도 말해 놔. 같이 만나서 한잔 하자고 말여."

"그랴, 술은 누가 사든지 오늘 같은 날은 코가 삐틀어질 때까지 마셔야지."

철용은 방천길 쪽으로 뛰어가는 광성이를 바라보며 느긋하게 담배를 피웠다. 둥구나무를 돌아서 너럭바위 앞으로 가는데 영숙이가 어머가 찾는다며 불렀다.

황인술은 광성이가 가까이 다가오길 기다리며 방천길에서 또랑을 내려다 봤다. 또랑은 꽁꽁 얼어 있다. 얼음기를 머금은 바람이라 귀가 떨어져 나가 버릴 것처럼 독했다. 담배를 피우고 싶어도 찬바람에 손이 곱을 까봐 담배를 꺼내기 싫을 정도였다.

내가 드러워서 이 동리를 뜨던지 해야지…….

박태수의 과수원에는 사과나무들이 칼바람을 맞으며 묵묵히 서 있다. 타원형으로 둑을 만들어 놓아서 묘목의 허리는 꿋꿋하게 서 있지만 여린 가지는 사납게 흔들리고 있다. 광일의 말에 의하면 올겨울은 유난히 춥다고 한다. 그런데도 묘목의 허리를 짚으로 감싸지 않았다. 상규네의 머리로 볼 때 냉해를 타지 않을 것이라는 판단에 짚으로 감싸놓지 않은 것 같았다. 묘목들이 죄다 칼바람에 얼어 죽어 버렸으면 좋겠다는 생각이 들면서 박평래의 얼굴이 떠오른다.

이동하의 집 담벼락 앞에서 순배 영감이 한 말을 곰곰이 생각해 보니 틀린 말이 아니었다. 박평래를 찾아가서 사정한다는 것이 자존심 상하기는 하지만 문전옥답 열 마지기를 도지 얻는 길이라면 감내를 해야 한다고 생각했다. 이튿날 학산으로 가서 비싼 정종을 한 병 사들고 찾아갔다.

"허어! 그걸 나한테 물어 보믄 워틱하나? 의원님이 내가 책음을 지고 농사를 지라고 했응께, 난 그저 시키는 대로 할 수벡에 읎잖여. 정 구장이 농사를 짓고 싶다믄 의원님께 직접 말씀 디려. 나는 구장도 잘 알고 있는 것처럼 돌아가신 면장님이나 의원님이 죽으라믄 죽는 시늉도 하는 사람이잖여."

박평래는 맹꽁이처럼 똑같은 말만 반복하고 있었다. 그 말을 듣고 앉아 있으니까 자존심이 상하기로 치자면 거리에서 동냥하는 걸어지 쑥대머리 머리카락에 붙어 있는 밥풀 떼어 먹기요, 민망하기로 치자면 벌건 대낮에 이동하 집 담벼락에 오줌 갈기다 옥천댁에게 물건을 보여 준 꼴이다.

"구장이 받아 온 술잉께 한 잔 하고 가."

불난 집에 기름을 끼얹은 꼴이 되어 버린 것은 박평래의 다음 말이다. 늙어 빠진 놈이 땅을 안 내놓을 심사면 정종도 받지 말아야 한다. 하지만 정종 뚜껑을 열면서 염장을 질렀다.

"정종 한 병에 얼매래유? 전에 학산 장에 가서 누가 하는 말을 들어봉께 한 병에 이백 원씩 한다고 하드만. 이백 원을 그 늙은이 아가리에 그냥 바치고 왔단 말유? 당신이 못 간다믄 내가 가서 찾아 올규. 벼룩도 낯짝이 있다고 하는데, 도지를 안 줄라믄 은어 처마시지나 말아야 할 거 아녀."

울고 싶은 놈 뺨때린 것은 광일네다. 울며 겨자 먹기로 정종 한 잔 얻어먹고 와서, 피를 토하는 심정으로 광일네에게 박평래의 인간성을 성토했다. 그랬더니 광일네가 입에 거품을 물고 악을 썼다.

"냅둬, 잘 먹고 잘 살라고 햐."

"잘 먹고 잘 살드라도 정종은 안 돼유."

"냅두라니께."

"당신은 자존심도 읎슈. 그런 무식한 것들한테 앞뒤로 당하고 나서!"

"이 썩을 년이 뉘 앞이라고 함부러 주둥이를 놀려!"

그렇지 않아도 속이 소다를 넣은 밀가루반죽처럼 부글부글 끓고 있던 참이었다. 광일네가 말을 안 듣고 발악을 하길래 냅다 걷어찬다는 것이 주먹이 먼저 나갔다. 눈두덩에 멍이 시퍼렇게 들어서 몇 날 동안 바깥출입을 금했다. 공동 우물에 물을 길러 가는 것도 푸른 새벽이나, 컴컴한 밤에 도둑처럼 길어왔다. 그때를 생각하면 지금도 이가 오도독 갈릴 뿐이다.

집집마다 차례를 지냈을 시간은 지났는데도 어느 집이고 굴뚝에서 연기가 나지 않는 집은 없었다. 굴뚝에서 모락모락 피어 올라간 연기가 흐린 하늘 아래서 맥없이 흩어지고 있었다. 비봉산에는 이동하 소유의 산에만 소나무가 서 있고, 다른 곳에는 가지만 앙상하게 남아 있는 나무들이 붉은 속살을 내보이고 차갑게 서 있다.

철용네는 영숙이와 함께 차례를 지낸 사과며 배, 곶감 등 과일은 소쿠리에 담아 놓고, 배추전이며 파전이며 오징어 전 등, 전은 전대로 모으고, 가오리에 피등어라 부르는 문어 등 건어물은 광주리에 모아 놓고 있었다.

"광성이하고 먼 애기 항 겨?"

철용네가 마른 오징어를 물에 불려서 밀가루를 입혀 솥뚜껑에 전을 부친 오징어전 조각을 영숙이에게 건네주며 물었다.

"암것도 아녀. 광일이 형이 월요일에 서울 간다고 하데."

"금순이 땜시 기어이 올라가는 구먼."

"근데 광성이 말로는 금순이 누나가 소식을 끊었다고 하던데, 그기 먼 말여?"

"광성이가 자시 야기 안 햐?"

"그냥 작년 언지부터 편지 한 장 읎더니, 요번 설에도 안 내려왔다면서 월요일에는, 금순이 누나가 있던 전당표에 찾아 가본다는 말밲에 안 하든데?"

"어머, 인자 언니 말로는 금순이 언니가 전당포에서 나와서 딴 데로 갔댜. 얼릉 하는 말을 들어 봉께 부산엘 갔다는 말도 있고, 인천으로 갔다는 말도 있고⋯⋯."

"부산이라믄, 경상도 부산을 말하는 거여?"

"어머, 올게 일월 일일부텀 경상도 부산이 아니고 부산직할시라고 부르는 거여."

"부산이믄 부산이지. 부산 직할시는 또 먼 말여."

"진규오빠가 그라는데, 직할시는 정부에서 직접 관리를 하는 도시를 말하는 거랴."

"난, 도시 무슨 말인지 잘 모르겠구먼. 그람 금순이가 부산직할시로 갔다능 겨?"

"그건 확실히 모르고 딴 데 취직을 했는데, 이상한데 취직을 했는지도 모른댜."

영숙이가 목소리를 낮추고 말했다.

"인자가 워티게 안댜?"

철용네가 궁금하다는 얼굴로 물었다.

"광배 오빠가 그러드랴. 우리 아부지가 그라는데 금순이가 워디 공장이나, 식모살이를 하고 있거나 정상적으로 취직을 했다믄 편지 한 장이라도 했을 거다. 그러나 편지 한 장 없는 걸 보믄 암만해도 워디 안 좋은데 붙뜰려 있는 거 같다. 그렇게 말항께, 즈덜 어머가, 그람 빨리 경찰에 신고를 해야 되는 거 아뉴? 라고 물었다느만. 그랬더니 설날까지 기달려 보고, 그때도 안 오믄 내가 전당포 사장집에 한번 가 봐야 겄다, 그렇게 말하드랴."

"워녕, 동리 사람들도 죄다 그렇게 생각하고 있는 눈치들여. 허파에 바람만 잔뜩 든 처녀들이 서울 가믄 무조건 취직이 될 줄 알고 보따리 싸 들고 올라 가잖여. 그람 서울역에서 깡패들이 저년은 식모살이 하러 올라오는 년이구나. 저년은 누가 마중을 나오기로 한 년이구나, 저년은 서울 츰 올라오는 년이 아니구나 하고 귀신같이 알아 채린다는 거여. 그 중에서 멋도 모르고 식모살이 하러 올라오는 년은, 부잣집에 소개를 해 준다고……내가 시방 아 데리고 먼 말 하고 있는 거여. 철준이는 워디 갔냐?"

"내가 왜 아여? 난도 올해부텀 사학년이란 말여. 나쁜 놈들이 멀쩡한 처녀를 부잣집에 소개해 준다고 해 놓고 워틱한다능 겨?"

"헛소리 지껄이지 말고 빨리 철준이나 찾아와. 산소에 갔다 와서 면장님 댁에 세배를 가야 한다고 내동 말했는데 워디 끄질러 가 있능 겨. 하여튼 철준이는 워디 갔다 하믄 날 새는 모르고 죽치고 앉아 있는데 선수라니께."

철용네는 영숙이 등을 떠밀어 밖으로 내보내고 철용이 앞으로 바짝 붙어 앉았다. 손톱 끝에 기름때가 까맣게 물들어 있는 손을 어루만지는 한편 처연한 표정으로 얼굴을 쓰다듬는다.

"왜 그런 눈으로 바라보는데?"

"니가 불쌍항께 그러지. 상규는 면사무소 급사로 댕기기는 하지만 군대 갔다 오믄 임시직으로 승진을 한다고 하드라. 근데 너는……"

"츠, 나는 세월을 꽁짜로 먹는 줄 아나부지. 난도 군대 갈 때까지만 지금 있는데 댕기고, 제대하고 나믄 딴 공장에 기술자로 들어갈 수 있구만."

"그럼 여간 좋아. 하지만 느 아부지 말대로는 십 년은 댕겨야 기술자 취급 받는다고 하든데?"

"옛날 사람들은 눈썰미가 읎어서 그려. 우리 같은 사람은 눈썰미가 좋아서 한 번 탁 해 보믄 다 알 수 있단 말여. 나는 시방도 선반이나, 프레스 기계를 다룰 줄 알고 있구면. 사장이 당장 날이라도 내 앞으로 프레스가 배당이 되믄 충분히 조작을 할 수 있단 말여."

"프……프레……하여튼, 프……그기 뭐여?"

"쐬를 짜르는 기곈데. 기계가 엄청 커, 거기에 길이가 지게작대기처럼 길고 작두처름 생긴 칼날이 달렸거든. 그 밑에다 쇠철판을 밀어 넣고 발로 발판을 꾹 누르면 덜커덩 거리면서 쇠철판이 칼로 두부를 쓴 거처럼 싹둑 잘리는 기계여."

"어머나! 무시라, 그러다 손 같은 거시 들어가면 워틱햐?"

"워틱하긴 싹둑 짤리는 거지 머. 프레스 일을 하다 보믄 손목이 날아가거나, 손가락이 뭉텅 짤려서 그만 두는 사람이 많아. 하지만 난 절대로 그런 일이 읎을 껴."

"시방 너 머라고 항 겨? 이 손이 싹둑 짤릴 수도 있단 말여?"

철용의 대수롭지도 않다는 말에 철용네가 깜짝 놀란 얼굴로 철용의 손목을 잡으며 물었다.

"멍청한 사람들이나 다치는 벱여. 난 절대로 안 다친당께. 그랑께 엄마 큰아들은 걱정 하지마. 내가 워떡하든 열심히 기술 배워서 돈 많이 벌게 되믄 어머하고 아부지 호강 시켜 줄 팅께."

철준이와 철재가 들어왔다. 철용은 영등포 역전에 있는 여인숙에서 김춘섭과 헤어지는 것이 서럽고 애달파서 숨죽여 울던 아이가 아니었다. 놀란 눈빛을 감추지 못하고 있는 철용네의 등을 두들기며 자신 있게 말했다.

집 안의 구석에 있는 방을 가에 있는 방이라고 해서 갓방이라고 한다. 여느 방보다 절반 정도의 크기 밖에 안 되는 갓방에는 주로 곡식을 저장하거나, 제삿날에나 사용을 하는 제기를 보관하거나, 자주 사용하지 않는 큰 소쿠리나, 명절에 전을 담을 때나, 고사리나 고구마 줄기 등을 삶아서 말릴 때 사용을 하는 광주리 등을 보관하기도 한다. 그래서 평소에는 불기가 없는 냉방으로 버려둔다.

황인술네 좁은 갓방의 천장 밑에는 담배 연기가 구름처럼 떠 있었다. 윗목에는 가마니며, 무언가를 담은 박스며, 자루 등이 이러 저리 얽혀 있어서 방은 더 좁았다. 그러나 청년이 다 된 사내 세 명이 앉아 있기에는 적당했다.

"그랑께, 그 머여. 기술자들이 사장 모르게 쇠 같은 걸 내다 판단 말여?"

갓방에는 저녁나절에 불을 넣었지만 방이 원래 작아서 설설 끓었다.

방바닥에 가마니를 두 장씩이나 깔고 앉아 있어야 할 정도이다. 가마니 위에는 막걸리에 차례를 지낸 음식이 안주로 나와 있다. 연신 부러운 눈빛으로 철용과 광성이를 바라보고 있던 상규가 물었다.

"쐬만 파는 거시 아녀. 우리 철공소에서 하는 일이 머냐 하믄, 프레스나 선반기계가 없는 쪼맨한 공장에서 강판이나 철판을 얼매만한 크기로 몇 장을 짤라 주시오, 하고 주문이 들어오믄, 그 사람들이 원하는 대로 철판을 짜르고 보루방으로 구멍을 뚫어 주는 일을 하거든……"

"보루방이 머 하는 거여?"

광성이 상규에게 막걸리를 따라주며 물었다.

"쐬에 구멍을 뚫는 기계여."

"쐬만 내다 파는 거시 아니고, 또 먼 도둑질을 한다는 거여?"

상규가 막걸리를 마시려다 말고 물었다.

"사장은 저녁 일곱 시만 되믄 퇴근을 하거든. 그람 기술자들찌리 남 일을 해 주는 거여. 원래 정식으로 받으면 장당 오십 원씩 받아야 하는 걸, 사장 모르게 일해 줌서 삼십 원이나 이십오 원에 야매로 해 주믄, 그 돈이 다 기술자들 봉창으로 들어간단 말여."

철용은 기술자들에게 받는 돈보다 액수를 몇 배나 부풀려서 자랑스럽게 말했다.

"야, 열 장이믄 월매여. 열 장만 해도 이백 오십 원이잖여. 사장이 그래도 모른단 말여?"

광성이가 도무지 이해가 되지 않는다는 얼굴로 반문했다.

"우리들만 입을 다물고 있으면 알 턱이 읎지. 기계가 다는 것도 아니고 뿌서지는 것도 아닝게 기계를 깨끗하게 지름칠 해 놓으면 사장이 워티게 알겄어.”

“그람, 일 멕기는 사람들이 죄다 밤에 한다고 몰려 오겄네?”

“상규 니 생각에도 그럴 거 같지? 난도 츰에는 그렇게 생각했거든. 낮에 일 멕기는 사람들이 멍청한 등신들이라고 말여. 그란데 내가 가만히 알아 봉께 그기 아녀. 밤에 일을 멕기는 사람들은 죄다 기술자들하고 친구거나, 그렇고 그렇게 아는 사람들여. 그라고 공장을 크게 하는 사람들은 못 멕기지. 니가 생각해 봐. 가로세로 삼십 센치짜리 한 장 가공하는 데 이십 분 걸린다고 쳐. 그람 한 시간에 제우 여섯 장 벆에 못 하잔여.”

“난도 상규하고 같은 생각을 했거든. 근데 철용이 니 말을 듣고 봉께 먼지 알겄구먼. 그려 밤을 꼴딱 새울 수도 읎고, 서울에는 대전하고 마찬가지로 통행금지가 있응께 한계가 있겄구먼. 그란데 기술자들이 그 머서. 뼁땅을 치는 동안 니덜은 머 하능 겨?”

“우리도 도와 줘야지.”

“그냥?”

상규가 철용에게 술을 따라주면서 물었다.

“기술자들 멋대로여. 어쩔 때는 한 사람당 백 원씩 줄 때도 있고, 좀 비싼 걸 했을 때는 삼백 원이나 오백 원을 줄 때도 있어.”

“야, 그거 벌이가 괜찮겄는데?”

상규는 면사무소에서 월급 이외에 받아본 돈은 단 일 원짜리도 없었다. 오백 원이면 반 달치 월급이라는 생각에 입이 딱 벌어졌다.

“근데 그렇게 쉽게 버는 돈은 안 모아져. 생각 같아서는 죄다 은행에 저금을 해야 하는데, 안 그려. 친구들하고 색시집에 가서 써 버리거나, 담날 시다들 데리고 나가서 저녁 한 끼 사 주고 술 한 잔씩 하면 다 읎어지거든."

"야! 너 색시집에도 가 봤단 말여?"

상규는 철용이와 광성의 말을 들으면 들을수록 온통 신기하고 이상한 나라를 엿보고 있는 것 같은 기분이다. 광성이는 벌써 양장점에서 같이 일을 하는 여자 친구가 있어서 일요일이면 극장에 가거나, 다방 같은 데서 만나 커피를 마신다고 했다. 철용이는 한술 더 떠서 면서기들처럼 색시집에를 다닌다는 말을 듣고 나니까 정신이 몽롱해질 지경이었다.

"서울 사는 아들은 군대 가기 전에 죄다 색시집이나 창녀촌에 가서 총각 딱지를 떼고 간다."

"총각 딱지가 뭐여?"

"너 시방 진짜 모르고 묻는 말여? 아니면 한번 하고 싶어서 묻는 말여?"

광성이 벽에 기대어 두 다리를 쭉 뻗고 담배 연기를 내뿜고 나서 물었다.

"니덜이 생각해 봐라. 나는 시방까지 젤 멀리 가 본 데가 제우 영동이여. 아! 작년에 대전 한번 갔다 와 본 적이 있구나. 그것도 대전 시내 귀경을 한 것도 아녀. 면장님 심부름으로 대전 역전에서, 면장님 동생한테 먼 서류가 든 봉투를 전해 주고, 기차 오기 지달렸다가 도로 내려온 것이 전부여. 그렁께 니덜이 하는 야기가 안 신기하겄냐?"

"철용아, 우리 군대 영장 나오면 상규 대전 역전에 있는 창녀촌에 데리고 가서 총각 딱지 떼 줘야 하는 거 아니냐?"

"참말여?"

철용이 대답을 하기 전에 상규가 엉덩이를 들썩 거리도록 좋아하며 물었다.

"그려. 군대 가서 재수 없으면 죽을지도 모른다고 하든데 총각귀신이 되게 할 수는 읎지."

"야! 겁나게 시방 먼 소리하고 있는 거여. 요새 군대가 얼매나 편하다고 하든데, 죽긴 왜 죽어?"

광성이 정색을 한 얼굴로 고개를 흔들었다.

"넌 몰라서 하는 말여. 내가 댕기고 있는 철공소 기술자들이 그라는데 요새 군대 가면 빠따를 엄청 맞는댜. 그라고, 삼팔선에 떨어지게 되면 지뢰를 밟아서 죽거나, 보초 서다가 몰래 넘어 온 괴뢰군들한테 칼 맞아 죽는 수도 있고, 폭탄 같은 거 잘못 만져서 죽는 수도 있고 좌우지간 사고로 죽는 군인들이 엄청 많댜."

"그람 왜 신문에 안 나온댜? 나는 신문 하나도 빼트리지 않고 읽는 편인데, 그런 기사는 신문에서 못 봤어."

상규는 면서기들이 심부름을 시키지 않거나, 청소가 끝나고 한가한 시간에 신문 보기를 즐겨한다. 세상 돌아가는 물정이라면 신문을 통해 훤히 알고 있다는 자신감에 믿어지지 않는 다는 얼굴로 물었다.

"원래 군대 안에서 일어나는 사건은 신문에 안 나온다고 하드라."

"난도 그런 말 들어 본 거 가텨. 그래서 아부지가 이동하 의원한테 한 번 부탁을 해 본다고 하시드라."

"민의원님 끗발이면 후방으로 빼는 거는 식은 죽 먹기겠네. 근데, 요새는 군인들 끗발이 최고고, 민의원 끗발은 삭았잖여. 상규야 안 그러냐?"

"철용이 말이 틀린 말은 아녀. 하지만 이동하 의원님은 올 일월 일일

날 해금이 됐어. 신문에 총 백칠십한 명이 해금 됐다고 나왔는데, 그 안에 이동하 의원님 이름도 들어 있는 걸 내가 확인했거든. 그래서 모산에서도 그날 굉장했잖여. 돼지 잡고, 탁주를 한 섬이나 배달시켜서 잔치를 했단 말여."

"해금이 뭐여? 둥범 같은 데 있는 해금을 말하는 거는 아닐 테고?"

철용이 광성이와 상규를 번갈아 보며 물었다.

"오일육이 일어나고 나서 일체의 정치활동을 못하게 막았잖여. 그걸 풀어 줬던 말여. 전체를 죄다 푼 것이 아니고, 딱 백칠십한 명만 풀어 줬는데 그중에 이동하 의원님이 끼어 있다믄 대단한 끗발이지. 양산면 면장님이 그러시는데 의원님은 서울에 있는 유명한 정치인들을 많이 알고 있댜. 그래서 그런 사람들이 빽을 써서 풀어 줬을 것이라고 하드만."

"내 말이 바로 그 말여. 의원님 빽이믄 우리 같은 촌놈이래도 총 안 들고 보초를 서도 되는 후방으로 빼내 줄 수 있다는 거지."

상규가 하는 말을 가만히 듣고 있던 광성이 그것 보라는 듯이 배를 앞으로 내밀며 큰 소리로 웃었다.

"근데 우리 영장은 언지쯤 나오냐? 넌 면사무소에 있응께 잘 알거잖여."

철용이 상규에게 묻는 말에 광성이도 궁금하다는 얼굴로 웃음을 멈추고 상규를 바라본다.

"나도 언제쯤 군대 가는지 궁금해서 병사계 직원한테 물어 봤는데, 유월쯤이면 영장이 나와서 팔월이나 구월이면 군대에 가야 한다고 하드라."

방 안에 담배 연기가 너무 가득해서 코가 매웠다. 방문 앞에 앉아 있는 상규는 방문을 조금 열었다. 그러나 바깥에서 거칠게 밀려들어 오는 바람이 너무 차가워서 이내 닫아 버리고 말았다.

"야! 그럼 엄청 더울 때 군대 가게 생겼네. 차라리 겨울에 가는 거시 낫는데. 누가 그라는데 여름에는 훈련하다고 탈수증에 걸려서 픽픽 쓰러지는 군인들이 많다고 하드라. 근데 겨울에는 아주 춥거나 눈이 많이 오는 날은 아싸리 훈련을 안 한다는 거여. 하루 이틀 훈련을 빼먹어도 훈련 날짜가 지나면 자대로 배치가 된다고 하드라. 그래서 여름보다 겨울이 났다는 거여."

"광성아, 그럼 니가 아부지한테 말씀드려서 의원님한테 빽을 쓰게 해서 우리 군대 가는 거 가을에 가게 만들면 안될까?"

철용의 말에 상규가 광성에게 물었다.

"그건 안 될 껴."

광성이 마치 자신이 권한이라도 있는 것처럼 단정적으로 말했다.

"영장을 발부하는 데는 충청북도 병무청이잖어. 그 정도면 의원님이 충분히 빽을 쓸 수 있을 거 같은데?"

"상규야. 의원님은 니덜하고 더 친하잖여. 둥구나무 거리에 있는 땅도 니덜이 다 부치기로 했담서?"

"난 그런 거 신경 안 써. 그라고 우리 어머가 워녕 의원님한테 그런 부탁하라고 하시겄다. 우리 아부지도 입도 뻥긋 못하게 하실 겨. 모르지 할아부지한테 부탁을 해 보믄. 하지만 할아부지도 어머가 안 된다고 하면 입도 안 띠실 겨. 그랑께 광성이 니덜 아부지가 부탁을 하는 수뻭에 읎어."

"하여튼 내가 아부지한테 물어보기는 할 것이지만 내 생각에는 군대

가는 건 순서대로 가기 때문에 빽 써가지고는 안 될 거 가텨."

"무슨 소리여. 기술자들이 그라는데 요새도 돈 많은 집 자식들이나, 높은 데서 근무를 하는 공무원 자식들은 아무도 군대 안 간다고 하드라. 우리처럼 빽도 읎고 돈도 읎는 촌놈들만 군대 가지."

철용이 주전자를 흔들어서 상규에게 막걸리를 따라 주며 말했다.

"난도 그 말을 들은 거 가텨. 면사무소 병무계장님이 그라시는데 돈만 쓰면 얼매든지 군대 가는 거 뺄 수가 있다고 하드라. 근데 돈이 한두 푼이 아니고 땅 몇 마지기 택은 줘야 한다능 겨."

"야! 땅 몇 마지기 살 돈이 있으면 땅을 사지 미쳤다고 군대를 안 가냐. 군대 가서 삼 년만 고생하면 되는데?"

"그려. 그까짓 삼 년만 버티면 땅 몇 마지기가 생긴다면 군대 안 갈 놈 누가 있냐. 외려 군대 가지 말라고 할까봐 빽쓰겄다."

"젠장, 군대 갈라고 해도 빽, 안 갈라고 해도 빽! 우리처럼 빽도 읎는 놈들은 사람 구실도 못 하겄다. 자! 빽 없는 놈들찌리 건배나 하자."

철용이 술잔을 들고 말했다. 그려, 니 말이 맞구먼. 상규가 술잔을 들며 맞장구를 쳤다. 광성이도 반갑다! 친구들아, 라고 외치며 건배를 했다.

장기팔은 방문 앞에 허리를 구부정하게 숙이고 앉아서 담배를 피우고 있었다. 아랫목에는 날망집이 시훈의 아들인 두 살짜리 영호를 무릎에 앉혀 놓고 눈, 코, 입을 가리키고 있다. 윗목에는 시훈의 아내가 장기팔과 남편의 눈치를 살피면서 묵묵히 사과를 깎고 앉아 있다. 시훈은 뒷문 앞에 비스듬히 앉아서 장기팔의 등을 바라보고 있다.

"옳지, 오옳지! 그려, 그려! 아가, 야 좀 봐라. 내가 및 번 갈쳐주지 않았는데도 벌써 코하고 입이며 눈을 외웠다. 영호야, 눈, 눈 위됐어?"

날망집이 묻는 말에 어린 영호가 고사리 같은 손가락으로 눈을 가리킨다. 날망집은 방 안의 분위기가 무겁게 가라앉아 있든 말든 나하고는 상관없다는 얼굴로 호들갑을 떨었다.

"큼!"

장기팔은 담배 연기를 날리면서 슬쩍 뒤를 돌아다본다. 영호가 눈에 이어서 코를 가리키는 모습을 보며 자신도 모르게 씩 웃다가 이내 고개를 돌리고 재떨이에 담배 연기를 턴다.

"아버님 사과 좀 잡사 보셔유."

시훈이 아내 진천댁이 먹기 좋은 크기로 자른 사과를 접시에 담아서 방 가운데로 내밀었다.

"어이구, 워짜믄 이렇게 사과도 이쁘게 깎았댜. 우리 동리 여자들 치고 사과를 요렇게 이쁘게 깎는 여자는 읎어. 이 동리 태수 처가 뭐든지 솜씨가 있다고 하지만 너에 비하면 어림도 읎겠다. 영호 할아부지, 며느리가 깎은 사과 좀 잡사 보셔유. 사과를 너무 이쁘게 깎아서 먹기가 아까울 정도구면."

날망집은 작년 추석에 이어서 올해 구정에도 진천댁이 며칠 전에 내려와 차례 준비를 했다. 며느리가 어찌나 손이 큰 지, 식구라고 해 봤자 시훈네 세 식구하고, 장기팔을 더해서 다섯 명이다. 그런데도 가래떡을 한 말씩이나 했는가 하면, 전이며 고기며 육전을 열 명이 며칠 동안 먹어도 남을 만큼 푸짐하게 했다. 건어물도 면장 댁 차례상에서나 구경할 수 있을 정도로 최고 상품으로 구입했다. 가오리는 방패연만큼이나 큰

걸로 샀고, 조기도 한 마리면 될 것을 최고 큰 것으로 세 마리나 샀고 피둥어며 명태도 평소 쓰던 것 보다 두 배 정도 큰 것으로 샀다. 사과며 배며 곶감도 푸짐하게 사서 차례상 다리가 부러질 정도로 차렸다. 게다가 전을 부치는 것부터 시작해서 밤늦게까지 가래떡을 써는 것 하며 모두 제 손으로 한 것을 생각하면 며느리를 바라만 봐도 저절로 웃음이 나왔다.

"아부지 사과 드셔유."

시훈이 사과 접시 앞으로 당겨 앉으며 무겁게 말했다.

"내 생각에는 그냥 쌀가게를 하는 거시 낳을 거 가텨. 니가 서울생활을 오래하기는 했지만 말여, 내가 볼 때는 서울이라는 데가 그렇게 만만한데는 아녀."

장기팔은 며느리가 보는 앞에서 자식 때문에 삐쳐 있는 모습을 보이는 것도 안 좋다는 생각에 슬그머니 돌아앉았다.

"아부지, 저도 만만치 않은 놈유. 그리고 여관을 하겠다는 생각을 어지오늘 생각한 것도 아뉴. 이 사람한테 물어 보믄 알겄지만 두어 달은 넘게 심사숙고 한 끝에 결정을 한 거유."

"그람, 며느리 넌도 여관 하는 거시 좋단 말여?"

진천댁이 사과 한쪽을 장기팔에게 줬다. 장기팔이 사과를 받아서 우적우적 씹어 먹으면서 시훈이 아내에게 물었다.

"저는 몰라유, 영호 아빠가 하고 싶다고 항께 그냥 내버려 두는 거유. 그리고 쌀장사도 힘이 없으면 못해유. 배달꾼들이 오래 댕기믄 되는데 힘이 든다고 보름 일을 하다 그만두고, 한 달 일을 하다 그만두고 하니, 어떡해유. 영호 아빠가 배달을 하는 날은 지가 가게를 봐야 하는데, 배

달을 해달라는 사람이 오믄 가게를 비울 수도 읎고 혼자 영호도 봐야
하고 함께 애를 먹을 때가 많아유."

"여관을 사는데 백만 원 돈이 있어야 한다고 했잖여. 그 돈은 있능
겨?"

날망집이 영호의 손에 사과조각을 쥐어주며 물었다.

"당신은 시방 먼 말을 하고 있는 거여. 돈 백만 원이 아 이름여? 돈
백만 원이면 그전 돈으로 치자면 천만 환 돈여. 천만 환으로 땅을 사봐.
한 마지기에 이십만 환씩 잡아도 쉰 마지기를 살 수 있는 돈여. 이 동리
가 아니라 학산면 통틀어서 논 쉰 마지기가 있으면 부자가 누구냐며 떵
떵거리고 살아. 그 큰돈으로 여관을 산다는데, 에미라는 사람이 말릴 생
각은 안 하고 부채질을 하고 있다는 거시 말이나 되능 겨?"

"아부지, 아부지는 워티게 제가 돈을 까먹는다는 생각만 하세유. 그라
고 지가 그 돈을 다 대는 것도 아니라고 했잖유. 이 사람 고향 사람하고
동업을 한다고 했잖유. 제 돈은 오십만 원만 있으면 된다고 했잖유."

"글쎄, 난 그기 맘에 안 든다는 거여. 옛말에 동업은 형제지간에도 안
한다고 했어. 근데 처갓집 처남도 아니고, 처가 동리 사람이라고 해서
동업을 한다는 거시 말이나 되능 겨?"

"그 문제는 걱정 안 해도 돼유. 그 사람이 뭐하는 사람이냐 하믄유.
왕십리 역전에서 채소 장사를 하는 박 사장이라는 사람인데 돈이 저 보
담 훨씬 많아유. 지 앞으로 등기가 된 건물도 두 채나 있는 사람유. 그런
사람이 순전히 이 사람 남편이라고 해서 동업을 하겠다고 하는데 머가
걱정이겄슈."

"채소라믄 나물을 말하는 거 아녀. 그 박 사장이라는 사람 대단하구

면. 나물을 팔아서 건물을 두 채씩이나 산 걸 보믄, 보통 사람은 넘구면."

"당신 자꾸 부채질 할 텨?"

장기팔이 시훈이 아내 앞이라서 버럭 소리를 지르지는 못하고 주먹을 쥐고 흔들어 보였다.

"내가 틀린 말 했슈? 나물을 팔아서 건물을 두 채씩이나 샀다면 장사를 겁나게 잘했다는 말 하고 머가 틀려유?"

날망집은 시훈이 아내와 같은 방에 앉아 있는데 설마 주먹질이야 하겠냐는 생각에 말을 가리지 않았다.

"난 모르니까 느 어머하고 상의를 하든지 해라! 워티게 생겨 처먹은 여핀네가 며느리 앞이라서 말을 곱게 쓸라고 해도……"

장기팔은 참다못해 진천댁이 보던 말든 꽥 소리를 지르고 나서 다시 방문 앞으로 돌아앉았다.

"아부지 너무 걱정하지 마셔유. 저도 다 생각이 있어서 여관을 할라고 하는 거유. 거기는 왕십리 역전에 있는 여관이라서 손님도 많아유. 제 생각에는 둘이 동업을 한다고 해도 쌀가게에서 버는 돈보담은 최소한 세 배 이상은 벌 수 있슈. 경훈이 제대하고 나서 역전 근처에 가게라도 하나 차려 줄 돈은 우습게 벌 수 있다 이 말이유."

"그려! 그려! 니가 그렇게 깊은 생각을 하고 있구만. 암만, 경훈이도 가게 하나 차려 주고, 돈 좀 벌어서 장개를 가고 하믄 우린 암 걱정 읎다. 추석이나 설에는 느덜 형제하고 두 며느리에 손자들이 오면 우리 집도 북적북적 하겠다. 어이그, 이렇게 좋은 걸 그때는 왜 편지 한 장도 해 주지 않아서 떡국 한 그릇도 지대로 비우지 못하고 운 걸 생각하믄 시방도 눈물이 나는구면."

"주책! 주책해도 느 어머 같은 주책은 조선 천지에서 찾아보기 힘들 겨. 아! 탁주나 한 대접 갖고 와, 저녁 먹고 내내 쥐껐더니 배고파."

장기팔도 어서 돈을 벌어서 경훈이 가게를 내준다고 하는데 더 이상 반대를 할 명분이 없었다. 그러나 장날 개시 손님이라고 정성들여 염색을 해줬더니 외상으로 달아 놓으라는 말을 들었을 때처럼 기분이 안 좋았다.

광일이와 철용이는 영동에서 오후 2시에 출발하는 완행열차를 탔다.

기차 안에는 발 디딜 틈도 없이 손님들이 콩나물시루처럼 꽉 찼다. 여름 같았으면 출입문이라도 열어 놓고 계단에 앉아서 가면 편하다. 그러나 겨울이라서 출입문을 열어 놓을 수도 없었다. 의자에는 3명 혹은 4명씩 앉아 있기가 일쑤고, 나이가 17, 8살 정도 보이는 남자들은 선반에 웅크리고 누워 있었다.

광일이와 철용이도 사람들 틈을 비집고 안으로 들어갔다. 승객들이 너무 많아서 의자에 기댈 수 있는 것만 해도 큰 행운일 정도였다. 나이가 많은 노인들은 바닥에 퍼질러 앉거나, 창문 앞의 의자와 의자 사이의 스팀 배출구에 쪼그려 앉아서 긴 장죽을 물고 있거나, 졸린 눈빛으로 건너편 창문을 바라봤다.

기차는 걸어가는 것처럼 느릿하게 달리다가 간이역에서 아무런 예고 방송도 없이 무작정 멈춰서 10분이고 20분이고 정차를 했다. 그러면 창문 밖에서 아이들이 광주리에 찐 계란이며 찐 밤을 실에 꿴 것이며, 찐빵 등을 담아서 서성거렸다. 손님 중에는 창문을 열고 찐 계란을 사거나 찐빵을 사기도 했다.

기차는 한참 동안 정차해 있다가 다시 기운을 차렸다는 것처럼 길게 기적을 울리며 달려갔다. 창문 유리에는 성에가 하얗게 낄 정도로 바깥은 추웠지만 안에는 사람들의 열기에 넥타이를 느슨하게 풀어야 할 정도로 더웠다.

"형 사이다 하나 마실텨?"

열차 판매원이 사각으로 된 광주리에 음료수며 빵이나 과자 등을 담아서 어깨에 메고 다가왔다. 철용이 이마에 맺힌 땀을 닦아내며 광일에게 물었다.

"내가 살게."

"아녀, 내가 살게."

철용은 사이다 한 병을 샀다. 판매원에게 뚜껑을 따 달라고 해서 광일에게 내밀었다.

"너, 꽁돈 많이 생긴담서?"

광일이 사이다를 한 모금 마시고 나서 톡 쏘는 맛에 얼굴을 찡그리고 물었다.

"광성이가 말했구먼?"

"사람은 나서 서울로 보내고, 말은 제주도로 보내라는 말이 딱 맞는 말여. 나는 일 년 열두 달 누가 가용돈 쓰라고 주는 사람 한 명 읎다."

"상규가 그라는데 형은 색시집 같은 데도 많이 간다고 하데?"

"야, 색시집 백 번 가믄 뭐 하냐. 술이나 왕창마시고 나믄 그 다음날 속이나 쓰리지. 나도 면서기 때려 치고 서울 가서 기술이나 배울까?"

"형, 내 손가락 좀 봐. 시방은 그래도 나은 편여, 츰에 기술 배운다고 철공소에 들어갔을 때는 워땠는 줄 알아? 툭하면 기술자들한테 은어 터지지, 청소 못했다고 혼나. 연장 이름 모른다고 뚜루 맞어, 그렇다고 월급이나 한 푼 주는 지 알아? 제우 밥 세 끼 먹는 거시 전부여. 그래도 난 그때 나이나 어렸지. 형 나이에는 드럽고 아니꼽고, 치사해서 단 하루도 못 견딜 껴."

"하긴 아무나 기술을 배우는 거시 아니겠지."

광일이 사이다를 몇 모금 마신 후에 병을 내밀었다.

"나 같으면 당장 오늘부터 기술자 대우 해준다고 해도, 면서기 하라고 하면 아무런 미련도 없이 면서기 하겠어."

"그려, 니 말 듣고 봉께 세상에 쉬운 일이 없는 거 같다. 근데 대관절 서울역에는 몇 시에 도착하나?"

"저녁 여덟 시는 되야 할 껴."

"그람, 오늘 저녁은 여인숙에서 자야겠네."

"아녀, 나하고 같이 숙소로 가. 거기 가서 같이 자고 아침 먹은 다음에 형은 전당포로 가고 나는 출근하면 되잖아."

"너 혼자 있는 방도 아니람서?"

"괜찮아, 시다 두 명하고 나를 포함해서 네 명이 지내는 방인데 모두 맘이 좋아서 싫다는 말은 안 할 껴. 아! 두 명은 홍성 사는 아들인데 가들은 내일 도착하니까 방은 충분하겠네."

기차가 대전역에 멈췄다. 출입문이 열리면서 승객들이 와르르 내려서 가락국수 파는 곳으로 뛰어갔다.

이튿날이다.

광일은 일찌감치 철용이네 숙소에서 아침을 먹고 전당포가 있는 을지
로로 출발을 했다. 을지로는 서울에 있을 때보다 몰라보게 발전했다. 그
러나 평화 전당포가 있는 곳은 예전하고 변하지 않아서 금방 찾을 수가
있었다.

"사장님, 저 왔슈."

"누⋯⋯누구지⋯⋯."

늦은 아침을 먹고 요지로 이를 쑤시고 있던 김우성은 깜짝 놀랐다. 금
순이가 도망을 쳤나? 아니지 도망은커녕 전화도 못하게 하다고 했잖아.
그런데 이 자식이 정초부터 웬일이지? 금순이 문제라면 모산에서 두 번
정도 전화가 왔었다. 그때마다 다른 곳에 취직을 하러 간다고 해서 보내
준 후에 소식을 모른다고 딱 잡아 뗐었다. 정초에 찾아온 걸 보니 금순
이 구정때 집에 내려갔나 하는 생각이 들어서 말이 나오지 않았다.

"저 광일이유?"

광일이가 자신의 가슴을 치면서 웃었다.

"과⋯⋯광일이?"

김우성은 광일이 웃는 모습을 보고 나서야 금순이가 집에 가지 않았
을지도 모른다는 생각이 들었다. 하지만 안심을 하기에는 일렀다. 침을
꿀꺽 삼키고 나서 광일이를 몰라보는 것처럼 얼굴을 살폈다.

"제가 이런 양복을 입고 와서 몰라 보남유? 옛날에 여기서 근무를 하
던 손광일이잖유."

광일은 김우성이 자신을 몰라볼 수도 있다고 생각했다. 넥타이를 매
만지면서 어깨를 반듯하게 펴고 배를 내밀었다.

"아이구! 손군 왔구먼. 나는 하도 많이 변해서 몰라 봤네. 근데, 정초

부터 웬일인가?"

김우성은 광일의 말투로 보아서 금순이 집에 가지 않았다는 걸 확신했다. 그때서야 광일의 두 손을 잡고 흔들면서 반기는 척 했다.

"서울에 볼일 보러 온 김에 사장님 생각나서 세배라도 드릴까 해서 찾아 왔쥬."

"세배는 뭔 세배여. 아침은 먹었나?"

"예, 고향 동생 집에서 먹고 왔슈."

"그람, 나가서 차나 한 잔 할까?"

"사모님한테 인사도 안 드렸는데유."

"아, 그 사람 친정에 가서 아직 안 왔네."

김우성은 아내가 들어서 좋을 것이 없다는 생각에 서둘러 광일의 등을 떠밀며 밖으로 나갔다.

"그래, 면사무소는 근무 할 만한가?"

"맨날 똑같은 일을 항께 못할 것도 읎쥬. 머, 근대 사장님 금순이는 사장님 댁에서 나간 후로 전화 같은 것도 없었슈?"

광일이 빠르게 걷은 김우성과 보폭을 맞추느라 바쁘게 걸으며 물었다.

"전화는커녕 편지 한 장 없었네. 난 금순이를 그렇게 안 봤는데 암만 남이라고 하지만 너무 하는 거 아녀?"

김우성은 백조 다방으로 올라가지 않았다. 일부러 퉁명스럽게 말을 하며 광일의 눈치를 살핀다. 광일이 뒷머리를 긁적이는 모습을 모르게 지켜보고 근처에 있는 선술집으로 무작정 들어갔다.

"아침 안 드셨슈?"

다방으로 갈 줄 알았던 광일이 좁은 선술집 내부를 둘러보며 물었다.

"오랜만에 만났으니 한잔 해야지."

김우성은 소주와 안주를 주문하고 나서 담배를 입에 물었다.

"아침부터 술 드시면 손님은 워티게 받는데유?"

"장사 하루 이틀 해 보나. 난 그래도 금순이가 자네 동생이라서 믿고 있었는데 자네하고는 여러 가지로 다르더군. 내가 금순이를 왜 데리고 있었겠나? 광일이 자네가 하도 착하길래 데리고 있었던 거 아닌가?"

"그……그야."

"자, 우선 한잔 하지. 반갑네, 면서기로 근무를 하더니 사람 인물이 훤해졌군. 사귀는 여자는 있나? 내가 여자 한 명 소개 해 줄까?"

김우성이 생각하기에 영등포아줌마에게 팔아 버린 금순은 집에 연락을 하지 않은 것이 분명했다. 광일이만 슬슬 달래서 금순이를 찾는 것을 포기하게 만들면 완벽하다는 생각에 부드럽게 물었다.

"좋쥬. 그러나 누가 나 같은 촌 면서기한테 시집을 올라고 하남유?"

광일은 여자를 소개해 준다는 말에 턱 하니 아들을 안고 나타난 시훈의 얼굴이 떠올랐다. 금순이를 찾는 것도 문제지만, 너도 올게는 워떤 일이 있드라도 장개를 보내야겠다. 광일네는 그 말을 몇 번이나 했었다. 광일네의 말이 아니더라도 시훈이 아내를 보는 순간 올해는 결혼을 해야겠다는 생각이 들었었다. 올해는 장가 갈 운이 있는지 정초부터 여자를 소개해 준다고 말하니까 저절로 입이 벌어졌다.

"올해 몇 살이지?"

소주가 왔다. 김우성은 대접 두 개를 달라고 해서 소주를 대접에 절반씩 따랐다. 광일에게 소주 대접을 자연스럽게 내밀며 물었다.

"설 샜응께 스물다섯 살유."

"부친이 고향에서 구장을 하신다고 했지?"

"지가 어릴 때부텀 구장을 하셨슈."

"모친은 정정하시고?"

"그람유. 지가 당장 장개를 가도 며느리한테 이것저것 시키실 나이는 아뉴."

"우선 그 술부터 한잔 하게. 오랜만에 만나니까 정말 반갑네."

"해장부터 술이 너무 많은 거 같은데……"

"장가 갈 나이에 그 정도도 못 마시나?"

"아……아녀유. 이까짓 것."

광일은 이홉들이 소주 절반이나 되는 분량을 막걸리 마시듯 벌컥벌컥 비웠다. 안주로 김치 한 점을 씹으면서 자랑스럽게 입술을 닦았다.

"한 잔 더 할텐가?"

"아뉴. 오늘 내려가 봐야 해유. 낼은 출근을 해야 하거든유."

광일은 취기가 정신없이 밀려와서 금순을 찾는 것은 다음 기회로 미뤄 버리는 수밖에 없다고 생각하며 고개를 흔들었다.

"그람, 이 술 조금만 더 하지."

김우성은 자신의 앞에 있는 술잔을 들어서 거의 광일의 잔에 비우고 자신을 홀짝 비워버리고 말았다.

태평로에 있는 춘향(春香)의 밤은 깊어갈수록 목소리도 은밀해져 갔다. 잠자리날개처럼 불면 날아가 버릴 것 같은 한복을 입은 이십대 초반의 기생들도 초저녁처럼 소리 내어 웃거나, 남자들이 은밀한 부분을 쓰다

듣거나 만지면 교성을 터트리지 않았다. 어차피 오늘 저녁 만리장성을 쌓을 손님들이라는 생각에 요염한 눈빛으로 남자를 바라보면서 성욕을 돋우기 위해서 은근슬쩍 몸을 밀착하고 겨울밤은 깊어요, 라고 뜨겁게 속삭였다.

"자, 너희들은 이따 부를 때까지 잠깐 나가 있어라."

상석에 앉은 원갑룡은 배도 부르겠다, 적당히 취기도 오르겠다, 슬슬 본론을 말할 시간이 됐다는 생각에 기생들을 내보냈다.

"민주공화당 창당준비대회는 성황리에 끝난 걸로 알고 있네. 전국에서 오백 명 정도가 모여서 김종필 씨를 위원장으로 선출했다고 하드만. 정구영 씨가 부위원장으로 선출이 되고 모양새는 그런대로 갖추었네…… 에! 또, 최고위원회에서 민주공화당을 창당한다고 하니까 야당에서도 조직적으로 움직이고 있는 것 같은데, 그 점은 어떻게 생각하나?"

원갑룡의 맞은편에는 이동하와 육군 준장인 박광호가 앉아 있었다. 원갑룡은 내가 언제 기생들의 허벅지며 엉덩이를 더듬으며 음담패설을 즐겼냐는 얼굴로 물었다.

"두고 보십쇼. 허정이 아무리 큰소리를 쳐도 야당 단일화는 절대 안 됩니다."

양복에 넥타이를 매지 않고 흰색 와이셔츠를 입은 박광호는 짧은 머리가 아니면 육군 준장으로 보이지가 않았다. 언뜻 보면 고등학교 선생님처럼 보이기도 하고, 어찌 보면 도청이나 구청의 과장급이나 국장급 공무원으로 보이기도 할 만큼 외모가 깔끔했다. 하지만 말투까지 숨길 수는 없었다. 원갑룡의 말에 단호한 목소리로 대답을 했다.

"나도 그렇게 생각하네. 민정당이니 민주당하고 자유당은 원래 정치

밥을 먹던 사람들이라서 자기네가 유리하지 않으면 단일화가 될 수 없다고 보네."

"맞습니다. 다음 대통령 선거는 무조건 민주공화당 총재님이 당선되게 되어 있습니다. 또, 당연히 그래야 하구요."

"두……두 분 말씀 하시는데 제가 잠깐 끼어도 될란지 모르겠네유. 제 생각에도 이번 대통령 선거는 해보나마나라고 봐유. 문제는 그렇게 막강한 민주공화당에 저 같은 정치인도 입당을 할 수가 있는지……"

이동하는 오늘 이 자리가 꿈만 같았다. 오늘 자리를 마련한 박광호와 원갑룡의 말에 의하면 박광호는 국가재건최고위원회 소속 내무위원회에 줄을 대고 있다고 했다. 그래서 2월 26일에 있을 민주공화당 창당 멤버 선출 과정에 대해서 어항 안에 들어 있는 금붕어를 바라보는 것처럼 훤히 꿰차고 있었다. 박광호와 인연을 잇는 것만으로도 앞으로 정권을 이끌어 갈 실세들을 배경으로 둘 수 있을 것이라는 생각에 들뜬 목소리로 물었다.

"민주공화당 창당 이념이 혁명정신 계승 아닙니까? 혁명이라는 말이 무슨 말입니까? 구시대적인 관습을 과감하게 타파하고 새로운 것을 받아들이자는 정신 아닙니까? 제가 알고 있기로는 새 술은 새 부대라는 말처럼 구정치인은 단 한 명도 참여를 시키지 않을 것으로 알고 있습니다."

"그람 우린 뭐유?"

이동하가 골목대장에게 일러바치는 표정으로 원갑룡에게 물었다.

"이 의원, 조선말은 끝까지 들어보라는 말이 있잖소 우리 박 장군이 하는 말을 끝까지 들어 봅시다."

원갑룡은 바쁠 것도 없고 궁금한 것도 없다는 얼굴로 양주잔을 들었다. 이동하가 얼른 두 손으로 양주를 따라 바쳤다.

"맞습니다. 조선말은 끝까지 들어 봐야 합니다. 뭔 말이냐 하면 혁명정부의 주체는 모두 수재들입니다. 대부분 사관학교를 나온 수재들이라 나라와 국민을 어떻게 하면 발전시키고 잘 살게 할 수 있다는 점은 잘 알고 있습니다. 하지만 세상이라는 것이 군인들처럼 원리원칙대로 살 수는 없는 것 아닙니까. 바로 정치판 생리라는 것이 있지 않습니까. 정보부에서 분석한 바로는 기존 정치판의 생리를 알고 있는 몇몇 정치인들 중에 사상 검증을 걸친 정치인들을 포함시키기로 한 것 같습니다."

"사상 검증이라면 이 의원님만큼 빨갱이들을 철천지원수로 둔 분도 드물지……."

원갑룡이 긴장한 얼굴로 박광호가 하는 말을 듣고 있다가 이동하를 바라보며 말했다.

"저는 시방도 자다가 워티게 빨갱이들을 생각하면 눈이 번쩍 떠지면서 벌떡벌떡 일어나느만유."

"가족들 중에 육이오 때 돌아가신 분이 계십니까?"

박광호가 대충 짐작이 간다는 얼굴로 물었다.

"할아부지하고 할머니가 한날한시에 빨갱이들 손에 무참하게 돌아가셨슈. 아부지도 그 점 땜시 평생 동안 괴로워만 하다가 지명도 못 채우고 운명하신 걸 생각하면 너무 분하고 원통해서 빨갱이들은 씨를 말리고 싶당께유."

"사상문제는 그 정도면 완벽합니다. 하지만 제가 알기로는 의원님은 정치입문을 썩을 대로 썩어 빠진 부패 정권 자유당으로 하셨잖습니까?"

"아이구, 뭣도 모르고 자유당에 입당을 했지만 바루 탈당을 하고 민주당에 입당을 했잖유. 민의원 빼찌도 민주당에서 단 거유."

구석방인데다 밖에 보좌관을 두 명씩이나 세워 놓아서 엿들을 사람은 없었다. 그런데도 이동하는 한껏 목소리를 낮추고 천부당만부당하다는 얼굴로 팔을 내저었다.

"의원님께서는 혹시 최고위원회 의장님이 가장 중점으로 밀어붙이는 정책이 뭔지 아십니까?"

박광호가 마치 심문이라도 하는 것처럼 눈을 가늘게 뜨고 물었다.

"그야, 한마디로 말해서 경제 발전 아뉴?"

이동하는 대답을 하기는 했지만 자신이 없어서 원갑룡의 눈치를 살폈다.

"틀린 말은 아닙니다. 하지만 사상계에서 칭찬을 한 것처럼 최고위원회에서 중점적으로 펼치고 있는 정책은 법질서존중, 생활기풍확립, 불량도당의 소탕, 부정축재자처리, 농어촌고리채정리, 국토건설사업이라고 할 수 있습니다."

원갑룡이 이동하를 바라보며 막힘없이 술술 말했다.

"역시 처남은 노련하십니다. 그렇다고 이 의원님의 대답이 틀렸다는 말은 아닙니다. 높으신 분은 하루빨리 경제를 발전시켜서 자주국방을 이룩해야 한다는 원대한 포부를 가지고 계십니다."

박광호는 원갑룡의 대답은 기대하지도 않았다. 충북 영동이라는 산골 민의원에 불과하다고 생각하고 있던 이동하가 대뜸 경제발전이라고 대답하는 걸 보고 새롭게 보기 시작했다.

"자유당 정권이 썩어 빠진 정권이라면, 민주당 정권은 즈덜끼리 권력

다툼만 하다가 세월 보낸 당 아뉴. 그래서 저는 겉으로는 표시를 내지 않고 있지만 은근히 최고위원회의 의장님이신 박정희 의장님을 존경하고 있는 사람 중의 한 명으로 보른 틀림 없을규."

이동하는 스스로 생각해 봐도 오늘 참 말이 잘 나오는 것 같았다.

"역시 처남이 사람 보는 눈은 정확하십니다. 제가 봐도 이 의원님은 정치철학이 뚜렷하신 분입니다."

"그럼, 어제도 말한 것처럼 이 의원을 적극 밀어주겠다 이건가? 실탄 같은 것은 걱정하지 않아도 돼. 이 의원이 재력도 빵빵하니까 실탄은 충분히 대 줄 수 있어. 그러니까 매제가 힘 좀 써 보라구. 나나 이 의원이나 세상에 어떻게 돌아가고 있다는 것쯤은 알고 있는 사람들이니까."

"아이구, 그러믄유. 지가 딴 거는 몰라도, 이거 하나 만큼은, 얼마든지 대 줄 자신이 있습니다."

이동하는 자신이 생각을 해도 낯간지러울 정도로 웃으면서 손가락으로 동그라미를 그려 보였다.

"딴 분도 아니고 한 분 밖에 안 계신 처남이 특별히 부탁을 하는 것이라 힘은 써 보겠지만 기존 정치인 티오가 너무 작아서 잘될지 모르겠습니다."

"저! 몇 명이나 입당을 시키는지 그 숫자 좀 알 수 있슈?"

"정확히는 모르지만 오십 명 안팎이 될 것 같습니다. 나머지는 새롭고 참신한 인물이거나, 국민들에게 꿈과 희망을 줄 수 있는 분들을 초빙해서 민주공화당이라는 새로운 배에 탑승하게 된다는 말입니다.

"오십 명 안팎이라……그야 말로 살생부로군. 오십 명 안에 포함이 되면 혁명정권의 그늘 아래서 막강한 권력을 휘두르게 되는 것이고, 거기서 빠지면 종이호랑이에 불과한 야당 생활을 해야 한다는 말이군."

원갑룡은 이미 박광호로부터 자세한 정보를 전해 들었다. 그 오십 명 안에 포함이 되기 위해서는 어느 정도 로비자금이 필요하다는 점까지 알고 있었다. 그 자금줄이 될 이동하에게 낚싯줄을 늘어 뜨렸다.

"톡 깨놓고 말씀 드리겠슈. 저는 배운 것도 크지가 않고, 촌에서 살아서 무식한 사람유. 하지만 원래 무식한 사람들이 의리 하나는 끝내주잖유. 여기 앞에 계신 원 의원님이야 저한테는 정치스승님 뿐유. 제자 된 도리로 스승님이 잘되는 길이라믄 얼매든지 도와 드릴 수가 있슈. 영동 촌놈이 돈이 많으면 얼마나 많겠냐고, 속으로 비웃을지도 모르쥬. 그러나 원래 짱아치 담아 놓은 돈 천만 환 정도는 당장 날이라도 이 자리에 착 내놓을 정도의 돈은 있슈."

이동하는 원갑룡의 말에 소름이 쫙 돋는 것 같았다. 권력이 얼마나 달콤하고 황홀한지는 자유당 시절에 충분히 맛을 보았다. 상대적으로 야당으로 정치를 한다는 것이 황무지에서 맨손으로 밭을 일구는 것만큼 힘이 든다는 것은 민주당 위원장 시절에 입 안이 쓰도록 맛보았다. 정치를 계속하려면 수단과 방법을 가리지 말고 오십 명 안에 포함이 되어야 한다는 생각에 아랫배에 힘을 주고 솔직하게 말했다.

"역시, 우리 이 의원은 앞으로 이 나라의 정계를 이끌어 갈 대목감이군. 매제는 어떻게 생각하나?"

"고향이 영동이라고 했나요? 영동에 큰 인물 났다는 생각이 듭니다."

원갑룡이 바람을 잡는 말에 박광호는 망설이지도 않고 박수를 쳤다. 그러나 짝짝 소리가 나게 치는 박수가 아니었다. 오른 손바닥을 펴고 왼손으로 오른손을 소리 나지 않게 툭툭 두들기는 벙어리 박수였다.

341

"원 의원님, 제자 이동하 큰절 드려유."

이동하는 확실히 밀어붙일 필요가 있다고 생각했다. 벌떡 일어나서 뒤로 물러서서 자신보다 덩치가 훨씬 작은 원갑룡한테 큰절을 했다. 작년 화폐개혁이 있던 날 충격을 받고 죽은 이병호의 얼굴이 생각났다. 정부에서는 일인당 화폐 교환 한도를 오백 원으로 묶어 놨지만 얼마 못가서 그 한도를 풀어 버리고 말았다. 그때 정확한 정보만 있어도 이병호가 죽지 않았을 것이라는 생각이 날 때마다 가슴이 터져 나가 버릴 것처럼 분했다. 아부지, 두고 보셔유. 지가 반드시 중앙 정치판에서 성공해서 곡성 이씨 대종회 회장이 되고 말테니께유. 이병호의 유언을 생각하면 이까짓 큰절 정도는 백번이라도 할 수 있을 것이라는 생각에 이를 악물었다.

— 2부 5권에 계속 —

대하장편소설 **금강** 제4권

초판 1쇄 발행 2014년 3월 28일

지 은 이 한만수

펴 낸 이 최종숙
펴 낸 곳 글누림출판사

책임편집 이태곤
편 집 권분옥 이소희 박선주 이양이
디 자 인 이홍주 안혜진
마 케 팅 박태훈 안현진
관 리 이덕성

주 소 서울시 서초구 동광로46길 6-6(반포4동 577-25) 문창빌딩 2층(우137-807)
전 화 02-3409-2055(대표), 2058(영업), 2060(편집)
팩 스 02-3409-2059
전자메일 nurim3888@hanmail.net
홈페이지 www.geulnurim.co.kr
등록번호 제303-2005-000038호(2005.10.5)

정 가 13,000원
ISBN 978-89-6327-241-2 04810
　　　978-89-6327-237-5(전15권)

표지 디자인 · 디자인밥 **출력/인쇄** · 성환C&P **제책** · 동신제책사 **용지** · 에스에이치페이퍼

＊이 도서의 국립중앙도서관 출판시도서목록(CIP)은 서지정보유통지원시스템 홈페이지(http://seoji.nl.go.kr)와
　국가자료공동목록시스템(http://www.nl.go.kr/kolisnet)에서 이용하실 수 있습니다.(CIP제어번호: CIP2014007698)